JOSÉ MAURO DE VASCONCELOS

Las confesiones de Fray Calabaza

JOSÉ MAURO DE VASCONCELOS

Las confesiones
de Fray Calabaza

Quinta edición

EL ATENEO

82 (81)   Vasconcelos, José Mauro de
VAS   Las confesiones de Fray Calabaza - 5a. ed. -
             Buenos Aires: El Ateneo, 1999.
             278 p.; 20 X 14 cm.

             ISBN 950-02-8510-X

             I. Título - 1. Literatura Infantil y Juvenil Brasileña

Título de la obra en portugués: **As Confissões de Frei Abora**
© 1969 Companhia Melhoramentos de São Paulo, Brazil.

Tapa: **María de los Ángeles Behotegui**

Queda hecho el depósito que establece la ley Nº 11.723.
© 1975, 1977 (2ª y 3ª edición), 1978 (4ª edición)
"EL ATENEO", Pedro García S. A. Librería, Editorial e Inmobiliaria.

© 1999 (5ª edición), LIBRERIAS YENNY S.A.
Patagones 2463 - (1282) Buenos Aires, República Argentina.
Tel.: 4942-9002 - Fax: 4942-9162
Internet: www.yenny.com
e-mail: librerias@yenny.com

Impreso en T. G. COLOR EFE
Paso 192, Avellaneda, Buenos Aires,
el 11 de junio 1999,
Tirada: 3000 ejemplares.

IMPRESO EN LA ARGENTINA

Para mis queridísimos amigos:
FRANCISCO MATARAZZO SOBRINHO
DORIVAL LOURENÇO DA SILVA (Dodô)
y VICTÓRIO LUONGO GAÊTA

Homenaje a
Ray, mi hermana,
y tía China

ÍNDICE

PRIMERA PARTE: LA ORACIÓN

SEGUNDA PARTE: PEDAZOS DE MEMORIA

TERCERA PARTE: LAS TORTUGAS

VI

PRIMERA PARTE

La oración

PEQUEÑA VARIACIÓN SOBRE EL PADRENUESTRO

"Padre Nuestro que estás en el Cielo lleno de estrellas. Santificado sea Tu Nombre. Venga a nos el Tu Reino. Hágase Tu Voluntad así en la tierra como en el cielo. La CALABAZA nuestra de cada día dánosla hoy. Perdónanos nuestras deudas así como nosotros perdonamos a nuestros deudores. No nos dejes caer en «algunas» tentaciones. Mas líbranos de todo mal.

Amén.

"¡Oh! Vosotros, evangélicas criaturas, sobre todo no juzguéis..."

EL AUTOR

1

EL AMANECER DE DIOS

El frío se había desenredado todo como una cortina de hielo en harapos retorciéndose en el viento de la noche.

A su vez, la noche había caminado por las lejanas estrellas del cielo, indiferente a la soledad y a la tristeza del hombre.

Y el hombre, arrebujado en su pequeñez, enrollado en las viejas cobijas humedecidas de rocío, casi se precipitaba dentro de la pequeña hoguera, para temblar un poco menos.

La noche de fin de mayo, de comienzo de verano en la selva, había refrescado tanto que ahora ya el nacimiento de la madrugada alejaba a todas las aves, y si por casualidad se escuchaba algún grito, éste venía entrecortado de angustia e incomodidad.

Fray Calabaza se revolvió todo, encogiéndose en la vieja frazada. Que Dios hiciera amanecer en seguida a la vida y trajera los dorados gajos de sol para entibiar las esperanzas. No conseguía dormir. Desconsolado, miró las estrellas congeladas, calculando el tiempo que todavía faltaba para amanecer. Sonrió con un poco de desesperación. Faltaba mucho. A lo mejor se estaba volviendo viejo. O quizás el cuerpo debilitado por la larga temporada que pasara en el Xingu, tan lleno de necesidades, tan cercado de distancias, tan alimentado de hambre... reclamase con razón un fondeadero.

Felizmente debería remar un día y una noche, como máximo, para alcanzar el avión de la Fuerza Aérea Brasileña que lo llevaría hasta el puesto de Santa Isabel. Allá, como siempre, apenados por su flacura, lo dejarían descansar por lo menos quince días. Los viejos indios, los amigos que criara, seguramente vendrían a rodearlo de cariño, y a cambio de ese cariño le harían un montón de pedidos. Cuando Fray Calabaza aparecía era porque iba de regreso a la ciudad.

Sonrió y se adormeció. A pesar de todo, la vida tenía pequeñas láminas de ternura que cortaban con menor dolor la condenación de estar vivo.

Bostezó, entreabrió los ojos, y allá en lo alto las estrellas parecían borrachas de sueño. Hasta que se adormecieron.

• • •

Un rayo tibio y atrevido, un simple dedito de sol, se derramó por la playa, pasó por sobre la hoguera apagada y se demoró sorprendido sobre el rostro barbudo del hombre delgado.

Aquel gesto de ternura despertó a Fray Calabaza. Se sentó, todavía envuelto en la frazada descolorida, y alejó del rostro y de los cabellos la arena fría y pegajosa. Después se restregó los ojos con los nudillos de los dedos. Estiró los huesos de las piernas y se sintió todavía muy cansado. No parecía que hubiera dormido una noche entera.

Examinó la vida, ahora ya atacada por el joven sol. Las playas se perdían en distancias anchísimas. La canoa, obediente, continuaba amarrada, presa al cabo de la cuerda que estrangulaba el remo enterrado en la arena mojada.

Leyó el nombre escrito con una letra verdosa y embarrada: "Hermenegilda".

¡"Hermenegilda" del diablo! De todos los pecados. Canoaza burra, idiota, pesada, cretina, cuadrada. Un poco de todas las malas cualidades. ¡Y había gente que conversaba con canoas, que las entendía! Podía ser, pero aquella burra era tan truculenta y lerda que ni siquiera sabía la única obligación que tiene cualquier canoa: seguir solita el canal, sin equivocarse. Pero, ¡vaya!, bastaba dejar a "Hermenegilda" sola y ella, ¡zas!, o perdía el rumbo, entraba en las salidas sin la necesaria profundidad, encallaba en cualquier obstáculo o a propósito iba a chocar en las ramas de los árboles muertos que obstaculizaban el río. Que necesitaba paciencia, eso ya se veía. En fin, un día, solamente una noche, ¿quién sabe?, y ella sería dada de regalo al primer pobre que apareciera en Santa María, que los civilizados habían bautizado como Araguacema. Nombre exactamente muy tonto y sin tradición en el río.

Con aquel rezongar descosido, el tiempo había pasado un poco y el sol ya había adquirido una suave tibieza que calentaba el cuerpo. Ya hasta tentaba para levantarse, pero Fray Calabaza, o Cal, como él acostumbraba abreviar, se quedó allí, en ese rinconcito olvidado, apretando en el corazón coraje y fuerzas.

La conciencia lo aguijoneó: "Vamos, Cal, que todavía tienes mucho camino por delante, mucho estirón de leguas por cortar. ¡Después, cuando el sol del mediodía multiplique tu sudor, no me vengas con reproches!"

Respondió molesto: "¡Ya voy, fastidiosa!"

Separó las cobijas y caminó, sintiendo dolerle los pies al contacto con la arena helada.

Se puso en cuclillas a la orilla del río, sin coraje de lavarse la cara. El río aún dormía, todo liso, todo de cristal. Se inclinó para lavarse y miró su rostro quemado y gastado por las arrugas. Cuando tropezó con los espejos del agua que reflejaban la tristeza de sus ojos, no pudo contenerse con el descubrimiento que hacía: "¡Hay gente que ya nace con la muerte en los ojos!"

Llevó el agua fría hasta el rostro y se lavó rápidamente. Volvió a la canoa. Revolvió en una lata de grasa y en el fondo encontró un trozo de mandioca cocinada sin sal. Restos que sobraran de la comida. Sólo que en la comida de la víspera había tenido la suerte de encontrar tres huevos de gaviota.

Llevó a la boca ese resto de comida frío, grasiento, endurecido, y comenzó a masticarlo con la desagradable impresión de que comía la vida vieja de las cosas.

Necesitaba viajar en seguida; aprovechar el tiempo al máximo. Pero no resistió la tentación de sentarse un poco, mientras dejaba que el estómago se deshiciera de aquella inmundicia que tragara.

Miró el cielo azulísimo, inmenso, abandonado a sí mismo. Quedó con los ojos mojados, pensando en la pornografía de la imagen que lo perseguía siempre despertando la realidad cruel de la vida. Su corazón amargado gritaba en torbellinos de desesperación:

–Cielo tan lindo, tan azul, tú que comienzas por "c" y terminas con "o", ¿dónde escondes en tu desperdicio de dos sílabas, en esa enormidad, dónde, dónde... escondes a Paula?

Desvió el rostro hacia el río. Los pequeños peces nadaban apresurados, esperando que el hombre les diese una migaja de lo que ellos, en su voracidad, imaginaban un buen almuerzo. Pero el hombre triste se levantó y fue a desamarrar la canoa.

Nada podría responder a su extraña angustia ni sacarlo de su perenne tristeza: tristeza constante, cual si la muerte que descubriera en sus ojos lo persiguiera como la propia sombra.

• • •

El sol delineaba el paisaje en una marca de fuego.

El reverberar de la luz castigaba los ojos, dondequiera que se mirase. Principalmente los ojos fatigados de Fray Calabaza, castigados por la noche mal dormida, cortada a cada instante por los fantasmas del frío. "Hermenegilda", pesadota, descendía por el río contra su voluntad, sin prisa alguna por llegar, descubriendo la flaqueza del hombre, abusando de su abatimiento y cansancio.

No eran los brazos de Fray Calabaza los que empujaban a la embarcación por el río, sino su desánimo avasallador. Las fuerzas se obstinaban en no querer continuar, pero la rabia, la incomodidad, los mosquitos, la falta de viento que hacía que el calor circulara alrededor de su cuerpo enflaquecido lo obligaban a proseguir, a proseguir...

5

Mejor sería acostarse a la sombra y dejar que las horas violentas del sol pasaran indiferentemente. No sentía hambre, tal era su desmoronamiento interior. Sin embargo, en cualquier momento se detendría para pescar, hacer un fuego y alimentarse con pescado y harina, ya que todo lo que llevara consigo se había terminado.

¡Qué eternas eran las horas! Ni una sombra descuidada, con forma de nube, conseguía ocultar la crueldad del sol sofocante. Hasta el viento que todo lo alivia y lleva lejos a los mosquitos, más atraídos aún por el sudor y la suciedad de sus ropas, se había olvidado de soplar.

No pensar en nada, no protestar, olvidar y sufrir, sufrir y olvidar para esterilizar la incomodidad de la vida, porque según San Agustín vivir es dolor. Hasta el ruido del remo en las aguas repetía: ¡Vivir es dolor! ¡Vivir es dolor!...

Y cuando la vida se cansó de doler, ofreciendo de a poco la calma de las horas dulces de la tarde, Fray Calabaza cobró nuevo aliento. Mañana llegaría, poco después de la aurora, si la bondad de Dios lo permitía, al puerto de Araguacema.

Un hecho realmente extraño comenzó a suceder, y eso hizo que la frente de Fray Calabaza se arrugara. Por detrás de la canoa, nubes espesas se reunían en una amenaza. Tampoco eso podía ser, puesto que la época, la estación de las aguas, había finalizado y ya iba a hacer un mes que no llovía. En seguida entraría junio en la región, más frío y cruel. Ni por casualidad pensar en lluvia en ese momento.

Remó más, mirando la llegada de la tarde. Ahora un frío cortante revolvía las aguas del río y soplaba las arenas de las playas. Algunos jabirúes bailaban la danza de la conquista y del amor, corriendo alrededor de las hembras con las alas grandotas entreabiertas y emitiendo un canto bárbaro y feo. Espátulas y maguaris describían curvas en el espacio antes de alcanzar el extremo de la playa para descansar el día de cielo. Las ciganas, en plena fiesta, atraídas por el rumor de la canoa, gritaban entusiasmadas, saltando de rama en rama, alzando vuelo o abriendo los abanicos marrones de sus colas. Era el momento en que los árboles ribereños dejaban de tener hojas para forrarse de plumas.

Fray Calabaza volvió la mirada al cielo y vio que las nubes cobraban mayor volumen que momentos antes y, como un gran paraguas amenazador, hacían, en la hora en que ya no era necesario, una gran sombra sobre la canoa, el hombre y el río.

A medida que la noche descendía, el viento aumentó, gruñendo amenazador.

Fray Calabaza se fue acercando a la orilla del río, contorneando las playas, procurando un lugar más seguro para abrigarse en la noche.

Las nubes negras se tornaban cada vez más densas, cobrando una negrura terrorífica, quedando altas sobre su cabeza. Quizá si el viento subiese un poco alejaría el temporal que sin duda habría de llegar.

Sintió dolor en el corazón, pero todavía guardaba un resto de esperanza de que la buena suerte lo ayudara:

–Dios de mi alma, justo en el final del viaje… Tú no vas a hacer eso conmigo, ¿verdad?

Contorneó la curva de una gran playa y se abrigó en una pequeña ensenada. Allí la playa era bien alta. ¿Quién sabe si a lo mejor tendría tiempo de recoger leña para una pequeña hoguera? Pero el viento contrarió su pensamiento. Dio una guiñada fuerte como un golpe, y un montón de arena cayó en dirección a la canoa. Fue preciso esconder el rostro en las manos para no herirse los ojos.

Las nubes de la tempestad comenzaban a bajar, haciendo que la noche, aún no madura del todo, se oscureciera más de lo necesario.

Ni una estrella en el cielo. Solamente amenaza. Necesitaba correr. Amarrar con seguridad la canoa. Se olvidó de su debilidad y comenzó a actuar. Clavó el remo completamente en la arena y en él amarró la canoa con la cuerda de la proa. Después, con la pala, empujó la embarcación, pegándola casi contra la playa. Con la otra cuerda afirmó la popa fuertemente, clavando un pedazo de madera en la arena. Apenas pudo hacer eso. Apresuradamente retiró las cobijas y una pequeña estera y se abrigó contra la furia del viento y la tempestad de arena. Todo era noche y miedo. El relámpago incendiaba las nubes negras como un serrucho de fuego.

–¡Dios mío! ¡Ni siquiera podré hacer una hoguera!

El viento rugía y el río traía un rumor desorientado. Las olas enfurecidas arremetían contra la canoa; "Hermenegilda" corcoveaba en sonoros saltos, apretada por el furor del viento y por las bofetadas del agua; chorros de agua se mezclaban con la arena para caer sobre su costado. Fray Calabaza sabía que al día siguiente, cuando pasara la lluvia y necesitara viajar, tendría un trabajo enorme para limpiar aquella arena seca y endurecida. En fin… y eso no sería seguramente lo peor. Las grandes aves huían del temporal con alaridos. Las marrecas y las gaviotas gritaban ensordecedoramente. Y él esperaba la lluvia cubierto por una pequeña frazada y arrollado en un pedazo de estera. Apenas podía respirar a causa de la tempestad de arena. Si la lluvia llegaba en seguida, quizá también se iría pronto.

Y lo temido no tardó en producirse. Con un rugido bárbaro la lluvia se desató sobre la tierra de los hombres. Con brutalidad incomparable los chorros de agua fueron asfixiando la arena y estrangulando al viento. El olor de tierra mojada subió por los aires, despertando una grata sensación. Después se extinguió encharcando la playa de una frialdad incómoda. El río se había sosegado un poco y "Hermenegilda" dejó de golpearse contra la dureza de la playa.

Las horas trascurrían sin ninguna prisa. Y el frío aumentaba, aumentaba por el cuerpo, por el alma. Sintió los ojos mojados. Positivamente no merecía eso, y protestó a Dios, sordamente irritado.

—¡No entiendo bien lo que estás haciendo, Dios, ni por qué lo estás haciendo conmigo! ¿No ves qué débil y cansado estoy? ¿No viste el día de sol quemante que tuve que pasar, faltándome todas las fuerzas, tanto en el cuerpo como en el alma?

Pero, en respuesta, la lluvia estaba riéndose de él. Solamente le respondía su fuerte ruido contra la estera, ya traspasada de agua.

—¿Por qué Tú no me das una pequeña noche de paz?

Sólo el eco monótono de la lluvia sonando en el río.

—Bien podrías haberme dado una noche estrellada. Bien podría haber pescado siquiera un pececito chico. Bien podría haber tenido tiempo de hacer un pequeño abrigo para entibiar mi soledad.

Sólo la lluvia rozando la arena con su toc-toc acompasado.

Ahí perdió los estribos, y ya no pudo contenerse más.

Se sentía leproso de tanta rabia. Comido, devorado, destrozado por tantas molestias. Le dolía la espalda por el esfuerzo de un día bien remado. Las articulaciones, los brazos, sobre todo las rodillas, lo aguijoneaban con la intensidad helada de la humedad. Apretaba los dientes y se friccionaba los endurecidos músculos de las piernas.

Y la lluvia no pasaba nunca. Y un comienzo de hambre le retorcía el estómago. Y Dios, allá arriba, cómodamente instalado en un sillón de nubes, se quedaba agujereando el cielo en una indolencia total.

—Si piensas que haciéndome sufrir así me llevarás para el cielo, estás rotundamente engañado. Puedes quedarte con toda tu porquería; ¡yo cambio todo eso, de buen gusto, por un pedazo de carne o un pescado frito comido en la pala de un remo!…

Y la lluvia, el frío y el hambre se unían para burlarse de él. Y un dolor finito aumentaba más en proporción a su irritabilidad.

La lluvia debía de haber tragado la monotonía de las horas. Seguramente la medianoche ya estaría lejos. Y el agua no cesaba de caer.

Entonces Fray Calabaza perdió todo control. Se descubrió totalmente y se puso en pie, sintiendo por entero el castigo de la lluvia. El corazón le hervía de indignación. Abrió los brazos en cruz y, tragando lluvia, invadido por el agua, gritó hacia el cielo:

—¡Dios! ¡Dios!… ¡Eres el mayor hijo de puta que yo conozco! El mayor de todos… El mayor de todos… El mayor de todos…

Comenzó a llorar de desesperación, mezclando sus lágrimas a la lluvia de Dios. Cayó de rodillas, todo tembloroso, y se cubrió el rostro con las manos. Después llegó una resignación inesperada; se envolvió en la frazada mojada y en la estera chorreante, se hizo un ovillo y comenzó a llorar bajito, murmurando frases que sólo él mismo podría comprender. Hablaba, lloraba y babeaba. Continuó llorando, y ahora solamente el corazón protestaba, atontado.

—Tú sabes que yo vine porque quise. ¿Quién me mandó salir de la comodidad para venir a enredarme en una selva desgraciada como ésta? Sin embargo, ya no era más tiempo de lluvia, Tú no tenías por qué mandar tanta agua en mi último día de viaje.

En su conciencia, Dios respondió: –No será el último, mi querido Fray Calabaza. No será el último.

–Está bien que no lo sea. Pero, ¿qué mal hice yo? Salir en esta canoa cretina, viendo un montón de aldeas abandonadas de todo, sin remedios para la fiebre, con chicos barrigudos con diarrea, amarillos de bichos, y tantas cosas más que Tú debías haber sabido cuando creaste el mundo...

Dios se empeñaba en perseguirlo, con aquella obstinación que hasta se parecía a la de la lluvia.

–Todo eso todavía es poco, Fray Calabaza, todo eso aún no será la última vez que pase.

Poco después dejó de llorar. Ahora el cansancio y el desahogo controlaban más su irritación. Pero resultaba indudable que aquello era duro. Por otro lado, no serviría de nada seguir discutiendo con Dios, porque Él siempre llevaba la mejor parte. Una puntada de dolor mordió lo más hondo y escondido de su corazón. Si mirase hacia el cielo e indagara sobre el contenido de su imperecedera angustia, si preguntara a la lluvia, al viento, a la tierra, al dolor, a la incomodidad, si preguntara finalmente a todo lo que existe dónde estaba Paula, ninguno de ellos sabría responderle. Pero si le preguntara a Dios, quizás un día Él le respondiera...

Meneó la cabeza mojada, desorientado. Dios debía de esconder a Paula por celos.

Sus labios murmuraron dulcemente:

–Paula... Paule... Paule... *Toujours*... Paule *Toujours*... Pô...

La tristeza lo entibiaba como podía, haciendo resurgir recuerdos que deberían estar muertos, pero que la condición humana no permitía nunca olvidar.

Se adormeció de fatiga y agotamiento. Cuando despertó, la mañana se delineaba aún por dentro de la cortina de lluvia, pero ésta comenzaba a debilitarse, anunciando que en seguida pararía.

Abrió los ojos y, como siempre, se limpió la arena del rostro. El cuerpo estaba acalambrado y el frío le hacía sentir dolor. Se irguió, atontado. No había muerto. Dios tenía razón. Aún quedaba más dolor por delante, en el horizonte, en el futuro. Sin dolor el hombre no vive.

Fue a mirar los estragos causados a la canoa. El hambre volvió a molestarlo. Limpió la arena de un pedazo de la canoa y extrajo un resto de *rapadura* * guardada en una vieja lata de grasa. Masticó lentamente, para que rindiera más. La lluvia, después de mortificar en una noche desgraciada, se recogía para desaparecer. Apenas era ya una sombra ceniza que atravesaba el río para esconderse en la mata enverdecida.

---

* Azúcar solidificada en bloques. (N. de la T.)

–Ahora toca andar, Fray Calabaza. No falta mucho. Cuatro horas descendiendo mansamente por el río. También... porque tú ya no tienes más fuerzas para luchar.

Retiró cautelosamente la arena que el viento acumulara sobre la embarcación. Urgía actuar así para que "Hermenegilda" no se pusiera más pesada. Se sentía al final del camino y, también, al final de sus energías.

Comenzó a remar para calentarse. Remar para vivir, para revivir. Para recibir en el alma el consuelo de Santo Tomás de Aquino que pregonaba a los siete vientos: "Vivir pronto para morir, mas vivir como si nunca se fuera a morir".

Sonrió, desconsolado. Tom –como lo trataba en la intimidad– era tan gordo que la mesa donde trabajaba poseía un agujero para que en él entrara su barriga. Tom, tan gordo, y él tan enflaquecido y hambriento. El sol surgía como por encanto. La selva estaba perfumada de lluvia, en un esplendor luminoso. Las playas blancas habían adquirido un ceniza reverberante. El río era plata extendida sobre las aguas. Las grandes aves habían regresado al cielo. El sol amigo, cálido, daba nueva dimensión a las cosas que doraba.

Aquella opresión de la noche anterior iba siendo espantada por la riqueza de los paisajes.

Remó más y aquietó el corazón, abriéndole la primera ventana de ternura. Sentía hasta un poco de remordimiento. Si aquello continuaba, acabaría cediendo. Siempre había sido así: estallaba de rabia, atravesaba una calle y ¡pum!... la rabia había desaparecido.

Miró amigablemente al cielo que escondía a Paula en la belleza de toda su amplitud y se sobrecogió ante tanta maravilla.

Comentó, para comenzar:

–No hay duda de que Tú hiciste cosas muy bonitas...

Silencio del lado de allá.

–Ayer fue horrible, ¿no?

Nuevo silencio. Parecía que Él estaba gozando con su confusión.

Intentó disculparse.

–¡Pero que fue duro sí que lo fue! Tal vez yo haya sido un poco precipitado.

Una racha de viento se abatió sobre el río, la canoa y su rostro. Parecía que hasta el viento preguntaba:

–¿Un poquitito?

–Bueno, pero en mi lugar, ¿qué es lo que Tú harías? ¿Dime?

No llegó respuesta alguna, pero aquel viento quería decir que del otro lado las cosas estaban siendo recibidas.

Remó más y miró el encantamiento del paisaje, reconocidamente.

–Muchas gracias. Pero yo tenía que desahogarme. Juré en mi vida confesar todo lo que hiciese, aun lo más triste, lo más oscuro, lo más feo. Todo no pasó de un desahogo, una confesión. Además, si yo no peleara contigo, ¿con quién podría pelear, en este abandono?

Permaneció con los ojos llorosos, como un bobo. Remaba de cualquier manera y miraba hacia lo alto.

—Juro que ya no tengo más rabia contra Ti. Ni te detesto. Sabes, Dios mío, ¡Tú eres formidable! Realmente formidable. A veces, uno ha de tener mucha paciencia contigo. Pero vale la pena. Yo perdono todo. Ya no estoy enojado. Te perdono de todo corazón…

Y le vino una alegría inmensa. El viento descendió para alejar a los mosquitos. El río corrió más, para que "Hermenegilda" no se pusiera tan obtusa. Y todo se hizo más lindo porque Dios, sintiéndose perdonado, también estaba contento de la vida.

Y salieron río abajo, muy amigos de nuevo.

Fray Calabaza en su canoa dura, y Dios remando la soledad de los hombres.

2

"TOUJOURS"

El Capitán Murilo estaba casi sobrevolando el río. Se complacía con la sombra del avión que se deslizaba sobre las playas, sobre el río, o corcoveaba en las copas de los árboles.

El Teniente Barbosa lo sacó de sus ensoñaciones.

–¿Será que ese tipo ya se despertó?

–Déjelo dormir al pobre. Su cansancio es tan grande que ni siquiera vio que ya descendimos y subimos tres veces. Si el avión cayese iba directo para el cielo.

–¿Usted lo conoce desde hace mucho tiempo?

–Quien tiene más de cinco años por estos lados conoce a Fray Calabaza. Lo conocí hace tiempo, en Xingu, en el antiguo puesto Capitán Vasconcelos. El hombre estaba loco por los indios. Llegaba hasta a desvivirse por ayudar a cualquier indio. La primera vez que lo vi, llevaba a mi padre para que conociera la selva. Mi padre quedó impresionado con él, que en aquel tiempo apenas era un hombre de zueco blanco.

Rememoró al avión descendiendo en el estrecho campo de Xingu y a la indiada desnuda cercando el aeroplano. Su padre se había sorprendido por la musculatura de los selvícolas. Y sobre todo por la sonrisa y simpatía que demostraban. Preguntó a uno de los conocidos por Orlando, y él hizo señas de que había viajado, que estaba lejos.

–¿Y quién tomó a su cuidado el Puesto, Maricá?

El indio rió y murmuró apenas:

–Cal.

Caminaban en dirección al rancho, seguidos por la bandada de indios. Todos esperaban obtener algún regalo de aquellos *caraíbas* *.

Maricá lo tomó de la manga de la camisa y lo llevó hasta la enfermería, un rancho más chico, también de forma circular. Señaló hacia adentro.

–Cal.

El hombre estaba agachado, haciéndole una curación en la pierna a un indio todavía joven. Se irguió solícito y apenas presentó el puño para corresponder al saludo del Capitán Murilo pues aún tenía las manos sucias del medicamento.

* Entre otras acepciones, nombre que los indios daban a los europeos. (N. de la T.)

12

Se disculpó.

—Escuché el ruido del avión, pero no pude acercarme hasta allá, porque sino este diablo se me iba al otro mundo sin el tratamiento. ¡Pero qué placer verlo, Capitán Murilo!...

—Traje a mi viejo para que conozca el *sertão* *.

Cal rió al simpático señor.

—Le va a gustar mucho. Lástima que Orlando haya ido hasta Río en busca de una partida de dinero. Todo está con un atraso de los mil diablos. Ustedes, ¿no van a ir hasta el otro rancho? En seguida, en seguidita acabo con esto y voy para allá.

Se encaminaron hacia el lugar, seguidos aún por los indios.

—Todo esto, papá, y sólo esto es lo que estos hombres tienen por vivir.

El viejo se quedó perplejo. ¡Y era gente tan joven y tan alegre! Entraron en el rancho, examinándolo bien. Algunas hamacas extendidas. Un enorme monte de arena en la playa para que los chicos jugaran. Una que otra cama de campaña, y sólo eso.

El viejo se rascó la cabeza, admirado.

—No es mucho, ¿no? Y hay gente que todavía calumnia a estos abnegados.

Se sentaron en el banco tosco y bromearon con los indios conocidos del capitán. Luego Fray Calabaza entró, enjugándose las manos en los pantalones desabotonados.

—Estábamos aguardándolo para saborear un cafecito.

Cal rió alegremente.

—Bien que me gustaría. Un cafecito, con unos bizcochitos, un *beijuzinho* ** caliente con una mantequilla sabrosa. Así es. Créame, mi querido amigo, deseo no es lo que me falta, pero...

Lanzó otra carcajada.

—Hace exactamente cuatro meses que no sabemos lo que es el café, ni el azúcar, ni un cigarrillo, ni sal, ni grasa... Ni siquiera un jabón. Orlando fue allá a recoger ramas... Estamos aguardando su regreso. Hay noches en que mi cielo consiste en soñar con un maravilloso pedazo de guayabada, de esos que dan escalofríos de tan dulce...

Murilo balanceó la cabeza.

—¿Es posible, santo Dios?

—No es posible, pero tiene que ser.

El viejo se quedó mirando las piernas delgadas de Fray Calabaza. Fascinado por los zuecos blancos del muchacho.

—¿Y qué es lo que ustedes han comido, últimamente?

—Ella, la tosca, la hermana calabaza. Uno toma arroz sin sal, mete adentro la calabaza, esparce pimienta por encima y se la manda gar-

---

* Lugar muy apartado de los terrenos cultivados y de la costa. (N. de la T.)

** Comida con harina de mandioca o tapioca, con huevos y azúcar. (N. de la T.)

ganta abajo. Si la deja enfriar, no la aguanta. O se pegotea en el paladar...

Rió nuevamente. Descruzó las piernas y juntó las manos.

–Además de nuestra comida común, tenemos una hamaca limpia, mucho frío, y apenas nuestro calor humano para ofrecer. O cuando mucho, si nuestra propuesta no fuera tentadora, un baño agradable que mata las tristezas en las aguas frías del Tuatuari.

Después, casi imploró.

–Por caridad, Capitán Murilo, quédese con nosotros esta noche. ¡Nos gustaría tanto saber alguna cosa de la ciudad! También estamos sin radio.

Se quedaron y conversaron alegremente hasta tarde. El Capitán Murilo sabía que una noche mal dormida y mal alimentada no alcanzaba para matar a nadie.

Su padre fue hasta el pequeño rancho donde Cal dormía. Era un rancho minúsculo. Dentro sólo había una pequeña cama de campaña, de la que únicamente se conservaban dos patas. La parte posterior estaba sostenida por un viejo cajón. De unos clavos, en la pared, colgaban algunas camisas. Arriba de la cama había una de esas frazadas tipo bolsa y diarios viejos y amarillos.

Cal mostró los periódicos.

–Esto sirve para extenderlo sobre la cama y aminorar el frío. Siéntese.

El viejo estaba estupefacto. A la luz de la lamparilla, el ambiente parecía más pobre que cualquier celda de un humilde sacerdote:

–Pero usted es joven, no puede terminar con su vida así, de este modo.

Cal palmeó la espalda de su nuevo amigo.

–Estoy aquí porque quiero, porque me gusta. Nadie me obliga a quedarme. Y, mire –alisó la bolsa de campaña–, esto es un lujo que mucha gente no puede permitirse. Imagine a esos pobres indiecitos que duermen haciendo fuego a ambos lados de la hamaca. A cada momento están obligados a levantarse para reavivar el fuego. ¿Se imagina?

–¿Qué le gustaría a usted recibir? ¿Qué podría mandarle de la ciudad, en seguida que llegue?

–Tantas cosas, que no sé qué elegir.

–Digamos lo más inmediato.

–¿Podría pedirle tres cosas?

–¡Y mucho más!

Fray Calabaza sacudió la cabeza negativamente.

–Un pedazo de chocolate, un paquete de cigarrillos y diarios y revistas; no importa que sean viejos. Aquí siempre serán novedades.

El padre del Capitán Murilo se sobrecogió.

–Todo eso le será remitido. Lo juro.

Después hizo castañetear los dedos nerviosamente.

–¡Qué mala suerte! ¡Ninguno de la tripulación fuma! Pero esté seguro de que no olvidaré al hombre de los zuecos blancos.

Cal volvió a palmearle la espalda.

–No se olvide. Porque mucha gente que viene por acá dice cosas parecidas y cuando llega a la ciudad ni se acuerda de uno...

Ahora el Capitán Murilo dirigía el avión pensativamente, y Fray Calabaza dormía sin cesar.

El Teniente Barbosa lo despertó de su ensueño.

–¡Hombre! ¿Dónde estaba que le pregunté dos cosas y no me oyó?

–Estaba muy lejos. ¿Qué era?

–Pregunté si ese hombre era realmente misionero.

–Nada de eso. No lo es. No es misionero en el verdadero sentido del término. Pero supera a diez misioneros juntos.

–¿Él gana suficiente dinero como para hacer todo eso?

–Nada. Nada de nada. Pasa una temporada en la ciudad, trabaja, pide limosna, obtiene algún dinero y trae todo para los indios.

–¿Y de dónde le viene el sobrenombre de Fray Calabaza?

–Nunca se lo pregunté. Nunca oí decir su nombre. Lástima que dentro de media hora tengamos que dejarlo en el Bananal. Vamos a hacer una colecta para ayudarlo.

El sargento de a bordo entró.

–Capitán, el hombre flaco despertó.

Murilo se levantó y siguió al sargento. Se sentó cerca del viejo amigo de los zuecos blancos.

–En este momento, capitán, estaba pensando que no fue Pedro Alvares Cabral quien descubrió al Brasil, sino este condenado DC3.

Estaba muy débil y hablaba con esfuerzo.

El Capitán Murilo observaba el avanzado estado de debilidad del hombre. Había envejecido, o mejor dicho, se había consumido bastante desde la última vez que estuvieran juntos.

–Pero, Fray Calabaza, ¿qué diablos le ha pasado? ¿Cómo es que un hombre puede llegar a tal estado de desgaste físico? ¿Dónde estaba?

–Allá –y señaló con los dedos flacos en dirección a Xingu.

Después continuó pausadamente, como si cada palabra soportara un gran peso.

–Estuve cuatro meses o más, ya ni me acuerdo, ayudando en el reino de la calabaza. Allá la gente sólo tiene hartura cuando llega el dinero... Después...

–¿Y cómo es que vino a parar a esos lugares?

–Apareció un avión particular y me hizo el favor de llevarme hasta Mato Grosso. Entonces, como yo tenía Aralém, remedio para la disentería, y antibiótico, preparé una canoa miserable y bajé por el río para dar una manito a esas aldeas tan abandonadas. No pensé que estuviese tan débil. Mucho más de lo que pensaba. En fin, voy a descansar unos días en el Bananal y a recoger algún material de los indios para vender y comprar comida, ropa y municiones. Y un montón de esas cosas que ellos necesitan.

El Capitán Murilo sonrió.

—¿Siempre la misma cosa?

—Además de Dios, ¿qué otra cosa existe? Siempre la misma cosa. Sólo día y noche. Noche y día.

Suspiró, fatigado por el esfuerzo de la conversación.

—¡Cómo me gustaría conseguir un cigarrillo!

El sargento tomó un paquete y un encendedor y se los entregó. Con los dedos trémulos, Fray Calabaza retiró un cigarrillo, que se llevó a la boca. Pero sus dedos tomaron el encendedor temblando, sin fuerzas para hacerlo accionar. Fue necesario que el sargento acudiera en su ayuda.

Dio una larga bocanada y recostó la aturdida cabeza contra la silla. Sólo entonces dejó vagar la mirada por el resto del avión y pudo notar que una porción de gente diferente lo estaba observando. Recordó que había embarcado con otras personas, no con aquéllas. Ciertamente el avión se había detenido muchas veces y debió de haber cambiado el pasaje.

Rió, mirando al Capitán Murilo.

—¿Cómo está su padre?

—Bastante bien. Esperando su visita, algún día, en Río.

—Sí, algún día iré para agradecerle personalmente los regalos que me envió.

—¿Y después del Bananal?

—Seguramente *São Paulo… São Paulo.*

Rió suavemente.

—En seguida estaré, cualquier tarde de éstas, en Barão de Itapetininga, mirando pasar a Françoise…

—Ya estamos llegando a otra de sus casas, Fray Calabaza. Sus indios ya están sintiéndole el olor. ¿Cuántos años hace que usted viene a Bananal?

Pensó un poco.

—Quizá veintitrés o veinticuatro años. ¡Qué sé yo! En ese tiempo no existían ustedes, con sus alas de ángeles para ayudarnos. ¡Todo era tan duro y tan lejano! Tren, camión, canoa y mucha marcha a pie. En cambio, yo era joven y servía para alguna cosa. Hoy soy esta porquería inútil que está viendo.

• • •

Sus planes fallaron rotundamente. Tendría que permanecer en el Bananal mucho más tiempo del que supusiera. Su estado de inanición era tan grande que parecía provenir de un campo de concentración y no de las selvas de Xingu. Había caminado el kilómetro existente desde el aeropuerto hasta la aldea de los indios casi como una carga, apoyándose un poco y otro poco arrastrándose. Tenía las rodillas doloridas como si se le hubieran paralizado. En la casa central del Servicio le dieron una habitación con una buena hamaca. La enfermera le aplicó varias inyecciones dolorosas, de vitaminas. Después, como el estómago reclamara, fueron aumentando paulatinamente su alimentación.

Entonces lo atacó un verdadero estado de postración. Se sintió somnoliento y febril. Su cuerpo, a cada momento, era acometido por escalofríos y malestar. Deliraba hasta con los ojos abiertos…

Sentía que hasta la blandura de la hamaca lo molestaba, le producía más dolor que la dura arena de la playa.

Hasta los indios habían interrumpido sus incansables cánticos y el entrechocar de las *maracás* * para que él pudiera recuperarse.

Y una noche, entre la fiebre y el sueño, sus fantasmas, con dedos de angustia, le reabrieron las llagas de la nostalgia.

…Miró espantado al amigo sorprendido.

—¿Qué pasó?

—¡Cielos! Qué quemado está.

—Vine de allá. De la selva.

—¿Quiere posar para mí?

—Bueno. Estoy sin nada.

—Con ese bronceado va a quedar colosal.

—Y no es solamente eso. Míreme las manos callosas.

—¿De qué?

—Remo y machete. Estoy fuerte como un burro.

—¿Por qué no vuelve a posar en la Escuela de Bellas Artes?

—Volveré. ¿Usted puede conseguirlo?

—Basta con que aparezca por allá. Los modelos que hay allá son horribles. Un mujerío de pechos caídos.

—¿Cuándo voy? ¿Mañana?

—Mañana. ¿Usted ha dibujado?

—Un poco.

—Entonces, hasta mañana.

—OK.

Recordó que había vuelto a posar quince días atrás. Y no alcanzaba para todos. Tenía que posar en las clases de modelo vivo, por la tarde. Por la mañana, en las clases de escultura. Después del almuerzo, para alumnos particulares. No tenía tiempo ni de cambiar de taparrabos. Quedaba cansado, con los pies doloridos. Firme en las poses, impasible, mi-

---

* Calabaza seca con piedras o frutos en su interior usada en fiestas y ceremonias religiosas. (N. de la T.)

rando, como una condenación, el reloj, colocado bien frente a sus ojos. La sangre parecía espesársele en las venas. El tiempo se amarraba a los minutos. Y hasta que no cayera en un nirvana absoluto, en un desinterés total, aquello se asemejaría a un purgatorio.

Posaba siempre con una condición, la de hacer el curso libre de dibujo. Pero esta vez estaba tan asediado que no le sobraba tiempo para nada. Era bueno aquello porque necesitaba dinero. Hacía cuatro años que posaba en la escuela. Y podría continuar posando, a pesar del magro salario; su cuerpo aún resistiría mucho. Juventud no le faltaba. Perdido en el desinterés, dejaba que el tiempo se gastara, que triturase las horas como le conviniera, ya que siempre estaba encadenado a la inmovilidad.

En el intervalo de una de las poses de modelo vivo, el amigo se acercó a preguntarle:

–¿Qué vas a hacer esta noche?

–Todavía estoy medio desacostumbrado con las poses; puede ser que vaya a mi hotel en la Plaza de la República, a dormir.

–Tengo un lindo programa. Principalmente para un "siempre listo" como tú.

Se sentó en la tarima y, mientras se interesaba en el asunto, se friccionó los pies para activar la circulación.

–Una fiesta.

–¿Dónde?

–En la casa de aquella escultora grande y gorda. Comida y bebida a discreción. Todos los artistas fueron invitados.

–Pero yo no soy artista.

–Tonterías. Dibujas tanto como yo. Además –le guiñó un ojo–, ella simpatiza contigo.

–No tengo ropa.

–Es una fiesta de artistas. La ropa no cuenta para nada. Si quieres, nos encontramos a las ocho y media en el Largo do Machado. ¿Está bien?

–Aunque cambie de idea me encontraré contigo allí.

• • •

Pensó no ir, pero fue. En el hotel tomó un buen baño, alejando el cansancio de un día de estatua. Se puso un traje claro, a cuadros de suave color café. La misma camisa azul marino, porque resaltaba su tono bronceado y el dorado de los cabellos. Era otro hombre, rezumando juventud y alegría por todos los poros. Ni parecía que estuviera tan cansado.

Se encontró con el amigo, a la hora fijada.

Ambos rieron al mismo tiempo.

–Pensé que no venías.

–Pero vine.

El amigo observó su ropa.

—No está mal, no está mal.

—Me puse lo más elegante posible.

—Eso es bueno, porque en esas fiestas siempre existen algunas millonarias medio locas que dan oportunidades.

—Si fueran iguales a aquellas millonarias viciosas que van a bailar con uno en el cabaré Cristal, en la Lapa, desisto.

—¿Es peor que quedarse desnudo delante de una multitud, en la Escuela?

—En la Escuela los ojos no arrancan pedazos. En el cabaré, con que la persona vaya ya es suficiente, imagina... Cada rostro grasiento, cremoso, perfumes dulces, las manos como verdaderas aspas o palancas, manos sudadas y brillantes de joyas.

—Y con eso, ¿qué?

—Cuando las brujas descubren que uno está allí, como prostitutos que no pueden escapar antes de que el cabaré cierre, salen furiosas, dejando una miserable propina que no alcanza ni para un *filet mignon*.

—¿Ninguna te agarró después?

—Solamente dos. Quedaron rondando con el automóvil y el chofer hasta que yo saliera.

—¿Y entonces?

—Muchacho, los pies le dolían tanto a uno que cuando caía en los suaves almohadones del coche ya ni se interesaba por las otras cosas, ni por las frasecitas pegajosas de *Mon chou, Mon petit chou.*

Lanzó una alegre carcajada.

—¿Vamos a tomar un taxi?

—Vamos en el tranvía.

—Es que con el tranvía no llegamos nunca. Y como recibí unos mangos de mi abuela...

—Menos mal, porque estoy seco como nunca. Y eso que ya recibí algunos adelantos.

Tomaron un taxi.

—¿Por qué esa carcajada?

—Me acordé de una señora gorda, pálida, con cierto bozo, que me dio un abrazo tan grande como si fuese el Cristo del Corcovado, ahogándome en una marea suavísima de seda y llamándome... ¿sabes cómo?

Rió nuevamente. El otro movió la cabeza negativamente.

—*Mon chien.*

Hicieron una pausa.

—¿Y el hombre de las fotografías?

—¡Ah, muchacho! Aquél era un buen negocio. Dejaba un dineral.

—Pero, ¿él no era...?

—A mí no me interesaba. La base de nuestra relación era el negocio. Después la policía le cayó encima y cerró el *atelier*.

–¿No tenías miedo de que alguna fotografía te comprometiera?

–No había peligro. Nunca dejé que fotografiara mi rostro o, cuando lo hacía, estaba tan fuera de la iluminación que sería imposible reconocerme.

–No sé dónde voy a encontrar sujeto más inmoral que tú.

–Inmoral, nunca. Sin moral, tal vez. Es fácil juzgar a los otros cuando se tiene de todo. Fácil, fácil. Yo no tengo casa, ni padre rico, ni abuelo que me mande dinero. Y tú no sabes lo que es el hambre a mi edad.

–¡Bueno, pero yo no tengo la culpa de no ser como tú!

–No le doy importancia a eso. Si fuésemos a depender de mí, iríamos camino de una fiesta, en tranvía. ¿Dónde queda la casa de la gorda?

–Tan pronto salgamos de Copacabana y entremos en la Laguna Rodrigo de Freitas. Estamos muy cerca.

La casa, en lo alto de una gran muralla, se hallaba totalmente iluminada.

–¿Conoces a la gente? ¿Ya estuviste antes aquí?

–Millones de veces.

–¡Uf! ¡Qué alivio!

Se sentía fuera de aquel mundo, pero después de tres whiskys dobles cualquier cosa le parecía íntima. Para eso tenía juventud y belleza. Lo que deseaba era comer cosas exquisitas y beber whisky gratis.

Fue presentado a decenas de personas probablemente sin nombre, como en su caso. Por el contrario, su amigo se encontraba en su ambiente. Se inclinaba, besaba las manos de las señoras elegantes, tenía siempre una frase ingeniosa para cada ocasión. De lejos, le guiñaba el ojo, entre borracho y feliz.

Alguien a quien era presentado se aproximaba admirado porque el otro hacía su cartel, dando gran importancia a su condición de modelo, exagerando al decir que su cuerpo era el más perfecto de Río de Janeiro. Pero las millonarias robustas y repletas de joyas no aparecían y eso ya era algo bueno.

Recogió un nuevo vaso de whisky de una bandeja que pasaba y se fue alejando de los salones. Fue a buscar un rincón, con aquella atracción suya que no sabía explicar y que siempre sentía por los rincones. Descubrió una terraza en calma, menos iluminada, desierta ante todo, derramándose sobre las aguas iluminadas de la laguna.

La música de adentro se tornaba lejana. Un poco de agotamiento por el día de trabajo y algo de aturdimiento a causa del alcohol hicieron que cerrara blandamente los ojos. El entorpecimiento de la primera embriaguez tornaba el mundo leve, sin angustias, sin problemas, sin comparaciones. El momento era aquél, únicamente aquél.

–¿Va a beber solito?

No abrió los ojos. La voz femenina era agradable.

Extendió el vaso, ofreciendo el whisky.

–Puede beber. Es gratis.

Una carcajada alegre aprobó su frase.

—¿Está borracho?

—No propiamente.

Se obstinaba en no abrir los ojos, temeroso de descubrir a una millonaria gorda.

Escuchó el ruido del vaso al beber, y el entrechocar del hielo.

—Antes de que yo llegara, ¿dónde estabas? ¿En qué mundos te habías escondido?

—Ése es el error. Justamente yo no estaba. No estaba en nada.

—¿Sabes que hoy te vi de lejos?

—¿Sí?

—Y de lejos me agradaste. Pero aquí, en esta penumbra, continúo sin ver de cerca el color de tus ojos.

—Tienen un color tonto, castaño oscuro.

—¿Fuiste tú quien apagó ese velador?

—¿Qué velador? Cuando llegué estaba todo oscuro. ¿Puedo continuar con los ojos cerrados?

—Sí, puedes. Pero voy a encender el velador.

Antes de que dijera nada, la mujer movió el interruptor. Sintió que todo estaba iluminado.

Ella se sentó a su lado, en el sofá.

—¡Qué pestañas largas tienes!

Él sonrió.

—¿Sabes que eres muy buen mozo?

—Sí, lo sé.

—Engreído. ¿Conoces a Zoraida?

—¿Qué Zoraida?

—Mi amiga, la dueña de casa.

—Estuve desnudo una vez para ella. Una vez no, muchas veces.

En esta ocasión la risa llegó llena de gracia.

—Estás loco. ¿Por qué desnudo delante de Zoraida?

—¡Qué sé yo! No quiero pensar. El problema es de ella.

—¿Cómo viniste a parar aquí?

—Fui invitado por un amigo que es amigo de otro amigo de su amiga.

—¿Te parece aburrida la fiesta?

—Antes de que tú llegaras, sí. Vine solamente para comer, para ahorrar el sándwich de la comida.

—¡Pobrecito!

—¿Tú eres rica?

—Bastante.

—¿Gorda?

—Nada de eso.

—¿Vieja?

–No se pregunta eso a una mujer. Pero vaya eso por cuenta del alcohol. Treinta y dos años.

–¡Qué escondedora!...

–Pues bien, soy rica, delgada, bastante joven y me llamo Paula.

–¡Dios del cielo! Con todo ese capital casi abro los ojos.

–Espera un poco. Cuando diga uno, dos, tres, los abres.

–Trato hecho.

Oyó que la mujer se alejaba del sofá. Su voz se hizo lejana.

–¡Uno, dos, tres!

Abrió los ojos y solamente entonces divisó a Paula en la plenitud de su belleza morena. Ella reía, recostada contra la terraza. Analizó a la mujer con arrobo, como fulminado.

Los cabellos lisos y negros, separados a ambos lados, tenían una independencia salvaje. Sus ojos eran aterciopelados, la nariz bien hecha, los dientes blanquísimos, los labios pulposos. El cuello era elegante, alto; el seno, que aparecía por entre el osado escote, presentaba un blanco sombreado. Los senos eran duros, atrevidos, vivos, bajo la transparencia del blanco vestido. Descendió los ojos por la cintura esbelta, que se ampliaba en las bien torneadas caderas. Y ambas piernas estaban bien formadas, desde los zapatos hasta el contorno de los muslos.

Ella, riendo, se señalaba el pecho, y golpeaba levemente con el dedo índice su propio cuerpo.

–¿Te gusta Paula?

–¡Qué hermoso nombre para una cosa tan linda!

Ella se apoyó en los brazos y se irguió, sentándose en el borde de la terraza.

No se contuvo. De un salto se situó junto a la mujer, y la tomó por los hombros.

–¡Estás loca! ¡Puedes caer desde esta altura!

Medio atontada, Paula reclinó la cabeza sobre el pecho de él.

–Baby. Estuve buscándote desde que la primera estrella fue creada...

Un suave perfume venía de todo su cuerpo, de sus cabellos. Él deseaba quedarse así toda la vida, sintiendo ese cuerpo sobre su existencia.

–¡Qué agradable perfume!

–Es "Ma Griffe". *Griffe*, uña, garra.

Con las manos crispadas rozó las espaldas de él, desde la nuca hasta donde sus nerviosas manos alcanzaban.

–Puede llegar alguien. Vamos a salir de esta posición.

Se dejó llevar hasta el sofá, con languidez. Se reclinó y cerró los ojos.

Quedaron en silencio, fascinados por la mutua atracción.

Ahora le tocó a Paula permanecer con los ojos cerrados. Parecía que ya no existía la fiesta, ni la música, ni nada. Solamente los dos, sintiéndose. Gustándose, encontrándose cada vez más próximos.

Paula interrumpió el éxtasis. Hablaba susurrando.

–Baby.

–Hum...

–Toma mi mano.

Obedeció.

–¿Sabes, Baby, lo que dicen los árabes?

–¡Qué idea! ¿Qué dicen?

–Que cuando se produce un silencio en una conversación es porque pasó un ángel.

–Entonces vamos a dejar pasar una legión de ángeles ahora, para que yo te aprenda de memoria. Así como estás. Mañana, cuando todo pase, quiero recordarte así. ¿Puedo?

Ella le clavó las uñas en la muñeca.

–¿Quién eres, Baby?

–¡Nadie! Nada.

–¡Qué bueno!

Sonrió.

–Bueno. ¿Por qué?

–¡Todo el mundo quiere tantas cosas!

–Ahora me toca a mí preguntar. ¿Quién eres tú, Paula?

–No nos descubramos. Vamos a continuar en nuestro baile de máscaras.

Cuatro ángeles pasaron lentamente.

–Baby...

–Hum...

–¿Podrías quererme?

–Ya te quiero. ¿Y tú?

–Para siempre. *Toujours*.

–Paula Toujours... La verdad, mi bien, es que estás demasiado alta para mí. Y mañana estaremos siguiendo la vida, cada cual a su modo...

Pasos y risas se acercaron a la terraza. Él reconoció la voz estridente de su amigo. Adivinó que la verdad a su respecto sería descubierta y así terminaría un baile de máscaras más.

–¡Fugitivo! Di vuelta la casa buscándote.

–Si hubieras dado vuelta la terraza, yo habría caído en seguida.

El amigo, sonriendo, tropezó con Paula.

–¡Ah! ¿Entonces ustedes ya se conocen? ¿Entonces Paula descubrió a nuestro Apolo *Cigarrette*? ¡Vaya, viva!

Se levantó medio contrariado.

–Tanto me podrías haber presentado como Apolo *Cigarrette*, o como Cristo, Narciso, Eros, o cualquier otra estatua de la que fui modelo.

Había un aire divertido en el rostro de Paula.

—Ahora ya sabes por qué estuve desnudo frente a tu amiga. Cualquiera que me pague podrá verme desnudo. Me voy. Mañana volveré a ser Cristo a las nueve horas en punto.

Paula se levantó, secreteándole:

—Baby... ¡Bobito lindo!

El cuerpo joven, duro contra el suyo, en aquella breve despedida; el alcohol que empujaba a Paula a sus brazos. No sabía si la muchacha estaba divirtiéndose con su insignificancia.

El perfume. Las uñas, las garras. "¡Paula! ¡Paula! Paule. Toujours... Toujours... Toujours..."

3

ZÉFINETA "B"

El hombre propone y Dios dispone. El hombre quiere, Dios "pega", no quiere. Siendo así, los planes de Fray Calabaza se retardaron completamente.

Cuando comenzó a abandonar la hamaca y probó a dar los primeros pasos, toda la tierra giraba alrededor, en un gran vértigo. Respiraba fuerte e intentaba nuevamente. Poco después abandonó la habitación para redescubrir la belleza y la tibieza del sol de junio, que comenzaba.

Y fue una fiesta para todos. Los viejos indios venían a conversar con él a la sombra de una copuda *mangueira*. Y los niños subían a sus rodillas, mezclando el portugués con su complicada lengua, le pasaban la mano por su barba grande y enrojecida. Le pedían cosas, le encargaban cosas para cuando él fuera a la ciudad.

–*Toerá* –así lo llamaban ellos–, *Toerá*, te estás poniendo *matukari*.

–¿Viejo, yo? Dejen estar, diablitos, que también ustedes se van poner viejos algún día.

Reía.

–Estás lleno de cabellos blancos.

Pasaban las manecitas por sus sienes, por la nuca.

Uno combinó con los otros.

–No vamos a dejar que Toerá, que es nuestro padre, se ponga viejo.

Todos estuvieron de acuerdo. Y fue una avalancha de pequeñas manos trabajando sobre su cabeza.

–¡Ay, ay, ay! Diablos. Arránquenme los cabellos blancos más despacio. ¡Lo que ustedes quieren es dejarme pelado!...

Todos rieron. Arrancaban un hilo blanco y lo levantaban para mostrar la conquista. Se sentía sofocado por el calor de los cuerpos cayendo sobre su reciente flaqueza; quedaba atontado pero complacido con el olor de pescado cocido que escapaba de esas pequeñas manos arteras. Y no decía nada, con miedo de alejar tanta ternura.

–Toerá, ¿traerás *buna-buna* para mí?

–Sí, traeré.

–¿Para mí también?

–¿Para mí?

—¿Para mí?

—Para todos, demonios míos.

—¿Traerás una pelota?

—Traeré para todos.

Sabía que pelotas era lo más caro y difícil de llevar.

Después vinieron los montones de encargos. Carritos, juegos de damas, bolitas, papel para hacer barriletes, anzuelos, camisas, pantalones y un sinfín de cosas que obligarían a su mísero corazón a implorar por toda la ciudad, tan grande, tan distante y fría.

—Traeré de todo, voy a fabricar, voy a robar, bandidos. Y también voy a traer un chicote de este tamaño para pegarles en la cola a todos ustedes.

Intentó levantarse.

—Ahora basta, si no Toerá va a tener mucho dolor de cabeza.

Miró el río y sintió el calor del día. Tuvo deseos de mojarse el rostro en las agradables aguas del río amigo.

La chiquilinada entendió su mirada.

—¿A bañarse, Toerá? ¿A bañarse?

Tomó un trozo de escoba que le servía de bastón e intentó erguirse. Ahora las rodillas le dolían menos y comenzaban a funcionar.

—Toerá bien que querría. Pero está muy débil todavía.

—¡Los chicos ayudaremos! ¡Los chicos ayudaremos!

—Entonces tú, Uerradiú, corre a mi habitación y trae una toalla.

—¿Tiene jabón?

Miró la alegría refulgente en cada mirada. Estuvo indeciso. Tanto tiempo había pasado sin un jabón, y ahora que por fin tenía uno sería gastado en pocos minutos, con tantos chicos juntos.

Rió.

—Está bien, señores gigolós, pueden traerlo.

No servía para nada haber indicado apenas uno, porque todos salieron a la disparada, brillando dentro del sol caliente, levantando polvo del suelo. A su lado sólo permanecieron los más pequeños.

• • •

Quince días después ya miraba la vida de otra manera. Fue recobrando las fuerzas paulatinamente, y poco a poco también las carnes comenzaron a aparecer en su cuerpo enflaquecido. Ahora sus ojos poseían un nuevo brillo y el trozo de palo de escoba que le servía de apoyo no estaba ya en sus manos. Podía caminar, aunque lentamente. Los amigos lo llenaban de banana, pescado, mamón y mandioca.

La vieja Xemalo aparecía todas las tardes con una raíz de mandioca y, mezclando con términos indios un portugués destrozado, se la regalaba, recomendándole:

–Toerá necesita comer mucha mandioca. Mandioca es buena para ponerse fuerte.

Agradecía y sonreía, pensando que los indios viejos nunca conseguían aprender bien las palabras. Era más fácil usar una adaptación. Difícilmente pronunciaban bien: banana era *manana*. Belém, *Melém*, gasolina, *kadiurina*. Naranja, *larájão*. Hasta conseguían dar una cierta gracia a palabras que en portugués eran horrendamente feas.

Vuelta a andar, hacer ejercicios, caminar por la aldea, sentarse en las esteras y escuchar conversaciones. Visitar la casa de Aruanã y quedarse escuchando las inacabables, complicadas y monótonas cantigas. Vivir la vida, dormitar a la orilla del río, sumergirse en sus aguas, haciendo fuentes con los chorros de agua lanzada al cielo por su boca. Comer cosas suaves mansamente, hasta que se recuperara del todo y pudiera ir a São Paulo, y recomenzar todo de la misma manera y cada vez con más dificultad, porque la vida encarecía tremendamente. Una tarde, cuando el calor se hacía más fuerte, caminó en dirección a la aldea. Mirando la pobreza de los ranchos mal alineados, se puso delante de Uataú, contemplando fascinado las tres tortugas. Eran tres ejemplares enormes. Estaban presas, y los vientres combados mostraban su condición de hembras. Por el tamaño debían de ser muy viejas. Desde que comenzara a pasear por la aldea, los animales se encontraban en la misma posición. Tuvo pena por ellos. Sin embargo, no podía mudar el orden de las cosas. Día y noche, y desde hacía más de una semana. Pese al sol o al frío cortante de las noches, las cabezas pendían, desanimadas. Seguramente no comprendía el porqué de tanta maldad de los hombres. Allí quedaban, deshidratándose lentamente, lentamente... Y no morirían hasta dentro de algunos días, cuando llegara la fiesta que Andeciula Rituera pretendía organizar. Una que otra vez, si eran tocadas, movían lentamente las patas chatas y con largas uñas. Y seguramente que el sol ardiente acumularía un calor terrible en esas gruesas armaduras. Fray Calabaza sentía que se le humedecían los ojos pero nada podía hacer. Nada. Imaginaba el dolor del hombre al ser arrojado del Paraíso por haber desobedecido a Dios al comer el fruto prohibido. Entonces le habían sido anunciados el dolor de la vida, el trabajo y la muerte como compañeros y sombras paralelas de la debilidad humana...

Pero, ¿por qué los animales tendrían que sufrir la consecuencia del pecado y de la desobediencia de la criatura de Dios? ¿O sería aquél una amenaza? ¿O los animales participarían de los extraños designios de Dios? ¿No había alguna especie de creencia que admitía la encarnación, la transposición del alma del hombre en un animal para purgar el mal y el pecado? Fuese lo que fuere, no entendía por qué un animal tan lindo, obra también de la mano de Dios, después de años de vida dentro de las aguas agradables de un suave río, tenía que estar penando allí, torturado por el fuego de un sol inclemente, sacrificado a la indiferencia de los seres humanos.

Si por casualidad ahora, en ese momento, librase a los animales y los devolviera al río, estarían tan débiles, tan faltos de agua en su organismo, que no conseguirían sumergirse. Se quedarían nadando desorientados, ciegos y sin meta, nadando contra la corriente. Una vez había probado con una pequeña tortuga condenada al mismo suplicio y que había comprado por buen dinero. El animalito tardó horas en recomponerse. Cualquier mal nadador aun habría podido tomarla con la mano tres horas después... Por fin consiguió desaparecer en la oscuridad de las aguas.

Condolido por tamaño suplicio penetró en un rancho y volvió portando un cuenco con agua.

–Sé que no servirá de nada, pero todos los días vendré aquí para esto.

Se arrodilló y sacando un pañuelo del bolsillo lo mojó y fue exprimiéndolo en la boca de las tortugas. Las pobres revolvieron la cabeza de un lado para el otro.

Cuando hubo terminado devolvió el cuenco a un indiecito que miraba con curiosidad y se quedó masajeándose los riñones lentamente.

En su interior rezaba esta extraña oración: "Que Dios me conceda un poco de ternura en la hora de mi muerte".

El indio preguntó:

–¿Por qué Toerá hizo eso?

–Porque los animalitos sufren mucho.

–No sufren, no. Papá dice que Cobra Grande y tortugas no sienten nada cuando se quedan sin beber.

Miró a la criatura, sin argumentos para refutarlo. Pero el niño continuó:

–Cuando ella llega, sufre, se revuelve. Después ya no sufre más, se acostumbra. ¿No vio cómo ellas están quietas siempre?

Pasó la mano por la cabeza de la criatura, alisó sus cabellos negros y tras una sonrisa siguió caminando.

• • •

Se repetía la misma historia: el hombre propone y Dios dispone. El hombre quiere, Dios se obstina en no querer.

Fray Calabaza volaba nuevamente con el corazón lleno de esperanzas. Hacía ya veinte minutos que había dejado atrás la gran aldea, lleno de pedidos y recomendaciones. Dormiría en Goiânia. Al día siguiente llegaría a São Paulo donde, según se anunciaba, el frío intenso estaba causando muertes. Iba desabrigado, pero los amigos siempre lo socorrían. No había nada que temer. Algún malestar, nada más. Sin embargo, no tardó mucho en sacudirlo un nuevo temblor, esta vez más fuerte. Se miró las uñas y vio que se le estaban poniendo moradas. Un frío húmedo le recorrió la columna. No había duda: la "Hermana Malaria" había reaparecido en el peor momento. Temblaba tanto que le castañeteaban los dientes. Y todo aquello, mezclado con los restos de una gran debilidad, le nublaba la vista. Una puntada atroz se le clavaba en la nuca.

Abrió los ojos y tropezó con el rostro moreno y amigo del Mayor Couto.

–¿Qué es eso, Fray Calabaza? ¿Se dio el mal? Si continúa así, mi viejo, no aguantará hasta llegar a Goiânia.

Le consiguieron una manta gruesa para librarlo del frío. Los otros pasajeros lo miraban con pena.

Couto continuaba.

–Me parece que usted debió haberse quedado dos meses en el Bananal. Todavía está muy débil, amigo.

Las palabras venían de lejos, del hueco de la eternidad. Hasta los sonidos le llegaban de una manera lacerante.

–Vamos a dejarlo en Aruanã. Por lo menos, en el hotel de doña Estefanía usted podrá ser tratado. Aunque no quiera.

• • •

Cuando pudo entreabrir los ojos vio con sorpresa que el avión se había convertido en una habitación, y su asiento en una cama amplia y confortable. ¿Qué milagro habrá sucedido?

Se libró de las cobijas porque sentía el cuerpo inundado de sudor, y aspiró el aire con fuerza. Del lado de afuera venían voces, y algunos perros ladraban. Debía de ser casi de noche, porque las sombras vestían la habitación. Se encaminó hacia la puerta. Tomó por un corredor. Ahora sabía dónde se encontraba. Salió a la calle y se sentó en la calzada; los perros, al reconocerlo, le hicieron algunas fiestas. Ante sus ojos fatigados, el río Araguaia se coloreaba con los últimos toques de la puesta de sol. La vieja y conocida planta de tamboril engendraba una gigantesca silueta contra el cielo.

–La primera cosa que usted va a hacer, antes de decir siquiera buenas tardes, es tomarse este vaso de leche tibia.

–Tía Estefanía… Al principio creí que estaba soñando.

Recibió el vaso y esperó que la buena señora se sentara a su lado. Sus ojos reflejaban la bondad que le conocía desde hacía veinte años. Como siempre, estaba descalza y se quedaba conversando mientras sus pies jugueteaban con el pasto y los guijarros del suelo.

–¿Qué estragos te hicieron ahora, Fray Calabaza?…

–¿Quiere decir que los cobardes me abandonaron y se fueron a São Paulo?

–¡Ellos te quisieron llevar, pero cuando supe tu estado me fui en el *jeep* con Eduardo hasta el aeropuerto y te robé!

–No estoy en condiciones de quedarme…

Meneó la cabeza entristecido.

–En lo que no estabas era en condiciones de viajar. Eso sí.

–¿Y cómo voy a pagarle? Estoy al final de mis monedas.

–Algún día me pagarás. Quien ayuda a unos pobres abandonados, de los que ni siquiera el gobierno se acuerda, para mí tiene crédito por toda la vida.

–Pero ahora es época de turismo. Usted va a necesitar todas las habitaciones del hotel.

Sabía que en esa época tía Estefanía necesitaba ganar por todos los meses en que el hotel no funcionaba a causa de las grandes lluvias.

–No va a ser por eso, no. Es por el barullo por lo que voy a mandarte de vuelta tan pronto te cures de las fiebres. Ya hablé con Dimundo para que mañana haga una limpieza en la chacra del Poção*. Vas a ir allá hasta que te cures. ¡Vendrás a comer aquí y listo!

Confundido, depositó el vaso de leche en la vereda todavía tibia del gran día de sol.

–¿No está viviendo nadie allá?

–No, nadie. Y es bueno que te quedes allí descansando una temporada, así nadie roba el mandiocal, que está hecho una belleza.

Hizo una pausa. Sacó un cigarrillo del bolsillo y encendió un fósforo. Lanzó una gran bocanada de humo hacia las nubes, miró encantada el rojo violáceo del poniente, y continuó:

–Mañana voy a mandar a Dimundo para que lleve en el jeep una cama, dos sillas, una hamaca, cobijas y toalla.

Calló. Después, al recordar algo, y viendo que la noche ya casi reinaba, gritó hacia dentro:

–¡Dimundo! ¡Dimundo!…

Un muchachote negro llegó presuroso, acompañado de unos cuantos perros.

–Mira el motor, Dimundo. Dentro de poco los huéspedes comienzan a protestar.

El negro obedeció y continuó corriendo por la calle, seguido por los perros.

Fray Calabaza continuaba indeciso.

–No sé… no sé, tía Estefanía.

–No tienes nada que saber. Aquello es una belleza ahora. El Poção está lleno y la fuente es un continuo canto. Los pajaritos, que son la cosa que más te gusta, están de fiesta todos los días. Voy a dar órdenes a mis nietos para que ni siquiera se acerquen con una jaula cazadora. Y de hondas, ni hablar. ¿Viste cómo conozco todo lo que te gusta?

---

* Gran pozo: lugar hondo de un río o lago. (N. de la T.)

Tal vez a causa de tanta fiebre y debilidad juntas, los ojos se le nublaron de lágrimas. Por suerte ya la noche estaba oscura y eso impedía que se viera su emoción.

Pero tía Estefanía aún no había terminado. Estaba pronta para dar su jaque mate.

—Condenado Fray Calabaza, ¿cuántos años hace que me conoces plantada a la orilla de este río?

—Unos buenos veinte años.

—¿Y cuántos años hace que te conozco?

—También, más o menos.

—Pues son veinte años que te veo distribuyendo bondades y corazón por estas breñas. ¿Piensas que me olvido de aquella vez que llegaste tan sin camisa que fue preciso comprar una bien ordinaria para poder viajar? ¿Piensas que me olvido?

Lanzó una carcajada.

—¿Sabes que al comienzo yo pensaba que estabas mal de la sesera?

—Creo que nunca dejé de estarlo.

—Cuando mueras, hijo mío, vas a tener una escalera de indios, mira bien, no de ángeles sino de indios que se tomarán de las manos contigo para ayudarte a subirla, peldaño a peldaño. Es una maldición amiga que te mando.

—Si todas las maldiciones fueran tan lindas, Dios viviría de sonrisas.

—Pues bien. Vas para el rancho y no se discute más. Si João Artiaga estuviera vivo no te dejaría salir de acá ni a balazos. Y si te obstinas llamo a Fio y a Tanari para calmarte. ¡Conque basta de historias!

Levantó su grueso corpachón, echó otra bocanada de humo hacia la noche, se rascó las caderas, levantó un mechón de pelo encanecido de la frente y miró hacia el lado por donde se fuera Dimundo.

—¡Qué diablos pasa con esa porquería de Dimundo que no viene rápido con su luz!

Y como respuesta se escuchó el ronquido del generador, funcionando.

—Más tarde tomarás un caldito especial. Ahora voy allá dentro, a ver la cocina, que los huéspedes ya están reclamando la comida. Y esas empleadas... todas juntas no valen un centavo.

Salió arrastrando lentamente los pies por el corredor iluminado por la luz mortecina.

• • •

Las paredes todavía conservaban la intensa blancura de la reciente mano de cal. El rancho se dividía en una habitación y un patio que la separaba de la cocina. Ésta, a su vez, se unía a otro cuarto. Había una terraza grande y simpática, de tierra apisonada. Una verdadera maravilla para quien necesitaba de un mes o veinte días de sana indolencia.

El mandiocal totalmente verde dejaba escapar dos cocoteros en admirable estado de crecimiento. Todo era verde. Excepto el gran matorral de carrapicho que constituía el contraste. Una mancha amarilla secándose entera, porque era la época en que para felicidad de todos el carrapichal moría.

Buscó el fondo del rancho. ¡Allí la belleza era extraordinaria! La fuente gorjeaba una canción casi monótona y adormecedora. Era una lengua de agua que se derramaba desde escasa altura para sumergirse en las murmuradoras aguas del pozo. Y cuando éste se llenaba, dejaba escapar un pequeño arroyo que iba a dar en el río. Los veinte indios de la vecindad ya le habían dicho que hasta había pececitos, avoadeiras y mandis bien sabrosos para comer. Pero ésa era otra cuestión. Los bichos eran cosa de Dios. Y si en el río había tantos peces buenos y grandes para comer, ¿por qué, entonces, meterse con aquéllos? Sonrió al recordar que unos amigos de la ciudad una vez lo habían clasificado como una mezcla de whisky importado con San Francisco de Asís.

Anduvo por la casa que dentro de dos días lo tendría como huésped. Las moreras habían verdecido y prometían florecer. Un montón de tejas, en un rincón de la pared, esperaban ser útiles un día. Era un puñado de tejas sin importancia, a no ser por algo que las hacía diferentes: sobre ellas había una linda lagartija curiosa. Se aproximó y el animalito no huyó.

–¡Buenas tardes, linda dama! ¡Cómo está!

Era una hermosa lagartija de la selva, no una de esas blancuzcas y babosas lagartijas de pared. Apenas se alejó un poco, estudiando, curiosa, al hombre que le hablaba.

Y como viera que él no sujetaba ningún palo con el cual pegarle, ni piedra para lanzarle, permaneció en su lugar.

–¿Sabe que usted es muy simpática? Y tiene dos ojitos muy brillantes y, sobre todo, muy curiosos. Pues bien, le comunico que vendré a vivir aquí pasado mañana.

Rió porque estaba seguro de que el bichito no se alejaría asustado. A todo lo que es obra de Dios le gusta la ternura. Le dio la espalda sonriendo y fue a sentarse en el suelo de la terraza, a fin de descansar un poco. Se quitó el sombrero de paja para abanicarse por el calor. De pronto reparó en que la lagartija había dado vuelta, ubicándose en lo alto para observarlo.

–Si le gusté a usted como usted a mí, señora, podremos ser buenos amigos. Y esté segura de que no dejaré que nadie le haga daño.

Descansó un poco y se limpió el sudor de la frente. Se irguió con cansancio.

–¿Sabe qué es esto entre los hombres, hija mía? *Vecchiaia.* Vejez, ¡*vecchiaia!* Eso, vejez. No porque tenga edad como para ser un carcamal, pero confieso que estoy rotundamente podrido. Y si no haces fuerza, corazón, dudo de que me recupere de nuevo.

Intentó caminar. Esto es, dio dos pasos y se volvió. La lagartija continuaba en el mismo rincón, fascinada por la bondad y la dulzura de la voz. Apuntó hacia ella tiernamente con el dedo.

–Mañana vuelvo. Diga a todos los bichitos que no dejaré que nadie los maltrate mientras esté aquí. Diga a los pajaritos que voy a ponerles arroz con cáscara para aquellos que les guste, y arroz sin cáscara para los que lo prefieran y tengan el pico más viejo y cansado. Y si usted hace ese favor, mañana, cuando regrese, le traeré un nombre tan lindo que incluso las flores van a morir de envidia. Hasta entonces.

Cuando al día siguiente volvió a pasear para hacer un poco de ejercicio con las rodillas y fortalecerse de la malaria que ya se iba con el sol, lo primero que hizo fue reparar en las tejas. No pensó en la fuente, ni en las pequeñas aguas del arroyo. Suspiró aliviado. ¡Allá estaba ella!

–¡Oh, ya veo que usted no me olvidó! Gracias por haberme esperado. Como ve, hoy estoy más contento. ¿Y usted? ¿Hizo lo que le pedí?. Seguro que sí; pero vamos a sentarnos allí, a la sombra, porque caminé muy rápido y estoy sintiendo las consecuencias. ¡Uf!

Caminó de espaldas, observando a la lagartija. Y no había avanzado dos metros cuando sonrió felicísimo porque ella ya se dirigía hacia la pared.

Apenas podía creerlo. Quizá fuera casualidad, pero resultaba absurdo que la lagartija lo siguiera sin comprender sus palabras. Buscó la misma posición y el mismo camino de la víspera para que ella no se extrañara. Y ella vino aproximándose y se detuvo exactamente en el mismo lugar.

Rió, pero no demasiado alto, para no asustar al bichito.

–Está bien. Las novedades son las mismas. ¿Vio usted los muebles que llegaron hoy por la mañana? Pues bien, no es necesario que diga que son los míos; usted, como criatura inteligente, ya lo habrá deducido. Bien, yo estaba contrariado por tener que quedarme aquí un mes; pero me parece que no perderé el tiempo. Mandé buscar unas tintas y unos papeles y aprovecharé el tiempo para dibujar. Cuando llegue a la ciudad, como mis dibujos posiblemente serán la cosa más linda del mundo, los venderé y así ganaré unos buenos pesos. Podré comprar entonces un montón de cosas para mis indios y algunas que yo, a decir verdad, estoy necesitando bastante.

Dio un suspiro largo como ala de jabirú. Se quedó en silencio y pensó contarle a la lagartija que cuando sobreviene un silencio es porque pasa un ángel. Pero eso ya era muy difícil para que lo comprendiera una pobrecita como aquélla. Y en realidad los ángeles le recordaban muchas tristezas juntas. Disfrazó su pasajero desencanto y sonrió.

–Bien, bien. Según lo que conversamos ayer, como usted es una niñita buena, debo darle un nombre. Un nombre pomposo, como el de una reina. Vamos a ver. Usted es finita como un alfiler. Seguramente va a transformarse en una lagartija bellísima, rolliza y cascaruda. Porque, por lo que veo, usted aún no entró en la adolescencia de las lagartijas.

Pensó nuevamente en un alfiler.

—¡Alfiler! ¡Alfiler! ¡Qué gracioso! Usted tiene cara de Josefa. Josefa Alfiler*. ¡No! Eso es nombre para una costurera y no para tan mimosa criatura que quiere ser reina. Josefa. Josefina. Josefinete. ¡No! Queda muy francés. Zefa Alfinete. ¡Diablos de alfinete, que no me deja en paz! Pero si él insiste es porque necesita participar del nombre. Zefa, Zefinete ¡Dios del cielo, por fin lo descubrí! *Zéfineta*. Eso, *Zéfineta*. El nombre ideal para usted.

Miró tiernamente al bichito. Por cierto que ella podría estar pensando que él era un loco. Pero no, si sospechara eso seguramente huiría.

—Tengo la impresión de que le gustó. Ahora falta el resto. Zéfineta primera, segunda, tercera. No, es absurdo. Necesita usted tener un nombre de barco. Federico C, Ana C. Si un barco que no es humano puede llamarse C, usted debe ser mejor porque para eso es humana. Entonces yo quiero que usted sea conocida como Zéfineta "B". De ahora en adelante, mi florcita, usted queda bautizada como Zéfineta "B".

Hizo una pausa, aliviado, y miró el rancho. Resolvió entrar para observar la colocación de la cama, de la silla y de la mesita. La hamaca quedaría para su recreo.

—Con permiso, debo ir a examinar mis cosas.

Entró en el dormitorio y vio la simplicidad de todo. Exclamó sinceramente encantado, agradeciendo de corazón la bondad de la tía Estefanía:

—¡Caramba! ¡Soy afortunado!

Se aproximó a la pared y abrió la ventana. Quería luz y alegría para su hogar transitorio.

Miró la cama, una estera de indio que le servía de alfombra, unos clavos que serían utilizados como perchas. Todo. Todo. Y descubrió que en aquella soledad que lo rodearía, además de poder hablar con los animales que tuvieran la caridad de escucharlo, estaría esperando la visita nocturna de sus fantasmas predilectos.

Para sorpresa suya, Zéfineta había subido a la pared y, después de atravesar el tejado, observaba al hombre desde encima de la ventana.

—Estaba hablando conmigo mismo, por eso usted no pudo oírme; decía que mi nostalgia va a traer, de noche, mucha gente a visitarme. Y casi siempre para llenar mi corazón de lágrimas. Y los ojos también, ¿para qué mentir? Usted es feliz. Zéfineta, mi Amiga y Reina Zéfineta "B", porque no necesita aprender a llorar...

• • •

* Todo el párrafo es un juego de palabras, porque alfiler, en portugués, es alfinete. (N. de la T.)

34

De noche, Zéfineta estuvo contándoles a la vieja tía Ranglabiana y a un lagarto viejo llamado Undrubligu el orgullo con que había recibido su nombre. Zéfineta era tan poético que hasta se podía expresar con facilidad en el lenguaje de las lagartijas.

Pero Undrubligu protestaba por tanta sabiduría.

–Niña, si yo estuviera en tu lugar tendría más cuidado. Nunca se puede confiar demasiado en los hombres.

Zéfineta hizo un mohín y se quedó pensando, indignada, en la desconfianza de los viejos. Y en Undrubligu, que no pasaba de ser un arruinador de placeres.

Pero la tía Ranglabiana estaba más curiosa con la historia de Zéfineta.

–¿Y él viene a vivir aquí?

–¿No oíste nada desde acá arriba?

–¿Cómo podría oír, si ando medio sorda? Además estaba cazando unos mosquitos, tan entretenida, que no presté demasiada atención a nada.

–Pues viene mañana mismo.

Undrubligu no se daba por satisfecho.

–Ten cuidado, niña, ten cuidado.

Zéfineta se quedó todavía más contrariada.

–¿Usted ya vio al hombre? ¿Escuchó cómo hablaba él? Entonces, ¿por qué se pone a aventurar hipótesis así nomás, porque sí? Entre el modo que él tiene de hablar y el de los otros hombres hay la misma diferencia que existe entre un mosquito y una langosta de campo.

–¿Y qué es lo que tú entiendes por diferentes modos de hablar de los hombres? ¡Como si conocieras mucho de la vida!...

–Pero, ¡caramba!, una se queda escuchando cuando pasan los hombres por la carretera, y las cosas feas que ellos dicen. Cuando se trata de vaqueros no se pueden repetir sin ponerse colorada. Si es un camión al que se le pincha un neumático, peor aún. Cuando los carros de bueyes se atraviesan en el camino, los hombres dicen horrores. Para no citar lo que ocurre cuando ellos regresan, el domingo, con la cara chorreada de bebida, peleándose y queriendo matarse. Entonces, ¿yo no conozco a los hombres?

Suspiró de tal manera que la vieja Ranglabiana se acomodó los anteojos para observar a la sobrina.

–Éste no, es diferente. Habla tan suave, tan linda, tan tibiamente que parece una música tan bella como cuando llega el viento cantando en las hojas de los cañaverales, o diciendo palabras de amor a los oídos del río mañoso.

Se demoró un poco más y continuó disertando, causando estupefacción al viejo Undrubligu, que durante su larga existencia nunca había visto semejante cosa. ¡Era el mal del modernismo!

–Mañana temprano voy a continuar escribiendo en las hojas más distantes los recados que él me dejó para que los hiciera llegar a los pájaros.

Voy a levantarme cuando todavía esté oscuro. Apenas los gallos de los indios despierten en la madrugada.

Se acostó, desperezándose y apoyando la cabeza en los bracitos.

—Aunque él me matara a palos o a pedradas no tendría miedo. Por lo menos fue alguien que me prestó atención. ¿Quién, hasta hoy, me habló sin recriminarme o llamarme a los gritos? Él me habló con ternura, y porque sí nomás. Y, por si fuese poco, todavía me dijo que yo era una reina. Estuvo inventando durante mucho tiempo hasta que por fin descubrió un nombre que solamente las estrellas del cielo tienen derecho a recibir: Zéfineta "B".

4

LA SONRISA DE DIOS

Si una simple vela causa alegría y ameniza la soledad, ¿qué se podría decir de la hoguera que Fray Calabaza hizo cuidadosamente, quemando los haces de leña con ternura, puesto que los árboles habían tenido vida, alojaron nidos de pajaritos y dieron sombra y frutos? Muertos porque por las leyes fatales de la naturaleza todas las cosas se terminan, aun así daban fuego y calor a quien los precisara. Consumidos en llamas, a la mañana siguiente serían un montón de cenizas que la mano del viento esparciría en todas las direcciones, para abonar la tierra y crear nuevos árboles. Pensando en esas cosas que parecían muy simples pero que no lo eran, cuando Fray Calabaza encendió el fósforo para prender la hoguera lo hizo con el mismo cuidado que si fuese de vidrio y buscó el rinconcito en el que la leña no sufriera mucho. Ahora, sentado en su vieja hamaca, obra y presente de tía Estefanía, miraba el cielo sembrado de estrellas, un cielo tan negrísimo que ya no existía imagen poética en la Tierra, en la lengua de los inspirados, para loar su plenitud y belleza.

La verdad sea dicha, que aquella ideal situación de suavísima indolencia hacía bien a su alma, aunque comenzaba a arrastrar un deseo enorme de hacer las cosas. Dicho y explicado: cuando salía de la selva derecho para la ciudad, venía con un increíble coraje, tostado de sol, embebido de humus y savia de la selva, y conseguía todo o casi todo, en la medida de lo posible. Ahora no, iba dejándolo, se estaba quieto y, cuando deseaba emprender algo de lo que tanto necesitaba, se quedaba indeciso, sin saber por dónde empezar.

Hasta las estrellas de Dios, allá arriba, debían de estar comentándolo.

–¡Espérate, Fray Calabaza, que esa buena vida va a terminarse!...

–Ya lo sé. Por mí, ya habría acabado desde que dejé el Bananal.

Volvió la mirada al fuego que un vientito filoso empujaba para todos lados, saltarín, dando tonos verdes y azulados a las llamas.

A esa hora, Zéfineta "B" estaría en el mejor de los sueños, allá arriba, en la pared que tenía la ventana del frente. Las otras también. Es gracioso cómo los animales hablan y buscan cariño. Sufría, con un remordimiento inútil, por las maldades que hiciera cuando pequeño, en el norte, matando a hondazos en los cocoteros a las cascarudas lagartijas: apuntaba la piedra bien en la espalda y la pobre se quebraba hacia atrás, cayendo al suelo y estremeciendo la cola y las patitas. Por suerte, Zéfineta y las otras no necesitaban saber nada de eso. Él confesaba aún ese pecado de niño a la benevolencia de Dios.

Sonrió recordando cosas sin maldad. Por el contrario. Pero los animales conversaban entre sí. Cambiaban impresiones sobre los humanos. Juraría que sí. Si no, ¿por qué entonces comenzaron a aparecer alrededor del rancho pajaritos que antes ni se veían? Vino una palomita de color ceniza y estudió el ambiente. Por la tarde ya había por lo menos tres rondando, picoteando piedritas en el fondo. Habló con ellas, muy cuidadosamente. A la mañana siguiente los colas negras conocieron la historia y a la tarde acudieron los blancos alborotadores que cazaban lagartas entre los gajitos del mandiocal. Ellos llevaron la noticia aún más lejos, porque viajaban más por las matas.

–¿Vieron al hombre?

–Todavía no.

–¿Es bueno?

–Sí. Siempre habla dulcemente... Y camina como un viejito que sólo tiene bondad.

–¿Qué hace?

–Da comida. Nos deja arroz...

–Las juritis, ¿ya lo saben?

–Les dejé un mensaje en la puerta de la casa.

Y aparecieron la juriti, la tórtola roja, más palomitas color ceniza, las "almas de gato" de linda cola, que no comían nada de lo que Fray Calabaza dejaba pero que venían a adornar la tarde huyendo de la maldad de los chicos con hondas. Corrupiao, pardal, un pajarito medio parecido a la cambaxirra, bellísimos sanhaços, xexéus por montones. Todos en una alegría loca, haciendo barullo desde el amanecer hasta el último rayito de sol.

Una cotia arisca, que vivía siempre a la sombra y en la humedad del sombreado mandiocal, le comentó a una liebre cenicienta:

–Puedes quedarte tranquila, que el hombre es bueno hasta dar dolor. Trae a los preás y a los chanchitos del mato para tomar sol por los caminos, que no les ha de pasar nada.

–¿Y cuánto tiempo va a durar todo esto?

–Lo ignoro. Pero, mientras dure, yo y mi familia saldremos todas las tardecitas, tomados del brazo, a pasear por ahí y a roer lo que nos pida el apetito.

La anciana Ranglabiana y el anciano Undrubligu podían pasear sin susto sus viejos y paralelos reumatismos por el solazo del mediodía.

Zéfineta, ¡qué muchachita traviesa!, tan jovencita aún y ya sabía distinguir de lejos cosas que ellos, los viejos, nunca habían descubierto. En fin...

Un mundo de coloridos calangos saltaban juguetonamente por la pequeña quinta, al pie del *amarelão* *. Fray Calabaza pensaba: "Son como niños que juegan a la rueda y a la mancha. En todo son iguales a la gente. Sólo hace falta que uno los sepa mirar".

El calango le dijo al lagarto:

—Venga para aquí, bobo. Traiga a su familia. Múdese. Hágase cuenta de que se tomó unas vacaciones de verano. Hable con los camaleones asustadizos, contándoles que esto se transformó en un concierto de flauta dulce.

—¿El hombre toca la flauta?

—Es como si tocara la flauta dulce, porque su voz es como una música.

Y por eso hasta Execrundo, el patriarca de los lagartos, se dedicó a dormitar al sol, en el barranco del Poção.

El *tijuassu* ** lerdo, lerdísimo, arrastraba su gran cuerpo por el fondo de la casa, dejando un rastro finísimo con la cola, marcando en la arena su hermoso paso.

¿Y las lagartijas? Ahora eran unas doce, aunque Zéfineta continuaba como reina absoluta. Y ella lo sabía. Se metía en todo. Lo acompañaba por todos lados. Si iba a la terraza ella aparecía en la pared, esperando siempre una conversación. Si caminaba por el lado del portón, ella subía por el tejado y se quedaba en su punto de observación. Si entraba en la habitación de al lado de la cocina para dibujar, Zéfineta venía llegando, llegando hasta quedar encima de la mesa de carpintero que servía de base para sus dibujos. Se sentaba encima de los papeles, quedaba junto a los lápices. Hasta llegó a dormir o a dormitar indiferente a todo. ¿Y las otras? Bueno. Había una curiosísima que se llamaba Mata-Hari y era una espía infernal. Cuando iba a afeitarse frente al espejo, allí aparecía ella, surgiendo no se sabía de dónde, y se quedaba mirando sus movimientos de sube y baja contra la barba. A ella le gustaba mirarlo todo, siempre con la cabeza pára abajo. Cuestión de gusto, y no había por qué discutir. Después estaban las gemelas Xititinha y Gramófona, esta última aún no acostumbrada totalmente a él, como si lo viese por primera vez. En cambio, Xititinha no, era una dulzura de inocencia. Se quedaba la vida entera mirando todo, pequeñita, porque era recién nacida, tomando baños de sol en sus paseos. ¡Y cómo le gustaban las canciones! Fray Calabaza había descubierto que cuando él canturreaba fados imitando la voz de los portugueses ella se quedaba tan fascinada que salía de la pared y se apostaba en la puerta. Entonces comenzaba el "baile". Zéfineta, celosa, descendía por la pared a la carrera y ponía en fuga a Xititinha. Pero lo más extraordinario era el poder de comunicación existente entre ellos. A la una,

---

* Gran árbol del nordeste brasileño. (N. de la T.)
** Nombre de una especie de lagarto. (N. de la T.)

cuando Fray Calabaza se disponía a caminar el kilómetro que lo separaba del hotel, y también cuando se aproximaba al portón de la propiedad, distante más de quinientos metros, sabía que la Porterita lo estaba esperando. Aquélla era una lagartija medio lánguida que habitaba en un gran agujero del portón, que para suerte suya aún no había sido descubierta por los indiecitos que a veces acudían a visitarlo. Pues bien, en seguida que salía y tomaba el gran camino entre el mandiocal, Zéfineta telefoneaba por el alambre tejido a la Porterita, y ella iba a esperarlo y a recibir su cuota de música.

–Buen día, mi amor, ¿cómo está? Cuidado que voy a abrir el portón. Hasta mañana, querida mía.

La Porterita quedaba en éxtasis, siguiendo al hombre que se alejaba. Él le decía "hasta mañana" porque sabía que a su regreso ya no la encontraría allí. Con el sol caliente desaparecía para aprovechar la siesta, de lo más cómoda.

Se movió en la silla. Casi se había dormido. Era bueno quedarse así, pensando sin ninguna obligación, sin nada de cosas feas. Aprovechaba al máximo lo que podía. Cerró los ojos para que la hoguera dejara descansar un poco sus ojos. Prestó atención al mundo de gritos y ruiditos diferentes que se agitaban en la oscuridad. En mayor grado sobresalía el gotear de la fuente. A veces sus murmullos eran tan extravagantes que imitaban la voz humana. ¿O acaso serían las voces de los muertos que deambulaban grabadas en el éter? ¿Quizás el alma en pena de Manuel do Poção, que decían que había enterrado por ahí un tesoro encantado? ¿Y los peces? A esa hora deberían de estar durmiendo. Mis "pezómetros", como él los llamaba. El idioma de los peces es muy diferente de los otros. Una lengua de leyenda, suave, subacuática... Hasta con ellos había establecido ya camaradería. Los peces conocían la hora marcada para cada cosa. Aquélla en que él les daba restos de comida, al atardecer; cuando por la mañana, al hacer sus abluciones, les llevaba puñados de avena, y cuando retornaba del almuerzo con las manos llenas de harina. Quedaban nadando en un rincón, esperando entristecidos: un montón plateado moviéndose impaciente. Peor aún eran los pobres mandis, que no podían subir a la superficie y se quedaban aguardando vorazmente que se sumergiera alguna migaja. Era preciso que hundiera la mano llena de alimentos, abriéndola bien en el fondo, para que los pillos de más arriba no les robaran también su pequeña porción. Después daba gusto, cuando iba a bañarse. En vez de picarlo, de morderlo, como hacían al comienzo, sabiéndolo amigo y protector, acudían a nadar en torno de él, pasando entre sus brazos y sus piernas. Habían aprendido una broma de Fray Calabaza, cuando éste fingía pretender cazar alguno. Hasta venían a provocarlo. Una pequeña bandada quedaba cerca de sus manos, esperando, y cuando él hacía un gesto como para aprehenderlos, era un desparramo de peces por todas partes, para en seguida volver a recomenzar todo de nuevo.

Ésa era su vida. Una vida mansa, dulce, agradable. Y si no fuera por las picaduras de los borrachudos y de los infames *carapañas* * el paraíso terrestre no estaría muy lejos de eso.

Decía Bernardette de Soubirous que una alegría que se da en un rostro humano es traducir, es ver el rostro de Dios. Y, entonces, la alegría y la sonrisa que tan simplemente podía producir en los animales, ¿qué sería? Sin duda el rostro de los ángeles. Sí, el bello rostro de los ángeles que significaba sin esfuerzo un tráiler para la más linda sonrisa de Dios.

Por eso sonreía casi en la sombra, porque en esa semiinconsciencia se había olvidado de alimentar al hermano fuego.

Ahora venía un viento que nadie esperaba. No conseguía abrir los ojos. Sentíase cargado de velocidad. Casi atontado de placer.

—Usted está corriendo mucho, querida.

—Es la misma velocidad, Baby: sólo que el viento aumentó con la proximidad del mar. Abre los ojos, perezoso.

A lo lejos vio las luces de la costa. Casas que se distanciaban, iluminadas en un mundo increíblemente grande.

Posó dulcemente la mano sobre las piernas de Paula.

—¿Acaso ya descubriste que estoy locamente enamorado de ti, mi amor? Apartó la mano del volante y acarició la de él.

—Si no fuese secreto te diría que siento lo mismo.

—¿Por qué quisiste viajar tan de noche? Podía haber sido mañana.

—Deja de protestar. Dormiste casi todo el viaje. Ni sentiste el descenso de la sierra. Vine lentamente por causa de la niebla.

Encendió dos cigarrillos al mismo tiempo y puso uno en labios de Paula.

—¿Cómo sabías que quería fumar?

—Lo podría ignorar solamente si no te conociera tan bien como te conozco.

Ella rió, feliz.

—Baby, vas a adorar la casa.

—¿De quién es ahora?

—Papá la construyo para mí, dándome todos los gustos. Estudié el plano y elegí el lugar. No voy a decirte nada para no quitarte la sorpresa.

—¿Es más bonita que aquella de Gávea?

—A mí me gusta más.

—¿Tan bonita como tu departamento en Higienópolis?

—Es otra cosa. Baby, ¿puedo hacerte una pregunta?

—Claro que sí.

* Mosquito gigantesco, propio del Amazonas, que vive en lugares húmedos. (N. de la T.)

41

–¿Estás satisfecho con esa lata de sardinas en la que vives?

–Bastante. No puedo vivir más allá de mis posibilidades.

–¡Oh, Baby! ¡Qué tonto eres!

–Mi departamento tiene lugar para que yo pueda dibujar. Tiene una pequeña cocina. Un buen baño. Un dormitorio confortable con una linda cama. Y todo es enorme, inmenso, infinito cuando estás allá. Ni el cielo con todas las estrellas consigue ser mayor. Porque eres tú la que lo engrandece todo. Tú eres quien hace mi existencia, vida mía.

Paula fue deteniendo el automóvil. Salió del camino y lo estacionó.

–¿Qué pasó?

–¿Todavía me preguntas qué pasó? Después de lo que oí, ¿crees que podría continuar manejando? –tomó el rostro del hombre entre sus manos y lo atrajo hacia sí. Quedaron abrazados. Las manos de él penetraban por el escote del vestido y acariciaban suavemente los senos duros de Paula.

No podían decir más de lo que habían dicho.

–Baby, ¿me amas?

–Paula, Paule, Pupinha.

Le acarició los cabellos, siempre más lisos, más salvajes, más independientes.

–Vamos, si no nunca llegaremos.

–Llegaremos, sí, querido. Basta dar vuelta a esa curva.

Rieron, y Paula volvió a conducir, con lentitud, sin libertar la cabeza de él que se encontraba reclinada, casi acostada sobre el pecho de ella. Dirigía con una de las manos y con la otra acariciaba el rostro del joven.

–Llegamos, Baby.

El coche se detuvo.

–¿Al cielo?

–Casi, querido; pero tú, como un caballero, debes ir a abrir la puerta del cielo, porque hoy le di asueto a San Pedro.

Él descendió y abrió el gran portón. Volvió al coche y Paula comenzó a bajar por una gran alameda de eucaliptos que proyectaban una sombra oscura sobre el camino.

–¿No vas a cerrar el portón?

–Dambroise lo cerrará mañana.

Se irritó un poco.

–¿De nuevo él?

–¿Y quién más? Alguien tiene que cuidar de la comida. Además, él es fortaleza de discreción. ¿Olvidas, querido, que siempre que salimos pides que deje de lado caseros, mucamos y todo lo demás?

–Es verdad. Me había olvidado de eso.

–No importa, porque Dambroise no va a arruinar nuestra luna de miel.

El auto se detuvo y la puerta se entreabrió. Allí estaba el viejo Dambroise, sonriente y servicial. Extendió la mano hacia Paula.

–¿Buen viaje, *madame?*

–Espléndido. Un poco de neblina en la sierra.

–¿*Monsieur* también?

–Dormí todo el tiempo.

Dambroise tomó las valijas. Como siempre, Paula había llevado otra para él. Y no servía de nada discutir.

Fue examinando la casa. Tres pisos en la costa. Solamente los caprichos de Paula imaginaban aquellas cosas.

–Arriba, nuestros dormitorios. Aquí la sala, terrazas de vidrio hacia el mar. Sala de desayuno. Abajo, salas para deportes y...

Oyeron los pasos de Dambroise, que subía las valijas, en la escalera. Paula lo abrazó.

–¿Te gusta?

–Mucho.

–Ahí hay una cosa que vas a adorar.

Lo llevó a la terraza y encendió la luz. Abajo había una piscina recortada entre las piedras. Después, una ancha escalinata de azulejos que descendía hasta una playa particular.

Quedó pensativo.

–¿Qué pasa?

–Imagino la plata que gastas para conservar esa maravilla.

–¿Por qué tienes que preocuparte por el dinero, cuando no hay motivo para ello? Lo tengo todo, y en estos momentos lo divido contigo. ¿Por qué dejar afuera lo que es mío? Pensé llevarte a conocer una propiedad mía en Cabo Frío. Pero es medio pobrecita. Ni piscina tiene.

Continuaba ensimismado.

–No te pongas así, Baby.

Resolvió arruinar la causa de aquel viaje.

–Es que no entendí el motivo de unas vacaciones en esta época.

Paula se alejó, medio decepcionada.

–¿No te das cuenta?

–Que yo recuerde, no.

Paula se alejó y, pegando su rostro al vidrio, se quedó mirando la belleza del mar iluminado. Guardó silencio.

Él se apoyó en el cuerpo de ella, y rodeándola con los brazos introdujo la nariz en sus cabellos y acunó a Paula lentamente. Ella se dejó llevar, casi indiferente.

–¿Sabes, Baby? A veces pienso que soy una tonta.

–¿Por qué? ¿Todavía dudas de que soy tuyo?

–No es eso. La naturaleza femenina está llena de pequeños misterios. Y eso no es culpa tuya.

–¿Cuántas veces te dije que mi corazón es una gran banana, Pô, que tú descascaraste y fuiste comiendo de a poco? Sólo dejaste un pedacito para mí. Y en ese pedacito que es mío, también solamente existes tú.

Dambroise descendía por la escalera.

–Preparé una cena para la señora, *madame*.

–Está bien, Dambroise. Dentro de media hora. Necesitamos prepararnos.

Subieron la escalera sin decir nada. Paula iba al frente. Abrió la puerta de una habitación.

–Éste es tu cuarto.

Su valija estaba entreabierta.

Tomó a Paula por las muñecas. Miró la valija y sonrió.

–¿Ahí está todo lo que te gusta que me guste?

Ella hizo señas afirmativas con la cabeza. Una suave tristeza le había ensombrecido el rostro.

La atrajo hacia sí. Se sentó en la cama y apoyó su rostro en el vientre de la mujer. Después levantó los ojos hacia Paula. Ella lloraba.

–¿Qué pasó, Pupinha?

Sacó el pañuelo del bolsillo y le enjugó dulcemente los ojos.

–¿Qué es esta tristeza que vino así, tan repentinamente? ¡Oh, Paule, Paule, no quiero verte así!

Ella se rehízo.

–¿Te gusta tu cuarto?

–Es, como siempre… ¡tú!

Se encaminaron a la habitación de enfrente. Paula abrió las puertas de par en par.

–¿Te gusta?

–Nuevamente, es… tú.

Rió.

–Finalmente, ¿dónde vamos a dormir? ¿Tú en mi cuarto, o yo en el tuyo?

–¿Eso establece alguna diferencia?

–Ninguna.

–Vamos a prepararnos para la comida.

• • •

Comieron casi en silencio. Cuando venía, la conversación estaba repleta de temas sin gran interés. Paula continuaba mohína.

–Traje un montón de cosas para leer. Si vieses la mediocridad de los cuentos que nuestros escritores entregan a los diarios… Lo peor es que este tonto queda encargado de ilustrar tales "maravillas".

Ella no dijo nada. Él pensó en el gracioso empleo que Paula le consiguiera. Claro que el periódico era de un primo. De manera que su trabajo no tenía horario, fecha ni nada. Y, si realmente no lo quisiera, seguro que ni tendría que ir a trabajar.

Cambió de tema:

—La cena estaba espléndida.

—Dambroise lo hace todo perfecto.

—Pero tú ni la probaste casi.

—Estoy un poco cansada por el viaje. ¿Vamos a dormir, querido?

La acompañó silbando quedamente. Sabía que no había la menor receptividad en Paula.

Ambos se detuvieron ante las puertas de sus habitaciones.

—¿Quieres que vaya a decirte buenas noches?

—No, querido. Tan pronto como termine, yo iré a dártelas a ti.

Él entró en su cuarto y comenzó a deshacer la valija que Paula le trajera. No necesitaba saber de qué se trataba. Era un mundo de taparrabos, *shorts* y *bikinis*. Todos con los colores que Paula había estudiado que eran los que mejor le sentaban. Buscó rápidamente, porque estaba seguro de que habría un piyama de seda celeste. Lo encontró y sonrió. Lo levantó llevándolo al rostro, tiernamente. ¡Bobita! Sonrió de nuevo pensando que la seda era la única cosa en la vida que acariciaba sin interés alguno.

Apartó las suaves sábanas de hilo y, después de ponerse el piyama, encendió el velador y comenzó a leer uno de aquellos fastidiosos cuentos mientras esperaba a Paula. Leyó. Se detuvo. Miró el reloj y sintió que Paula estaba tardando demasiado. Volvió a prestar atención a lo que leía, pero los ojos se le iban tornando pesados. El vino de la comida y su juventud, mezclados con el viaje y las emociones tiernas, aprisionaban sus ojos dentro de los párpados. Cada vez más. Cada vez más…

Cuando Paula entró en la habitación, él dormía con los papeles desparramados por el suelo. Sin ruido, ella se inclinó y juntó las hojas dispersas.

Se quedó de rodillas, contemplando la belleza de su amante. Los cabellos rubios sobresalían del piyama que más le gustaba a ella. Sus ojos se humedecieron nuevamente. No lo tocaría de ninguna manera. Se odiaba por ser tan romántica, estúpidamente romántica. No le gustaba perder una oportunidad en la vida, para no sentir un día la falta de ese momento desperdiciado. Colocó las hojas sobre un mueble y, antes de apagar la luz, contempló todavía una vez más el rostro dulcemente adormecido.

En su cuarto, sintiendo aún las lágrimas que descendían por su rostro, se acostó, puso agua en un vaso y tomó un comprimido para dormir. A pesar de ello, sabía que aún pasaría mucho tiempo sintiéndose la mujer más infeliz del mundo, hasta que el sueño llegara.

● ● ●

Corrió la cortina con estrépito. El sol entró bruscamente en el cuarto de Paula, con un barullo infernal.

—¡Las diez! Alguien va a pagarme ahora la pera que me hizo.

Paula despertó medio asustada, con cierta dificultad a consecuencia del barbitúrico. Pero cuando abrió los ojos olvidó de una sola vez el mal humor de la víspera.

Él se había puesto el traje de Dambroise y ahora le traía la bandeja hasta la cama. La ropa le sobraba en el vientre y le apretaba en los hombros. Llevaba una servilleta en la mano y, en la bandeja, una rosa roja, casi negra, un vaso con naranjada y un sobre.

Se sentó para recibir el beso en la frente.

—¡Ahora vas a pagármela, so cuentera!

Se sentó a su lado en la cama y, mientras ella servía la bebida, él le acariciaba la frente con la rosa.

—¿Qué es esto?

—No sé. Debe de ser algún recado de Dambroise. ¡Dios del cielo, cómo son las mujeres! Ni siquiera notó que la naranjada tenía champaña y mucha más ternura porque fui yo quien la preparó.

Retiró la bandeja, dejándole la rosa y el sobre. Sin prisa, Paula lo rasgó y desdobló el papel. Dentro había un dibujo de dos corazones vulgarmente entrelazados y una frase: Paula, Paule Toujours. ¡Felicidades por los tres años maravillosos que pasamos juntos!

Paula rompió a llorar.

—¡Oh, Baby, Baby! ¡Y yo que pensé que te habías olvidado!

Lo abrazó, y ahora fue él quien sintió los ojos humedecidos.

—¿Cómo podría olvidarme, tontita?

Ella sollozaba, pero ahora era de felicidad. Él la apretó más fuertemente.

—Ayer estaba que no podía contenerme más. Si hubieras ido a darme las buenas noches prometidas, no hubiese aguantado, confesándote que no me había olvidado.

—Quítate esa ropa horrenda, Baby; si no, pensaré que te estoy traicionando con Dambroise.

• • •

Paula había armado una sombrilla de playa, toda llena de coloridos dibujos.

Los ojos semicerrados, miraba la indolencia del cuerpo con la somnolencia perezosa del alma. Se había acostado en una lona de playa y trataba de hurtarse a los rayos del sol. Ella sabía que después de cierta edad las mujeres debían resguardarse de él. Pequeños misterios de la naturaleza y de la defensa femenina.

Si existía la felicidad, seguramente que sería ésa. Calma, contenta, cerca de quien amaba y en un lugar que desde jovencita adoraba.

¿Dónde estaría él? Se puso los anteojos oscuros para descubrirlo.

No tenía miedo de perderlo, pero siempre quería sentirse cerca de su presencia. Muchas veces, él había tenido pequeñas aventuras sin importancia, pero acababa volviendo a ella con los ojos más humildes y naturales, pedía perdón muy a su manera y juraba que ella sería siempre su Paula, Paule, Toujours, Pô, Pupinha...

Sonrió recordando la vez que una bailarina exótica lo fascinara. Tuvieron una pelea de una semana. Después, él había vuelto con un ramo de rosas amarillas que depositó a sus pies. En seguida puso la cabeza en sus rodillas y, mirándola a su manera de oso bravo, murmuró:

—Pô, a ella no le gustaba bañarse.

Allá estaba él. Baby era una criatura admirable. No se había equivocado, cuando lo tratara así la primera vez. Había reconocido en el muchacho, sin equivocarse en ninguno de sus juicios, la maravillosa sorpresa que él podría ofrecer en cada uno de sus gestos. Mezcla de indio, a pesar de su tipo rubio, poseía una alegría cautivadora y una espontaneidad que le encantaba. Podía decir las mayores barbaridades, comentar la mayor pornografía, y continuar siendo puro e inviolable. Su alma era soberbiamente fuerte y segura de sí misma. Volvió a reír recordando una de sus explosiones de naturalidad. Una vez le había dicho en la playa:

—Voy a hacer pipí.

E hizo. De repente soltó una exclamación de placer:

—Date cuenta, Pô. Estoy orinando la cosa más hermosa del mundo: son gotas resplandecientes de berilos y topacios.

Y esas gotas, contra el sol, parecían corresponder a la verdad.

Allá estaba él como un indio, como un gato salvaje investigando, descubriendo lugares que aún no conocía. Después, también como un bicho, como un indio, como un gato salvaje, escogería para sí los rincones que más le gustaran.

Sintiéndose observado, desde lejos, desde lo alto de las piedras, él le hizo una señal de adiós, con simpatía. Después arremetió a los saltos sobre las piedras y vino en dirección a la playa. Llegó agitado cerca de Paula.

Se arrodilló y, reclinando su cuerpo sobre el de Paula, con el dedo bajo la parte superior de su *bikini*, besándole primero un seno y después el otro, luego descendió más y olió su ombligo. Solamente entonces inventó una cosa linda y dijo:

—Mi rosa, mi flor, mi negra, mi amor.

Se sentó junto a Paula y sonrió.

—Dormías tanto cuando entré en la habitación que no quise despertarte. Me dio pena. Te arrojé un beso en la cola y salí suave, lentamente.

Paula le acarició las espaldas calientes de sol.

—¡Baby, *bonjour quand-même*...

—¡Paloma!, si lo que yo hice no fue un buen día, ¿qué más quieres?

—Ven aquí.

Se enroscó como una cobra en el cuello de Baby.

–Calma, Pô. Dambroise puede estar mirando.

–¡Que mire!

Le mordisqueaba voluptuosamente las orejas. Y sólo conseguía murmurar:

–¡Baby! ¡Baby!...

–¡Paula! Dambroise...

–Pago a Dambroise para ser ciego, sordo y mudo.

Después, acostados uno al lado del otro, él le preguntó bajito:

–¿Viste la piscina, Pô?

–No, no la vi, ¿qué tiene?

–Está sucia.

–Mandaré limpiarla.

–No. No es eso.

–¿Qué es, entonces?

–Escribí una palabra en el limo, bien grande.

–¿Qué palabra?

Él le pasó los labios suavemente por el cuello y dijo lo más bajo posible:

–*Toujours.*

5

HISTORIAS

Se despertó con el barullo de la lata de guayabada* empujada, arrastrada por el piso de tierra de la terraza. Y no era apenas la mañana. Lanzó una carcajada satisfecha. Después de la lata fue el plato de barro que los indios le regalaran, y que también casi rodaba por el suelo. Quedó un momento desperezándose todo antes de saber qué hacer. El plato y la lata dejaron de molestar. Y entonces acudieron todos en bandada, debajo de la ventana, y reclamaron con sus arrullos.

Se levantó, empujó el viejo mosquitero y abrió las ventanas. El vientecito entró en su habitación, después de rociar su rostro ligeramente, como si se tratara de una flor de frío.

Las juritis volaron por encima del mandiocal y continuaron con sus reclamos.

–¿Ya es plena mañana y todavía duermes? ¿No ves que estamos con hambre? ¡Te has quedado ahí, durmiendo, olvidándote de llenar nuestros platillos con arroz, señor perezoso!

–Calma, niñas. Ya voy, ya voy... ¿No podían haber esperado un poquito más? ¡Saben que necesito descansar bastante y se ponen a importunarme a esta hora de la madrugada!

Hablaba para iniciar la mañana con ternura. Fabricar ternura mientras pudiera. Porque en cuanto a los dolores y las horas amargas, la vida por sí sola se comprometía a fabricarlos. Ni siquiera creía mucho en su debilidad. Ya sentía cierta elasticidad en los músculos. Del mismo modo que perdiera las fuerzas, sentíase feliz en recuperarlas.

Abrió la habitación, entró en la cocina; a esa hora ya las juritis en bandadas se habían avecinado, posándose en las ramas de la copuda amoreira.

Sacudiendo en la lata de grasa el arroz descascarado, para que los pájaros atenuaran su avidez, salió de la cocina.

Llenó ambos platillos. Buscó el rincón de la terraza adecuado para que los animalitos se sirvieran a su gusto, y se sentó en la hamaca a mirar. Apostaría que primero iba a descender aquella cachorona pechuda, que debía de ser la jefa de las otras.

* Jalea de guayaba. (N. de la T.)

–¡Ay, ay, ay! ¿No dije yo?

Ella había llegado, tan suavemente que ni parecía volar: lo suyo era más un salto que un vuelo. Lo miró seriamente, como hacía todos los días. Sondeó la comida y comenzó sus arrullos para contar a las otras:

–¡Pueden venir, que el muy tonto ya llenó nuestros platillos!

De una en una acudieron las otras, con aquel aletear sordo que tenían. Unas se servían de la lata de guayabada y otras invadían el plato de barro, haciendo caer granos de arroz en el suelo.

Fray Calabaza no se movía, para poder gozar mejor del espectáculo. Cuando estuvo seguro de que ya habían comido lo suficiente, y también a ellas les pareció lo mismo, comentó:

–Bueno, ahora ya pueden dejar un poco para las palomas, que se despiertan más tarde. ¿Está bien?

Ellas se alejaron en grupo y comenzaron a cantar balanceando sus cuerpos. Repetían sus arrullos durante un minuto, como máximo, y luego se detenían.

Fray Calabaza les respondió:

–No hay de qué. No hay de qué...

Ellas levantaron vuelo casi al mismo tiempo y se fueron en dirección a los grandes árboles del río.

–Pobrecitas. Tan pronto me vaya, se quedarán sin nadie que se acuerde de ustedes. A no ser los que se relamen de gusto imaginándolas en una sartén, quemaditas, tostaditas, torraditas. Aunque eso no tiene importancia. Después de una semana, o menos, ya se habrán olvidado de mí. El olvidar es cosa de la vida. Felices los que lo pueden hacer...

Tomó unos restos de comida, unas sobras de arroz, el cepillo de dientes, el jabón y la toalla, y descendió en dirección al gran pozo.

Fuese porque no había sol, o porque estuviera adormecida, la fuente caía en un minúsculo hilo dentro del Poção. Quizá con frío y miedo de introducirse en el agua helada de la noche anterior.

¡Bueno, no había duda de que ellos estaban allí! Hasta podía adivinar que eran las seis menos cuarto, por su puntualidad. Resolvió hacer una travesura. Fingió no ver la gran impaciencia movediza. Bajó el camino del arroyo y fue a lavarse en un pozo menor.

Cuando le pareció oportuno darse por enterado de la situación, los muy pícaros habían descendido por el hilo de agua y estaban nadando en un lugar bien raso y próximo a sus manos.

–¡Grandísimos atrevidos! Podían haber esperado un poco, ¿no?

Sonrió encantado porque ahora, con bastante retraso, venía descendiendo por el mismo hilo de agua el pequeño mundo de mandíes del gran pozo.

Acabó de lavarse y cuando sumergió el cepillo de dientes lleno de pasta usada ellos avanzaron y luego retrocedieron, decepcionados.

Se levantó y caminó, a la vez que el pequeño arroyo. Allá venían alegremente, brillando en sus escamas plateadas. Después, con mayor dificultad aún, los mandíes que subían contra la corriente.

Fue hacia el rincón predilecto y comenzó a arrojar puñaditos de arroz para ellos. ¡Qué juego loco! ¡Cuántas cabriolas y volteretas ligeras!

Unos se adelantaban para tomar un pedazo mayor que otro; todo era una viva confusión.

—Ahora debo arrojar arroz más hacia el fondo, para dar tiempo a los otros.

Dicho y hecho. Entonces se llenó las dos manos con arroz y las sumergió bien hondo, entreabriéndolas de manera que la comida quedase sujeta, para que los animalitos acudieran a mordisquear. Si abriera la mano de una vez, la comida flotaría y ellos continuarían su ayuno. Pero debía prestar mayor atención, porque casi siempre uno de esos pícaros que estaban más arriba, no satisfecho con su porción, se sumergía para complicar la vida a los otros.

—Ahora que todos comieron nos toca a nosotros dos, Fray y Calabaza, hacernos un cafecito.

Volvió a la cocina, subiendo esta vez la ladera con cierta facilidad.

No se ganaba nada con preocuparse a esas horas por el mundo de las lagartijas. Era muy temprano. Ellas solamente aparecerían una a una, cuando el sol ya estuviera rojo como una almendra madura.

• • •

—¿Me dejas?
—No.
—¿Por qué?
—Porque no.
—Si fuese uno de esos indios de allá abajo, me dejarías.
—No te dejaría, no.
—Entonces no eres un amigo.
—Lo soy.
—Pero no te gusto.
—Sí que me gustas.
—Entonces, ¿me dejas?

Fray Calabaza sonrió por tanta obstinación, pero no se decidió.

—No. Ya te dije que no.

Eran tres lindos chicos. Tres indiecitos morenos como lo serían los ángeles si fuesen morenos. Se llamaban Tenraluna, Rauacate y Cumarri. Los había visto nacer. Sabía que uno tenía el sobrenombre de Retô-ti, porque se había caído de arriba de la casa machucándose la cabeza. El otro era Diorossá-dó, porque lo había mordido un perro, y el otro Mauá-dó, porque se había cortado con un cuchillo. Pero todos ellos se enojaban mucho si alguien los llamaba por sus sobrenombres. Quien se atreviera a ello hasta podría recibir una pedrada o un palo.

No desistían, y tampoco Fray Calabaza abandonaba su posición.

—Solamente hoy.

—Únicamente cuando yo me vaya. Cuando Dearà caticará arakre.

Rauacate torció el labio, contrariado.

—Tú nunca te vas.

—Ya lo haré. Cuando ustedes menos lo esperen.

Tenraluna, que era el mayor, decidió intentarlo de otra manera.

—Uno toma los pececitos, un montón de ellos, y separa cinco para ti. Mamá los hace fritos, bien sequitos, bien tostaditos, y cuando los comas dirás: "¡Qué ricos!".

Rió de lo ingenioso del plan y continuó.

—Y, entonces, ¿no te gusta?

—Gustarme... más bien que sí, que me gusta. Pero no quiero que pesquen mis pececitos. ¡Qué diablos! ¡Bastantes tiene el río, está lleno!

—Pero éstos son más gordos y más fáciles de pescar.

—Ya dije que no, y es no.

Como envueltos por una misma corriente eléctrica los tres se dieron vuelta al mismo tiempo y llevando consigo las cañas de pescar se encaminaron hacia el lado del mandiocal. Apenas habían caminado cinco metros cuando, como tocados por un mismo impulso, se dieron vuelta. Entonces Retô-ti o Tenraluna, el mayor, lo amenazó con el dedo:

—No eres amigo. Se lo voy a contar a Estefanía, Fio y Tanary.

¡Qué pícaros! Todo lo habían ensayado antes, pero ciertamente que no esperaban la respuesta que iban a tener.

—¿Ah, es así? ¡Pues bien! Vayan a contárselo a Estefanía, Fio y Tanary. Pero vayan corriendo. Quiero ver, cuando Fray Calabaza vuelva de la ciudad, si ustedes van a tener caramelos, juguetes, pantalones y camisas. ¡Vayan a contarlo, vayan corriendo!...

En un segundo quedaron desarmados. Indecisos se miraron entre sí con embarazo.

Cumarri se separó de los otros, medio avergonzado, y fue caminando hasta Fray Calabaza. Éste lo miraba fingiendo dureza, pero muy divertido.

El chiquilín, medio barrigón, medio gordito ¡y tantas cosas lindas! le tomó la mano.

—¿Fray Calabaza se puso teburé? ¡No se enoje, no! Estábamos jugando. Tenraluna no va a contar nada, ni a Estefanía, ni a Fio ni a Tanary. ¿Está bien?

Se inclinó y miró al niño en los ojos, que eran unas bolitas de dulzura.

—No, hijo mío. Fray Calabaza no se enojó ni siquiera un poquito...

Y entonces, para sorpresa de él, Cumarri sonrió con los ojos, con la boca, con toda su inocencia.

—Entonces, Fray Calabaza, ¿va a dejarnos pescar los pececitos?

Fue tan estrepitosa su carcajada que necesitó levantarse para no perder el equilibrio y caer.

Llamó a los otros y les acarició las cabezas.

—Vamos a hablar de hombre a hombre. Pero a hablar duro. Yo no voy a dejarlos mientras esté aquí. Pero hoy me regalaron una lata de guayabada y, si ustedes quieren, puedo abrirla y comeremos un poco cada uno. ¿Qué tal?

La sonrisa iluminó los tres rostros.

—Entonces, ¡vamos!

Fueron a la cocina y recibieron cada uno su parte. Y, como ya nada tenían que hacer allí, dijeron "hasta luego" y partieron.

En medio del mandiocal, Rauacate preguntó a Cumarri.

—¿Cómo sabías que él tenía guayabada?

—Hoy lo vi de lejos, cuando pasó con la lata roja debajo del brazo.

—Pero, ¡cómo demoró en darnos un poco! ¡Pucha!

Fray Calabaza se sentó en la hamaca mirando el bulto de las tres figuritas que iban desapareciendo entre el verde.

Eran tres lindos chicos, lindos, morenos como ángeles, si los ángeles fuesen morenos. Y más aún comiendo guayabada.

• • •

—No. Yo no quería. Yo sentía odio por todo aquello. Estar sentado ante un piano cuatro horas por día, mientras los otros chicos jugaban, tejían un mundo de sueños trepando por los árboles. No imaginas el odio, el rencor por la música que yo estaba adquiriendo.

Paula alisó sus cabellos.

—¿Por que hacían eso contigo?

—En mi precocidad, yo lo sabía. Me quejaba a mi tristeza de ocho años: "Esto es porque no te quieren. Esto es porque no eres su hijo. No te trajeron porque quisieran un niño: te trajeron porque eras el niño más lindo de la calle. Si fueses su hijo no te obligarían a estudiar el piano. Y si fueses feo no te hubieran traído".

Se levantó, contrariado, se sentó en la cama y observó a la mujer. Sonrió en la contemplación.

—¿De qué te estás riendo, Baby?

—¡Qué mal quedas en este escenario!

Paseó la mirada por el supermodesto cuarto del hotel. Piso sucio, una alfombra de color desconocido que cuando mucho se clasificaría de oscuro, una mesa sin mantel, una escupidera sucia. Una silla dura. Una pileta. Y también una toalla deshilachándose.

Volvió a mirar en torno. Sólo veía la cama y a Paula. A Paula envuelta en una sábana ordinaria. Y sus manos bien cuidadas arañaban tiernamente las espaldas del hombre.

—Cuéntame el resto.

—En seguida. Estaba pensando otra cosa.

—¿Qué cosa?

—¿Tú ya habías estado en un ambiente así?

—¿No te enojas si te cuento la verdad?

—No.

—Creo que solamente una vez, cuando volvía de París. El barco encalló en Dakar. Yo estaba muy *blasée*, me agarré una buena borrachera y acabé en un cuarto parecido a éste... Con un *lieutenant* de la policía, dueño de unos ojos azules y mucho *charme*. La habitación era parecida, sólo que las alfombras eran más bonitas y un biombo intentaba crear la discreción. Sí, el cuarto era parecido, pero los hombres ni se comparan...

Rió y arañó con fuerza las espaldas musculosas.

—¡Ay, que me haces daño...!

—¿No te gusta tanto lastimarme?

—No en la conversación.

Tomó las manos de Paula y las apretó contra el rostro. Después dijo con toda naturalidad:

—No me gusta que las manos tengan uñas.

—¿Mis manos, o todas las manos?

—Las tuyas, especialmente. Porque el único lugar donde no puedo besarte es debajo de las uñas.

Ella se emocionó.

—¡Oh, Baby! ¡Mi lindo muchacho! No sé qué haría sin ti.

Ahora le tocó a él tomar el rostro de Paula entre las manos y mirarla sonriendo bien adentro de los ojos.

—Quiero saber una cosa, Paula. Nunca en la vida tuve una mujer tan hermosa como tú. Esa tu manera tan francesa de ser. Esa tu vida llena de garras de inutilidad que tú modelas tan bien. Todo en la vida existe como si hubiese sido hecho para ti, y tú lo usas con la obligación de quien tiene derecho a todo. ¿No es así?

—Bien analizado... Pero lo que me atrajo en ti fue tu modo natural de ser. Cuando te vi en aquella fiesta vestido como...

—¿Cómo?

—No sé, medio exótico.

—Pero, ¡cómo! Si me presenté lo más elegante posible...

—Elegante estabas porque eras tú, bobo. Si hubiese sido otro, ¡oh *mon Dieu*!...

Rieron alegremente.

—Casi te pregunté por qué vestías así.

—Yo te hubiese respondido, quizá groseramente: "Amor mío, ando en la mierda y no tengo otra cosa para vestir". ¿Y qué?

—Te habría dicho algo bien fuerte: "Usted está así porque quiere".

Se pasó el dedo por el mentón.

–Una mujer tan fina, hablando así...

–Cerca de ti puedo decir cualquier cosa. Juntos, Baby, somos tan nosotros mismos...

Volvieron a reír.

–Evidentemente, Pô. Yo me siento tan bien cerca de ti, que digo cosas que normalmente no diría. La vida se torna algo tan suave...

–¡A cualquier mujer le gusta escuchar eso!...

–¡Cualquier mujer, una hueva! No todas las mujeres merecen eso. Solamente tú. Uno toma a las mujeres como ellas son. O diciendo cosas vulgares, o tomándolas a golpes, o diciéndoles en la cara: "Mi bien, ¿vamos a darnos una farrita?"

–Entonces, ¿te esfuerzas conmigo?

–¿Crees eso? ¿O dudas de mi sinceridad?

Se levantó y fue hasta la mesa.

–Voy a fumar un cigarrillo.

–Uno para mí también. Pero quiero que lo enciendas. Así. Y que me lo coloques en la boca. Gracias. Y ahora, ¿dónde pondremos la ceniza?

Él rió.

–En el suelo. Los hoteles "ingenuos" no tienen cenicero.

–Por tercera vez hablas de hotel ingenuo. Vivo en un hotel "ingenuo"... Tú no tendrías coraje de ir a mi hotel "ingenuo"...

–Así llamo a todos los hoteles de esta clase. El hotel no es ingenuo: ingenuo es el dueño de estas pocilgas, que piensa que la pileta de la habitación es utilizada solamente para lavarse las manos y el rostro.

Ella rió con placer.

–También tú imaginas cada cosa...

Fumaron en silencio, tornando aún más opaco el tono del cuarto, a causa del humo.

–¿Cuántos ángeles?

–No los conté. Se está haciendo tarde. ¿Qué hora es?

–No sé. Las tres, las cuatro.

–¿No tienes reloj?

La miró asustado.

–Pero dime, querida, ¿la gente como yo usa reloj? Para eso lo tiene la colectividad: la estación central del Brasil, Mesbla*, las plazas públicas y las aulas de la escuela. Y también está la hora de hacer caca.

–¿También para eso necesitas horas exactas?

–¿Te imaginas a un modelo relajando la posición para decirles a las niñas pituquísimas: "Con permiso, necesito diez minutos para ir a hacer mi pum"?

* Famoso negocio, uno de los más conocidos y frecuentados de Río de Janeiro. (N. de la T.)

55

Paula volvió a reír con ganas.

—Baby, eres una delicia. ¡Qué manera de contar las cosas!... ¿Cuándo cumples años?

—En junio.

—Entonces, ¿ya pasó?

—Sí.

—¿Recibirías un regalo retrasado?

—¿Qué cosa? ¿Un reloj? ¿Como pago, o con afecto?

—Caramba, Baby, eres demasiado evolucionado para interpretar las cosas tan tontamente. ¿Lo quieres?

—Lo quiero, pero sólo si es de una forma especial.

—¿Cuál?

—Cuadrado.

—¿Cuadrado?

—Siempre me quedo mirando las vitrinas donde hay relojes cuadrados.

—Veremos qué es lo mejor que encuentro, que te quede más elegante.

—No. Sólo si fuera elegante-cuadrado.

—Espera, al menos.

—Cuadrado. Cuadrado o nada.

Miró al joven con cara de reprobación.

—Merecerías unas palmadas.

—¿Otras, Pô? Pupinha, lo único que yo hice en la vida es recibirlas. ¿Ya te quieres ir? Aquí sólo tenemos un baño común. Tan sucio y maloliente a cosas que también se hacen fuera de la pileta, tan lleno de barro que parece el Pantanal de Mato Grosso.

—Iremos a mi departamento cuando salgamos de acá.

—¿Y la Escuela?

—Solamente irás allá si quieres dibujar. Por favor, no vamos a discutir, Baby. Un hombre como tú merece una vida mejor, más hecha a la imagen de Dios.

—Así pensaban también cuando yo era chico.

Sus ojos se habían ensombrecido, perdiéndose en las nebulosidades del pasado.

—¡Gum!... ¡Gum!... ¿Por donde andará ese diablo de chico?

Su hermana Gloria había aparecido en el fondo de la casa y se secaba las manos en un delantal sucio.

—¡Gum!... ¡Gum!...

En aquella época aún no había cumplido ocho años y ya era el terror de la calle y de la escuela pública, el más peleador, el más atrevido, el más de todo. Era un reinar de la mañana a la noche. Huía hacia la carretera Río-São Paulo y andaba por los rincones cazando murciélagos en la parte trasera de los automóviles y los camiones. Era dueño de todas las palabrotas de la calle. Conocía el misterio de cada casa. Había hecho un infierno de la vecindad. Los más viejos lo corrían, insultaba a todo el mundo. Pero cuando llegaba el domingo se trasformaba en un ángel de ternura, tomaba el cajón de lustrar zapatos y salía por las casas ofreciendo la sonrisa más linda y la voz más simpática posible.

–¿No quiere lustrarse, don Meru? Doscientos reis... y todo el mundo cobra cuatrocientos. Y usted ni siquiera necesita salir de su casa.

Miraba al descendiente de sirios, seguro cliente de su hermano mayor, que más tarde le daría unos coscorrones cuando lo descubriera. Una tontería; con habilidad, y sabiendo de la pereza del hermano, conseguía más rápidamente el dinero para la matiné del cine Bangu. Y en medio de la pandilla amiga se ubicaba bien al frente, en la segunda fila. De vez en cuando cambiaban de lugar, entre los gritos de *cowboys* y tiroteos de bandidos, para hacer pipí que corría por un rincón de la pared como una cobra hedionda. Cuando salían era necesario que, antes de comenzar la sección de la noche, desinfectaran el lugar con mucha creolina.

Tenía que andar ligero. Don Meru, bamboleando el cuerpo gordo, fue a sentarse debajo del almendro.

–Aquí es mejor. El sol está más frío –se abría la camisa, se sentaba en el banco y ponía los pies para la lustrada.

De vez en cuando levantaba los ojos y hacía una sonrisa de simpatía como para interrogar si el cliente estaba satisfecho con su trabajo. Don Meru sonreía y se abanicaba con una hoja de almendro, enjugándose el pecho peludo y oscuro por entre la camisa entreabierta.

Le gustaba conversar. Preguntaba cosas de la escuela. Del fútbol. Se interesaba por el tiempo de las cosas. Tiempo de bolitas, de trompos, de barriletes, de arco.

Finalmente le daba los cuatrocientos reis y preguntaba:

–¿Por dónde anda tu hermano?

–Está por el lado del Murundu, lustrando.

–De ahora en adelante voy a tomar siempre tus servicios. Das mejor lustre y sabes conversar más lindo. Tu hermano es muy buenito pero muy callado.

¡Dios del cielo! Se llevaría unos buenos coscorrones de su hermano Totoca. Pero ser trompeado por ser trompeado, él llevaba no menos de cuatro palizas por día. De los hermanos mayores, de Gloria, de Rosa, de la madre cuando llegaba del Molino Inglés, y del padre cuando recibía quejas al llegar de la fábrica. Era tan mañoso, cometía tantas tropelías que a veces se llevaba una zurra sin saber por qué. Otras veces ya estaba durmiendo cuando el padre le calentaba el trasero con la correa. Lloraba de dolor, sí, pero al rato ya volvía a estar dormido.

–¡Gum!... ¡Gum!...

Había recibido ese sobrenombre pequeñito porque era tan cabezudo que cuando no podía contestar o insultar tragaba en seco haciendo ese ruido: Gum...

Llegó corriendo desde donde se escabullera para robar guayabas en la quinta de la Negra Eugenia, que era muy mala y hacía brujerías.

Antes de subir a la quinta, resbaló y cayó sentado en el agua sucia. ¡Listo! Si lo llamaban para no ser castigado, ahora tendría motivo para llevarse unas buenas palmadas.

Tropezó con la hermana, que lo miró con aire de reprobación; sobre todo al ver sus bolsillos hinchados de fruta.

–¿Otra vez, Gum?

No sabía si la reprimenda se dirigía al robo de las guayabas o al pantalón sucio. Quedó sin saber qué hacer, pero en expectativa de correr y desaparecer por el fondo. Sin embargo, las manos de Gloria no tenían ni siquiera una vara, ni una zapatilla, ni un cinturón. Por el contrario, sus ojos estaban tristísimos.

–Vamos a la cocina. Quiero hablarte.

Empezó a desconfiar. ¿No habría alguna trampa en la cocina? ¿No querría encerrarlo allí?

–¿No quieres ir?

Se asustó. ¿Qué estaría sucediendo?

–¿No me vas a pegar, Godoia?

Para su mayor susto, las lágrimas bajaban por el rostro de la hermana. Ella se arrodilló y lo estrechó entre sus brazos.

–¡Oh Gum!… mi hermanito travieso.

Sollozó un poco, y después lo separó tomándole el rostro entre las manos.

–¡Mi hermanito tan lindo! Tan inteligente. Eres un diablo, pero voy a sentir tanto tu falta… –se levantó y lo tomó de la mano, encaminándose a la cocina.

Se sentó en un banquito junto al fogón, no sin antes mirar la cacerola con *feijão* * puesta al fuego. Para disminuir su emoción, ella le pidió:

–Dame una guayaba.

Él sacó un montón del bolsillo y las depositó sobre la mesa. Con el dedo eligió una.

–Come ésta, Godoia, es la más dulce.

–¿Cómo lo sabes?

–Las mordí todas para dejar la más dulce para el final.

Rió de la idea y examinó las otras. Todas tenían la marca de sus dientitos. La mordió.

–Cierto, ¡es dulce!

–¿Viste que es más dulce y más roja que las de la casa de Dindinha?

–Mucho más.

Hizo una pausa y respiró hondo, esforzándose para no llorar nuevamente.

---

* Poroto pequeño y negro, base de la comida llamada feijoada. (N. de la T.)

–Gum, mañana debes bañarte bien, lavarte las orejas y cortarte las uñas.

–¿Pero no me bañé ya el miércoles?

–No importa. Mañana es sábado. Debes estar bien lindo para cuando vengan a buscarte. Te vas a ir.

No entendió bien. ¿Por qué tenía que irse? Entonces, ¿era por eso por lo que Godoia lloraba?

–¿Te acuerdas del doctor Barreto, tu padrino, que estuvo aquí la semana pasada?

Afirmó con la cabeza, recordando la visita del padrino rico. Lindo hombre de barba cerrada, que lo había sentado en sus rodillas y lo besó. Antes nunca había sido besado por nadie que no fuesen sus hermanas, y por la boca marchita y babosa de la abuela Dindinha. Parecía sentir en sus mejillas el roce de la barba que picaba.

–Bueno, pues él va a hacer por ti lo mismo que ya hiciera por nuestra otra hermana. Va a llevarte con él para que estudies, para darte linda ropa y todo lo que nosotros nunca tuvimos.

Nuevamente pensó en el padrino, acariciándole los cabellos y elogiándolo con su voz de acento norteño.

–Eres un lindo chico. No te pareces a tus hermanos que tienen sangre de Pinagé *. Realmente eres muy lindo. Vas a tener todo lo que es bueno, Gum. En Navidad tendrás muchos regalos...

Entonces le vino el recuerdo de la última Navidad que pasara. De la maldad de niño que cometiera contra su padre y que lo acompañaría toda la vida, alejando cualquier sentimiento navideño agradable.

El día 24, antes de dormir, había combinado con Totoca que dejaran los zapatos del lado de afuera de la puerta de la habitación. Sabía, porque los niños pobres no tienen ilusiones de Papá Noel, que alguien de la familia se acercaría a poner los regalos. Siempre había sido así.

A la mañana saltó de la cama, codeó a Totoca para despertarlo y corrieron para ver los regalos. Los zapatos estaban completamente vacíos.

Se miraron y le comentó al hermano:

–¡Qué malo es tener un padre pobre...!

Sólo entonces se dieron cuenta de que el padre estaba de pie ante ellos. Lo miró, vio que tenía los ojos humedecidos y tragó en seco. Vieron que él se alejaba, confundido.

–No debías haber dicho eso, Gum...

–No lo vi.

–Pobre papá, Gum. Hace seis meses que está sin empleo. No tenía dinero ni para comprar la comida. Eres muy malvado, Gum.

Se puso triste y tuvo ganas de llorar, pero los hombres no lloran. Salió con el cajón de lustrar por las calles, con un remordimiento enorme

* Tribu de indios.

viendo a los otros llenos de juguetes, de pelotas, de carritos de colores. El hijo del doctor Faulhaber había recibido una bicicleta azul y roja y andaba dando vueltas por el patio. Se detuvo y espió por las rejas. Sergio bajó de la bicicleta y se acercó a conversar.

–¿La recibiste de regalo?

–Sí.

–¡Qué linda es!

–Un día te voy a dejar andar en ella, ¿quieres?

–Mejor vamos a esperar que sea más vieja, no sea que me caiga y se arruine.

–¿Qué estás haciendo?

–Hoy necesito ganar unos doscientos reis.

–Pero hoy es Navidad. Nadie debe lustrar.

Se puso triste pensando en los ojos del padre.

–Hoy no hubo Navidad en casa. Papa está sin empleo desde hace mucho tiempo.

El otro niño se apenó.

–¿Ustedes no tuvieron ni castañas, ni avellanas, ni almendras?

–Sólo una rebanada de pan viejo que Dindinha hizo para que tomáramos el café.

–¿Quieres que pida algunas de esas cosas para ustedes? Le digo a mamá.

–No. No quiero. ¡Qué linda es tu bicicleta! Bueno, me voy a ver si puedo hacer alguna lustrada.

–Espera, Gum. ¿Solamente necesitas doscientos reis?

–Es lo que me falta para completar…

–Entonces te presto. Me regalaron un montón de dinero. Si no tienes dinero, después me pagas con bolitas, porque eres suertudo en el juego. ¿Combinado?

–Bueno.

Corrió hasta el boliche de Miseria y Hambre, compró lo que quería y corrió hacia la casa haciendo sonar el cajón de lustrar. Ya estaba oscureciendo. El farol había sido encendido en la cocina porque había un corte de luz.

Encontró al padre sentado, desanimado, apoyando los codos en la mesa, mirando el vacío de la noche que se aproximaba:

–Papá.

Él lo miró. Se quedó sin saber qué hacer ante sus ojos tristes.

–¿Qué pasa, Gum?

–Papá… sabes… es que… yo te quiero mucho. De hoy en adelante me puedes pegar mucho más, que no me enojaré.

Sonrió ante esa argumentación.

Se acercó más y mostrando las manos que tenía escondidas a la espalda le ofreció el paquetito envuelto.

–Y quiero darte este regalo.

Las manos del padre abrieron el envoltorio y apareció un paquete de cigarros.

Los ojos del padre se humedecieron, pero esa vez de alegría.

–Es el paquete más lindo que estaba a la venta.

El padre le acarició la cabeza.

Y ahora era Gloria la que repetía el gesto.

–¿En qué estabas pensando? ¿Ni escuchaste lo que dije, Gum?

–Sí, escuché que me voy. Y que me van a regalar muchas cosas.

Miró bien a la hermana:

–¿Godoia, adónde voy?

–Al norte. A Río Grande do Norte.

Sintió un sol deslumbrador dentro de sus sueños. Cuando de noche se fuera a reunir con el grupo de amigos, sentados en los umbrales de las puertas cerradas del Casino Bangu, como hacía todas las noches para conversar con descaro y masturbarse en conjunto, contaría algo que nadie querría creer. Hasta veía la cara sorprendida de Abel. Los ojos desorbitados de Biriquinho.

–¿Saben? Mañana me voy. Voy a América del Norte. Voy a conocer a todos los artistas. Desde la ventana de mi casa veré pasar a Buck Jones. A Fred Thompson y su caballo Rayo de Luna.

–Te vas, mi hermanito lindo. El diablito más lindo, más mal educado y travieso que conozco, pero voy a sentir mucho tu falta.

Para no volver a llorar, pidió otra guayaba...

Baby guardó silencio y miró a Paula.

–La historia de la gente pobre es siempre así de tonta.

–No sé por qué es tonta.

–Lo es tanto que la escondo de todo el mundo, y cuando me acuerdo me quedo idiotamente emocionado. Cuando me acuerdo de Gloria tan linda, la única hermanita rubia que tenía...

–¿Por qué tenía?

–Hizo un viaje en automóvil a Petrópolis y al regreso sufrió un accidente horrible. Su rostro quedó totalmente deformado. Se efectuó una operación para mejorarlo, perdió casi todos los dientes y no se los podía arreglar. Le quedó un ojo torcido y que lagrimearía para siempre. Algunos años después se suicidó poco a poco. Enflaqueció, tuvo una tuberculosis y no se quiso tratar. Pudo haber sanado, pero no quiso. Se dejó morir...

Baby calló.

–¿Sabes una cosa, Paula? Para mí la muerte tiene olor a guayaba. Cuando pienso en ella siento olor a guayaba. Cuando hablan de muerte viene a mí en seguida ese olor que me persigue. Pero vámonos ya, que es de noche.

Pasó los dedos por entre los cabellos del joven, mientras se levantaba.
—¡Cómo has sufrido, mi amor!...

• • •

Desde uno de los rincones más confortables del departamento divisaban el mar enorme. Un buen *drink* y un sofá todavía más confortable hacían que olvidaran la ingenuidad del viejo hotel de la Plaza de la República. Las luces bien dosificadas daban al ambiente un aire de suave acogimiento.
—Listo, querido. Uno de los rinconcitos que te gustan. Tú y tus rincones.
—¡Qué raro que siempre me hayan gustado los rincones!
Paula encendió un cigarrillo y habló, reclinando la cabeza en el sofá.
—¿Nunca pensaste qué podría significar eso, Baby? Eso es timidez, y a veces el deseo de no haber nacido.
—Posiblemente las dos cosas juntas. Nacer es vivir, y vivir, según mi amigo Gus, es sufrir.
—¿Quién es él?
—San Agustín. Vivir es abrir un alma en la soledad de un cuerpo. Pensar que te gustaría participar el ciento por ciento de los otros. Y cuando piensas haber alcanzado como mínimo el diez por ciento de los cien, lo que más has conseguido es un ciento por ciento de diez.
—Pero eso es horrible, Gum.
—Es que Gus era un santo miserablemente lúcido y terrible. Cuando yo tenía ocho años en el colegio, como el Hermano de nuestra clase enfermara dejando de concurrir a las aulas, fuimos enviados a la clase de religión de un curso más adelantado. Fue la primera vez, y quizá por culpa de mi aguda inteligencia, que tuve contacto con una máxima tan cruel como la de Gus. El Hermano había olvidado que los niños lo aprenden todo. Él explicaba que cada momento de felicidad exigía mil minutos de sufrimiento. Desde ese día comencé a analizar mi vida a través de dicho prisma. Para ir a la playa los domingos, necesitaba sacar buenas notas en todo. Y las matemáticas eran una tortura. Era una semana de angustia. Pero habiendo obtenido permiso para ir a la playa, antes tenía que asistir a misa, y en la misa había sermón. Después, en casa todo dependía de la voluntad de mi protector. Y la voluntad de él, a su vez, dependía de que el automóvil funcionara bien. Y cuando a veces el automóvil funcionaba, aparecía un llamado médico. Y tenía que aguardar hasta que él pudiera retornar de la consulta. Si él continuaba con deseos de ir, entonces íbamos. Pero todavía quedaba la prohibición de bañarse en los lugares en los que otros lo hacían. Había que quedarse en los rincones, entre las piedras. Y después de todo eso, cuando la cosa estaba mejor, él resolvía irse. Cuando regresaba a casa con el cuerpo pegoteado de sal,

era el último en usar el baño. Por la tarde, con la espalda medio quemada, tenía que asistir a la clase de catecismo particular de mi tía, que nos preparaba para la primera comunión... Y así siempre: cada minuto era el pago de los otros mil condenados...

—¡Basta, Baby! ¡Qué cosa horrible para una criatura!

—Nunca pude ser una criatura igual que las otras. Pero ante tanto desaliento apareció la defensa. Cada minuto de felicidad era gozado con la voluptuosidad de los mil que vendrían en seguida. Vivir es sufrir, Paule, Paule; vivir es condenarse a la mínima angustia. ¿Qué importa que Fulano se cortara una pierna si yo me pinché un dedo? Es mi dedo el que me duele. Es mi dolor el que duele. Si no existiera primero mi dolor, quizás el dolor de los otros, de la pierna del otro, significara algo para mí. Y aun así, sólo por comparación. Si fuese yo el que hubiera perdido la pierna; si, en vez de él, fuese yo. Todas ésas son ejemplificaciones de los pensamientos de soledad de Gus.

—¿No te parece que la vida es una gracia?

—Sí y no. Incluso porque estoy vivo y tengo que vivir. Quizá los hindúes tengan razón al decir que la vida fue creada por un placer. La propia naturaleza de la naturaleza humana comete un genocidio para que un ser humano exista. Sólo un espermatozoide fecunda normalmente un óvulo para que la gracia de la vida aparezca; el resto es eliminado sin ninguna consecuencia. Desde entonces el milagro de la vida se une a la condenación de la muerte, la clausura y el dolor.

—¿Dónde descubriste todo eso?

—Leyendo como un ratón de biblioteca. Pensando; porque cuando estás paralizado durante muchas horas cada día puedes pensar. Es la única liberación. Sorbiendo ávidamente todas las teorías de gente más culta, asistiendo a clases libres de filosofía... En fin... ¡La belleza del alma humana!...

—¡Crees en eso?

—Claro, porque creo en Dios. Es más fácil creer que no creer. Comprender es otra cosa. Dentro de la limitación de la inteligencia humana, ni Gus consiguió comprender a Dios. Se limitaba humildemente a participar de la presencia de Dios. Creo en la belleza del alma humana y en la purificación de ésta. Desde que ella conozca la vivencia de las cosas, que participe de toda la podredumbre humana para derretirla en beneficio del suave gesto de haber sido creados a imagen de Dios. Si no todos los hombres serían puros y castos, vulgares y comunes como lo fue San Luis Gonzaga, el lirio de Dios...

—Baby, Baby, me haces erizar toda.

—No veo por qué, estamos conversando sin consecuencias. Y tú eres una buena chica.

Le acarició la barbilla y terminó la frase.

–Eres demasiado linda, mi amor. El hecho de que lo tengas todo no importa, porque la suerte es generosa y no justa. Si tienes suerte, ¿de quién es la culpa? De la propia suerte.

Paula estaba pensativa.

–¿Y no le das ninguna chance a la soledad? ¿Serías capaz de nacer de nuevo?

–Hay una sola chance en la vida que dignifica la razón de la existencia; una cosa común, pero cuando sucede, con quienquiera que sea, parece la renovación de todo: el amor. Yo viviría de nuevo, nacería de nuevo por ti, Paule.

Callaron, contando los ángeles que pasaban en la oscuridad. Estrechándose cuerpo contra cuerpo, entibiando el calor de la ternura. Un minuto eterno de felicidad que apenas iniciado fue interrumpido por el sonido del teléfono.

–He de atender. Debe de ser la Lady-Señora que me busca.

Se desenroscó de él y fue hasta la salita, a atender.

Volvió en seguida y preguntó con ansiedad:

–¿Quieres que vaya, Baby? Es ella, sí. Desea que vaya a cenar y después a jugar a algo.

Se abrazó a él suspirando, preguntándole dulcemente al oído:

–No quieres, ¿verdad que no, Baby? Estoy deseando tanto que tú no quieras... Te amo, Baby. Pero decide en seguida, ¿no quieres? Si me cuentas el resto que me prometiste, no voy. En realidad, no voy, aunque no me lo cuentes...

Hablaba amigable, apasionadamente. Lo besó en los labios tan suavemente como si besara pétalos de rosas.

–Nosotros no queremos que yo vaya, ¿no es cierto, amorcito? Pero decide en seguida.

–Paule, mi *toujours*. Ni yo, ni tú, ni nuestros ángeles de la guarda quieren que te vayas.

–¡Yo sabía que no ibas a querer!

Se incorporó y regresó a la salita para decidir lo que ya decidiera caprichosamente. Volvió feliz, y se sentó próxima a él.

–¿Todo en paz, Baby?

–Nosotros cuatro estábamos perfectamente. Ahora llegaron ustedes cuatro y todo quedó mejor.

–¿Qué historia es ésa de tanta gente?

–¡Mira! –señaló la figura de ambos reflejada en las tres paredes de vidrio del jardín de invierno.

–¡Qué lindos se nos ve en el vidrio, Baby!

–¿Solamente en el vidrio? Mira. Ese que está allí te va a preguntar –porque le toca a él–, ¿me amas?

La besó lentamente.

–Ahora, aquel que está más lejos.

–¿Me amas, Pô?

Volvió a besarla.

–Y, por fin, este que está más cerca. ¿Me amas, Pupinha?

Paula se sentía en éxtasis. Nadie como él sabía hacer las cosas tan bellamente. Ahora nosotros dos, Paule, Paule.

Sin que pudiera responder, quedó ansiosa, sintiendo al hombre que besaba sus ojos, su frente, su boca, sus orejas. Sus cabellos. La lengua caliente que penetraba locamente en busca de su lengua.

–¿Me amas, Paula? ¿Serás siempre mi *toujours*, Paula?

Rodaron sobre la espesa alfombra. No existía nada más, nada, ni vidrio ni mar, ni angustia, ni dolor de vivir. Solamente el amor y el cuerpo fuerte rozando sus senos duros, dando aquellos escalofríos violentos, voluptuosos, ecos de maravilla. Sus uñas arañando la espalda caliente, fuerte, musculosa, y la belleza del pecado verdadero que Dios creara con la poesía del amor.

–¿Me amas, Paula? ¿Me amas, de verdad?

Abrió los labios en un gemido cruel, mordiéndole la boca y las orejas, dejando que las palabras saliesen húmedas de gozo.

–Baby, Baby, yo te busco desde que fue creada la primera estrella.

• • •

El sol de cerca del mediodía le quemaba el rostro y le dolía sobre los ojos cerrados. Volvió a la vida y la vida era nuevamente dolor. Movió el cuerpo dolorido por el tiempo que había quedado en esa posición. Frente a él, Zéfineta "B" caminaba nerviosamente de un lado para otro, en la pared. Vino hasta el piso y respiró aliviada cuando el hombre se movió. Felizmente, él no había muerto. Estaba vivo.

Vio que la bichita, preocupada, lo miraba largamente.

–¡Ah! mi linda Zéfineta, casi muero. Pero estoy vivísimo. Todavía vivo. ¿Qué hora será?

Observó el sol y calculó que sería mediodía.

–Necesito ir caminando para almorzar, querida mía. Estoy tan desanimado que ni voluntad para ir a bañarme tengo, ni de conversar con mis peces. A la vuelta hablaré con ellos. Feliz tú, mi linda reina, que no necesitas recordar. Porque, verdaderamente, regresar es siempre morir un poco. Hasta luego, Zéfineta.

Salió medio tambaleante, y Zéfineta corrió por el fondo, cruzó el pasto y con el corazón en la boca subió al primer árbol de la cerca. Telefoneó preocupada a la Porterita, para avisarle que él había partido.

–Por favor, Porterita, trátalo con ternura. Hoy, desde que amaneció, tiene los ojos muy tristes, como queriendo llorar. Por favor, amiga mía... nunca lo vi en ese estado.

6

EL ADIÓS, LA LÁGRIMA Y EL ESPEJO

Fray Calabaza sintió ese estrangulamiento, esa cosa opresiva que venía del fondo del corazón y tornaba desagradable todo lo que hiciera. Hasta la piel no era la suya. La angustia y la soledad lo ovillaban para asfixiarlo. Hacía mucho tiempo que no se sentía tan deprimido. Caminó por el largo arroyo del Poção, pero no tenía fuerzas para conversar con los hermanos peces. Les llevó comida, pero en un silencio tan prolongado que los incomodaba. No estaban acostumbrados a aquello, y eso les dolía. Volvió a la sala de dibujos. Miró los trabajos ya listos y firmados, fijados a la pared con clavos.

—Cualquier cosa que dibujes sobre los indios puedes traerla a la galería. La compramos.

Era una voz conocida de la ciudad. Aquellos dibujos positivamente no deberían valer nada. Cuando los hacía pensaba realizar la cosa más hermosa del mundo, pero ahora, lleno de mal humor y de espíritu de destrucción, le parecía que no valían nada.

Tomó un papel y se inclinó sobre la mesa, pero la voluntad no le obedecía. La inspiración había huido lejos. Su rostro se enfrentó con Zéfineta, entre los lápices y los pinceles, observando todos sus movimientos.

—Amiguita, es posible que hoy nada le salga bien a este bobo. ¿Sabes qué pasa? Hay días, y son raros, que me dejan así, destrozado. No sé si usted me comprende, Zéfineta "B", no sé si en su lindo mundo de agujeritos de pared, de banquetes suntuosos de mosquitos y mosquitas, se pasa por estas fases. Increíblemente, por más que madure, dos días me persiguen siempre: hoy y Navidad.

Dejó todo y tomó un gran trago de aguardiente en la cocina; tomó sin sentirlo, casi un vaso. Quería quemar el alma en ese infernal día de soledad. Volvió medio raro al dormitorio y de nuevo miró a Zéfineta. Lanzó una risa medio desequilibrada.

—Hoy, mi amor, estoy mucho más cerca del whisky que de San Francisco. El viejo "Chico"... Por eso voy a tomar otro hermosísimo trago.

Volvió medio temblequeante, porque había bebido demasiado. Rió como un loco, de manera que casi asustó a la lagartija.

–¿Por casualidad oyó usted hablar de la Navidad, Zéfineta? ¡Pues bien, la Navidad es la fiesta más hija de puta que existe! No debería ser así, no. Pero lo es. Una fiesta injusta. Me gusta el Carnaval porque es alegre y una fiesta abierta a todos. Todo el mundo toma dos buenos tragos de aguardiente y juega. Juega el rico y juega el pobre. Juega quien puede y también el otro. En Navidad, no. Es una fiesta deformada, comercializada. Donde todo es muy caro. Donde no en todas las mesas hay pan, y en la que no todas las mesas poseen mantel.

Hizo castañetear los dedos.

–Sin embargo, Zéfa, la cosa no fue hecha para que eso ocurriera.

Zéfineta reparó en que él estaba fuera de sí, porque ya tres veces había sucedido que el hombre, al emborracharse, la llamara de ese modo, Zéfa. Solamente que las otras veces él se había puesto alegre, cantando cosas muy lindas. Hoy no, esta vez le había dado por hablar con los ojos mojados de tristeza. Y a ella no le gustaba eso porque, en su insignificancia de bichito, no podía hacer nada.

–Voy a contarte una historia muy linda. Una vez, un mestizón formidable, llamado Dios, hizo el mundo, hizo a los hombres, a los pájaros y a las lagartijas; también hizo la nostalgia, el amor y el abandono.

Dio un hipido.

–Estoy hablando de manera muy difícil para usted, amiguita. Pero hizo todo eso, y muchas tierras más grandes que este sitio del Poção. Más llenas de hombres y con mucha menor cantidad de lagartijas. ¿Es más fácil de esta manera? Me parece que sí. Pero espere que voy a tomar otro poco de maná para aclarar las ideas y dar mejor compás al corazón.

Ella oyó, asustada, sus pasos indecisos. Escuchó el destapar de la botella y el gorgoteo del líquido en el vaso. Después los pasos retornaron, más lentos y vacilantes.

–Bien, ¿dónde estábamos?

Se sentó, medio debilitado, en el rincón de la pared.

–¡Ah, sí! Entonces, el mestizo llamado Dios vio que los hombres se estaban alejando de la bondad, que peleaban mucho, hacían la guerra y se castigaban mucho entre sí. Dios escogió a la mujer más bonita, de ojos más redondos, de manos tan finas como las flores y sonrisa más brillante que una reunión de luciérnagas en noche sin luna. Esa señora tan linda era la Virgen María. Pero en esta parte, Zéfineta, existe mucha confusión. Hay gente que cree en eso, y gente que no. Pero la Virgen María quedó esperando un hijo que venía lleno de ideas bondadosas de Dios, para sembrarlas entre los hombres. Porque, frente a tanta tontería de la humanidad, era necesario que Dios tomara una forma humana para que todos comprendieran que el amor es más beneficioso que la maldad y la rabia. Entonces, la Virgen María emprendió un viaje, ya con el vientre tan grande que apenas podía respirar. Nadie la recibía en los hoteles, ni a ella ni a San José, un viejecito carpintero que era todo dulzura, porque ellos eran pobres, y sólo después que Cristo nació apareció gente buena, dueños de hoteles, como la tía Estefanía. Caminando, caminando, llegaron a Belén, y como ella no pudiera más, descubrieron una gruta, y en medio de la paja, junto a un buey y a un burrito, nació el hombre que debería salvar a la humanidad por amor. Esa noche el cielo reunió a todas las estrellas e hizo un ramo tan grande que parecía un cometa para saludar al Niño Dios. Llegaron llenos de regalos tres Reyes Magos, cada uno de un color distinto, que venían de muy lejos atraídos por la luz de la estrella. De ahí nació la costumbre de que los hombres se entreguen regalos en esos días. Mas, para acabar esa historia que ya está siendo muy larga, el hombre creció y escribió una novela muy linda llamada Evangelios. Habló tan bellamente que molestó a los otros, que lo apresaron y lo golpearon, dando muerte a aquel que era el hijo de Dios. Después de cometer todas esas maldades, pensaron, pensaron y resolvieron: uno puede hacer un gran negocio con esto. Y comenzaron a vender vinos, nueces, almendras, champaña y juguetes, y muchas cosas más. ¡Listo! Eso es la Navidad.

Miró a la lagartija, que se hallaba fascinada con su discurso.

—Es una lástima que yo haya confundido todo, Zéfa. La historia era más bonita pero usted sabe, mi amor, que yo formo parte de los hombres. Uno tiene el destino de nacer con un pedazo de Cristo, del hombre hijo de Dios, en el corazón. Es apenas una miniatura que inyectan en el corazón de las criaturas. Mi Jesusito ya comenzaba a caminar cuando un padre, un religioso, lo asesinó dentro de mi corazón. Entonces, para no estar totalmente abandonado de Dios, ya que no podía hacer más, adapté humanamente a Dios a mi inteligencia. Nos hicimos amigos, cobré intimidad con tres de sus mayores compañeros de juego: Tom, Gus y Chico. Y así voy yendo por la vida, peleando con Él, haciendo las paces, abusando de Su Misericordia, distribuyendo sin pretensión un poco de su sonrisa entre los rostros humanos para que Dios no se ponga más triste de lo que yo me siento hoy.

Colocó los codos sobre las rodillas y apoyó las manos en el mentón.

Quedó unos momentos como desintegrado por tanta tristeza. Entonces su corazón no aguantó más. Cayó de rodillas y entreabriendo los brazos soltó un grito tan tan dolorido que Zéfineta, asustada, trepó por la pared.

Y con la baba corriéndole por el mentón se quejó lúgubremente:

—¡Dios! ¡Dios! ¡Dios! Un poco de piedad hoy. Sólo hoy. Ayúdame. Tú conoces la honestidad de mi corazón. Conoces la sinceridad de mis confesiones. Siempre me muestro ante ti sin los siete velos de la hipocresía. Por todo el barro y el estiércol que existe o existió en mi corazón. Por las heces de mi alma y de mi remordimiento. Por la suciedad que contagié a mi Cristo asesinado tan joven. Por la prostitución con que vendí mi cuerpo entre hombres y mujeres. Por las alucinaciones de los tóxicos que tomé. Por la debilidad con que me vendí por el hambre a los instintos de los otros. Por el amor de Paula que me transformó de un gigoló en un fraile sin sotana, un paria sin nadie; por las exploraciones que hice entre los indios, sobre todo por mi amor por Paula... Dios... Dios... Dios... "Ten piedad de mí. Una sonrisa apenas, para que no estalle mi corazón de soledad. Ten piedad de este dolor que conocéis. Ahora os trato de Vos, Dios mío. Y no puede existir mayor humildad que eso..."

Pero Dios aún no había gustado de su oración. Por lo menos lo dejó allí, encogiéndose poco a poco, volviendo a la posición anterior.

Cuando disminuyeron sus sollozos y las lágrimas hicieron un valle seco y luminoso entre sus mejillas, Zéfinéta descendió lentamente de la pared.

–Discúlpeme, amiguita mía. Lo único que un hombre tiene de real es la verdadera noción de su debilidad.

Después fue murmurando cosas lentamente, para que el corazón no se le astillara de dolor.

–La otra cosa que me duele, Zéfineta, es que hoy –y nosotros estamos en el mes de junio– es el día de mi cumpleaños. Y yo no tengo a nadie. Perdí en un mundo confuso toda idea de afecto y de familia. Quise engañar a mi corazón haciendo del amor al prójimo mi familia, y debo de haber fracasado, porque en caso contrario no estaría haciendo lo que hago.

Todavía ebrio, pero un poco menos, tuvo una idea.

–Espere, que ya vuelvo. Usted me va a ayudar.

Volvió a entrar en la cocina y retornó con un plato y un pedazo de guayabada dentro. Un trozo de vela estaba incrustado en el dulce.

Acercó un banco a la mesa y se sentó en él. Después de encender un fósforo para prender la vela, sonrió melancólicamente a Zéfineta.

–Ahora, Zéfa, cante conmigo para festejar mi cumpleaños. Imagínese que estamos en su lindo palacio, en un salón enorme, lleno de armaduras relucientes, y que los cirios iluminados circundan el vasto salón. Figúrese que nosotros dos estamos caminando del brazo, distribuyendo sonrisas por el ambiente lleno de gente distinguida. Vea bien, mi reina: a un lado están todos los pederastas, putos, homosexuales, putas, rameras viejas entregadoras, viejas ninfómanas y toda una corte de barro y podredumbre que chupan la guayabada de mi cuerpo. Y al otro lado, una banda de gente pobre sin rostro, sin significado, a quien pensé haber hecho algún bien, en vez de ser bueno... Inclinemos respetuosamente la cabeza ante ellos, ya que todos fueron hechos a la imagen de nuestro buen Dios. No somos nosotros los que iremos a juzgarlos; ya que existen, han salido del genocidio de cromosomas que el propio Dios permitió que la naturaleza hiciera.

Dejó escapar una carcajada mayor.

–No caerá un solo cabello de su cabeza sin que ésa sea la voluntad de Dios. Qué manía de arrojar la culpa de todo a Dios. Imaginen qué trabajo debió de haber tenido Dios con los pelados. La mayor parte de su tiempo la pasaría en eso y castigando a los fabricantes de productos de hacer crecer el cabello... Bueno, vamos a soplar la vela y acabar con la fiesta. Cuando yo haga ¡flup! usted cante conmigo:

"Felicitaciones para mí
en esta fecha querida.
Muchas felicidades
y largos años de vida..."

–Gracias, gracias, mi querida y linda amiguita.

Con los ojos llenos de lágrimas quedó contemplando el salón que se había metamorfoseado nuevamente en las paredes agujereadas de un rancho, y en los cirios gigantescos que se fundieron en el brillo minúsculo de dos ojos redondos de una simple lagartijita cascaruda.

Reclinó el rostro sobre las manos y quedó sin voluntad de nada más.

• • •

De noche, en el mundo de las tejas, Zéfineta comentaba con Ranglabiana y Undrubligu, además de un ratón nómade que se acercó al rancho a pasar unas vacaciones, atraído por el olor a comida y por el morador.

–Fue un día terrible, extenuante. ¡No hay cristiano que aguante! Otro más así y terminaré necesitando un sanatorio de enfermedades nerviosas.

Ranglabiana se acomodó los anteojos en la punta de la nariz y observó.

–Estás exagerando, tontita. Todo no pasó de una borrachera homérica a que muchos hombres están acostumbrados. Además –y tuvo pena de Zéfineta–, no te acostumbres tanto a ese hombre. Pronto se irá y te quedarás sufriendo como una loca.

Viendo que la otra se afligía, intentó disimular, bromeando.

–Por otra parte, has de tener cuidado con Xititinha, porque él le hace muchas fiestas...

Zéfineta bufó indignada.

–¡Que esa sinvergüenza no se haga la tonta conmigo, que mañana ya cuidaré de ella!

Se hizo un silencio y el ratón comentó:

–Cuando hay una pausa en una conversación es porque pasó un murciélago. Un murciélago lindo, de trenzas rubias y alas de oro.

Undrubligu, que dormitaba más de lo que hablaba, preguntó:

–¿No dijiste que ibas a contarnos la historia de Navidad que él te contó ayer?

–¿Para qué? Antes de que yo termine ya estarás durmiendo.

–No importa; hago como con las novelas. Mañana Ranglabiana me cuenta lo que no escuché. Y si ronco ustedes pueden codearme.

Zéfineta pensó cómo podría traducir la historia que Fray Calabaza le contara, reduciéndola a la más simple expresión para aquellas minúsculas inteligencias. Tomó actitud de gran narradora y comenzó:

–Fue así: Dios, el Gran Camaleón que hizo el mundo, estaba muy triste. Triste porque había una pelea infernal entre los seres que habitaban los grandes ríos. Por causa de la pesca y de las aguas, los cocodrilos se peleaban con los yacarés. Éstos con los caimanes, y los caimanes con los gaviais. Era una pelea tan grande que el río quedó rojo de sangre en vez de conservar claras las aguas...

Miró alrededor y vio el interés de los oyentes. Valía la pena continuar, entonces.

–Al Gran Camaleón no le gustó esa situación. "Finalmente no hice el mundo para que él se destruyera solo." Piensa que piensa resolvió darle una oportunidad al mundo mandándole un hijo santo y cocodrilo para salvar a la humanidad. Y así lo hizo: tomó una iguana muy linda, muy verde, de ojos redondos, que se llamaba María y estaba casada con un viejo yacaré llamado José, y dijo: "Tú serás la madre de mi hijo".

Se oyó una vocecita, medio a lo lejos:

–Él no contó nada de eso.

Zéfineta se puso loca de rabia. Ranglabiana amonestó:

–Cállate la boca, Xititinha. No te metas en conversaciones de los mayores. Vamos, niña, prosigue que la historia está muy linda.

–¡Entonces sucedió la cosa! María quedó esperando su nidada, de la que sólo saldría un huevo, ya que de él nacería el hijo del Gran Camaleón. Fue a buscar un hotel, porque ya estaba muy pesada, pero todos los grandes montes de arena del río estaban ocupados. Además, ellos no podían pagar, porque José era muy viejo para cazar y no había pescados muertos con qué pagar el alquiler. Fueron caminando, caminando, hasta que llegaron a Belén.

Undrubligu quedó intrigado:

–¿Qué Belén? ¿Belém do Pará?

–Creo que sí.

–No sé... yo tengo un primo que vino de allá, como polizón de una embarcación, y que conoce toda la historia de Belém, pero nunca me contó nada de eso.

–Si el hombre dijo que fue allí es porque fue. Él no miente. Pero ¿voy a poder continuar o no?

Llegaron a un acuerdo y guardaron silencio.

–Solamente en una gruta en la que habitaban los calangões encontraron abrigo. Ahí nació el hijo que vendría a llamar al entendimiento entre los hombres. ¡Fue una fiesta! Tomaron un gran yacaré, le colgaron adornos y lo colgaron del cielo como una gran linterna para anunciar el nacimiento del hijo divino del Gran Camaleón. Vinieron tres grandes reyes cocodrilos de tres colores: uno amarillo, uno verde y uno marrón. Trajeron regalos caros: trozos de *pirarucu* *, pez eléctrico, aceite de *boto* **. Una verdadera fiesta. Habían venido de lejos y eran grandes reyes.

–Si vinieron de lejos, sólo podían haber venido de Manaus, descendiendo por el Amazonas.

Zéfineta no sabía explicar ese detalle.

–Creo que así fue.

–¿Y entonces?

–Entonces el hijo de María creció y se transformó en el más lindo cocodrilo del mundo. Tenía unos hermosísimos ojos verdes y pestañas doradas. Fue hablando, diciendo cosas lindas y hermosas enseñanzas para la humanidad. Quien aprovechó aquello, lo aprovechó bien, y se hizo mejor. Pero a los ladrones, los atrevidos, los deshonestos, no les gustó nada de eso. Y como eran mayoría, tramaron matarlo. Armaron una emboscada y ¡zas! lo arponearon. Como su cuero era muy lindo, con él hicieron millares de carteras de cocodrilo, cintos y billeteras. Por eso en Navidad todo el mundo hace regalos y se bebe mucho. Hasta hoy todavía se regalan carteras de cocodrilo, recordando al que viniera a salvar a la humanidad. Eso fue todo.

Ranglabiana comentó:

–El final está medio descosido, pero es de elogiar la gran memoria que tiene esta niña y la gracia para contar las cosas.

Undrubligu, todavía impresionado con la historia de Belém, rezongó escéptico:

–Para mí que ese amigo tuyo estaba algo confundido. Las borracheras producen esas cosas.

El ratón viajero apenas comentó, decepcionado:

–Así es.

Pero Xititinha estaba allá en lo alto, toda revuelta.

–No dijo nada de eso. Ella lo cambió todo. La historia que el hombre contó era una belleza.

Fue preciso que Ranglabiana la sujetara por el rabo para que Zéfineta no pasase a las vías del hecho con la lagartijita.

–¡Mañana te agarro, chismosa, embustera!

–Calma, niñas, calma. No hay motivo para tanto. Vamos todos a dormir, que es mejor.

Cada una se recogió en su sueño sin sueños.

Zéfineta no conseguía dormir, excitada por el día terrible que había pasado. Oía, gracias a Dios, que el hombre roncaba tranquilo, allá debajo

---

* El mayor de los peces de agua dulce, propio del Amazonas. (N. de la T.)
** Cetáceo de la familia de los delfines. (N. de la T.)

del mosquitero. Eso la apaciguó un poco, pero no dejaba de recordar que el hombre pronto se iría. Y que, al partir, su pequeño mundo perdería su encanto, al menos por varios días.

Allá abajo, él roncaba. Seguro que, ya que podía soñar, estaría soñando con aquella mujer que lo.perseguía como un fantasma. ¿Cuál era el nombre de ella? Ah, sí, Paula... Cuando tuviera una hija, si la memoria no la traicionaba, la llamaría así. Sería lindo cuando por las tardecitas le gritara para que viniera a dormir:

–Paula... Paula... Paula...

• • •

–¿Te gustó la habitación?

–Hum, hum.

–¿Y el piyama?

–Como el de mis sueños. Siempre soñé tener un piyama azul de seda. Azul del color de mis ojos. Pero también me gusta el amarillo.

–¿También del color de tus ojos?

–Exactamente.

Rieron de la tontería dicha. Quedaron rozándose los pies, de puro gusto.

–Paule.

–Hum...

–Debo volver al hotel.

Ella se volvió de bruces en la cama y con un pedazo de celofán del paquete de cigarrillos le acarició el rostro.

–¿Para hacer qué cosa?

–Volver. Yo vivo allá. ¿Me vas a llevar?

–No. Ya mandé guardar el auto en el garaje.

Continuaba haciéndole suaves cosquillas con el celofán.

–Entonces me iré en el ómnibus.

–¡Qué cosa tan vulgar y promiscua! Ir en un vehículo junto a gente que ni se conoce ni fue presentada.

–Bueno, pero el mundo está lleno de estas cosas.

Intentó sentarse, pero ella apoyó sus manos en los hombros de él y lo obligó a acostarse. Quedó reclinada sobre sus ojos, sonriéndoles.

–Escucha, querido mío de ojos azules, de ojos amarillos, de ojos color de zapallo. De hoy en adelante no existe más hotel "ingenuo" en tu vida, ni en la mía.

–Estás loca, Pô.

–Lo estoy. Hoy por la tarde pasé por allá y lo liquidé todo. Mandé dar toda esa ropa horrible a los porteros o a quien la quisiera.

–No debías haber hecho eso.

–Pero lo hice. Querido, no te enojes. Además, si no mentiste, te gustó este cuarto.

–Nunca vi cosa más linda en mi vida.

–Si no mentiste, me amas, ¿no?

–Paule, Paule, ni siquiera debes dudarlo. Eres la cosa más hermosa de mi vida.

–Mi amor, no puedes continuar viviendo como vives. No quiero ni lo permitiré. Debes aceptar lo que estoy haciendo con toda naturalidad. Siquiera porque estoy preparando un montón de cosas para tu futuro. Si estás así, tan... ¿cómo diré? ¡Qué sé yo! Si no quieres aceptar una cosa mínima como una simple habitación, ¿cómo te pondrás cuando sepas que vamos a São Paulo el viernes próximo?

Se levantó, molesto. Por primera vez después de haberse encontrado, tuvo un gesto grosero para Paula.

–¿Y si no quiero ir?

–Pero nosotros queremos que tú quieras, Baby. Es la única forma de poder creer en ti. Eso no es vida.

–¿Piensas transformarme en un gigoló, realmente?

–No pienso. Tú ya lo hubieras podido ser antes, de haberlo querido. ¿O no? Pienso en una vida más digna para ti. Te conseguiré un empleo cualquiera en el que no te mates. Ya mandé preparar un pequeño departamento para que comiences a vivir, para que no estés obligado a vivir conmigo en mi lujoso departamento de Higienópolis. Hablé con la "Lady-Señora" y ella consiguió ya un departamento en São Paulo. Mi primo es dueño de una cadena de diarios y te conseguirá un puesto de ilustrador o algo que valga la pena. Ganarás lo suficiente para pagar tus gastos. Después, con tu propio esfuerzo, podrás mejorar tu situación. Entonces, como honestamente me gustan tus trabajos, comenzaremos –esto también con mucho esfuerzo tuyo– a transformarte en artista, valiéndonos de la inteligencia y la sensibilidad que tienes.

Se levantó y, ante la desorientación de Baby, caminó por la habitación, dura y arrogante, cruzando los brazos y apretando los codos.

Se detuvo de nuevo cerca del hombre, recostado en el respaldo de la cama, y frunció la frente.

–Ven aquí.

Olvidando en un instante toda la independencia con que hiciera su vida, se levantó para colocarse junto a Paula.

–Mírame de frente, como un hombre. Y como un hombre dime de una vez si quieres mejorar de vida o no. Si quieres continuar chapoteando en la podredumbre o en el cinismo, o si aceptas una ayuda para vivir simplemente con decencia, como el hombre decente que tratas de esconder. Responde de una vez. Todavía es hora. Así no perderemos nuestro tiempo.

–¿Cómo quieres que te responda? –preguntó casi sin voz.

–Si lo quieres, estréchame en tus brazos. En caso contrario, abofetea mi rostro para que sepa que perdí mi última ilusión sobre los hombres.

Con los brazos trémulos la envolvió y llevó sus labios a los de Paula. Paula soltó un suspiro con gusto a muerte. Enredó los dedos en sus cabellos sedosos y los acarició con lentitud. Sintió que las lágrimas se deslizaban por su rostro, y que no eran de ella.

–¡Estás llorando, Baby! ¡Oh, mi Baby, mi vida!

Emocionado, él confesó.

–Paula, nadie hizo nada igual en la vida por mí. Todos me devoraban, me devoraban sin piedad. Eran caníbales alrededor de mi apostura. Solamente eso, siempre, toda la vida.

Dejó que él se desahogara y, dominando la propia emoción, haciendo acopio de la máxima ternura, confesó también:

–Yo no perdería la estrella que busqué en mi vida. Por eso estoy luchando por ella. No dejaría que desaparecieras como un simple bólido sin rumbo.

Se apartó de él.

–Vamos hasta el jardín de invierno. Nosotros, más nuestros ángeles de la guarda, estamos muy necesitados de un coñac.

· · ·

–São Paulo tendrá otro horizonte para ti. Río es una ciudad marcada. Vamos a hacer un brindis.

Entrechocaron las copas.

–Ahora que todo pasó, Baby, voy a confesarte mi miedo. Si te hubieras ido, hubiese enloquecido. Juro que me mataba…

Él hizo rodar la copa entre los dedos, observando su elegancia y divirtiéndose con la danza de la bebida dentro de ella.

–Quizá sea mejor salir de aquí. Cuando una ciudad nos humilla hasta el punto de conocer los cafés donde la mediocridad es mayor es porque está decidida a no darnos una oportunidad…

Bebieron largamente, y él analizó a Paula con un respeto que antes nunca tuviera. Sonrió.

–Pareces Mavirú. No por nada tienes los cabellos negros y lisos como Mavirú.

–¿Quién es Mavirú?

–Una historia del Xingu. Mavirú era una india casada que vivía en la aldea de los indios camaiurás. Una india que debía de tener unos veinticinco o veintiséis años. Un día ella fue con el padre a visitarnos en el Puesto del Servicio de Protección a los Indios. Allá tropezó con Kanato, un muchachón de la tribu Iualapeti. Kanato tenía, cuando mucho, dieciocho años, había sido criado por la gente del Puesto y sabía hablar portugués muy bien. Cuando Mavirú vio a Kanato, aquella belleza se enamoró de él. Rieron al mismo tiempo. De vuelta a su tribu, Mavirú llamó al padre y al marido y les confesó:

—Voy a separarme para casarme con Kanato.

El padre le preguntó:

—¿Y si Kanato no quiere?

—Va a querer. Y si no quiere, no continuaré más con mi marido.

Juntó sus pertenencias y se fue a buscar a Kanato.

—¿Y después?

—El tiempo fue pasando y como las mujeres indias envejecen rápidamente, ella pensó: "Debo ser inteligente para no perder a Kanato. Él se va a dar cuenta de que estoy poniéndome vieja". Entonces salió con Kanato y los hijos, de aldea en aldea, buscando una mujer joven y bonita. Consiguió una y la llevó a su cabaña. Todos viven muy felices y ella no perdió a su gran amor.

Paula rió.

—La historia es muy parecida. También estoy separada de mi marido. Y también soy más bella que tú... pero mira, gran cuentero, puedo volverme vieja, una ruina, caerme a pedazos, pero no te dividiré con nadie.

Y le dio un mordisco en la oreja para probar lo que decía.

—Pô.

—Hum...

—Siéntate aquí.

—¿Para qué?

—Ya lo verás.

Lo complació. Y, como un gato, él se estiró en el sofá, acostándose en su regazo. Preguntó cínicamente:

—¿Así está bien, Paule? Si es así, pasa la mano por mi pecho.

Ella obedeció, fascinada.

—¿Qué más?

—Ahora escucha. Pero va a ser doloroso.

—No dejaré que duela mucho.

—Por eso te pedí que hicieras tantas cosas.

El gran error había sido el casamiento de su padre con su madre. Él rubio, educadísimo, culto, hijo de portugueses; ella analfabeta, muy morena, hija de indios Pinagé. Se conocieron en la fábrica donde trabajaban los dos. Después el nomadismo de la madre, fenómeno natural, que no lo dejaba parar en ningún empleo. Siempre se repetía lo mismo: trabajar un año aquí, después otro allá, sin consolidar nunca una posición. La india hablaba en voz alta, lo fascinaba. Y después estaban los once hijos. Dos murieron. Quedaron nueve y el tiempo fue llegando, trayendo consigo la edad y la imposibilidad de renovación en el trabajo. Ahora mismo, desde hacía largo tiempo, estaba sin empleo. Fue preciso que ella volviera, ya con bastantes años, a los telares del Molino Inglés, y que las hermanas mayores trabajasen para ayudar a soportar el peso del hogar. La educación de los hijos se tornaba pesada, y por eso entregaron una hija a una prima casada con un médico rico que no tenía hijos. Mientras esa hija era educada como una princesa, los otros se preparaban desde temprano para el camino de cualquier empleo en la ciudad. Después, él, que había partido hacia el norte soñando con artistas de cine y caballos blancos...

Un barco. El mareo que se apoderara de él lo hacía quedar acostado, mareado. Se incorporaba solamente cuando sentía que el barco se detenía en el puerto.

De noche, atontado de sueño, mareado, veía al padrino al que se veía obligado a reconocer como a otro padre, inclinado sobre él, preguntando:

–¿Ya rezaste?

Ni siquiera sabía lo que era rezar.

–¿No vas a misa? ¿No estudiaste el catecismo?

Recordaba haber ido a las clases de catecismo del padre Vasconcelos que le habían parecido tan aburridas que ni valían el sacrificio para ganar una estampita o una medalla. Mejor, y por ser de tarde, a la hora en que soplaba el viento, era empinar barriletes, obstaculizar a los otros poniendo trozos de vidrio en la cola de las grandes cometas y lanzarlas a la otra calle.

–No, señor.

–Entonces vamos a aprender.

Tomó su pulgar y fue distribuyendo las palabras de acuerdo con las cruces: por la–señal–de la santa–cruz–, líbranos Señor...

–Sin aprender a rezar, nadie va al cielo.

Por primera vez escuchó esa palabra que comenzaba con "c" y terminaba con "o", y que en sus dos sílabas debería encerrar la salvación del hombre. Cielo hasta aquel momento para él había sido el lugar en el que se agitaban los barriletes o, cuando mucho, de noche, se prendían las estrellas.

El caserón colonial. Muros enormes con lanzas puntiagudas sobre las rejas que encimaban el paredón. Palmeras imperiales en filas. Jardín bien cuidado, con flores de todas clases. Un arco en el centro, que era una belleza cuando se agitaba. Los balcones, las grandes salas. El austero comedor con una mesa de jacarandá siempre brillante, ovalada, inmensa, para que pudiera ubicarse toda la familia. Un huerto lleno de frutas, que ni siquiera precisaban ser robadas. Mangos, zapotes, cocoteros. La capilla para la misa de los domingos, muy hermosa, siempre arreglada por tía Raquel, el afecto personificado en una solterona. El establo donde había dos caballos medio viejos, completamente inútiles, uno blanco y el otro castaño. Un nicho con un San José das Palmeiras que decían que, por más que lo colocasen en la capilla, siempre escapaba para ese lugar. Una abuela linda, de cabellos peinados con raya al medio, blancos, muy blancos; siempre de negro, caminando con una dignidad maravillosa. En su pecho lucía constantemente un camafeo. Además de esa abuela, había adquirido nuevos tíos y algunos primos. Pero todos tenían su propia vida y sus casas lejanas. Por la noche aparecían para rezar el rosario de las seis.

La casa de su nuevo padre era un hermoso chalé, a la derecha de un gran terreno; con una gran terraza sombreada por mangueiras de amplias copas y zapotes olorosos. En la casa grande vivía un primo, muy peleador, que le daba grandes bofetadas, porque era más fuerte.

¿Y qué más? Ah, había un perrito Lulú todo estropeado, al que había atropellado un coche. En seguida se hicieron amigos. Y allá venía el perrito, con los cuartos traseros desequilibrados, como una bicicleta mal dirigida, a lamerle el rostro o intentar acompañarlo en sus juegos.

–¿Sabes?, Lulú, vas a correr tanto, vas a aprender a jugar para alcanzar la pelota, subir las escaleras y tantas otras cosas que acabarás por curarte.

Y así había ocurrido.

Apenas llegado de la escuela, donde el estudio era pan comido para él, almorzaba, jugaba un poco, hacía los deberes y se esforzaba por trabar amistad con los nuevos árboles, probando frutos de los que nunca oyera hablar. Todo eso le había sido dado a cambio de la calle, del polvo y el sol, de peleas y palabrotas. Todo lo que comenzaba a hacerle falta. Le faltaba la ternura de las cosas y de la gente. Desde que pasara la curiosidad por él, se había transformado en un niño más, sin importancia alguna, que no era notado ni visto. Vivía bien arreglado, comenzaba a ser limpio, pulido, civilizado.

La fascinación de la casa grande lo atontaba. Andaba por aquellos cuartos enormes. Dejaba de lado la parte superior, reservada a una tía que vivía allí –una tía casada–, a su abuelo y también a la tía Raquel. Se perdía en la habitación de juegos, donde el primo tenía hasta billar. Y se quedaba mirándolo todo, sin tocar nada, contemplando la bicicleta. Pero el primo no era como Sergio, y nunca se la había ofrecido para dar una vuelta. Abría la puerta prohibida del cuarto de juegos y se quedaba deslumbrado mirando el salón de fiestas. ¡Qué cosa más bella! Los muebles negros, tapizados, las alfombras coloridas y sombrías. Los espejos largos, con garzas rosadas pintadas, con dibujos de follajes verdes. Las cortinas rojas de terciopelo, tan suaves, que caían desde el techo hasta el suelo. Y los dos pianos. Uno pequeño y otro con una cola redonda. Más lejos, una pianola que debía de ser más inteligente, ya que tocaba solita. Los tres muy negros. El grande tenía una dentadura toda blanca y larga, y estaba lleno de notas. Sabía eso porque lo adoraba, y cuando no había nadie rozaba levemente las teclas. Ése era uno de sus buenos momentos. Todo el mundo estaba allá arriba, y muchos habían salido.

Dio una vuelta alrededor del estudio del abuelo. Todo vacío. Perfecto. Se deslizó por el salón, abrió el piano y con el dedo fue buscando las notas que se juntaban para hacer sus músicas. Era un misterio aquello. Buscando una nota junto a otra iba descubriendo cosas; si se equivocaba volvía a investigar hasta dar con el sonido exacto. Estaba perdido en un mundo que descubriera hacía menos de una semana, cuando la llave de la puerta central giró rápidamente y apareció la figura negra de la abuela.

Quedó paralizado de horror al ver que ella se acercaba lentamente. No había tenido tiempo de huir. Sintió que le temblaban los labios y los ojos se le llenaron de lágrimas. Suplicó:

—Abuelita Inés, no me pegue. Yo sé que soy un niño desobediente, pero prometo que no lo haré más.

Se puso a llorar, pegando el rostro contra las teclas.

Pero las manos que tocaron sus hombros eran de una increíble dulzura.

—¿Qué es eso, hijo mío? Nadie te va a pegar. Nada hay de malo en lo que estás haciendo. Ven acá. Siéntate conmigo en el sofá.

Y sacó un pañuelo muy blanco, con el que limpió el rostro de la criatura:

—Ahora corre aquella cortina y vuelve aquí.

Obedeció, todavía lloroso. Con la luz, una bondad calmosa se esparcía por el rostro de la abuela. Sondeó sus intenciones, todavía con desconfianza.

—¿No se va a enojar conmigo, abuelita? ¿Ni me castigará?

Ella sonrió, meneando la blanca cabeza.

—¿Ni va a contárselo a nadie?

—Nada de eso. Vine aquí porque escuché una música muy linda y quería ver quién era el ángel que tocaba tan bien.

Su voz era diferente, calma y graciosa; a veces, ella hablaba de una cierta manera que parecía cantada.

—Pero, ¿no está prohibido venir al salón de fiestas?

—En cierta forma, sí. Se cierra, dejando los muebles cubiertos con fundas para que no se arruinen. Pero eso solamente para que siempre esté lindo cuando haya fiestas. ¿No te parece que si entrara gente a todas horas se pondría sucio y feo?

—Sí, abuela.

—¿Te gustó jugar con el piano?

—Es tan lindo…

—¿Y por qué no juegas con el de tu casa?

—Hay un montón de cosas, abuela, que están prohibidas para los chicos. El piano está cerrado con llave.

—¿Qué música estabas tocando?

—Una música de donde yo vivía antes. Un hombre salía por las calles con los folletos de las canciones y se detenía a cantarlas. Los que gustaban de las letras iban y se las compraban. Yo me pasaba todo el día acompañándolo en todas las esquinas en las que él se detenía para cantar. Así aprendía...

Se detuvo un instante.

–¡Era tan lindo!

–¿Y en tu casa no descubrían lo que hacías?

–No, porque yo era buen alumno y pensaban que estaba en la escuela. El hombre venía a la ciudad solamente los miércoles. Había días que yo ni siquiera iba a almorzar.

–¿Y no te extrañaban?

Rió traviesamente.

–Nada, abuelita Inés. Éramos muchos y la comida poca. Cuando faltaba uno era porque ya había encontrado dónde comer, y entonces quedaba más para los otros.

La anciana estaba emocionada.

–¿Ahora no quieres jugar?

–¿Adónde, abuela?

Quedó espantada.

–En una casa con un fondo tan grande, tan lleno de cosas, en donde solamente se prohíbe matar pajaritos...

–Ya fui a hablar con los caballos, pero ellos no me hacen caso. Fui a jugar con Lulú, pero él en seguida se cansa porque está enfermo. Ya pasé por todos los rincones...

Entonces la abuela notó la soledad de la criatura, que estaba sintiendo la falta de la calle, de los hermanos, del mundo que le fuera robado tan abruptamente. Nadie reparaba en eso.

–Entonces vamos a hacer una cosa. Cierra la cortina, cierra el piano y vamos a visitar mis rosales, ¿quieres?

–Yo siempre veo cuando usted pasea entre ellos. ¿Por qué?

–Porque tengo muchas rosas amigas allí.

–¿Y ellas la conocen?

–Sí, todas. Y todas tienen nombre, ya vas a ver.

Bajaron las escaleras tomados de las manos y se fueron a perder en las alamedas del jardín...

Se removió en el regazo de Paula y preguntó:

–¿No estás cansada, Paula?

–Estoy encantada. ¡Qué vida tuviste, Baby! Enciéndeme un cigarrillo, ya que me tienes prisionera. Y tu hermana, ¿por dónde andaba todo ese tiempo?

–Interna en el colegio. Y era bueno, porque nunca vi mayor aburrida. Durante mi infancia ella fue un infierno. Aún hoy sigo sin relacionarme con ella. Si hay una persona a la que detesto...

–¿Pero cómo se puede hablar así de una hermana? ¿Cómo pueden odiarse dos hermanos?

80

–Eso es más viejo que la posición de hacer caca…

Paula rió.

–Ya vienes con tus cosas. Parece que volvieras a tus travesuras de niño en la calle.

–Es verdad. Esas cosas suceden desde Caín y Abel, Esaú y Jacob. La Biblia está llena de casos así.

–¿Todos tus hermanos se te parecen?

–Ninguno. Casi todos, con excepción de Gloria que murió, son morenos tirando a indios. El único claro, y también el único que tiene las taras de los indios, soy yo. La sangre también. Tú misma ya viste con qué facilidad me bronceo al sol. Voy a continuar, para después no volver a hablar del pasado nunca más.

Descruzó las piernas para cambiar de posición.

–Bien, mi abuela fue quien descubrió lo que torturaría mi vida durante muchos años: el piano. Mi instinto musical. Y así se acabó mi paz. ¡Todo el tiempo música, después del colegio! No podía hacer ejercicio, subir a un árbol, a causa de mis preciosas manos. Y le fui tomando un grandísimo odio al piano; él y la falta de cariño me transformaron en un niño ensimismado, callado, hosco. No me cobraban cariño, pero en compensación yo tampoco me apegaba a nadie. Fue duro descubrir que mi reducida geografía estaba equivocada. Tuve que patear lejos mis sueños y mis *cowboys* favoritos. Comencé a gustar solamente de películas de amor y besos. Eso todos los domingos creaba fricciones con la familia. A los doce años sucedió algo que cambiaría el rumbo de todos nosotros: mi abuela murió.

…Recordaba que ella se había ido a Río para operarse, y que a su regreso el tío Abel dio una gran recepción en los salones de fiesta. Él había ensayado una pequeña pieza de la que era autor, en la que participaban varios primos. Después hubo una parte musical, cuyo programa inició él tocando una musiquita llamada *La Tulipe*. La abuela, sonriente, encontraba todo lindo, y cada uno que terminaba su número iba a recibir su beso de agradecimiento…

Pero ella no había regresado nada bien. Comenzó a sentir dolores que la obligaban a recibir continuas inyecciones y a quedar postrada en la cama. Los nietos casi nunca subían a verla. Y cuando lo hacían notaban que estaba cada vez más flaca y débil. Su bonito rostro se había vuelto anguloso y chupado.

–¿Qué tiene abuelita?

Uno de los primos dijo, haciéndose el misterioso:

–Tiene cáncer.

–Y eso, ¿qué es?

–¿Nunca oíste hablar de eso? Es una enfermedad mala que come a las personas en vida y que da mucho dolor. Si abres el pico diciendo que fui yo el que te lo contó, te lleno la cara de bofetadas.

Una noche en que los grandes no salían nunca de la casa, la abuela comenzó a morir. Su agonía duró hasta las dos de la tarde del día siguiente. El silencio había venido a vivir en cada cosa. Después, la llegada de las flores, gente pobre invadiendo los jardines, llorando a la mujer cariñosa que ella había sido toda la vida. El cuerpo en la capilla. La familia también llorando en silencio para besar su rostro macilento y enflaquecido. Con horror había esperado que le tocara el turno. Quedó estupefacto ante la muerte, capaz de destruir un rostro tan bello. Ahora yacía allí, frío y callado, muerto y triste.

Baby se detuvo.

—Oh, Pô, nunca más quiero ver a nadie morir de cáncer. Si supieras qué feo y repugnante es. Y sobre todo ella, que siempre tuvo algún rayo de ternura hacia mí.

—El rostro de la muerte nunca es lindo.

—No siempre; depende del que muera. Pero el cáncer es cruel.

Se levantó para barrer la emoción del recuerdo. Se sirvió un coñac y ofreció otro a Paula. Se desperezó.

—Me hiciste revolver en un baúl viejo de reminiscencias; solamente tú podrías conseguirlo. Bien, el resto tiene poca importancia. Me volví un rebelde. Para todo había un sonsonete acompañándome: "No niegues que eres indio", "no puedes negar que eres Pinagé". Indio: eso era lo más repugnante de que podían tacharme. Sentía gran amistad por mi padre e incluso lo quería, pero él no me tenía afecto. Hasta ahora nunca signifiqué nada para él. El resultado fue que tengo dos madres y no poseo ninguna; tengo dos padres y no poseo ninguno. Es mejor así. Pero volviendo a un punto importante: cuando terminé el colegio secundario, en el que siempre fui el primer alumno, aumentaron mi edad para que me pudiera inscribir en el preparatorio de la facultad; e hice un excelente curso en medicina, hasta las pruebas finales del segundo año. Después, con la misma capacidad de destrucción que siempre tuve, lo abandoné todo. Quizá para herir a mi padre, que esperaba que continuara con su consultorio. Pero no servía para médico. Me presenté a un concurso en la marina mercante y obtuve el primer puesto, embarcando hacia las costas del Brasil como oficial de cubierta, control de carga, etcétera.

—Todavía hay dos cosas que me gustaría saber, y después te dejaré dormir en paz. La primera es…

—Di.

—¿Qué fue lo que modificó en tu familia la muerte de la abuela?

—La fortuna, que había sido dilapidada en seguida por los hijos mayores, poco después quedó en nada. La anciana, inteligentemente, en su testamento, para evitar peleas entre los hijos, había dejado la vasta mansión a los padres salesianos, para que en ella hicieran un colegio para niños pobres. Dolió un poco ver las reformas introducidas por los sacerdotes, que acabaron con los jardines y ampliaron los fondos de la casa, modificando y haciendo más angosta la capilla. Lo que restó, algunos terrenos y casas, se dividió entre todos. Y cada cual fue por su lado. ¿Qué más quieres saber?

—¿Cómo te convertiste en modelo profesional de desnudo?

—Con mi independencia de todo, escapé al servicio militar. Y no supe qué hacer.

—¿La marina mercante no te daba derecho a la reserva de la Marina?

—Sí, pero cuando llegué a Río era tiempo de fiesta. Por lo menos necesitaba un día para ver la ciudad, los amigos, hasta a los parientes. Pero lo inmediato es que se daba conmigo una maldita complicación: tan pronto llegaba a los puertos, cuanta ramerita había quería dormir gratis conmigo, y había un jefecito que, nada.

Rió con gusto.

—En ese tiempo, Paule, yo era una uva. Campeón de natación en todas las distancias, con un pechazo que era un verdadero nido para un rostro de mujer.

—Alabancioso.

—Cierto, así era. Pero volvamos al tema. En venganza, mi jefe en una de las escalas me designó para trabajar. Protesté, discutimos. Él me insultó. Yo lo levanté por los hombros y ya iba a arrojarlo a la bodega cuando me sujetaron a tiempo. Entonces me dieron vacaciones para siempre y perdí el tiempo en que estuve a bordo, porque no me lo hicieron anotar en mi libreta. Vino lo peor. Cuando cumplí veintiún años me presenté al ejército con mucha rabia. Siempre odié el uniforme. ¿Sabes lo que sucedió? Fui desertor por un mes. Acabé yendo escoltado a la Villa Militar, consciente de que si servía en el ejército sería trasladado al CPOR *, problema más angustioso todavía, ya que no tenía dinero ni para el uniforme. Fui al examen médico y me descubrieron una afección de corazón, dándome permiso de un año, por incapacidad temporaria. Volví feliz a mi unidad, porque en un año podían pasar muchas cosas. Pero me aguardaba una sorpresa. Tenía que cumplir la pena de dos meses como castigo por insubordinación. Aguanté quince días; por la mañana tenía que quedarme desnudo dentro de los baños, para lavar mi ropa. Una inmundicia. El batallón estaba repleto de gente maloliente, sudada, sucia. No sé qué diablos pasó, ni lo quiero saber. Ni si mi proceso biotipológico funciona exactamente o no. Pero sucede que, en mi formación, o el treinta por ciento de glándulas femeninas o el setenta por ciento de potencialidad masculina, o ambas cosas juntas, no soportan el olor a sudor de ninguna clase. Me fui quedando triste, sin deseos de comer... ¿Imaginas lo que pasó?

* Centro de Preparación de Oficiales de la Reserva. (N. de la T.)

83

–Te enfermaste.

–No, trepé el muro y huí. Huí hacia la libertad y la aventura pasando a ser desertor. Me arrojé a la selva, y allá estuve más de un año. Pasé tiempos de lluvia y de sequía; trabajando con el machete y con el remo. Abriendo caminos y derribando mangabas en los campos de aviación. ¡Una belleza! Si me apresaban, la pena sería dura. Pero ya lo resolví todo. No hace ni veinte días, en seguida que llegué.

–Entonces, ¿ya eres reservista? ¿Cómo lo conseguiste?

–Ya sé... si no lo hubiera resuelto, tú tendrías un pariente en el ejército que...

–Me robaste el pensamiento.

–Lo conseguí de la manera más sórdida.

–Quiero saberlo.

–Paula, sabes que a mí no me gustan las mentiras. Ni siquiera por cinismo. Pues bien, cuando yo llegué, bien quemado, fuerte, conocí en un bar a un tipo muy bien educado que se enamoró de mí. Era uno de esos que tienen las glándulas al revés. Como descendía de un gran general de la historia del Brasil, y a su vez el padre era un general que estaba en el candelero en el país, me dijo que conseguiría solucionar mis problemas sin correr el riesgo de que me llevaran preso. Pero...

–Tendrías que dormir con él.

–Exacto.

–¡Qué horror!

–Si yo hubiera sabido que algún día sería la estrella que tú buscabas desde que fueron creadas las estrellas, te habría esperado. De todo lo que pasó nada me ensucia, porque fui como un piyama azul de seda para un ciudadano del Brasil legalizado. A la hora de jurar la bandera, a todo lo que hacía jurar a la gente yo le ponía un "no" en la frente. Como a luchar, guerrear. ¡Si yo siempre estuve contra la guerra, la mortandad y el odio!...

–¡Eras un monstruito!

–Pero coherente conmigo mismo.

–¿Y él?

–¿Él, quién? ¡Ah, el tipo! Me pidió que volviera otras veces, como es natural. Pero yo, dueño ya de mis papeles en regla y cumplida mi palabra, lo miré y le dije tranquilamente: "¿Sabe una cosa? ¡Váyase a la mierda!"

Paula rió largamente.

–Hay algo que no llego a comprender. Es que teniendo todo en orden continúes posando de modelo.

–Cuestión de disciplina. Tenía que concluir las poses para no perjudicar el trabajo de nadie. Pero, aun así, no tenía la certeza de que cambiaría de vida. Hacer otra cosa sería lo mismo que hacer cualquier otra cosa. Y entre mis ambiciones no había gran ambición de ser nada en particular.

Besó a Paula suavemente y bostezó:

—¡Ésta es la vida! ¡Vida!

• • •

Le costaba pasar el gusto amargo de ciertos días. Quizá la vejez, con la continuación de su vida, aún acentuara más aquel amargor desagradable. Hubo dos días en que tuvo grandes crisis de desahogo. Ahora caminaba por los rincones casi como un sonámbulo, buscando aquí y allá cualquier cosa que recrease el mismo entusiasmo por la vida que la pesadilla había destruido.

—Seguir adelante, Fray Calabaza. Vivir como si nunca se fuera a morir. El viejo Tom; el viejo Tom con su gorda barriga de sabiduría. Probablemente la época moderna era menos apropiada para que los hombres se santificaran. Si ahora estuvieran vivos Chico, Tom y Gus, ¿demostrarían cualidades para la santidad, como lo hicieran en épocas pasadas? Quizá Chico, porque su humanidad continuaba siendo muy actual. Quizá Tom, porque las personas gordas pecan menos. Pero Gus, con la facilidad de los tiempos modernos, principalmente el desarrollo de las tentaciones, iba a tener un trabajo loco para superar los obstáculos.

Tonterías. Tonterías. Estoy juzgando, ¿y quién soy yo para juzgar a nadie?

Hacía dos días que no veía a Xititinha. ¿Qué habría pasado con la bichita? Quizás hubiese muerto y nadie lo notara. Como las miles de lagartijas que desaparecen sin que nadie se dé cuenta. Fue por los rincones conocidos, llamándola con dulzura:

—¡Xititinha!…¡Xititinha!…

Rodeó la cocina, penetró en el cuarto de dibujo. A esa hora ella acostumbraba echar un sueñecito en un agujero, detrás de un viejo cajón.

—¡Xititinha!…

Separó el cajón y espió el agujero. Ella iba saliendo de a poquito.

—¡Ah, malandrina!, ¿dónde te habías escondido?

Pero ella no se atrevía a dejar el agujero. Por sus ojos pasaba la sombra de una dolorida timidez.

—Puedes salir, bobita. ¿Estás con miedo por la borrachera de Fray Calabaza? Ya pasó todo. Juro que no te causaré ningún daño.

Sin embargo, ella permanecía indecisa.

—Venga, querida, estoy despidiéndome de cada una de ustedes. Mañana pasará un gran avión que me llevará lejos. ¿No quiere?

En vista de eso, Xititinha cobró ánimos y se arrastró fuera de su escondrijo.

Fray Calabaza no pudo contener un grito de asombro: Xititinha estaba incompleta, le faltaba un pedazo de cola.

—Pobrecita. ¡Era por eso! Debe de haber dolido mucho. Pero no importa, ya te crecerá otra cola en seguida, y como tú todavía eres muy jovencita, te recuperarás. Mira, mañana, cuando Fray Calabaza parta, tú y las otras tengan mucho cuidado. Desgraciadamente no a todos los hombres les gusta hacer nacer en el rostro de los otros la sonrisa de los ángeles. Cuidado con los chicos de la calle y con los indios pequeños: vendrán aquí a cazarlos con hondas y arcos. Avísales a todos, recuerda bien esto. Habla con los pájaros, con los lagartos, con todos. ¿De acuerdo?

Sonrió a la bichita estropeada, pero no dejó de sentir un raro embarazo. Fue hasta el Poção, a decir adiós a los peces. Con ellos era peor. El cardumen estaba bien y era fácil de pescar. Muy pronto la laguna, al disminuir el volumen de las aguas, no alimentaría el canal, y éste, sin fuerzas, no tendría vida para trasmitirla al gran pozo. La fuente dejaría de cantar. Las aguas del Poção irían perdiendo la vivacidad y poniéndose verdes hasta desaparecer. Entonces los pájaros del cielo descenderían sobre los peces para diezmarlos. Y eso si antes no aparecían con flechas y anzuelos los ángeles morenos que comían guayabas…

Por esa razón llenó sus manos de harina, de arroz cocido y hasta de restos de avena que fue distribuyendo en silencio, viendo aquella fiesta de vida y de alegría que ya no tendría mucha duración. Con las manos sumergidas, dejaba que los mandis se divirtieran. No había nada que decir. En tres días, como máximo, ellos perderían los reflejos condicionados y, viendo que el hombre no regresaba, buscarían mientras estuvieran vivos su manera de pasar el tiempo.

Subió el barranco y miró el rancho, los cocoteros y el verdor de los mandiocales. Quería aprender de memoria el paisaje, grabarlo en el corazón, para acudir en los momentos más duros a aquel recuerdo de verdor y de ternura.

Entonces todo se hizo más duro. Faltaba ella. Ella. No podía escapar a esa realidad. Disimuló, pasó de largo, pero retornó allí, donde ella debería de estar esperándolo.

En un mes Zéfineta había crecido, hasta convertirse en una oronda lagartija. En breve estaría haciendo su nido al pie de la *canjirana**. Ya había comenzado a dar grandes paseos por su tronco, investigando el futuro, haciendo planes.

Por la aflicción que revelaban sus ojos redondos ella ya debía de haberlo adivinado todo. Sintió como una intensa conmoción y se quedó con los ojos llenos de agua. Esta vez lloraba bajito, ¡oh, hombre tan llorón!

—Mire…

---

* Árbol típico del Brasil, que da muy buena madera. (N. de la T.)

Les costaba nacer a las palabras.

–Mire... yo... no vine a pelear con usted por causa de la cola de Xititinha. No necesitaba tener tantos celos porque usted, querida mía, siempre fue mi predilecta. Aun sabiendo que la cola de la lagartija se renueva y se recompone, no precisaba hacer eso con ella, que al final de cuentas es casi un bebito... y le debe de haber dolido mucho...

Se calló para recuperarse.

–Pero eso no es nada.

Tomó impulso y comunicó brutalmente:

–Mañana tempranito me voy para siempre, Zéfineta.

Se limpió una lágrima obstinada que descendía aún, sin quererlo.

–Deseaba agradecerle todo lo que hizo por mí, todo. Usted merece ser una reina, mereció el hermoso nombre de Zéfineta "B", la Única. Si no fuera por su gran simpatía y comprensión, ¿qué habría sido de un hombre que de rico sólo tiene una sombra y por compañera únicamente la tristeza obligatoria? Sí, mi bichito lindo. Lástima que no pueda sentir todo lo que mi corazón está pensando. Mañana me voy. Y cuando me vaya, siempre la recordaré con amistad, mi reina.

Fue emocionándose cada vez más; ya casi no podía hablar.

–Cuidado con los chicos y con los hombres. Avise a los pájaros que no dejaré nada para ellos. Que mañana, cuando encuentren sucias las vasijas y las ventanas sin abrir, me perdonen. Tengo que hacer eso para que se alejen lo más rápidamente posible de aquí, porque vendrán los chicos con hondas y tramperas. ¡Cuídense y vivan!

Se pasó el revés de las manos por los ojos. Y viendo que no alcanzaba, se limpió los ojos con el borde de la camisa.

–¡Qué tonto soy!, ¿no, Zéfineta? Feliz de usted, querida mía, que no necesita llorar. Ésas son cosas necesarias a los hombres, para que no revienten. Pero tenga mucho cuidado, bichita linda. Un día, si yo vuelvo por aquí, quiero ver este mundo poblado de Zéfinetitas traviesas. Adiós.

• • •

Se levantó bien temprano para hacer el testamento de su miseria. Los indios vendrían a buscar el resto de alimentos que sobrara, dos cajas de fósforos y medio litro de querosén. Juntó todo sobre la mesa y tuvo el cuidado de colocarlo al lado del espejo donde acostumbraba afeitarse.

Cerró la pequeña cancela de la entrada y salió sin hacer ruido.

La vida todavía estaba medio adormecida. Pero Zéfineta "B", desde arriba del tejado, observaba angustiada su partida.

Él depositó la pequeña bolsa en el suelo y bendijo con los ojos, emocionado, cada cosa del rancho. Después pidió a Dios:

–Haced que cada uno no sufra mucho con la muerte. Por mi parte, Dios mío, muchas gracias. Gracias por los pájaros, los peces, los innumerables bichitos que tanto me ayudaron.

Guardó las vasijas y salió en dirección al camino, perdiéndose lentamente entre el mandiocal.

Zéfineta no sabía qué hacer. Descendió del tejado hacia la pared, y allí se quedó observando el escenario que perdería ahora toda su belleza: la flauta musical de la voz del hombre. Todo sería igual que antes. Un mundo deshabitado. Y cuando viniera gente, no traería el mismo espíritu de bondad y de poesía.

Balanceó indecisa la cola hacia un lado y continuó descendiendo lentamente por la pared. Algo había muerto en su almita. Y algo había nacido, que dolía tanto como nunca lo pensara. Una despedida era lo peor que viera hasta ese momento en el limitado tiempo de su mundo.

Caminó por el suelo, tratando de escuchar la suavidad de sus pasos. Nada. Miró el verde todavía oscuro de la mata que se cerrara sobre sus espaldas. Sabía que él no volvería más.

Subió a la mesa a fin de examinar las cosas que dejara para los indios. ¡Qué pobre era su amigo! Solamente tenía esas pocas cosas para dejarles. No sabía llorar, pero su alma estaba humedecida de tristeza. Y su tristeza era un río que se llenaba en el tiempo de las grandes aguas. Vio el espejo reflejándose a través del techo. Se subió a él y se deslizó por su superficie. Se detuvo para mirar.

"Feliz de usted que no necesita llorar…"

No, no era feliz. Necesitaba llorar y no sabía. Relajó el cuerpo y se quedó acostada, llena de dolor, sobre el frío del espejo. Miró los ojos, miró los ojos, miró los ojos… Entonces le vino aquel gran dolor. Comprendió que los hombres vivían tanto porque al llorar evitaban ese dolor. Pero ella no, ella era una simple lagartijita indefensa, sin nada, de ojitos redondos, sin ninguna lágrima. Y el dolor vino creciendo, doliéndole todo, desde el lomo hasta la punta de los dedos. Cuando llegó al máximo, no resistió más.

Al llegar los indios que acudieron a buscar las cosas, en seguida que escucharon el ronquido del avión levantando vuelo, tomaron el espejo asustados por el lugar tan raro que había elegido aquella lagartija para morir.

SEGUNDA PARTE

Pedazos de memoria

1

ESPUMAS DE ÉXITO

Paula se acercó y le murmuró al oído:

—¿Esperabas algo así, Baby?

Los ojos de él tenían un brillo continuo de alegría y encantamiento.

—Ni la mitad, Pupinha.

Caminaron atravesando la sala llena de gente y fueron a sentarse en un rincón de la galería.

Tomó las manos entre las suyas y miró a la muchacha con ternura infinita.

—¿Puedo decirte algo que estoy sintiendo dentro de mí y que me parece que nunca te dije, a pesar de tanto tiempo?

—Hum, hum...

—¡Paule, te amo!... ¡Cómo te amo, Pô!...

Ella clavó las uñas en las palmas de sus manos y le hizo una breve y sutil reprensión:

—Sé discreto, tontito. Porque si no, sin respetar la presencia de nadie, me arrojaré en tus brazos y te morderé los labios aquí mismo.

—Pô...

—¿Qué más?

—Este es el primer minuto que estamos juntos hoy.

—Y va a ser corto porque está llegando más gente, más conocidos. Lo que significa una promesa de adquisición.

—¿Cuándo acabará todo esto? Sería tan bueno que nos fuéramos a mi departamento... Preparé un montón de cosas de las que te gustan...

—¿Por qué no a mi departamento?

—Hoy no, Paule, Paule. Solamente hoy, ¿me entiendes?

Ella rió, llena de amor.

—Entiendo.

Hizo un gesto como para levantarse. Pero él apoyó la mano firme en su brazo y la detuvo.

—Una cosa, Pupinha. Estoy sintiéndome un poco mareado. No sé si es de felicidad o por el champaña.

—Son las dos cosas, Baby. Es la embriaguez del éxito.

–¡Pô, qué linda estás! Sabes que el color rosa no me gusta, pero el rosado le da un lindo tono a tu piel.

Ella sonrió.

–Es el más viejo truco de la mujer, desde que se inventaron los colores. El rosado rejuvenece enormemente, tontito. Cuando las mujeres ya dejan de ser jovencitas tienen que usar ciertos trucos con los colores. ¿Qué pintor es éste que ignora eso?

–Lo ignoro todo, pero tú puedes aclarar las cosas de vez en cuando, así como… Paule, Paule, ¿me amas?

–Te amo tanto que voy a tener que dejarte. Mira quién viene.

Atravesando el salón, derramando una sonrisa que la iluminaba, se iba aproximando Gema, siempre ruidosa. Besó a Paula en ambas mejillas.

–Me atrasé por culpa de esa infernal escuela de danzas que no me da un segundo de descanso. ¿Dónde está el genio?

Él se levantó y recibió en las mejillas el beso de la amiga.

–Estaba buscando al genio.

–Sólo si fuera el genio B…

Paula lo censuró.

–Hoy no, Baby. La fiesta es de gala.

Gema lanzó una de sus alegres carcajadas y se sentó junto a Baby.

–Cuídalo que necesito ir a mirar cómo van las cosas por ahí.

Gema miró divertida los ojos del muchacho que desaparecían en una sonrisa constante, y también por efecto del alcohol ingerido.

–¡Gemoca, qué bueno que hayas venido!

–¿Muchas ventas?

–No sé. Porque no consigo prestar atención a nada. Dice Paula que ya reservaron varios cuadros. Sólo sé que tengo los músculos del rostro doloridos de tanto sonreír.

–Mañana ustedes comen conmigo en casa, ¿no?

–Por mí es seguro. Depende de Paula.

–Ya arreglé eso con ella… ¿Por qué te ríes ahora?

–¡Qué sé yo!… Tanta gente, tantas fotografías, tantas compras… estoy pensando si realmente mis dibujos y óleos valen algo.

–Ésa es la duda más vieja de un artista. No vayas a pensar que Renoir, Gauguin, Van Gogh estaban seguros del arte que practicaban.

–Bien, eso ya es un consuelo.

–¿Vino la Lady-Señora?

–¡Imagínate! Mi dulce enemiga íntima me mandó unas flores y una tarjeta gentilísima. Viniendo de quien viene, ya es lo máximo…

Quedaron comentando pequeños detalles de la inauguración de la muestra. No parecía que todo aquello formara parte de su fiesta. Paula recorría el salón saludando a personas, analizando los cuadros, dando una opinión sobre el que más le gustaba. Los ojos de Baby, cuando se cerraban, acompañaban su paso sin perder un solo detalle de sus movimientos.

–Gemoca, ¿no te parece que Paula está hermosa?

–Ella siempre fue linda. Siempre fue un amor de criatura.

–Aun con el rosa está bien. También tú estás linda. Y yo. Todo el mundo está hermoso hoy. Hasta aquélla flaquita de allá, vestida de blanco, fina y transparente como un sobre aéreo.

–Cállate la boca, loco. Aquella es Denise Longchamps. Rica hasta el alma. Debe de haber comprado por lo menos dos cuadros tuyos.

–¿Sabes lo que yo haría ahora, Gemoca?

–No debe ser nada bueno.

–Alejaba a todo el mundo y salía bailando un vals de Strauss contigo. Descenderíamos por las escaleras de la Galería. Y quedaríamos bailando como dos locos por la calle San Luis. ¡Uf, qué calor! ¿Podré aflojarme el cuello?

Gema lo ayudó en la operación.

–¡Qué tontería inventar esto! Paula dice que cuando sea un artista de verdad podré andar como quiera. ¿No sabes nada? Hay un cóctel de champaña que Elizabeth Taylor inventó para nosotros y que es un sueño: champaña y jugo de naranja y no sé qué más. Cuando pase el mozo tomamos uno.

–Solamente yo; tú estás que ya ni siquiera abres los ojos.

–No los abro, Gemoca, pero la verdad es que ni así consigo diferenciar la pesadilla que me persigue: hoy champaña, ayer pan sin manteca. En lugar de manteca comía otro pan...

–Eso ya pasó. Olvídalo.

–Pasó, sí, gracias a Dios.

• • •

Había dejado a Paula entretenida con los amigos, y él marchó rápidamente a la casa, impulsado por los efectos del alcohol. No sabía cómo abrir la puerta, porque todo parecía girar a su alrededor. Principalmente porque llevaba en una de las manos las bellas rosas de la Lady-Señora. Fue preciso dejarlas en el suelo y hacer otra tentativa. Una vez dentro, encendió la luz del hall y apretó los ojos fuertemente, como si con ese gesto tratara de hallar el equilibrio que tanto necesitaba.

Ahora, las rosas. ¿Qué hacer con ellas? Entró en la sala, en el dormitorio, en la cocina; pero allí donde encontraba un utensilio capaz de contener agua, ya había sido utilizado por Paula para colocar otras flores. ¿Y ahora? Estaba el jarro en el que ponía los pinceles. Caminó hacia el *atelier* y ni aquél había escapado. Estaba frito, tonto, con las rosas en los brazos y sin saber qué hacer. Paula era loca. Loca y generosa en todo. Seguro que su departamento estaría todavía más florido. Se acordó del baño y hacia allá se encaminó. Analizó el contenido. La bañera era muy grande para contener las flores. La pileta la iba a necesitar en seguida. Porque tan pronto vomitara en el inodoro tendría que lavarse. Sólo había una solución: llenó el bidé y colocó una por una las rosas. Quedó lindo. Después de todo, aquel implemento era para colocar en él las flores más lindas del mundo. Sonrió satisfecho y pregustando la risa de Paula cuando descubriera su manera de actuar.

Fue al dormitorio y arrojó el saco en el piso. Casi no pudo desvestirse. Se sentó e intentó quitarse un zapato. Pero la cabeza le daba tantas vueltas que era inútil pedirle más.

Volvió al baño para vomitar. Después, más aliviado, fue a buscar una cafiaspirina y la tragó, no sin que antes se le deshiciera en la boca. Regresó a la cama e intentó quitarse los zapatos. Como la primera vez, aún era muy temprano porque el suelo bailaba demasiado.

Se arrojó con frío sudor, apretándose las sienes con las manos y gimiendo por algún tiempo. En vano intentaba paralizar la cama, oscilante como un péndulo. Dormitó un poco y eso hizo que disminuyera su malestar.

Cuando entreabrió los ojos, Paula ya se encontraba a su lado. Apagó la luz de la habitación, dejando que él tuviera solamente la que llegaba del hall. Había puesto orden en todo.

–Pô...

–¿Qué pasó, mi amor?

–Estoy muriéndome, Pupinha...

–Espera, que ya pasará todo.

Fue hasta la sala y tomó un comprimido de "alka-seltzer", que dejó disolver en el agua.

–Ahora toma esto, recuerdo de nuestra amiga Gema, que adivinó de lejos cómo iría a encontrarte.

Bebió lentamente, con miedo de una inesperada indisposición.

Paula se recostó en la cama.

–Ahora pon la cabeza en mi pecho, que todo pasará rápidamente.

Obedeció lloriqueando como una criaturita. Paula acariciaba con suavidad sus cabellos y su frente, para alejar el dolor que debería estar sintiendo.

–Pô...

–¿Qué pasa?

–*Je te deteste.*

Ella sonrió, feliz.

–¿Mucho o poco?

–Mira lo que has hecho de mí: un difunto.

–Quédate quietito y duerme un poco; si no todo demorará más.

Se incorporó un momento, pero no resistió. Estaba en lo más alto de la marejada de su borrachera, empujado por la nerviosidad de la noche.

–Pô...

–¿Qué?

–Pô, ¿sabes cuál era mi miedo? Que no se vendiera nada. Y que no alcanzara para pagar los gastos de la Galería. El cóctel de champaña...

–Tontito. Vendiste casi todo. Ahora vamos a preparar otra, en Río.

–¡Pô!

–Y ahora, ¿qué pasa?

–No dejaste ningún lugar para que colocara las flores que tu madre me mandó.

Ella rió alegremente.

–Están muy lindas "allá". ¡Imagina si "Lady-Señora" las viera!

–¡Juro que no encontraba ningún lugar! Y estaba sintiéndome muy mal. Finalmente encontré eso... Soy un fracaso, Pupinha. Yo que había esperado tanto esta noche, esta luna de miel, y ahora estoy en un fuego de éstos. ¿Qué hora es, Pô?

–La una de la mañana.

–Estoy casi durmiéndome, Pupinha.

–Entonces duerme, que es bueno.

–Todavía debo decirte algo, ¿puedo?

–Por supuesto que sí.

–Yo no te detesto, Pupinha. Cada día que pasa soy más feliz contigo. Es algo tan hermoso que casi me hace estallar el corazón. De amistad, de gratitud, de ternura... ¿Puedes imaginar la mayor ternura del mundo? ¿Una larga ternura que no acaba nunca? Una ternura tan grande que parece dos ternuras: una detrás de la otra. Pues bien, todo eso es para ti, Pupinha, nunca me dejes. Nunca; si no, me muero... ¿Me lo prometes?

Paula reclinó la cabeza sobre sus cabellos y en el corazón sintió esa cosa deliciosa que hacía que su pecho se estremeciera de calor y de vida. Aquello era la imagen viva de la felicidad.

–Te lo prometo. Ahora duerme.

Él comenzó a respirar profundamente y en seguida se adormeció.

Paula se quedó en la misma posición, sin moverse, olvidando el tiempo y la incomodidad que podría sentir. No quería nada más en la vida. Nada más.

· · ·

También ella se había adormecido y su cabeza pendía sobre el hombro. La mano continuaba sumergida en los cabellos de Baby.

Èl respiró fuerte y abrió los ojos. Se liberó con cuidado del regazo de Paula y encendió la luz del velador. Paula despertó medio asustada.

—Estoy bien, Pupinha.

La besó en el rostro, en los cabellos, en la frentè.

—Estoy enteramente nuevo. ¿Fuiste tú quien me quitaste los zapatos?

—¿Quién podría ser? ¿El ángel de la guarda?

—¿Sabes lo que voy a hacer, Pupinha?

—No sé bien qué puede ser, a las cuatro y cuarto de la mañana.

—Voy a tomar una lindísima ducha. Y después voy a prepararte la cena que dejé guardada en la heladera. ¿Quieres?

—Me parece que estoy muerta de sueño. Fue un día excitante.

—Hay mucho tiempo para dormir después que uno se muere. Mientras estemos vivos, ¡a vivir!

Tomó a Paula del brazo.

—Ven conmigo, Pupinha. Ayúdame.

Ella se incorporó, somnolienta, y lo acompañó.

Se sentó en la cocina, junto a la pequeña mesa, y bostezó.

—Hoy soy tu huésped. Si tú quieres, prepáralo todo solo. ¡Qué gente ésta para dar trabajo!

—Quédate ahí. Eso, toma un cigarrillo. Puedes tirar la ceniza aquí, en este mismo plato... Así.

Entró en el baño, sonrió a las rosas y abrió la ducha. Desde allá gritó:

—¿Tú no quieres ducharte, también?

Ni respondió. Se quedó allí, analizando el ambiente, con una pereza en el alma que más bien se parecía al desvanecimiento. Oía el ruido del agua y el canturreo del muchacho, como si todo se hallara muy lejos, en un infinito perdido. Estaba contenta, tan contenta que daría toda la vida por encontrarse tendida en su cama, como una buena colegiala que hubiera obtenido muy buenas notas, o un *boy scout* que practicara una buena acción. La cama era el premio más inmediato que deseaba. Aguardaría a que él terminara de bañarse, le daría un beso en la frente e iría a buscar su automóvil para regresar a la casa.

Sintió que el aroma del jabón invadía la cocina. El jabón cuya marca se obstinaba en exigir. Después, la ducha deteniéndose, y en segundos apareció el joven con una *robe* de seda amarilla sobre el cuerpo. Rodeó con sus brazos el cuello de Paula, para susurrarle con ternura:

—¿Tardé mucho, mi vida?

Paula no respondió. Se dejó acariciar.

—¿Qué pasó, Pupinha?

—Nada.

Se sentó frente a ella y le extrañó su estado de apatía.

—¿Estás enojada, querida?

Negó con la cabeza, pero sus ojos estaban a punto de llorar.

—¡Oh, Paula! ¿Qué es eso?

Se arrodilló cerca de ella y le levantó la barbilla, tensa de tristeza.

–Ya sé. Te doy mucho trabajo, mucha preocupación. Quizá yo no merezca tanto, pero mi corazón está lleno de gratitud por lo que haces por mí.

Ella consiguió hablar.

–No es nada de eso, Baby. Tal vez la preocupación de estos últimos días. Quizás el corre-corre de invitaciones, pedidos a los diarios, televisión y radio. El miedo de que "yo" fracasase...

–Pero todo salió bien, mi amor. Estuviste perfecta.

–Bueno, no sé explicarlo. Quizá la felicidad me haga llorar así.

Las lágrimas corrían por su rostro. Baby se irguió, y se instaló en la silla, a su lado. Lleno de verdadero cariño, atrajo hacia sí a Paula, sentándola en su regazo.

–¿Quién es mi bebito ahora?

Pasó las manos, todavía calientes por efecto de la ducha, sobre sus cabellos, empujándolos hacia arriba. Tomó un pañuelo del bolsillo de su *robe* y le limpió las lágrimas.

La acunó como si fuese realmente una criaturita.

–Estás cansada. ¿No quieres probar ni siquiera un poquito de lo que hay en la heladera? ¿Un poquito de la fiesta que preparé para nosotros dos?

–No te enojes, Baby, pero desearía regresar a casa.

–Es que estás en tu casa, Pô; mi pequeño corazón es tu casa. Es todo cuanto puedo ofrecerte ahora. No dejaré que partas en ese estado de ánimo. Aprieta tus brazos alrededor de mi cuello, ¡así! ¡Upa!

La levantó, cargándola en los brazos para llevarla al dormitorio. La depositó dulcemente en la cama.

–Voy a retribuirte lo que hiciste conmigo hace unas horas.

Comenzó a desvestirla sin prisa. Ella lo dejaba hacer, como una linda muñeca fatigada.

Se quitó la *robe* de seda y se acostó a su lado. Después se dio vuelta y, apoyando el rostro en su bíceps, se puso a contemplar la cara de Paula, que tenía cerrados los ojos.

–Paula, estaba pensando que en dos años me transformaste en otra persona. Hasta me has hecho bueno.

–Siempre fuiste bueno, Baby. Sólo que te llevabas mal con la humanidad.

Él sonrió.

–¿Reparaste, Pupinha, en que los dos tenemos la manía de cerrar los ojos en ciertas ocasiones?

Ella no respondió, solamente pasó los dedos sobre su brazo. Hicieron una pausa, sin mirar a los ángeles que sobrevolaban en la oscuridad.

–¡Baby!

–¡Hum!

Llevó las manos hasta la espalda de él y se demoró en su cuello. Después lo atrajo hasta sus labios y le dijo bajito:

–Baby, yo quería...

Él besó su oreja.

–Yo quería, Baby... ¿serías capaz? Lo más dulce posible. Solamente hoy...

–¿Como si fuéramos apenas dos ternuras acariciándonos?

–Casi eso.

–¿O como el viento suave que eriza las aguas de las lagunas de la selva?

–¿Puedes?

–Te amo, mi amor.

Colocó seda en la punta de sus dedos para acariciar a Paula. Llenó de terciopelo todo su acto de posesión.

Después quedaron nuevamente en silencio.

Paula besó su mejilla.

–Gracias, querido. Hoy era todo lo que yo quería y podía hacer. ¿Comprendes?

–Así es. Ahora necesitas dormir un poco.

–Ya lo intenté, pero no tengo sueño.

–Ni yo.

–¿Quieres continuar conversando hasta que él venga?

–Sí, pero cuando comience a dormirme, o cuando comencemos a dormir, no me despiertes de madrugada diciendo que necesitas hacer alguna cosa...

–Juro que no. Y si necesitara salir...

–¿Salir para qué, Baby?

–A buscar los diarios. ¿No tienes curiosidad?

–También pensé en eso. Mandé a Dambroise comprarlos, y que de los que trajeran noticias comprara varios ejemplares.

–No te olvidas de nada.

Ella le hizo una caricia sin rumbo.

–Estuve muy preocupada en la exposición. No por mi éxito, sino por ti.

–¿Tan mal estaba?

–Por el contrario: eso fue lo que me afligió. Cuando reparé en las miradas de ciertas damas: verdaderas miradas de pata golosa. Cuando vi ciertas sonrisas, ciertas cositas que las mujeres presienten de lejos... No sé.

–Yo no noté nada, Pupinha. ¡No vas a decirme que sentiste celos!

–¿Por qué vivo escondiéndote de todo el mundo, tontito? ¿Piensas que me arriesgaré así? Además, querido, tenías una elegancia salvaje, una espontánea timidez que hacía volver la cabeza de cualquiera.

–Nadie me interesa en la vida, Paule, Paule. Solamente existes tú, y nadie más.

–Sí, pero olvidas muchas cosas con rapidez.

–¡Ah, Pupinha! Es verdad que tuve algunos pequeños deslices. Unas pequeñas tentaciones. Pero...

–¿Y si yo hubiera tenido esas pequeñas tentaciones?

–Eso sería diferente. Compraba el mayor cañón del mundo y le pegaba un tiro en el traste al atrevido.

Paula sonrió.

–Ustedes los hombres son siempre los mismos.

Bostezó largamente.

–¿Está llegando el sueñito?

–Ya, ya. Si me cuentas alguna cosa seguro que me duermo sin conocer el final.

–¿Qué quieres que te cuente?

–Cuenta... cuenta lo que más te impresionó durante tu triunfo.

–Te va a parecer raro. Pero en el momento de mayor emoción, de mayor movimiento, conseguí un instante para sentarme en un rincón, ¿y sabes lo que pensé entonces?

–No.

–Me acordé de un viaje que hice por Goiás. Cuando llegué con una caravana a la vieja capital de Goiás...

...Venían los caminos cubiertos de polvo, lo recordaba bien; las carreteras, en tiempo de sequía, aún sin asfaltar, levantaban un humo rosado de tierra que sofocaba. Al mismo tiempo, todo se tornaba de fuego, porque se acercaban las grandes lluvias. Al atardecer habían llegado a la vieja Goiás. La ciudad cercada de puentes viejos, con el río Vermelho recordando tradiciones mientras serpenteaba entre las piedras se recogía entre las montañas circundantes para dormir.

Se hospedaron en un viejo hotel terriblemente sucio. Después del baño y de una comida horrorosa, alguien recordó:

–¿Qué tal si fuéramos a dar una vuelta por el barrio de las mujeres?

–¿Habrá por aquí?

–Seguro que hay. Pero debe de ser al final de la picada: con sólo acercarse, uno agarra ya la enfermedad.

Todos cambiaron de idea, porque en la madrugada siguiente proseguiría el duro viaje. El camino que llevaba hasta las márgenes del Araguaia era de una fama nada recomendable.

Sin embargo, un reportero japonés insistió en la historia.

–¿Cómo? Ustedes, los del *sertão*, ¿no quieren dar una vuelta conmigo? Sé que conocen todos esos agujeros de por aquí.

Fueron. Caminaron por las calles de anchas piedras. Calles por donde las grandes expediciones habían cruzado los siglos. La luz de los postes era casi inexistente, pero se tornaba placentero caminar mirando el río sinuoso que se deslizaba entre las piedras.

Volvieron en busca del mercado; la noche oscura se derramaba en una exuberancia de estrellas. Mundo de soledad. ¡Extraño mundo de los hombres!

–Debe de ser por allí. Antiguamente había un cabaré en una de esas calles.

–Tiene que ser ahí mismo. Por el número de hombres parados cerca de la puerta, no puede haber engaño.

–Se puede preguntar; no cuesta nada.

Se acercaron y preguntaron. Una media docena de hombres barbudos, vestidos invariablemente con camisas a cuadros, observaban la aproximación de los extraños.

Sin responder a la pregunta, apenas les indicaron la puerta, donde una luz mortecina permitía ver un largo corredor.

Caminaron lentamente y con cuidado, yendo a parar a un salón grande donde las luces, a pesar de ser aún débiles, eran abundantes. Hombres de rostros iguales y barbudos se apoyaban en los rincones de las paredes. Algunas mesitas cubiertas por manteles cuadriculados de azul y rojo se encontraban vacías.

En un rincón, algunas mujeres amontonadas. Generalmente tenían cabellos rubios mal teñidos y se vestían de oscuro, con las mangas escotadas exhibiendo las axilas.

En la parte contraria estaba la orquesta. Apenas habían penetrado completamente en el salón cuando la música, como automáticamente, comenzó a tocar el bolero "Nosotros". Pudieron advertir su simplicidad: un violín, un pandero, una *sanfona* * y un saxofón.

Con el ritmo del bolero, dos prostitutas, adivinando turismo y clientes, se abrazaron encaminándose en dirección a los visitantes. Con una sonrisa forzada que enseñaba sus dientes de oro, e intentando mostrar simpatía al hablarles, una preguntó:

–¿Los señores no quieren bailar?

Titubearon, sin saber qué responder, aunque la decisión ya había sido tomada sin ponerse de acuerdo.

–No, señorita. Estamos cansados. Llegamos de viaje y sólo venimos a mirar un poco. Mañana, cuando estemos más descansados, volveremos.

La ramerita cerró la sonrisa, desencantada.

–Mañana no va a poder ser, porque nosotras alquilamos la orquesta sólo por esta noche.

Se disculparon, molestos.

–Entonces no va a ser posible. Buenas noches.

Ya se iban retirando del salón cuando un hombre barbudo comentó:

–También, estas mujeres no saben seducir...

Salieron, y antes de llegar al final del mostrador, la orquesta, como si hubiera sido desconectada, paró de golpe...

–Eso fue lo que pensé en el momento más impresionante de mi primera exposición, Pô. Un mundo vasto y diferente, colorido y triste, feo e inexplicable... ¡Qué sé yo!... ¿Te dormiste?

* Instrumento de cuerdas. (N. de la T.)

–Todavía no. ¡Pobrecitas!

–Voy a apagar las luces, ¿quieres?

Ella le ofreció la mejilla para un beso de buenas noches o de buenos sueños, porque en breve la tenue luz de la mañana irrumpiría por esos caminos de la vida.

2

SILVIA

Dado que la felicidad es una cosa completamente irrisoria, Paula vivía dentro de una cuarteta de calendario:

> *Verdad, verdad triste,*
> *verdad que ni se dice:*
> *la felicidad consiste*
> *en saber ser infeliz.*

Por lo tanto, dentro de su simple felicidad, ¡seamos felices! Vengan en seguida los otros ítems de la felicidad.

–Evitar de cualquier manera la monotonía del tiempo.

–No siendo posible, por lo menos disimular la monotonía del tiempo.

–Finalmente, hacer del tiempo un tiempo en función de las cosas más desagradables.

Más que eso era imposible. El resto que se desprendía de esas máximas, ella todavía lo miraba con la ternura del amor. Pensando así había aparecido en su vida, cuando más lo ansiaba, la estrella que soñara desde que ésta se creara.

Entonces, como el amor está por encima de toda comprensión, ella establecía sus reglas para vencer a la infelicidad. Cuando admitía que su vida podría ser aguijoneada por la monotonía del tiempo, colocaba la cabeza de Baby en su regazo y comentaba con la naturalidad con que él también sabía recibir las cosas:

–Necesitamos unas vacaciones, querido.

O si no:

–Me parece que estás loquito por dar una vueltita por entre tus indios.

Él sonreía afirmativamente.

–¿Por qué, Pupinha, nunca quisiste ir conmigo allá?

–Por la misma razón por la que tú no quisiste nunca ir conmigo a Europa.

Rieron a la vez.

–Además, querido mío, ¿sabes?, mi verdadera selva es París, con sus mundos de perfumes, teatros y exposiciones de moda.

–Y tú sabes que París no es mi selva. No tiene indios, mosquitos, sol, libertad, ni los grandes ríos llenos de selva y canoas.
–Entonces, estamos a mano.
–Así es.
–¿Me amas?
–Como nunca.

Es verdad que de cuando en cuando –por lo menos cinco veces al año– veía la manera de conseguir vacaciones y recomenzar la luna de miel que la monotonía del tiempo comenzaba a destruir.

Imaginaba cosas formidables que daban sol al cuerpo de Baby y lo bronceaban, que despertaban la sensación de libertad y de placer. Descubría una hacienda lejana, un pariente. Conseguía un barco con toda su tripulación, en préstamo, y pasaban días enteros en alta mar, entre el sol, las nubes y el agua. O huía hacia Cabo Frío, donde poseía un rancho de pescador, pero con todos los requisitos del lujo y del bienestar...

Y así, en aquella habilidad, loca de *tricheuse*, como se autocalificaba, iba dejando que el tiempo se deslizase en una marea de suavidad y tolerancia. La vida corría agradable para los dos, y ya habían pasado seis años sin que casi lo notaran. Con su dedicación a las exposiciones del joven, forzando de una manera irrefutable a las galerías de Río y de São Paulo, luchando con verdadera ferocidad por los salones donde él debía exponer, valorizando su trabajo, ella probaba que no se había engañado con las estrellas y el destino. Pero...

El propio destino tiene sus caprichos y muchas veces se contraría al ver que están metiéndose demasiado en sus designios.

Por eso una mañana (las mañanas de Paula sólo existían después de la una de la tarde), una de esas mañanas tardías le notificó Dambroise que Baby había telefoneado tres veces, solicitando que no la despertaran para él, que no se encontraba en su casa, y que telefonearía cada media hora.

Esperó pacientemente el nuevo llamado, porque no tenía ninguna prisa esa tarde. Se probó ropas para el Gran Premio turfístico de Río. Un almuerzo muy leve. Una pequeña siesta, no propiamente un sueño, sino un relax habitual. Sonrió pensando en lo que Baby necesitaba decirle urgentemente. Muchas veces, cuando le venían ideas extravagantes, él recurría a ese sistema: inventaba millares de pretextos y cuando aparecía llegaba con la cara más adorable del mundo, con aquella exuberante atracción tan suya.

–¿Qué pasaba? –fingía una severidad de circunstancias.

Y allá venía él, con su deliciosa mansedumbre de perrito *gâté*.

–No era nada, Pô. Estaba muriéndome de nostalgia. Deseaba saber si todavía me querías en esta hora de la tarde. Eso, solamente.

La tomaba en brazos y apretaba sus labios contra los de él.

–Sólo eso. Ahora voy a dibujar un poco.

–¿Nada más?

–Pensé que era eso solamente. Necesito ir a trabajar.

–¿En realidad lo necesitas?

–¿No te parece que es preciso?

–Creo que a los dos nos parece que no...

Sonó el teléfono.

–¡Pupinha!...

–¿Qué pasa?

–Necesito hablar urgentemente contigo.

–¿No puede ser por teléfono?

–No. Son cosas que uno necesita conversar. ¿No puedo verte?

–Estoy esperando a la masajista. Además, necesito hacer algunas cosas que un hombre no debe presenciar.

Sintió la curiosidad por el hilo telefónico.

–¿Cuáles?

–Esas cosas no se dicen.

–¿Existe entre nosotros algo que no hayamos hecho juntos?

–Pretencioso.

Él se volvió adorablemente suplicante.

–¡Ah, Paulinha de mi alma!, ¿tienes coraje de hacer cosas a escondidas de mí? Después dices que me amas, que lo soy todo en tu vida...

La masajista no tardaría en llegar.

–Pero eso tú nunca lo verás. Además, la masajista llegará en unos instantes.

–Después de la masajista, entonces. ¿Cuánto tiempo demora contigo?

–Media hora.

–¿Puedo ir después de ella?

Sonrió encantada.

–¿Es tan urgente?

–Cosa de vida o muerte.

–¿Ya almorzaste?

–Como el león de la Metro. Pero tomaré contigo un cafecito si no me lo cobras.

Recordaba, en un viaje de su pensamiento, que cuando era modelo de desnudos en Río, una pintora lo había invitado a posar en su departamento de Copacabana. Una hora costaba cinco mil reis. Y que, a mitad de la sesión, ella le preguntó si le gustaría tomar un cafecito. Había dicho que sí, y la mucama llegó con la bandeja, no sin antes desorbitar los ojos al ver a la vieja pintora con un hombre desnudo en el *atelier*. A la salida, la pintora le había descontado los doscientos reis del café.

–Entonces ven rápido, que tengo mucho que hacer.

• • •

Por el espejo miraba a Baby que, sentado en el bidé, contemplaba su cuerpo desnudo.

—¿Qué era eso tan importante que no podía esperar la hora de la cena? Continuaba mirando su rostro, que devoraba fascinado sus espaldas.

—Vamos Baby, ¿qué fue? He de hacer algo...

Él se levantó y la abrazó picarescamente.

—¡Qué cosa tan linda, Pupinha! Estaba recordando al amante de Lady Chaterley cuando él contemplaba eso.

Deslizó la mano por la espalda de Paula y la detuvo afectuosamente en las nalgas.

—Baby, ten un poco de juicio. ¿Qué pasaba?

Su voz ya no tenía la misma autoridad anterior. Sentíase contenta al verse siempre deseada.

—¿Qué decía el libro?

—¿No lo leíste?

—Lo leía a escondidas, en el colegio interno.

—Él decía, acariciando esto que estoy acariciando yo ahora: "En tu trasero cabe un mundo".

—Está bien. El muchachito era medio vulgarcito, sin duda.

—Eso es lo que te parece, pero la maldita Lady Chaterley quedaba arrojando humos de placer con cualquier cosa que él dijera.

Ella se controló. Retiró de su cuerpo las manos de él.

—Si no quieres hablar de eso tan urgente que decías por teléfono, me veré obligada a hacer una "cosa" que no me gustaría que presenciaras.

—¿Piensas que no me doy cuenta?

—¡Ah, bien! Entonces vete.

Llegó hasta la puerta y llamó a Dambroise. Ocultó el cuerpo tras la puerta entreabierta y dijo al mayordomo:

—Dambroise, puede traer el hielo.

Baby estaba estupefacto. Había pensado algo completamente distinto. Algo que no se imaginara que podía hacerse con el hielo.

Dambroise volvió con un pequeño plato plástico donde chocaban entre sí las piedras brillantes.

Cerró la puerta y se divirtió ante la sorprendida mirada de Baby, quien volvió a sentarse en el bidé.

Tomó un trozo de hielo y comenzó a pasárselo por uno de los senos, masajeándolo en sentido circular.

Se detuvo un momento y lanzó una carcajada.

—¿Era eso, tontito, lo que esperabas de mí?

Recomenzó el masaje. Él estaba bastante confuso.

—No sabía que hacías eso, Paula.

—Lo aprendí de unas recetas de una fallecida actriz muy famosa, Jean Harlow. Montones de mujeres aún se ayudan así.

La picardía viene a asaltarlo nuevamente.

–Pôzinha, ¿me dejas hacerlo a mí?

–¡Nunca!

–¿Por qué?

–Porque necesito terminar este masaje.

–Juro que no pasaré de ahí.

No sabía resistírsele cuando usaba aquella voz tan dulce, ni cuando sus brazos fuertes se enredaban en su cintura, y menos todavía si su tibio aliento soplaba en su oído.

Dejó caer la mano y él, abrazándola, comenzó a pasar el hielo suavemente por sus senos.

Mientras lo hacía, observaba en el espejo el endurecimiento erizado que el hielo provocaba en su carne. El rosado vivo del que se iban cargando los pezones.

–¿Todo esto es por el hielo?

No tenía ganas de responder.

• • •

Tomaron asiento ante una pequeña mesa y Paula comenzó su refacción. Su rostro liso, sin rastros de pintura, tenía un frescor maravilloso.

–¿Está buena esa comidita de pajarito?

Paula detuvo el tenedor en el aire y miró fijamente a los ojos de Baby.

–¿Qué era tanta prisa, cuando ahora estás aquí, haciéndote rogar? ¿Realmente tenías algo que decirme, o solamente querías verme?

Él sonrió, bastante confundido.

–Deja de ponerte como un gatito que se restriega en las piernas de la gente y cuéntame.

–¿Sabes qué pasa, Pupinha? Que hoy recibí una carta de un fantasma.

Metió la mano en el bolsillo y extrajo un sobre escrito.

–¿Puedo ver?

–Un momento. ¿Recuerdas que en mi adolescencia tuve un gran amor?

–¿Cuál de ellos?

–No, Paule, estoy hablando seriamente. No bromees ahora. Bien, yo tenía un gran amor juvenil, al que toda la familia se opuso tenazmente: el padre de ella, el mío, los hermanos…

–Ya sé. Una tal Silvia.

–Bien, después que entré en la marina mercante ella se casó con un norteamericano y se fue a los Estados Unidos.

Le entregó la carta. Paula se quedó un momento indecisa y perdió la noción de vanidad, tan grande era su curiosidad por la carta.

–¡Dambroise!…

El hombre apareció como por encanto.

—Por favor, Dambroise, vea si encuentra mis anteojos.

Baby rió. Poco a poco, y con la íntima convivencia, Paula iba dejándose ver tal como era, lo que al comienzo fue inadmisible.

Dambroise volvió y ella se preparó a leer la breve carta.

El semblante de Paula cobró un aire inquieto. Sus cejas se fruncieron también un poco, mostrando preocupación. Cuando hubo terminado de leerla, dobló la carta y la devolvió.

—De manera que esa muchacha ha enviudado. Se encuentra en Río y viene a Sào Paulo para verte... amigablemente.

—Es lo que dice la carta. Pupinha, tú decides. Yo podría habértelo ocultado todo, pero no quiero que existan secretos ni traiciones entre nosotros.

—¿Qué dijiste? No oí bien. Me gustaría que repitieras lentamente esa frase.

Baby quedó completamente confundido.

—Bueno... ya sabes que eres la única a la que quiero.

Ella rió con gusto. Pero en seguida guardó cierta reserva. Su instinto femenino estaba sobre aviso.

—¿Quieres verla?

—Ella ha hecho un gran sacrificio para verme. Hasta llegó a buscar a mi madre, a mi familia, aun conociendo todo su antiguo odio, para pedir mi dirección.

—¿Qué edad tenían, cuando tú y ella...?

—Yo diecinueve y ella diecisiete.

—¿Y qué tiempo hace de todo esto?

—El doble de la edad de ella, más o menos.

Colocó un cigarrillo en la alargada boquilla y esperó que él lo encendiera. Lanzó una bocanada hacia arriba y acompañó con la mirada la danza del humo.

—Tú quieres verla, es natural.

—Pero no quiero que haya suspicacias entre nosotros por ese motivo. Si no quieres no la veré.

Paula pensaba rápidamente. Los celos, quizás infundados, la reconcomían un poco. Si decía que no, con ello demostraría falta de confianza entre ambos. Y esa confianza, con ligeros resbalones, ya duraba algo más de seis años. Si decía que sí, habría un ligero peligro de que la antigua pasión juvenil se avivara. Si le negaba a él la oportunidad, podría sentirse acometido por una de aquellas intensas tentaciones que siempre existen escondidas en el instinto del macho. Diciendo que sí, podría verificar el alcance de aquello y tener una prueba más del amor de Baby. La verdad es que la otra (en lo íntimo no le gustó esa denominación)... Silvia, debería de ser más joven que ella, y eso principalmente ofrecía algún peligro. Se decidió.

–Bien. Voy a dejarte ver a esa muchacha. Nada impide que lo hagas. Pero impongo una condición: todo lo que pase entre tú y ella deberá serme contado.

–Creo que no es necesario que lo jure, pero te juro que así lo haré.

–Entonces vamos a hacer el siguiente trato para que todo quede perfectamente claro en nuestro ritmo de vida: el domingo que viene es el Gran Premio en Río. Nunca quisiste acompañarme a estas cosas. Podría embarcar con una anticipación de tres días y volvería el miércoles. Un plazo de tiempo suficiente para que ustedes rememoren el pasado. ¿Está bien?

–¿Sin tristezas? ¿Sin enojo? ¿Sin nada?

–Hum...

–¿Lo juras?

–Lo juro.

–Pero vamos a hacer lo siguiente: sólo responderé al telegrama mañana. Hasta la hora de la cena, puedes cambiar de idea.

–¡Pirata! Ya sabes que nunca cambio de idea. Yo siento en cierta manera curiosidad por el resultado de esa experiencia. Pero algo va a quedar bien claro: no soy la mujer de... ¿cómo se llamaba el hombre?

–Kanato.

–Yo no soy la mujer de Kanato, ni voy a dividirte con nadie. ¿De acuerdo?

–Todo no pasará de una vieja amistad que se reencuentra.

–Espero que sí. Ahora ven aquí.

Dio vuelta a la mesa y no necesitó ser invitado para abrazarla cariñosamente.

–Mi gato. Mi bebito traidor y sucio.

Comenzó a mordisquearle la oreja como a ella le gustaba. Después olió sus cabellos. Le mordió el cuello e hizo restallar un beso en su mejilla.

–¿Quieres ser un ángel, Baby?

–¿Quieres que me vaya, no? Tienes que esperar a la manicura, probarte el traje para el Gran Premio...

–Sí. Una de las cosas que me gustan de ti es que no me das tiempo a pensar.

Pero él continuó abrazado a ella.

–Pupinha. Te quiero mucho. Sólo la muerte me arrancará este amor. Me gustas hasta por la forma en que tomas la boquilla.

Él introdujo su mano por el escote del *negligée* y acarició los senos de Paula.

–Basta, Baby, si no tú no me dejarás hasta la hora de la cena.

–Sólo quería ver una cosa... si el hielo...

Le dio un leve golpecito en la mano.

–¡Un poco más de juicio, Baby!

Él se retiró hasta la puerta, pero volvió a la carrera y besó a Paula levemente en la boca.

–Olvidé decirte hasta luego y muchas gracias.

· · ·

Pasó el día fastidiado. No sabía qué hacer ni a dónde ir. Entró en un cine, pero el film le pareció terriblemente aburrido y se retiró antes de que terminara.

Buscó un bar, entró y pidió un gin-tonic bien helado. Estaba preocupado con todo aquello. Había concertado la entrevista con Silvia en el bar del hotel donde ella se hospedaba. Tenía deseos de no ir. La curiosidad del comienzo, tan agudizada, iba fallando a medida que se aproximaban las horas, dejando en su lugar un sentimiento de desengaño. Se ponía a meditar siempre sobre lo mismo. Después de tantos años... No eran pocos. Posiblemente Silvia lo encontraría viejo, acabado. No estaba totalmente destruido, pero se perdía a lo lejos el tiempo en que poseía líneas apolíneas. Ya se había comenzado a habituar a la inexorabilidad del tiempo. Su vientre presentaba un dedo de gordura que él siempre se esforzaba en suprimir. Su rostro se había arrugado alrededor de los ojos; no mucho, pero lo suficiente para permitir una comparación con el pasado. Bajo el mentón, la futura amenaza de una papada poco elegante... Todo eso en él. Pero, ¿y en ella? Recordaba bien su pequeño cuerpo erguido y elegante. Los senos duros y en punta. Su mentón voluntarioso y dos hoyuelos en el rostro. El modo de caminar torciendo la cabeza hacia la izquierda, cuando venía a esperarlo debajo del árbol de ficus-benjamim, en la placita de Natal. ¿Y ahora? ¿Sería la misma? ¿O por ventura se habría tornado una viuda gorda y sudorosa?... No era bueno pensar en la confusión de ambos al enfrentarse y comparar el estrago causado en ellos por la vida...

Por eso había hecho la cita para la noche. Entonces irían a comer fuera, o buscarían un bar, una *boîte* donde la luz tuviera la caridad de ser discreta.

Bebió un largo trago y se puso a prestar atención al movimiento de la calle que pasaba indiferente ante su mesa. No obstante el esfuerzo por distraerse, el pensamiento, imantado, retornaba al mismo punto incómodo.

Pagó el gasto y se puso a caminar sin rumbo fijo, tratando de interesarse en las vitrinas. Pero la tarde demoraba en traer la noche. Aceptó varios cafecitos con muchos amigos que accidentalmente encontraba. Visitó dos galerías de pintura, pero todavía faltaban dos horas para las ocho. Se lustró los zapatos. Compró un diario y buscó la última página. La misma página que, en su casa, por la noche, dejaba para leer al final. Era la que traía los más terribles crímenes. Le gustaban los crímenes bien impresionantes y, cuanto más fuesen, más gusto hallaba en leerlos.

Nuevamente, con el diario debajo del brazo, caminaba por la calle. Pasó por el Viaduto do Chá, despacio, desviándose de los encontronazos y observando el submundo, el barro de la miseria exhibida allí, en los quioscos de chucherías, en la voz de los mercachifles, en el limosnear febril de un verdadero Patio de los Milagros.

Bajó las escalinatas que estaban al lado de la compañía de electricidad. Atravesó el Anhangabaú y subió las escaleras rodantes de la galería Prestes Maia. ¡Bueno, por fin el tiempo había pasado un poco! Felizmente sólo faltaban cuarenta y cinco minutos. Era hora de arreglarse.

Volvió a la calle Sete de Abril y fue subiendo las escaleras del bar de los Amigos del Arte Moderno, de donde era socio. Tomó un rápido *drink*. Fue hasta el baño, se lavó el rostro, se peinó. El maldito espejo de allí estaba lleno de mala voluntad: su rostro parecía hinchado y fofo. Hasta quería anunciar un comienzo de calvicie. En fin, ya que se había arriesgado a ese encuentro, tendría que ir. Sonreiría tristemente y al mismo tiempo conformado, murmurando:

—Este que está aquí soy yo, Silvia. Ya no soy un adolescente y el tiempo, mi querida amiga, pasa igualmente para todos.

Se encaminó hacia el hotel. Allí el desánimo se apoderó totalmente de él. Si al menos estuviera Paula acompañándolo para entusiasmarlo... Rió del absurdo; estaba tan acostumbrado a hacerlo todo apoyado en Paula que... Pupinha estaría en Río, en comidas alegres, con sus amistades. Yendo a *boîtes*, viendo todos los *shows*, asistiendo a espectáculos teatrales. ¡Maldición! Tenía que pensar en Silvia, Paula no era problema.

Se resignó a adoptar una actitud negligente y caminó hacia el hotel. Antes miró el reloj, con la esperanza de que aún faltaran algunos minutos.

Forzó el miedo y se metió en el ascensor, pidiendo ir al bar.

Entró, y antes de que la vista se acostumbrara al ambiente en penumbra, un bulto abandonó una mesa y fue a su encuentro.

—¡Gum!

Se abrazaron en un solo ímpetu. Su corazón tuvo un relajamiento feliz. Silvia se conservaba casi como antes. Impresionantemente joven y bella. Se separaron un poco y quedaron contemplándose, encantados. Después ella volvió a abrazarlo y recostó su rostro contra su barba. Aquello positivamente lo dejaba sin defensa... pero era bastante agradable.

—¿Quieres quedarte aquí?

—No, *honey*, estoy con unos conocidos. Voy a despedirme y buscar mi bolso. ¿Me esperas un poco?

Sonrió, haciendo que los dos hoyuelos aparecieran en su rostro. Era la misma cara, con excepción de los cabellos, que habían adquirido un tono rojizo.

—Los de mi mesa estaban locos por conocerte, pero resolví esconderte.

Hablaba un portugués gracioso, con un ligero acento inglés. Comentó eso:

–Y no sabes mis dificultades del comienzo. Menos mal que pasé un mes en Natal, en casa de mamá, y volví a aprender un poco... ¿A dónde me llevas?

–¿A dónde te gustaría ir?

–No sé. No conozco Sâo Paulo. Por lo tanto, la noche es tuya.

Pensó un poco, haciendo una geografía de bares y restaurantes en su cabeza.

–Hay un bar de artistas que es muy agradable. Todos los artistas tienen el 50% de descuento. La comida es de primera y el ambiente muy sosegado, por lo menos hasta digamos la medianoche. Entonces van terminando los espectáculos y aparece un enjambre de artistas.

–Vamos allá. Cuando comience el ruido buscamos otro rumbo.

–Hecho. ¿Tomamos un taxi?

–¿Es muy lejos?

–Unos diez minutos.

–Entonces vamos a pie. Una ciudad nunca se conoce si una se la pasa viajando en taxi. La noche está fresquita y agradable para caminar.

Volvieron a la calle Sâo Luis, sin prisa alguna. Era como si caminaran de nuevo entre los rosales de la juventud, en la placita. A cada paso, un encantamiento incontenido. Silvia se apoyaba en su brazo con la delicia de la despreocupación. Parecían no pertenecer al mundo por donde pasaban.

Cruzaron la calle Consolaçao. Llegaron al viaducto María Paula conversando de cosas insignificantes, o con la importancia de la falta de importancia. Subieron por el asfaltado bastante estropeado de la calle San Antonio. Entraron en la calle Major Diogo. Pero no advertían lo feo de la calle, los agujeros en la calzada ni los ruidosos tranvías que pasaban estremeciéndolo todo.

–Es allí.

Buscaron un lugar discreto y se sentaron. Acudió el mozo.

–Primero vamos a tomar un *drink*, cuando tengamos deseos, cenamos.

–¿Un *drink*? Entonces un gin-tonic.

Gum rió.

–Yo iba a pedir lo mismo. Adoro el gin-tonic.

Se quedaron mirándose. Era la primera vez que se miraban ya sentados. Silvia estaba vestida de negro, con un collar de perlas y unos aros muy discretos y bien colocados.

–¡Estás espléndida!

Ella sonrió.

–¿Por qué te ríes?

–Pensaba que no has cambiado nada. Apenas estás más hombre y más buen mozo.

–Tuviste mucha suerte en encontrarme en São Paulo. En esta época del año siempre paso una temporada en la selva. Ya estoy medio retrasado.

Una sombra de tristeza cubrió el rostro de Silvia.

–Hubiese ido hasta la selva. Estaba dispuesta a eso, en el caso de no encontrarte aquí. Necesitaba verte de cualquier manera. Tenía que encontrarte...

Los ojos de Silvia estaban llenos de lágrimas.

–¿Qué es eso, qué pasa?

Sacó un pañuelito del bolso y se limpió los ojos.

–Todavía es temprano para hablar de eso.

Intentó sonreír, para alejar la tristeza que había surgido tan inesperadamente.

–Fue la emoción de verte.

El mozo apareció con las bebidas y se retiró.

–¿Te sugiero algo?

–Por supuesto.

–Uno de nosotros podría cambiar de lugar, para que nos sentáramos juntos.

Dio la vuelta a la mesa y se sentó al lado de Silvia.

–Así es mejor. Ya nos separaron mucho en la vida.

Por un segundo pensó en Paula. ¡Dios del cielo! Si Paula lo viera con Silvia reclinándose, acurrucándose contra él. ¡Oh, ingrato corazón de todos los seres humanos! Por primera vez recordaba a Paula. Se disculpó intentando convencerse en lo íntimo: también, esa ingrata me abandona en un momento así...

–La verdad, Gum, es que nunca te olvidé. Todos estos años me quedaba a veces horas enteras perdida en mis pensamientos, imaginando cómo te encontrarías y cómo podrías estar viviendo.

–Pero, ¿no eras feliz en tu matrimonio?

–Mucho, muchísimo. Pero eso nada tenía que ver con el hogar o el matrimonio. Era el pedazo más hermoso de mi vida, que yo guardaba en el mundo de mis más queridos secretos.

Aquél era el verdadero peligro de Silvia: la naturalidad al decir o al hacer las cosas. Había sido esa misma naturalidad la que los uniera cuando jóvenes, y ahora resucitaba de una manera incontenible.

Pocas horas, apenas algunas horas, y Gum ya no sabría responsabilizarse por las debilidades del corazón. Se iba evaporando como voluta de humo toda la seudodefensa que había pretendido establecer.

–¿Y tú?

–¿Yo, qué?

Sabía a lo que se refería, pero pretendía huir del asunto cuanto fuera posible.

–¿No tienes a nadie? ¡No me vas a decir que semejante pedazo de hombre anda abandonado por ahí!

Rascó su brazo con sus uñas pintadas de rojo.

–Yo... yo casi me casé por etapas. Porque me parece que en la vida uno nunca se casa con el gran amor. Eso es muy raro. Ahí está el caso.

–Encontramos tantos antagonismos, injustamente, a nuestro paso...

–Era porque tenía que ser.

–Quizá. Y en esas etapas, ¿no existió alguna más duradera?

Nunca le hablaría a Silvia de Paula. Nunca. Mentiría calmosa y conscientemente. A Paula, en cambio, le había prometido hablarle de Silvia y, a pesar de las graves consecuencias que podrían sobrevenir, nada le negaría.

–Quizás una un poco más. Las otras tenían el carácter de simples aventuras. Es difícil para una mujer admitir a un artista *in totum*. En seguida se cansan de sus extravagancias. Ninguna mujer soporta a un hombre al que de repente le da por pasarse meses enteros metido en la selva, huyendo, casi siempre huyendo.

–Tu sangre de indio nunca dejó de hablar en ti, ¿eh *honey*?

–De todos mis hermanos, creo que el único que se interesa por ellos soy yo. Quizá por ser también el único que no tiene tipo de indio...

Bebieron, contemplándose a los ojos.

–¿Te acuerdas de la pared de mi casa? ¿De cuántos agujeros tenía? Y que yo iba a esperarte cuando te ibas a entrenar para la regata con una de aquellas mallas de baño indecentes...

–Aun ahora uso algunas así a pesar de no tener la misma elegancia dentro de ellas. Son sumamente cómodas.

–¿No recuerdas nada más, Gum?

–De los agujeros y de los...

–Besos apresurados.

–El miedo de que viniera gente y, cuando venía, aquella conversación sin conversación que se inventaba en ese mismo momento...

–Ahora crecimos. Tenemos el mundo por delante, sin necesidad de agujeros. ¿Seremos los mismos?

–Si yo fuera un hombre inteligente estaría viendo en eso una invitación.

–Como no quisiste entender, yo soy una mujer más práctica.

Llevó sus labios contra los suyos húmedos, todavía fríos de la bebida que tomara.

–Gum, toda mi vida esperé este momento. ¿Lo hice mal?

–No. Podría haber sido mejor, pero voy a remediar esa falla.

Atrajo más a la muchacha y le dio un beso mordido y sabroso.

–Por lo menos fuimos bastante naturales.

Quedaron largo rato abrazados. Silvia apoyando su rostro y sus cabellos sobre la mejilla de él. Sin decir nada; como si quisieran recuperar tantos años inutilizados por los otros. Fluctuaban entre tres sensaciones diversas: la ternura, la indiferencia por el resto de la humanidad y una atracción que continuaba después de interrumpida tantos años.

–¿Cuándo regresas a Río?

–¿Tienes tanta prisa, *honey*?

–Al contrario: preocupación desde ya por tu ausencia.

–Dentro de tres días. Allá esperaré una carta tuya o un telegrama.

¡Tres días! Las dos estaban jugando el mismo tiempo dentro del mismo juego. Necesitaría no pensar en Paula y aprovechar el tiempo que ella le regalara. Extraños los recovecos del corazón. Lejos de él la idea de perder a Paula o de cambiarla por Silvia. Pero también se habría sentido medio desolado si en ese momento hubiera partido Silvia.

–Quería preguntarte una cosa, "bichito".

Hasta aquella palabra de afecto con que la trataba en la adolescencia había vuelto naturalmente.

–¿Y por qué no?

–Sobre la muerte de tu marido.

Ella hizo una pausa llena de melancolía y tardó en responder. No podría explicar verdaderamente por qué no lo había esperado más. Pero, ¿para qué preguntárselo? El tiempo ya había respondido y actuado. De todos modos aquella época fue irrecuperable para Silvia, porque la crueldad de la vida la empujó para siempre hacia un lugar más lejano.

–¿Quieres saberlo? Pues bien. Cuando él murió quedé desorientada. Me sentía sola. Eran muchos años de convivencia y de esa comprensión que estabiliza el matrimonio. Su muerte fue una cosa verdaderamente imprevista. No quiero hablar de eso. Nosotros nos entendíamos maravillosamente bien.

Dominó su emoción y continuó:

–No me casé verdaderamente enamorada. Pero la continuidad de la comprensión en el casamiento quizá sea más efectiva que el propio amor. Todo viene con una violencia desorientadora: un hermoso día, un toque de silencio, un cuerpo descendiendo a la tierra y una bandera norteamericana entre mis brazos vacíos... Él era oficial del ejército norteamericano. Y nos casamos durante la guerra... Eso fue todo.

No valía la pena preguntar nada más. De haber quedado algo por contar, Silvia lo habría hecho. Inútil remover las cenizas de las cosas sin vida.

–Me gustaría volver al hotel.

–¿Hice mal en preguntar?

–No. No se trata de eso. Estoy fatigada por la emoción del encuentro, después de tantos años, y eso hizo estallar mis nervios.

Levantó el brazo para mirar la hora. Pero la mano de Silvia tapó el reloj y sus ojos lagrimearon.

–Nunca me digas las horas. Nunca me hables del tiempo, por amor de Dios.

Tomó el pañuelo del bolso y se limpió los ojos. Después quedó en actitud taciturna, esperando que Baby pagara la cuenta.

Allá afuera sentían el viento de la noche que traía el frío.

El portero preguntó si necesitaban un taxi, pero Silvia insistió en caminar. Solamente después de caminar mucho, ella se recuperó un poco.

—¡*Honey*!

—¿Qué, bichito?

—¿Cómo andas de finanzas?

—Realmente bien.

—Puedes hablar con franqueza conmigo. Ya sabes...

—¿No basta con el tiempo en que me pagabas el chocolate, en el Cine Royal?

Los dos rieron con ternura.

—No. Francamente las cosas mejoraron mucho. Al comienzo de mi insignificante carrera, las cosas iban mal. Ahora no.

A pesar de la tristeza de los últimos momentos, el demonio de la sensualidad le susurró al oído.

—¿Quieres ir en seguida al hotel?

Ella sonrió.

—Hoy quiero ir al hotel; mañana...

—¿Qué pasa mañana?

—Mañana será un nuevo día... Necesitamos combinar algo para mañana.

• • •

Nunca Paula había aparecido tan deslumbrante después de un viaje a Río. Sus mejillas habían adquirido un tono sazonado, maravilloso. Y lo que le dolía a Baby era la indiferencia con que hablaba de todo.

—Sí. Fuimos a la playa en grupo. Hicimos un poco de *yachting*. El sol de Río, que empezaba a enfriarse a causa del invierno, era una delicia.

Se sentó en el sofá y encendió un cigarrillo como sólo ella sabía hacerlo, con elegancia hasta en los menores detalles. Después de una gran bocanada que provocó una nube de humo, miró a Baby, frente a ella. Se sentía lastimada y temerosa; por eso se resguardaba en esa actitud femenina de defensa y seguridad. No dejó de estremecerse íntimamente al reparar en el rostro de él. Algo muy grave le estaba sucediendo. Había adelgazado bastante. Demasiado para esos tres días. Lo era la expresión de su rostro triste.

—Caramba, Pô. Pasas tantos días lejos y, cuando llegas, entras en la sala y ni siquiera me das un beso de bienvenida.

—Es verdad, es verdad. Me había olvidado.

Con un gesto sofisticado extendió la mano para que él la besara.

—Siéntate allí para conversar.

Obedeció prestamente.

–Entonces, muchacho…

Pero en vez de comenzar a hablar, él miró a Paula tan desesperado que las lágrimas comenzaron a deslizarse por su rostro. Paula se conmovió y quebró un poco la costra de hielo que la envolvía.

–¿Qué es eso, Baby?

Él se arrojó en el sofá. Sentado cerca de Paula escondió la sollozante cabeza sobre su regazo. Ella pasó las manos suavemente por sus cabellos. Aun sintiéndose dolida, cedió lugar a su indulgencia.

–Así va mal, Baby. Vamos, cuéntale todo a tu Pupinha.

Por unos minutos siguió acariciando la cabeza de Baby hasta que retornó a él la confianza y pudo desahogarse en su confesión.

–Pô… Tienes que saber toda la verdad.

Un aguijonazo se clavó en su alma.

–Toda. Tú dices que nunca me has mentido, y espero que no sea ahora.

–A dos seres nunca les mentí y siempre les confesé mis faltas: a ti y a Dios.

Alzó los ojos suplicantes, implorando el máximo de comprensión de la mujer. Y ella, a su vez, se revistió de coraje para enfrentar la lucha que ya parecía planteada.

–Ella vino. Nos encontramos todos estos días y todas estas noches. Todavía es una hermosa mujer. Cuando nos vimos fue como si… no sé explicar, Paula. Juro que no quería que eso sucediera. En un segundo renació todo lo que sentíamos cuando éramos jóvenes. Fuimos acometidos al mismo tiempo y violentamente por un amor atrasado…

Paula estaba pensativa.

–No tuvimos tiempo de evitar lo que sucedió: estábamos perdidos en una vorágine avasalladora.

–¿Qué clase de mujer es ella?

–Nada extraordinario, como estás pensando. Sin querer hacer la menor comparación, no es una mujer como tú, en todo el sentido de realización.

–¿Le hablaste de mí?

–¿Para qué, Pupinha? Nosotros somos un mundo aparte del mundo en que vivimos. Siempre nos reservamos el uno para el otro, ¿no es así? Ella me preguntó discretamente si había una mujer o varias en mi vida; mentí discretamente que hubo varias. Todo pasó de una manera distante y muy vaga…

–¿No hubo manera de huir de esa atracción, querido?

–Cuando fui a su encuentro, pensé que podía haberla. Pero cuando nos vimos parecía que estábamos en la adolescencia, llenos de ilusiones y encantamiento. Estábamos realizando todo lo que el mezquino mundo joven y nuestro no nos permitió. ¿Entiendes, Pupinha? Tengo que decírtelo todo...

—En resumen, ustedes...

—Sí, dormimos juntos en mi departamento.

—Tú dices en "mi" departamento.

—Nunca podría haber dicho "nuestro", Paula. Porque así daría la impresión a mi corazón de que estaba traicionándote a propósito.

Ella rió de la pureza del argumento. A pesar de todo, él tenía un modo especial de contar las cosas, a fin de entristecerla lo menos posible.

—¿Entonces, tú duermes días y días con otra mujer y dices que no me traicionaste?

—Te digo que no. Nadie puede creer en eso, pero no estoy mintiéndote, Paule, Paule. Nosotros estábamos casándonos con nuestros sueños deshechos y que la vida ahora nos entregaba. Fue nuestro casamiento, fue la continuación de nuestros anhelos, antes de que la maldad de la vida se cerniera sobre mí tan abruptamente.

Paula fue invadida por un arranque de ternura. Hizo que los ojos de Baby quedaran bien cerca de los suyos.

—Si todo esto no pasara conmigo, esta historia hasta me parecería graciosa.

—Pero no será nada graciosa cuando conozcas el resto.

La sinceridad hizo que sus ojos se humedecieran nuevamente.

—Entonces, querido, ¿la cosa es tan grave?...

Un temor arañó el alma de Paula. Después de eso estaba segura de que habría más lucha. Y el miedo de perderlo hizo que arremangara las mangas de la cautela.

—¿Qué cosa horrible sucedió entre ustedes dos, mi bebito?

Él acurrucó su rostro sollozante en el regazo de Paula y con una de sus manos acarició su muslo mansamente.

—Pô, ella tenía que venir a verme. Tenía que venir a verme. ¿Comprendes?

Hablaba como a empujones, como si la confesión que iba a hacer le doliera de una manera brutal.

Paula creía en su sinceridad. Baby nunca había sido hombre de fragmentos teatrales ni de falsificar tragedias. La cosa tenía que ser terriblemente grave.

—Hace tres días que no puedo dormir y cuando lo consigo es para tener fúnebres pesadillas. Ni siquiera consigo comer, Pô...

Tomó las manos de la muchacha y las apretó contra su boca, como si implorase perdón por la brutalidad que iba a confesar.

—Pô, ella tenía que verme. Ella se estaba despidiendo, y para eso hubiera ido hasta el fin del mundo. Ella está muriéndose, Pô. Está condenada.

Paula olvidó sus propios pensamientos, y se sintió sobrecogida de pavor.

–¿Es verdad, querido? ¿Todo eso es verdad, mi amor?

–Todo, Pô. Ella está condenada. No sabe cuánto tiempo podrá vivir. Seis meses, un año... Sólo Dios lo sabe. Tiene cáncer.

Paula sintió una gran pena. Después de todo, era una mujer muy joven para morir de un modo tan estúpido y trágico.

–Parece que esa enfermedad me persigue, Pupinha. Le tengo horror. Desde niño, cuando vi a mi abuela, juré que nunca más vería a nadie morir de cáncer. ¡Si parece un castigo!

–Querido, la noticia que me has dado es tan triste y cruel que me desmorona. No sé qué decir. Espera: vamos a tomar una fuerte dosis de coñac para reanimarnos. Sea lo que fuere, estoy arrasada.

Se sirvieron la bebida y quedaron en silencio sin saber qué decisión tomar. Fue preciso que el coraje de Paula se manifestase para que dijeran algo, pues era mejor afrontar de una vez ese asunto espinoso que ir aplazando su tratamiento durante toda la vida.

–¿Ella todavía está aquí?

–Volvió a Río.

–Y ustedes, ¿qué resolvieron?

–Todo depende de ti. En lo que respecta a mi persona, ¿recuerdas que siempre deseé que hicieras un viaje conmigo por la selva? Ella quiere hacerlo...

–¿No es una temeridad, teniendo esa enfermedad?

–Seguramente. Pero quien va a morir quiere vivir intensamente.

–¿Cuánto tiempo?

–Dos meses.

Paula pensaba lentamente. No quería, por nada del mundo, perder a Baby. Ahora estaba comenzando a comprender el problema de aquella India que él le contara. Solamente que los motivos de la presente situación eran más trágicos y duros que los de la India. Era peor luchar contra un cáncer que contra la vejez, aunque ésta también fuese motivo de proliferación de tristezas y desencantos.

No deseaba que la mujer muriera para tener nuevamente al hombre en sus brazos. No deseaba la muerte de nadie, y mucho menos por aquella terrible enfermedad. Pero tampoco quería quedarse sin él. Era humano entender eso.

Sonrió con tristeza y comentó:

–Una acaba pagando aquello que habla la lengua. Nunca pensé que tuviera que dividirte con otra.

–Si quieres, abandonaré a Silvia para siempre.

–Sería una monstruosidad, después de todo lo que me has contado.

–¿Y qué podemos hacer entonces, Pô?

–Una cosa es evidente. Voy a darte un comprimido y vas a dormir. Tendré que salir dentro de poco; de noche, en la cena, conversaremos con más calma y decisión. ¿De acuerdo?

Lo ayudó a acostarse, como a una criatura sin protección. Lo acurrucó en su propia cama. Le dio el remedio y esperó que surtiera efecto; estaba tan abatido el joven, tan exhausto, como nunca lo había visto. Quizá por el esfuerzo y la tristeza de contarle lo sucedido, el remedio le hizo efecto rápidamente.

Paula contempló el rostro bienamado y salió del cuarto sin hacer ruido. Antes, sin embargo, corrió las cortinas, vistiendo el ambiente de profunda sombra, para que él descansara bien de las angustias del corazón.

En el cuarto de vestir comenzó a arreglarse para salir. Abrió los grandes armarios abarrotados de ropa y parecía no encontrar ningún traje que condijera con la amargura que existía en su alma.

En cualquier momento buscaría a Gema para que la aconsejara, como siempre lo hacía en las horas críticas de la vida…

* * *

Estaban acostados en la playa, esperando el amanecer. El frío era terrible, todavía más porque la orilla del río siempre se encontraba al descampado, batida por el viento continuo de la noche.

Sacó la mano de dentro del colchón y aflojó la manta. Aquello, el saco de campaña, era la mejor invención para la selva. No había frío que lo atravesara. Con los dedos tocó la arena congelada de la playa. Era mejor esperar que el sol subiera más y viniese a darle una manita de calor para que resolviera levantarse.

Miró hacia el lado de Silvia, que dormía profundamente, tan fuertemente sumergida en el colchón que la cabeza casi desaparecía, dejando afuera una muestra rojiza de sus cabellos.

También examinó con los ojos la hoguera apagada que había muerto con el rocío de la mañana. El día, como todas las jornadas de la selva en aquella época del año, prometía ser de intenso calor.

Mejor sería esperar al sol, a fin de calentarse y cobrar el necesario coraje para preparar el café. Máxime cuando el tiempo era una cosa sin importancia. Habían venido con esa condición. Un viaje de vagabundos. Un nomadismo absoluto. Nadie tenía apuro por nada. Donde encontraran un lugar agradable acamparían todo el tiempo que desearan.

Por lo tanto, colocó las manos bajo la cabeza y quedó mirando las nubes que rodaban por el cielo, los pájaros fluctuantes en las alas del viento y las aves pescadoras que arribaban a la playa, en busca de los puntos lisos del río para encontrar su alimento.

119

Ya hacía un mes que bajaban por el río, el viejo amigo Araguaia, compañero de luchas y de sueños.

Habían seguido la ruta menos difícil para llegar hasta allí. Fueron hasta Goiânia, y desde allá hasta Aruana, en la orilla del río. Demoraron unos días en los preparativos. Adquirieron una buena canoa, y lentamente, para que las remadas del tiempo no contasen, comenzaron el descenso. Cuando llegasen al Bananal esperarían un trasporte de la Fuerza Aérea Brasileña para Xingu. Allá se quedarían una corta temporada, y luego el viaje de regreso.

Un mes. Exactamente un mes que también Paula partiera. Paula Toujours. Paula del amor absoluto y realizado.

–¿No quieres que vaya al aeropuerto?

Ella se calzaba los guantes con aquella elegancia tan personal.

–No, Baby. He de ir acostumbrándome a tu ausencia desde ahora.

Intentó tomarla entre sus brazos, pero Paula se alejó decididamente.

–Tampoco eso, Baby. Tengo que conformarme con quedarme sin ti de todas formas.

Se puso un pequeño sombrero sobre la cabeza y, con la punta de los dedos, bajó sobre los ojos un pequeño velo oscuro.

–Puede ser, Baby, que tu selva sea realmente una maravilla, pero la primavera en París es una belleza y espero que me ayude un poco. En cuanto al resto –decía eso marcándolo intencionalmente–, espero que todo vaya bien. Ya sabes mi dirección en París.

Hizo una caricia en el rostro abatido y desolado de Baby.

–Las valijas ya están en el coche, y el chofer me espera.

Sonrió con una indiferencia estudiada, que helaba el ánimo.

–*Ciao*, querido mío.

Hacía un mes. Un mes…

–¿Cuánto quieres por los pensamientos?

Silvia había despertado y le sonreía.

–No valían grandes cosas. Estaba pensando quién sería el jefe del Servicio de Protección a los Indios en el Bananal.

–Eso no es problema. El Bananal todavía está a muchos días de distancia, ¿no?

–Así es.

Silvia sonrió, con sus dos hoyuelos cautivantes.

–¿Todavía enojado, Gum?

–Verdaderamente, me gustaría que no repitieras lo que me dijiste anoche. Es la segunda vez que lo haces. Y es desagradable escucharlo…

–Caramba, Gum, anoche estábamos contentos. Quizás hayamos abusado un poco de la bebida… ¿Qué fue lo que dije de más?

–El odio con que te referiste a mi padre fue inhumano. Aquello se piensa solamente cuando se está borracho…

120

–¿Te enojaste porque dije que quería que ardiera en las brasas del infierno por el mal que nos causó?...

El rostro de Silvia estaba congestionado.

–¿Acaso no te gustan la verdad y la franqueza? Pues bien, dejaré de decir todo eso. Pero ten la seguridad de que es lo que siento. Lo que siento con todas las fuerzas de mi alma. No porque él era tu padre olvidaré la crueldad con que me trató. Yo era una jovencita y él y toda su familia católica me trataron como si yo fuera una puta... Ésa es la verdad.

–Tengas o no razón, Silvia, era mi padre; yo lo adoraba. Y ya murió.

–¡Si murió que se aguante! Me cansé de escuchar de su propia boca: "Porque las personas mueran no tienen derecho a ser santificadas..."

Se incorporó y abandonó la bolsa desarreglada sobre la arena. Fue a sentarse lejos, a la orilla de la playa, ya tocada por el sol amigo. Metió los pies en el agua fría y esperó la atracción que eso produciría en los hambrientos y desvergonzados *miguelinhos*. En pequeños cardúmenes venían nadando alrededor de los pies, para pellizcarlos. El frío del agua calmó un poco la irritación de la discusión. Detestaba esas fricciones estériles y domésticas. Entonces podía percibirse claramente la diferencia que Paula usaba para preservar y aumentar el encantamiento de todo. Hasta en las separaciones momentáneas, diferente de ésta de ahora, Paula sabía dosificar el renacimiento y la cimentación del amor y de la amistad.

Se sintió sobrecogido de espanto, pero fue tan grande el descubrimiento que, asustado, retiró los pies del río. La presencia de Paula volvía continuamente a su pensamiento. Había huido de ello intentando olvidarla. Siempre buscaba no detenerse en ella, en cualquier cosa que tuviera relación con ella. Paula. Pero Paula Toujours volvía siempre a él de una manera sorprendente. Eso significaba... eso significaba... que...

Se le hizo un nudo en la garganta y se llevó las manos a los cabellos, gesto defensivo que lo acompañaba desde niño.

El entusiasmo por Silvia estaba comenzando a pasar; ésa era la verdad, sin deformaciones. Se habían encontrado muy tarde. La vida, mejor dicho, los había reunido de nuevo con un gran atraso. Lo más importante del amor, sin duda, era el sexo. No estaba descubriendo nada. Pero tan importante como el amor era el tálamo. El tálamo espiritual para soportar la inmensa importancia del amor. Uno dependía del otro. Y Paula sabía eso mejor que nadie.

Al comienzo, la fascinación, la locura, el deseo. El deseo de deshacer el tejido de la pasada frustración. Era un cuerpo envenenado de juventud contrariada contra otro cuerpo readquirido de voluptuosidad no desarrollada en la adolescencia... Era el bárbaro choque de dos voluntades devorándose al mismo tiempo y con la misma intensidad. Por eso las noches y los días eran solamente de posesión y más posesión. En los momentos de pausa se miraban a los ojos, fatigados, pero aún deseosos.

–*Honey*, los dos estamos con ojos acusadores de *bedroom*. Lo que los americanos llaman *bedroom eyes*.

Miraban sus cuerpos desnudos frente al espejo.

–Es verdad, querida.

Con los brazos en torno de la cintura. La boca que parecía sorber el cuello, mientras las narices devoraban el olor de los cabellos. Las manos recorriendo los deliciosos senos redondeados, donde el gran pezón tomaba un fascinante tono dorado. Las nalgas comprimidas contra su cuerpo. Y nuevamente el espejo reflejando los ojos con sus ojeras; pero se olvidaban de ello fácilmente.

–Necesitamos salir un poco, *honey*.

–Debemos salir, sí. Pero dentro de un rato.

–Es cierto. Dentro de un rato.

Todos los años perdidos tenían que ser recuperados en el vértigo de unos pocos días. La vida era eso. La vida de ella era eso. Necesitaba huir de su condena y usarse lo más posible, aunque para ello abreviara el tiempo de vida que le estaba reservado.

Las playas maravillosas. Las noches maravillosas. Las aguas del río, maravillosas...

Maravilloso era el sol. Maravilloso el viento que empujaba lejos los enjambres de mosquitos. Maravillosa la puesta del sol que ofrecía cada atardecer, uno más lindo que otro.

• • •

Entre las cosas buenas surgían, cada vez menos distantes entre sí, las disputas.

Estaban excesivamente estragados para admitirse y comprenderse completamente. Ambos habían sido corrompidos por la vida, habituados a una exagerada mala crianza que los tornaba parecidos: temperamentos semejantes chocando y entrechocando en la desesperación de la igualdad.

Resultaba irritante aquella manía de encontrar que todo lo norteamericano era mejor y más eficiente...

Quizás aquel viaje fuera demasiado prolongado... Tal vez la soledad de la selva produjera esa fiebre de impaciencia... Acaso las bebidas que Silvia siempre adquiría en los poblados y de las que abusaba un poco durante la noche... Quizá también esa forma de luna de miel abrigada por un amor prisionero, un amor que tenía un límite para todo; un amor simplemente familiar, sin audacia, sin variantes, sin extremos de intimidad, proporcionara paulatinamente una selva aburrida y sin sabor.

• • •

En el Bananal, Silvia se volvió loca de alegría. Por primera vez descubría en la vida un elemento nuevo: el indio. Parecía una colegiala en vacaciones o una criatura alrededor de un árbol de Navidad.

Quiso hacerse fotografiar de todas las formas posibles en compañía de cada indio.

—Xingu te va a gustar todavía más.

—¿Por qué, Gum?

—Porque allá los indios andan completamente desnudos.

—¿Exhibiéndolo todo?

Hizo un gesto con la mano para confirmar su curiosidad.

—¡Todo!

Ella se abrazó, feliz, al cuello de Gum.

—¡Oh, Gum! ¿Me prometes sacarme una fotografía con ellos?

—Te lo prometo. ¿Por qué?

—Porque mis amigas de Nueva York me pidieron que me sacara fotografías con los indios que tuvieran "eso" bien desarrollado...

Rió.

—Típico de las norteamericanas.

Después se quedó perplejo.

—Pero, ¿cómo iban a saber tus amigas que aparecerías en el Xingu y en otras partes de la selva?

Silvia se desconcertó un poco y respondió con cierta dificultad.

—Mis hermanas siempre me daban noticias de tu vida y de tus excursiones por la *jungle*.

Es decir, que ella lo había calculado todo. Todo. Y lo peor era que todo lo que calculara se estaba realizando tal como lo imaginó.

• • •

Pescaban en la playa. En realidad, solamente él pescaba. Pirañas voraces que eran eliminadas antes de que salieran del anzuelo, con puntadas de cuchillo en el cerebro, para que perdieran fuera de las aguas la extrema voracidad de las mandíbulas.

Silvia miraba espantada y se erizaba con los bufidos que el pez carnívoro arrojaba, saltando rabioso en la arena.

—¿Tú comes eso?

—Sólo en caso extremo.

—Entonces, ¿por qué los pescas?

—Para las viudas y mujeres sin parientes que cacen o pesquen para ellas. Solamente como pirañas en último caso, por necesidad.

Silvia, acostada en la playa, tomaba un baño de sol. Su cuerpo, con las grandes exposiciones al sol, había adquirido un tono moreno dorado alucinante. Sobre todo los senos, que habían resurgido hermosamente a causa del color bronceado. Las líneas de los muslos eran dos perfecciones quemadas y muy bien proporcionadas.

–¿Qué estás mirando, Gum?

–Nada.

Ella sonrió e hizo bailar su cuerpo quemado en la toalla verde claro extendida sobre la arena.

Se arrodilló cerca de ella, codicioso de su cuerpo.

–¿Y la pesca para tus indias pobres?

–Hay tiempo.

Silvia abrazó su cuello, atrayéndolo hacia sí. Le preguntó al oído eso que siempre le gustaría escuchar y que casi siempre era respondido:

–¿Te gusto?

–Claro, mi amor. Eres una mujer espléndida.

Después salió perezoso del cuerpo de ella y se sumergió en el río.

Silvia, preocupada gritó:

–¡Las pirañas, Gum!

–Son pirañas golpeadas, mansas. No atacan, huyen ante el barullo que hacemos.

Desde dentro del agua continuó mirando la maravillosa conformación del cuerpo de Silvia y sintió, intrigado, la primera sombra de la duda, por lo menos la primera que conseguía saltar las vallas de su discreción, colocando una pregunta cruel y llena de veneno: ¿realmente estaría enferma esa mujer? O sería que ella...

Se sumergió en el agua para apartar los ojos de aquel cuerpo que parecía tan sano y vivo, calentándose voluptuosamente y al mismo tiempo satisfecho, a la cálida luz del sol.

• • •

El avión descendía en círculos sobre el claro de la selva. En seguida apareció debajo la pista roja.

–Aquí comienza lo que llamamos Xingu. Un puesto de posición avanzada. Vas a divertirte mucho.

Apenas el avión tocó el suelo, volvió junto a la senda que llevaba al puesto; y, ni bien pararon los motores, la indiada desnuda corrió para ver quién llegaba.

Silvia abrió desmesuradamente los ojos, con asombro quedó como pegada a la ventanita del *Beech*, mirando aquel mundo tan diferente que encontraba de pronto: meses antes estaba dentro del burbujeante Nueva York, y ahora parecía haber caído en el más exótico y primitivo rincón de la Tierra.

–¿Qué es aquello, Gum?

Señalaba a un grupo de indios tan tostados por el sol que casi parecían negros, y que ostentaban *batoques* en los labios.

–Son los amigos txucarramães. Parientes de los indios caiapós. Lo que llevan en el labio es el *batoque*, un adorno que cuanto más grande es resulta más hermoso para ellos.

–Yo no quiero bajar acá, Gum. ¿Volvemos?

Estaba realmente asustada.

–Tonterías. Éste es el Puesto, y ellos son un pan de Dios. Ya verás.

Abrazaron a Gum llenos de alegría. Le preguntaron quién era la mujer y él les explicó. Entonces, invadidos de ternura porque era la primera vez que el amigo traía una mujer, rodearon a Silvia con gran simpatía. Las mujeres la tomaron de la mano y la empujaron hacia el camión del Puesto, con gran pavor de ella.

–¡*Help*, Gum!

–Estoy yendo detrás de ti, querida. No hay ningún peligro. Ellos te están adorando al saber que eres mi mujer. ¡Aguántate!

La procesión aumentaba en la misma proporción que se esparcía la noticia, y llegaba más gente para observar a la mujer.

En el Puesto no estaban ni Orlando ni Claudio. Quien se hallaba al frente del mismo era un negrito amigo y un viejo trabajador de allí, Manuel Jorge.

–Fue muy bueno que usted viniera. La farmacia está sin nadie. Aquí, de gente civilizada sólo quedan el indio Xerente que usted conoce, el Firmino y el negro Quilomo. Solamente ellos. Don Orlando y don Claudio se largaron por aquellos lados del río Batovi, detrás del rastro del indio bravo Ticão.

–¿Van a demorar?

–Por la manera en que salieron, creo que sí, señor.

–Y la farmacia, ¿qué es lo que necesita?

–Solamente gente como usted, que entienda. Hay que dar un salto hasta la aldea de los Meinaco, de los Uaiti y de los Camaiurá. Hay mucha gente caída allí.

–Entonces vamos mañana.

–Cierto es que usted recién llegó y ya le estoy dando trabajo.

–Para eso estoy aquí. ¿Y la olla?

–Mala, como siempre. Carne, que es lo bueno, no hay. Azúcar, otra cosa buena, tampoco.

–La cantilena de siempre, ¿no? Pero yo traje algunas latas para disimular la pobreza.

Lo asaltó un pensamiento.

–Jorge, hermano, dígame, ¿habría un cafecito para la tripulación?

–Sólo si ellos no se molestan de que se haga la mezcla con unos restos de *rapadura*.

–Creo que no.

Media hora después, Silvia, ya menos asustada, miraba el ambiente, siempre rodeada de indios, curiosos por ver a la mujer de Fray Calabaza.

El ronquido del avión anunciaba su partida. Silvia se puso súbitamente pálida, porque se sabía prisionera en aquellas breñas, por lo menos por una semana.

–Ponte más natural, querida. El Xingu es esto. Todo lo que estás viendo. Nada más. Cuando quieras bañarte en el río, quédate desnuda como ellas. No te pongas malla, porque si no ellas pensarán que eres diferente y quieres esconder alguna cosa. Van a querer descubrirla y meterte las manos dentro para comprobarlo.

• • •

Una semana después, todo el miedo había desaparecido de ella. Hasta admiraba la rapidez con que se adaptó al ambiente. Se había hecho íntima de los trompudos txucarramães. Aprendía cantos con ellos. Les enseñaba cancioncillas en inglés, lo que no dejaba de ser bastante pintoresco y anacrónico. Se bañaba sin ropas en el río Tuatuarí, en medio de las indias, y se divertía bastante. Pero pasados los primeros días de encantamiento y diversión, comenzó a sentir la ausencia de Gum, que salía por la madrugada y regresaba cansadísimo, lleno de garrapatas. Andaba visitando las aldeas y tratando a los indios enfermos.

El Xingu era lindo, pero no tenía la alegría del deslumbrante Araguaia. Y la primera mancha de tedio comenzó a brotar, muy despacito.

3

EN AQUELLA PARTE DE LA SELVA

Después de haber establecido tanta camaradería con todos los indios, después de jugar y cantar con ellos y enseñarles canciones en inglés, Silvia comenzó a demostrar que la monotonía la iba sitiando.

Empezó por dar pequeños paseos sola, cerca del campamento. Le pidieron que no se alejara mucho, o de lo contrario que se hiciera acompañar por un indio de confianza. La mujer de Fray Calabaza, como la llamaban, había caído en gracia a todos, y al mismo tiempo sentían verdadero placer en servirla. Miraba lo que hacía Gum y, viéndolo ocupado, esperaba pacientemente que terminara su tarea, aunque no dejaba de protestar:

—*Honey*, tú no me prestas la menor atención. En plena luna de miel me cambias por cualquier indio.

—Querida, no se trata de eso. No hay nadie en el Puesto que entienda de farmacia, y no cuesta nada dar una mano a los demás. Pronto estaré libre.

Le rodeaba la cintura y olía sus cabellos con placer.

—¿Por dónde quieres pasear? ¿Te sientes medio abandonada desde que los txucarramães se fueron?

—¡Qué raro!, ¿no, Gum?

—¿Qué cosa?

—Ellos. Se mostraron tan amigos, tan simpáticos, y se fueron de madrugada, sin siquiera decirme adiós.

—Son como la lluvia y el viento. Forman parte de la selva. Llegan cuando quieren y parten de la misma manera. Cosas de indios. Aunque hay excepciones, en realidad casi todos son así. ¿Qué quieres hacer?

Se desprendió de sus brazos.

—Dar un paseo por la selva. El día está muy caliente y dentro de la selva debe de haber mucha sombra y mucha frescura.

—Iremos, pero después no vayas a protestar por las garrapatas y los mosquitos.

—¡Vaya! Ya vienes tú a arruinarme el placer.

Silvia estaba llena de melindres y de constantes caprichitos.

—Tomaré un arma e iremos a ver la selva a nuestro gusto.

Volvió con la carabina y la camisa para resguardarse de los bichos del mato.

–Bien, ¿hacia dónde vamos?

Ella señaló en dirección al Sudeste. Una vaga contrariedad apareció en el rostro de él.

–¿Qué pasa?

–Nada.

–¡Pusiste una cara!

–¡No le des importancia, vamos!

Caminaron en silencio. Él iba pensando: "Quizás ella no quería ir exactamente hacia allá. ¿No habrá descubierto sola aquella parte de la selva?"

Cruzaron el campo de aviación y el silencio continuaba entre los dos.

–¿Qué es eso, Gum?

–¿Qué cosa, mi amor?

–Parece que no sientes ningún placer en pasear conmigo. ¿Estás comenzando a cansarte de mí?

–¡Qué tontería, Silvia! Estoy un poco cansado porque tuve un trabajo loco, poniendo orden en la farmacia. ¿Viste cuánta gente apareció?

Enmudecieron de nuevo, pero Silvia no esperó mucho tiempo.

–¿Por qué no quieres ir adonde te mostré?

–Hay una parte de la selva que me recuerda cosas tristes. No me gustaría volver allí.

–Estaba segura de eso. Basta que yo quiera una cosa para que, en seguida, tú resuelvas querer lo contrario.

Esas discusiones estériles cansaban realmente. Sin querer, volvía a pensar en Paula, tan libre de aquellas pequeñas cosas mezquinas. La adorada loquita debería de estar, como ella misma decía, rodando por París. Una puntita de celos, lejana, lejana, golpeó su corazón. ¿Y si ella, para vengarse, hiciera ahora lo que él estaba haciendo desde hacía dos meses? No. Ella no haría algo así, arbitrariamente. Sonrió.

–¿Por qué te sonríes ahora?

–*Honey*, si me quedo serio protestas, si sonrío me retas; eso no puede ser.

Enojados, caminaron uno junto al otro, cada uno mirando la vida a su manera. Entraron en un descampado donde el pasto crecía amarillento. Después atravesaron un bosque irregular de mangueiras, y de pronto tropezaron con la entrada de la gran selva.

–¿Cómo descubriste todo esto?

–Vine aquí ayer, sola.

–¡Estás loca! Esto es peligroso. Muchas veces encontramos en el interior del bosque vestigios de fuego, encendido por indios no pacificados que venían a observar el campamento de noche. Es muy peligroso. Muchos perros desaparecieron, arrastrados por los tigres.

La aspereza de Silvia parecía no querer comprender la advertencia.

–Pues vine sola. ¿Qué querías que hiciera, mientras tú andabas lejos, por las aldeas? ¿Que me pudriera de tanto dormir en la hamaca, o que me muriera de tedio mirando el río?

En cierta forma, la muchacha tenía razón. Pero él no podía escapar a una obligación asumida durante toda su existencia, y tampoco podía llevarla consigo en aquellas largas caminatas, a través de campizales todavía llenos del barro de las últimas aguas, para rodar por selvas espinosas y quedarse sin beber a veces durante horas enteras.

–Por eso esperé hasta que llegaras para penetrar ahí. Quiero conocer este lugar tan misterioso.

–Me parece mejor que volvamos.

–No. Llegué hasta aquí y seguiré adelante. Si no quieres acompañarme puedes volverte.

Resueltamente se internó en la selva, siguiendo la estrecha senda que había entre los árboles.

–¡Silvia!...

En vez de responder, ella emprendió una enloquecida carrera.

–¡Qué loca, Dios mío!... Y todo por un capricho.

Corrió en su persecución, pero sólo oía sus rápidos pasos, que aplastaban las hojas y las ramas de la selva. Necesitaba correr para alcanzarla.

Volvió a gritar su nombre, asustado por el esfuerzo hecho por Silvia, sin olvidar que no podía arriesgarse a tanto.

Pero ella no respondía y continuaba corriendo en la selva.

Debía de estar cerca del claro fatídico, el lugar donde había jurado no poner nunca los pies. Corrió más, y la luz del día se filtraba a chorros por las aberturas que dejaban los árboles. Allá se encontraba el claro fatal, en toda su magnificencia.

Silvia se había detenido agitada, con las manos en las caderas, en contemplación de la grandeza y la altura de los árboles que la rodeaban. Se volvió desafiante hacia él.

–¿Quieres esconder todo esto para ti?

Caminó hacia el tronco de jatobá y se sentó en sus grandes raíces amenazadoras, como garras extendidas.

Él soltó un rugido amenazador.

–¡Por favor, no te sientes ahí!

Sus ojos parecían rayos incandescentes. Todo su cuerpo se agitaba en temblores y el sudor de la apresurada caminata corría por su frente. Estaba como poseído por los demonios de todas las locuras. La boca, desencajada, dejaba escapar una baba pegajosa.

–¿Qué pasa, Gum?

Se levantó, asustada, e intentó alejarse de la figura que se aproximaba como en estado de trance. Los ojos eran dos bolas de vidrio y fuego. No parecían pertenecer al mismo hombre aquellas facciones tumefactas: él debía de estar lejos, muy lejos...

...Hacía de aquello más de tres años, cuando Paula le dio vacaciones una vez, al ver que comenzaba a invadirlo la tristeza. En esos momentos ella comprendía que el extraño grito de la selva lo estaba llamando. Abrió las zarpas de su ternura y lo dejó partir. Haciendo eso, estaba segura de no perderlo. Había acudido como siempre a su cuartel general: la isla del Bananal. Desde allí tomaba cada vez una región de la selva que quería visitar. Esa vez optó por el Xingu. Se sentía feliz y contento. Mayo se presentaba maravilloso. Las noches frías y sin mosquitos, los días largos, calientes y de cielo azul, las aguas del río frías y agradables, preparándose para el verano.

No existían enfermedades en la aldea ni en el Puesto, fuera de cosas simples y sin complicaciones. Con la presencia de Claudio y Orlando, el Puesto se encontraba completo. Todo era música y alegría. Principalmente, no había ningún turista que molestara ni quebrara la paz ambiental. Lejos de allí, la certeza del amor de Paula que lo aguardaba con cariño.

Una tarde, después de desperezarse, cansado de la comodidad de la hamaca, saltó al suelo.

Tomaría un baño en el río; luego bebería un café recalentado en el fogón e iría a ver la vida, a mirar los árboles y escuchar el canto de los pájaros.

No buscó una carabina, sino un pequeño revólver Smith Wesson 32, que perteneciera a su padre. No pretendía cazar ni matar, sino simplemente defenderse en caso de necesidad.

Atravesó el campo de aviación, metió los pies entre los matorrales y penetró en la boca de la selva. Era una de las matas más bonitas. Muchas veces iba allí, al comienzo de la noche, a cazar jacobins y mutuns, cuando no lo acompañaba un indio para matar un macaco.

La selva estaba reluciente: cantos y voces por todos lados, provocados por su inoportuna presencia. Mariposas de alas azuladas volaban casi al ras de la alfombra de follaje que existía entre cada árbol secular. A veces parecía haber oscurecido porque la luz del día mal se podía filtrar a través de la cerrada y exuberante vegetación.

Una paz de espíritu poco común reinaba en todo su cuerpo.

–¡Solamente quien va a morir puede disfrutar de una paz así!

Sonrió, asustado de semejante idea.

–¡Vaya pensamiento!

Caminó un poco más por la suavidad de la senda. En seguida alcanzaría la claridad. Escuchó pasos cautelosos a sus espaldas. Se volvió asegurando el revólver, pronto para todo, pero sonrió. El viejo perdiguero del Puesto, abandonado allí algunos años antes por un oficial llegado para una temporada de caza, había presentido su salida y lo acompañaba en silencio.

Le hizo unas fiestas al animalito y comenzaron a caminar juntos.

—No quería que yo solo devorara tanta belleza, ¿no es así, viejo amigo?

El perro movió la cola satisfecho por la atención que el hombre le prestaba.

Allí estaba pleno de belleza y magnitud. El claro-rey del lugar. Lo cruzó invadiendo aquel círculo de luz que se filtraba por entre las grandes copas.

Se sentó en las grandes raíces de un jatobá y se quitó el sombrero, para dejar en libertad los sudorosos cabellos. Se puso a mirar la modesta vida de los más pequeños. La lucha de las hormigas cargando hojas o pequeños insectos muertos. Levantó la cabeza para apreciar la caída de las hojas, que imitaban a las mariposas en danzas parecidas. El cielo, muy azul, lo dominaba todo sin una mancha de nubes. Los mil gritos y sonidos de la selva vinieron a aumentar aún más la paz de su corazón.

El perro se acostó cerca, con la cabeza apoyada en una de las patas distendidas al frente.

El demonio se deslizó por las ramas y se acercó a su oído.

—Solamente quien va a morir puede sentir una paz así.

Sonrió con la idea que lo perseguía.

—Pero, ¿morir por qué?

—Morir. Simplemente morir. Morir de felicidad, al contrario que los otros. Morir sin dolor, sin sentir que la vida nunca fue algo que valiera la pena de ser vivida.

—¿Morir ahora? Si soy joven, feliz, tengo a alguien que me quiere, tengo un relativo éxito y muchos amigos.

—Así se debería morir. ¿Para qué esperar la vejez? El tiempo inexorable que afeará tu cuerpo, tu bello rostro, que va a quitar la luz a tus ojos todavía fuertes…

Comenzó a impresionarse con aquella conversación. Intentó no prestar atención a las insinuaciones del diablo.

—Tal vez seas como los otros, que prefieren esperar la muerte pudriéndose poco a poco, viendo que todo lo que se tiene se echó a perder. Quizá prefieras una larga vejez enfermiza, la pérdida del amor, el conocimiento de que tus dotes artísticas comienzan a fallar.

Se le hizo un nudo en la garganta, tanta era su emoción. La selva estaba desparramando sus tentáculos fascinadores, provocando la fiebre de la soledad. Pero todo era tan calmo que no llegaba a causar angustia sino horror.

—O conservas una vida para entregarla en el futuro a las garras de un cáncer, o para estallar desde las raíces de un infarto prolongado… Morir así, viendo el cielo, viendo la paz, con el corazón expandiéndose en la calma y la beatitud que ahora sientes. Morir sabiendo que harás falta, teniendo la certeza de que no molestas ni sobras a nadie. ¿Qué te cuesta?

El propio amor sería sublimado en un misterio indisoluble y podrías permanecer dentro de la miserable eternidad de una existencia. Y ¿por qué no, bobo? Es cuestión de segundos. ¡La muerte es un gran sueño sin dolor! Un día ella vendrá, de cualquier manera. Un segundo apenas, y la muerte ya no es dolor. No es tan grande como el dolor de vivir. Nadie se acuerda del dolor de cuando se nace, ni tampoco nadie del dolor de cuando se muere...

Los ojos fueron quedando deslumbrados; la fiebre llegaba a su cima. Vio el verde de los árboles, el cielo azul; oyó el canto de las aves, y todo fue formando una linda sinfonía, convertido en un canto que invitaba a adormecerse.

Tenía conciencia de lo que hacía pero no sentía remordimiento ni culpa. Solamente aquel enorme deseo de dormir. Dormir largamente. No sufrir más la amenaza de la angustia, olvidar que había vivido y que la vida es dolor.

Lleno de felicidad, ni siquiera pensó qué iría a suceder después; no después de la muerte en busca de otra vida, sino después de la muerte física. No pensó en el destino que darían a su cuerpo ni en lo que podrían opinar de su actitud trágica. Aunque no la sentía trágica en absoluto, si se tiene en cuenta que quien quiere dormir completamente respira tan sólo por las entretelas del alma. Solamente el alma...

Embriagado de paz levantó la mano y apoyó el caño del revólver sobre el corazón. No cerró los ojos porque quería dormir escuchando los cantos de la vida, viendo hasta el último momento el verdor lujuriante de la mata y el azul maravilloso de un cielo inútil.

Accionó el gatillo, pero el tiro falló. Todavía transportado de éxtasis, volvió a accionar el gatillo. Intentó de nuevo, y ¡nada!

Solamente entonces cayó en el horror de la realidad. Fue poseído de un temblor violento y del pecho escapó un rugido doloroso. La selva había perdido toda la calma y se convulsionaba en un vendaval enloquecido, inesperado. Los árboles parecían chicotearse entre sí; las ramas se agitaban con tal violencia que conseguían cruzarse cubriendo el azul de allá arriba.

Comenzó a llorar, desesperado; el demonio causaba toda aquella destrucción para compensar su total fracaso.

–Dios mío, ¿qué estaba haciendo?

El perro se incorporó, con los pelos del lomo totalmente erizados. Lloró como un bicho maltratado, levantando el hocico hacia el cielo. De súbito, la mata se calmó por completo y un olor a guayaba, muy fuerte, sobrepasó al olor del humus y de la savia salvaje.

Una luz amarillenta surgía en el extremo de la mata e iba llegando lentamente.

El perdiguero aulló más, totalmente asustado, y se fue alejando despavorido, hasta que desapareció selva adentro.

132

Dentro de la luz amarillenta vio aproximarse el bulto de su padre muerto. La mirada prisionera estaba detenida sobre su cuerpo. Veía que se encontraba vestido con un pijama azul claro y calzaba las mismas chinelas de cuero. Y las chinelas repetían el ruido que antiguamente hacían sobre los ladrillos del baño y de la antecocina de su vieja casa, aunque apenas tocaran en el tierno pasto del suelo.

Se detuvo frente a él y la tristeza de sus ojos estaba humedecida de lágrimas. Aparecía bien afeitado, con aquella sombra oscura que los pelos le dejaban en el rostro. Su voz sonó también tristemente y musitó una sola palabra

—¡Loco!

Después, abriendo los brazos en cruz, continuó diciéndole:

—¿Por qué eso, hijo mío? ¿Por qué todo eso? ¿Por qué negociar así el rostro de Dios?

Bajó los brazos y fue a sentarse a su lado, en una de las grandes raíces.

Gum escondió el rostro humedecido en los brazos que se apoyaban sobre las rodillas.

El padre continuó hablándole, esta vez más blandamente.

—Nadie elimina la vida por diletantismo, hijo mío. La vida es algo más que una gracia, más cara y difícil que la propia muerte. Ningún suicida que se mate por desinterés tiene posibilidades de redención. Solamente los que eliminan la vida por amor o por desesperación pueden encontrar una posibilidad de salvación. La vida existe para ser vivida hasta el momento en que Dios lo crea conveniente...

Se puso en pie y prosiguió:

—Estoy triste, hijo mío. Triste en la eternidad de mi sueño. Mira mis ojos.

Obedeció, sin poder rechazar aquella atracción.

—No dejes que mis ojos sigan teniendo por tiempo ilimitado esta marca de tristeza. ¿Lo prometes? Ahora toma tu arma.

Accedió sin dudarlo.

—Me voy. Debo irme. Que Dios tenga piedad de tu alma.

Desapareció con la luz amarillenta, en la misma dirección de donde viniera. La selva volvió a vivir la vida común, olvidada del terrible drama pasado e indiferente a él.

Conservaba el arma en las manos y las rodillas todavía le temblaban de emoción. Con mucho esfuerzo consiguió levantarse, ponerse el sombrero y buscar el camino de regreso.

Se arrojó sobre la hamaca y todo el mundo extrañó la rara fiebre que se apoderó de él durante tres días.

Dos semanas después, todos estaban conversando acerca del tema de las armas, las cuales siempre habían constituido la pasión de Claudio. Él comentó:

133

–En mi colección está faltando un Smith Wesson 32, de esos que se abren por arriba, del tipo que llaman gatillo de perro. Todavía no conseguí uno de ésos.

Gum se sobresaltó por la coincidencia.

–Yo tengo uno. ¿Nunca lo viste?

–No. ¿Quieres mostrármelo?

Fue a buscar entre sus cosas y retornó con el revólver fatídico.

–Es exactamente uno de ésos.

Impresionado por aquello, Gum se estremeció.

–Puedes quedarte con él: perteneció a mi padre.

–¡Estás loco! Una cosa que ha sido del padre de uno no se da así porque sí.

–Es un favor que me haces... Solamente que necesita un arreglo. Debe de tener algún defecto, porque no dispara.

–¿Tiene balas?

–Las cinco que caben en el tambor.

Claudio levantó el arma hasta los ojos, cerró uno y miró el gran tronco de jatobá que tenía enfrente. Apretó el gatillo y una y otra vez sonaron las cinco detonaciones.

Silvia, todavía aterrada, miraba sus facciones trastornadas. Dominada por un gesto acogedor, lo tomó de los brazos.

–¡Gum!... ¡Gum!... *Honey*... ¿Qué pasó? Yo no sabía que esta selva te iba a hacer tanto daño.

–No debíamos haber venido. Tú te obstinaste. No debías sentarte ahí.

Indicó la raíz del jatobá.

–Ahí, nunca...

–¿Por qué, querido?

–Ahí huele a sangre. Ahí está la raíz de mi padre. Y tú siempre lo odiaste. Sientes odio por él, todavía lo guardas en el fondo de tu corazón.

4

LA VERDAD DE CADA UNO

–¡Estoy embarazada!

Se sintió palidecer ante aquella frase.

–¿Qué pasa? Estoy diciéndote algo cierto. ¡Estoy grávida!

Se había quedado sin saber qué responder, y ello de alguna manera había irritado a Silvia.

–¿Qué hay de raro en eso? Somos normales. Un hombre duerme con una mujer, y viceversa. La mujer deja de tener sus flujos mensuales por dos meses seguidos. Por lo tanto...

La declaración, dicha tan en frío, hacía que estallaran definitivamente todas las reservas del absurdo. No podía ser verdad. Un hijo en aquel momento y en esas circunstancias tenía el carácter de un crimen vil. Un hijo así solamente serviría para apresurar la muerte vinculada con un plazo fijo.

Se rascó la cabeza, desorientado.

Silvia comenzó a enfurecerse con su actitud inexplicable.

–¿Así recibes la noticia que te doy? ¿Un hijo nuestro no tiene ningún significado para ti?

Intentó justificarse.

–No es eso, querida. Tú no puedes tener un hijo. Nunca deberás tener un hijo.

Lanzó una risa desafiante.

–Quien va a tener la criatura soy yo. Yo soy quien puedo y debo tenerla.

Sus ojos denotaban su enfurecimiento.

–Pues bien, si tú no lo quieres, lo quiero yo. Tendré ese hijo aunque me muera. Aunque sea para que viva en los Estados Unidos, sin conocer a su padre.

Cerró las manos con rabia y amenazó.

–Puedes estar seguro, Gum. Ese hijo será solamente mío. Mío. ¿Oíste? Él estará lejos y nunca sabrás cómo es...

Se volvió de espaldas y salió casi corriendo, bajando el barranco que llevaba al río Tuatuari.

Desorientado, él la siguió; ella se había sentado sobre un viejo tronco de palmera y mojaba sus pies en el agua. La mirada de sus ojos se perdía a lo lejos, siguiendo el verdor de la selva.

Se acercó con cuidado y la tocó en el hombro.

–Me quedé tan paralizado por la noticia que quizá no haya sabido demostrar mi sorpresa.

Silvia se calmó un poco.

–Parece que no. Supiste demostrar muy bien tu indiferencia por ese hecho.

–No fue eso. Tú complicas las cosas: no consigo olvidar que no puedes tener hijos. ¿No comprendes eso, Silvia?

–El problema es mío, Gum. Sólo mío. Si no lo quieres, como bien se vio, yo lo tendré y arrojaré sobre mí toda la responsabilidad. Ya dije que el tema está cerrado.

Se puso en pie e inició la vuelta lentamente, mostrando con toda claridad que no deseaba que la acompañara.

Pero él le gritó:

–Sea lo que sea lo que hayas decidido, regresaremos en el próximo avión.

• • •

Un caso así, pensaba, exigía un médico. Y para elegir un médico, lo mejor era un amigo. Sobre todo porque ese médico-amigo ya estaba al corriente de todas las complicaciones de su vida. Lo había enterado de todo antes de su partida para el sacrificado viaje.

La enfermera lo reconoció con una sonrisa.

–¡Qué quemado está! Y más delgado, también.

–Tomé mucho sol en la selva.

–¡Qué envidia! Y una aquí, en este frío endemoniado, sin un poquito de sol. ¡Usted sí que sabe vivir!

–¿Está el doctor Alfonso?

–Tiene usted suerte. Cada vez que aparece, él está desocupado o por desocuparse. Voy a avisarle.

Enseguida el doctor Alfonso apareció en la puerta, satisfecho.

–¡Caramba! Ayer estaba pensando, preocupado, en tu vida.

Se abrazaron amigablemente.

–Vamos al confesionario.

Se sentó detrás de la mesa de la clínica y le ofreció una silla, a su lado.

Hizo una pausa para recuperarse y comentó señalando el bigote del médico:

–Tu bigote está comenzando a encanecer. En seguida se ve que necesitas afeitártelo; la mujer, en cuanto envejece, le da por usar el color rosado, y el hombre se afeita el bigote.

–Uno de estos días me lo quito; te agradezco el consejo.

Tomaron una actitud más seria.

–¿El viaje fue bueno?

–No tanto; seguimos el camino del Araguaia. Después, Xingu. Pero nunca hice un camino tan aburrido. Tuve una preocupación tan grande que ni podía dormir. Un insomnio de los mil diablos.

–No era para menos, ¿no?

–Alfonso, estoy completamente desorientado. Realmente.

–¿Qué pasó?

–El asunto de Silvia.

Su rostro se ensombreció de preocupación.

–¿Ella empeoró mucho?

–Por el contrario. A pesar de la enfermedad que tiene, el sol, el tabaco y la bebida parecen haber mejorado su salud.

–¿Ella llevó consigo algún medicamento para los dolores que sentía?

–Unas píldoras blancas. De vez en cuando, aunque raras veces, tomaba una y se quedaba algunas horas en reposo. Realmente no recuerdo que alguna vez se haya quejado de grandes dolores.

–Eso parece extraño. Pero a veces la enfermedad, debido al clima emocional del paciente, puede tener un período de menor intensidad.

–¡Prepárate para una trompada en un ojo! ¡Ella está grávida!

Realmente una trompada no habría causado semejante sorpresa en Alfonso. Llegó a dar un salto en su silla.

–¡No!...

–Sí... Así es.

–Pero, ¿cómo? Si ella tiene...

–Por eso estoy aquí. ¿Podía quedar grávida?

–Con el cáncer que dice tener, y en el lugar en que lo situó, nunca.

–¿Eso podría abreviar su vida?

–No sólo eso: no podría mantener la gravidez.

–¿Ah, sí?

–Vamos a comenzar por el más simple principio. ¿Tú no observaste si ella se realizó normalmente?

–No pensé en eso. Era bien fácil disimular. Por ejemplo: tuvimos riñas y fricciones terribles. A veces quedamos tan mal como chicos enfurruñados. Una vez estuvimos tres días sin tocarnos. En Xingu pasé algunos días afuera, visitando aldeas donde había indios enfermos. Puede ser que en algunos de esos momentos.

–Puede ser. Pero, entonces, ¿no pudiste comprobarlo?

–¡Cómo iba a imaginar yo una cosa de ésas!

Alfonso encendió un cigarrillo y ofreció el paquete al amigo.

–Ahora, doctor, quiero verte salir de esta historia con toda tu sabiduría y folclorismo.

–La culpa es tuya, y bien tuya. Pero vamos a pensar en algunos puntos importantes que nunca me aclaraste. Por lo menos, antes de que ustedes se embarcaran.

–Puede ser que yo haya olvidado alguna cosa, pero todo lo que me preguntaste te lo he respondido.

–Aquel punto que no conocías. Es importante. ¿Conseguiste descubrir de qué murió el marido de ella?

–Con mucho cuidado averigüé que él murió de cáncer en la garganta, en el esófago, por lo que pude comprender. Y ella se dedicó absolutamente a él. Lo asistió continuamente, porque ella es de la *Red Cross* norteamericana, hasta el momento de su muerte.

–Ahí está lo más importante de todo.

–Ya sé. Pero no vas a creer que el cáncer es contagioso.

–No, nada de eso. ¿No tendrías manera de hacer que ella viniera a verme?

–Intenté traerla, pero se negó. En vez de venir conmigo, se quedó arreglando las valijas a fin de embarcar mañana para Río. Dice que allá visitará a un médico amigo que conoce todo su caso...

–Bien complicado.

–Pero ella, ¿tiene un cáncer o no, Alfonso?

–Lo tiene.

El joven se recostó en la silla, desanimado.

–Ahora soy yo quien dice "¡no!"

–Sí, mi viejo, el asunto es complicado. Más de lo que piensas.

–Pero tú, ¿no me garantizaste que si tenía esa enfermedad no podía quedar grávida?

–Sin duda. Necesitamos estudiar tres hipótesis: ella está embarazada y no tiene cáncer; ella tiene cáncer y no está embarazada; ella ni tiene cáncer ni está embarazada.

–Esta última hipótesis es la que todos mis amigos, a los que pedí opinión, apoyan con mayor entusiasmo.

–Pero aun en esa hipótesis ella continúa con el cáncer.

–Por el Divino Cordero, Alfonso, deja de enloquecerme...

–Es que ahí está la clave de todo. Puede que el cáncer sea de naturaleza mental. Exclusivamente psíquico. Y eso no va a tener cura.

–¿Por qué? Si ella descubre la causa podrá curarse.

–No siempre el psicoanálisis, presentando las causas, cura al enfermo. Podrá mejorarlo, pero no curarlo. Ahora presta atención a esta gran posibilidad. No garantizo que sea cierta, por eso hablé de posibilidad. Veamos: tú fuiste la pasión de su vida, de su adolescencia, ¿no es verdad?

–Así es.

–Todo el mundo estuvo contra ustedes dos, ¿no es cierto?

–Exacto.

–Tú fuiste por un lado y ella por otro. Tú conseguiste olvidarla ¿no?

–Era lo más práctico que la vida me ofrecía. ¿Por qué seguir atormentándome?

–Tú lo conseguiste. Ella no. De ahí que haya hecho todo esto por amor. ¡Amor!

–Pero no necesitaba crear esa historia del cáncer.

–No olvides que los años pasaron. Ella no estaba segura de reconquistarte. Y resolvió hacer eso, aunque fuese a costa de la piedad. De tu piedad. Amor, mi viejo. Exclusivamente. Y ese cáncer se llama frustración. Nunca se curará. Porque, a su modo, tú continuarás siendo la gran pasión de su vida. Aunque descubras la verdad, aunque la odies y desprecies, ella nunca dejará de amarte. Es un caso crónico.

–Debe de ser así. Porque ella, sintiendo eso, se va.

–En parte, ella se realizó. No ha quedado totalmente satisfecha, pero es parcialmente feliz.

–¡Diablos! ¡Cómo nos peleamos con ese problema nuestro! Juro que al salir de aquí me sentiré más tranquilo y aliviado.

–Eso si yo no te hago una preguntita, mi amigo. Y vas a oírla.

Adoptó un aire bastante grave, diferente del que empleara cuando hablaba como médico y amigo.

–¿Y si ella estuviera realmente grávida?

–Ya peleamos bastante por eso. Ella juró que se llevará al hijo a los Estados Unidos y que nunca le veré la cara.

Alfonso se levantó y anduvo en derredor de la mesa. Colocó la mano sobre la espalda del alicaído amigo.

–Ven a comer conmigo hoy. Podremos conversar largamente sobre el asunto. El alma humana, mi viejo, es bastante compleja.

–Hoy no puedo. Mañana iré sin falta. Hoy es la "última" noche de nuestra extraña luna de miel.

–Ahora tengo un paciente citado. Voy a descansarte espiritualmente. ¿Querías ese hijo?

–No sé, hay que examinar la manera trágica y el ambiente en que fue concebido.

–Si de hecho existe la criatura, ella transigirá. Silvia ama demasiado la vida. ¿Qué disculpas podría dar a sus amigos de los Estados Unidos si apareciera con un hijo?

–No había pensado en eso.

–Pues piensa. ¿O crees que todos sus amigos de allá están en conocimiento del cáncer que ella imaginó? Hasta te hago una apuesta.

–¿Cuál?

–En breve (concede unos dos meses de plazo) recibirás una carta diciendo que por un motivo o por otro la criatura se perdió. Real, o mentalmente, esa criatura nunca existirá. Puedes descansar ese corazoncito. ¿Y el otro asunto?

–¿Paula? ¡Dios del cielo! Voy a juntar el mayor caudal de mi humildad para pedir perdón por una falta que prácticamente no busqué cometer. Por lo menos esta vez fui arrastrado a empujones dentro de la trampa.

Se abrazaron y él salió más aliviado.

• • •

En el automóvil, Gema comentaba incrédula.

–¡Dios del cielo! ¡Qué coraje bromear con una enfermedad de ésas! Es como para dejar erizada a la gente.

–Todo mental.

–Solamente así puede ser. Porque una persona en su sano juicio no inventaría una historia tal.

Reparó en la palidez del muchacho y tomó suavemente su mano.

–Estás acabado, tan pálido que parece que vas a desfallecer.

–Hace tres meses que estoy en una situación de nerviosidad infernal, sin tener paz ni sueño para dormir; ahora hace quince días que espero que Paula llegue. Esta expectativa me deja enfermo y abatido.

–Pero ella ya está llegando. Posiblemente, si no hay atraso en el vuelo, dentro de una hora estará entre nosotros.

–Entre ustedes, mejor dicho.

Hizo rodar nerviosamente entre los dedos la rosa amarilla.

–Gemoca, bien podrías hacerme un favor. Esta rosa. No sé si podré hablar con Paula o si ella va a querer hablar conmigo hoy. Vine conformándome con poder mirarla de lejos nada más. ¿Podrías entregársela? Incluso porque habrá otra persona al desembarcar.

–¿La Lady-Señora? Seguro... Pero no estés tan asustado como niño al que van a ponerle una inyección por primera vez. Paula me va a llamar como siempre lo hace para comer. Para contarme las novedades. Seguro que esta vez quiere saber las "novedades". Hablaré de ti con todo calor humano. Somos amigos y no creo que en esa historia alguien pudiese actuar de manera diferente de como lo hiciste tú.

El automóvil se aproximaba al aeropuerto, motivo por el cual las manos de Baby se pusieron nerviosas y la palidez aumentó en su rostro hasta el extremo de que los labios perdieron su color.

–¿Y la otra?

–Debe de encontrarse en los Estados Unidos a esta hora; mostrando aquellas fotografías...

–¡Dios mío! No puedo hacerme a la idea de esa enfermedad. Hay gente para todo en el mundo. Entonces, ¿le llevo yo la rosa?

–Por favor. Aquí nos separamos.

Pagó el taxi y descendió. Extendió la mano a Gema para ayudarla. Después le dio un beso amigo en la mejilla.

–Gracias, querida. Me quedaré lejos, viéndote hablar con la "Lady-Señora". Si Paula me quisiera ver, yo estaré al lado de las cabinas de teléfonos…

Dentro del aeropuerto avistó un grupo de amigos de Paula. En el centro, con la gran dignidad de siempre, estaba la Lady–Señora.

Era de buen tono pasear del lado de afuera, mirando con indiferencia las marcas de los automóviles. El avión se había retrasado media hora. Y media hora significaba una eternidad paralizada en medio de todos aquellos disgustos que no acababan nunca.

–¿Qué le pasa al señor, que está tan abatido? Nunca lo había visto así, tan triste.

Vio el rostro amigo y sonriente de Dambroise. Él bien sabía el drama que estaba viviendo.

–Estuve viajando… ¿Y usted cómo está, Dambroise?

–Muy contento por la llegada de la señora Paula. ¿Usted lo sabía?

Le sonrió, mostrándole que comprendía todo lo que quería decir entre líneas. Se despidió y salió caminando sin prisa. Antes de alejarse del todo, Dambroise lo acompañó un poco y, sin poder resistirlo, le dijo al oído:

–*Monsieur*, espero verlo lo más pronto posible. Y con aspecto más animado.

Sonrió, agradeciéndole aquello, y continuó su caminata por la calzada.

Cuando el avión estaba a punto de llegar, se aproximó a la sección de los teléfonos y se quedó esperando. El desembarque demora. Siempre había muchos pasajeros en la Aduana, con la eterna historia de los equipajes. Su corazón dio un salto. Ella, Paula. Estaba cada día más hermosa, más mujer, más elegante; pasó sonriendo en medio de los amigos. En su mano había una rosa amarilla. Pero ni siquiera miró para su lado. Conocía a Paula de sobra. Muchos años de convivencia y de intimidad le garantizaban que al comienzo ella lo ignoraría tanto como fuera posible. Pero la tristeza le secreteó que tuviera cautela, alejando con cuidado las esperanzas. ¿Y si ella estuviera cansada de él? No. En ese caso, no habría aceptado la rosa. Más bien era posible que hubiera conseguido un nuevo amor en París. Y eso no era difícil para una mujer tan maravillosa como Paula.

• • •

Durante tres días se revolvió de impaciencia. Miraba fascinado el teléfono mudo. ¡Y nada! No tenía valor para llamarla. Nunca podría hacerlo. Necesitaba que fuera ella quien se decidiera, que encontrara que ya el tiempo de castigo había sido suficiente… El teléfono continuaba detenido, adormecido. Estaba cerca de él todas las horas en que Paula acostumbraba llamar. Nada. Y ya habían transcurrido tres días y tres noches. Quedaba rondando por los bares; se encontraba con amigos, pero sin deseo ni interés en las conversaciones. Hasta la bebida había perdido su gusto para él. Todo trasuntaba soledad y expectativa. Volvía cerca de las dos de la mañana, seguro de encontrar debajo de la puerta una nota de Paula, pero ¡nada! Se arrojaba en la cama de cualquier manera, esperando que pasara un poco la borrachera para recomponerse e ir a dormir. Quizás al día siguiente...

Sacó la llave del bolsillo y con dificultad la hizo girar en la cerradura. Encendió la luz del hall y lo que vio le devolvió toda la serenidad, terminando de golpe con los efectos de la bebida. Sobre el escritorio, en un pequeño jarro, había una linda rosa amarilla.

Notó que la luz del dormitorio estaba encendida, y se escapaba por debajo de la puerta. La abrió de golpe. Paula estaba apoyada contra las altas almohadas, reclinada cerca del velador y sonriéndole.

–¡Hola, Baby!

Respondió al saludo sin aproximarse. Se arrojó en un sillón, como si quisiera verificar desde allí si la presencia de Paula era real.

–Hola... Paula.

–Ahí arriba del sofá, hay un paquete. Un regalo mío. No te lo mereces –ya venía ella con la primera reprimenda–. Pero, en todo caso...

–Si no lo merezco, ¿por qué me lo trajiste?

–Quizá porque te queda muy bien el amarillo.

Tomó el paquete sin prisa y lo abrió. Después, con un gesto instintivo, acarició su rostro con la seda de la camisa *sport*. Paula sabía lo que estaba pensando en ese mismo instante. Era uno de sus más deliciosos descubrimientos: "La seda es la única cosa que uno acaricia sin interés".

–¿Te gustó?

–Es muy linda. Muchas gracias.

–Menos mal.

Los dos se quedaron mirándose a distancia. Ella estaba hermosa y segura de lo que hacía. Resolvió comenzar su juego de perdón. Si no lo llamaba, él se quedaría toda la vida esperando que se decidiera a hacerlo.

–Ven aquí.

Se aproximó, y ella le indicó el suelo, cerca de la cama, como a él tanto le gustaba. Obedeció sin prisa.

La miró suplicante, y la voz le salió muy débil:

–¿Como antes?

–Todavía no. Pero déjame verte un poco.

Le levantó el mentón y miró su rostro abatido.

–Por lo menos podías haberte afeitado. También adelgazaste un poco.

–Tardaste tanto en venir, Pô...

–¿Qué querías? ¿Acaso no esperé yo también bastante tiempo?

142

Él recogió su rápido principio de ataque y volvió a su castigo. Sin embargo, no podía dejar de rezongar.

–Ese alfilerazo se me clavó bien clavado en el traste…

Apenas dejó aparecer una sonrisa, para que él no la viera, a pesar de los deseos que tenía de estallar en una carcajada.

Deshilvanadamente comenzó a contarle todo lo que había pasado entre Silvia y él. Lo sintetizó todo, buscando solamente los puntos que sabía que a Paula le interesarían. Le reveló la visita que hiciera al médico amigo y el resultado obtenido en esa conversación.

Paula se estremeció e hizo casi el mismo comentario de Gema.

–Esa muchacha, cuyo marido murió de semejante enfermedad, ¿no tuvo miedo de Dios? ¡Caramba! ¡Jugar con una cosa de ésas!

–Por amor se hace cualquier cosa. Estudió y transfirió a su cuerpo todos los síntomas de la enfermedad de él; dice Alfonso que ella primero se convenció de su historia, para luego convencer mejor a los otros.

–¿Pero ella creyó alguna vez en eso?

–La mente humana es terriblemente compleja, Paula. Ella lo debe de haber creído con sinceridad para tener el coraje de ejecutar el plan. Felizmente todo fue una pesadilla.

–Felizmente, es cierto.

–Yo sentía horror ante la idea de estar ligado a una persona que se moría de un cáncer… La perspectiva era horrible.

–Bien, eso también pasó.

Miró el reloj de pulsera y se desperezó.

–¡Dios mío! Casi las cuatro y cuarto de la mañana.

–Esto no es nada para quien ha venido de París.

Ella sonrió.

–¡Estaba linda la primavera!… ¿Sabes de lo que me entraron ganas, Baby?

Clavó con fuerza las uñas en sus cabellos. Él sonrió, pero ella deshizo su ilusión.

–No. No es lo que estás pensando. Me dieron ganas, y si no fuera tan tarde te pediría que lo hicieras, de beber un café bien fuerte, para quitarnos el gusto de esta historia fantasmagórica.

–¡Lo hago! Pero mientras hierve el agua, ¿puedo darme un baño? Hace como dos días que no me ducho. Estoy pudriéndome.

–¿Por qué?

–¿Y todavía lo preguntas? Porque estaba desanimado. Porque estaba triste y ansioso. Porque yo mismo me pongo en penitencia, de vez en cuando.

–Si no estuviera tan enojada contigo, esa historia me habría parecido deliciosa.

–Sé que tienes toda la razón, Pô. Pero desde que llegaste no hago otra cosa que no sea arrastrar mi rabo por el suelo, pidiendo perdón por todo. Hasta por la manera en que te conté toda la tragedia.

Salió para dirigirse a la cocina y Paula escuchó cómo encendía el gas de la hornalla. Se levantó y fue a sentarse en una silla de la antecocina, para poder observarlo mejor. Sólo el dominio de la mente podía impedir que su corazón tradujera en palabras lo que venía repitiendo desde hacía mucho: "¿Por qué perder tanto tiempo?" O el deseo refrenado de decir: "Querido, querido mío, yo te amo… te amo…"

Mientras se quitaba la camisa para ir a bañarse, no se contuvo y exclamó:

—Tu enojo se está pareciendo al Bolero de Ravel, que no termina nunca…

Dejó abierta la puerta del baño para que ella escuchara la caída del agua sobre su cuerpo. Para que el olor del jabón que ella le elegía llegara hasta su nariz.

—Pô, puedes enojarte pero yo voy a decirte…

—¿Sí?

—"Yo te amo"…

—¿Verdad? Voy a tardar ciento sesenta siglos en volver a creer eso.

Ahora era diferente, era la dulce peleíta del amor. Agradable, agradabilísima, tibia, quemante, tan grata de sentir… Esperó que él apareciera con los cabellos húmedos, envuelto en la *robe de chambre* a su lado. Él se detuvo, como si estuviera viendo una visión. Y entonces no se contuvo. Cayó de rodillas y con sus manos envolvió el cuerpo de Paula.

Un grito salvaje escapó de su garganta, y toda su voz latía en una confesión de ternura y pasión.

—¡Pô, Pupinha, volviste! ¡Volviste a mi vida!

Dejó que ella sintiera más su cuerpo y pasó la mano cariñosamente sobre su corazón.

Le tiró de los cabellos con fuerza y levantó su cabeza hasta bien cerca de sus ojos.

—No quiero que esto se repita más. ¡Nunca más!

—Nunca, Pozinha. Nunca más. Te juro que nadie más me arrancará de ti. Nunca más te trataré como si fueras una simple cafiaspirina.

Ella rió alegremente por primera vez. En el momento más grandioso y tierno, aparecía de pronto con una comparación deliciosamente loca, como las que sólo él sabía descubrir.

—¿Qué tiene que ver la cafiaspirina con esto?

—¿Nunca escuchaste un aviso por la radio que dice algo así como: "cambió, probó, no le sirvió y volvió a ella, la cafiaspirina"? Un *jingle* más o menos así, para probar que la cafiaspirina es lo absoluto.

Lo estrechó más contra su pecho. Hacía aquello como para apretar su corazón, a fin de evitar que estallara de felicidad.

—¿Realmente quieres un café?

—No sé.

–Me parece que los dos pensamos que no lo quieres.

–Si crees que los dos pensamos que no lo quiero, yo también pienso así.

Tomó a Paula en sus brazos y la llevó hacia la cama.

Besó sus ojos, sus cabellos. Mordió su boca, y deslumbrado de amor confesó:

–Paula, soy yo quien te ama desde que fue creada la primera estrella.

–¿Para siempre? ¿*Toujours?*

–Para siempre. Nunca más te dejaré, querida. Nunca. Vamos a quedarnos juntos toda la vida. Vamos a volvernos viejitos, viejitos y más viejitos todavía, así como estamos ahora. Seremos siempre nosotros dos, de nosotros dos mismos.

–¿Cierto, Baby?

–Te lo juro. Además, nosotros nunca vamos a envejecer. Nunca. En el amor eso no existe. Sin ti, yo no significo nada, nada, Paula.

La apretó más, en un éxtasis profundo.

–Tú, Pô, tú eres mi vida…

5

PAULA Y PARÍS: TOUJOURS

¡Y eso que nosotros llamamos el *tiempo*!

Lo más profundamente doloroso era aquella verdad: Paula estaba envejeciendo. Y lo peor era el conocimiento de esa triste verdad.

No quería pensar en eso, pero los hechos resultaban evidentes; y, sobre todo, la consecuencia de esos hechos.

También reconocía que el tiempo avanzaba sobre su rostro y su cuerpo fuerte. Que las formas engrosaban más y los músculos tendían a cobrar un aspecto macizo y redondo. Pero con Paula sucedía lo peor. Los nervios no tenían fuerzas para soportar la realidad. Los celos enfermizos la perseguían como una sombra. Exigía que se escondiera más en la vida. Le había dado por fiscalizar todos sus actos y hasta pretendía que le rindiera cuenta del modo en que gastaba su dinero.

Procuraba sustituirlo todo por una caricia mayor, por una más grande dosis de paciencia, por una gratitud siempre puesta a prueba. Lejos estaban los días de fugas y de paseos, de irresponsabilidad y devaneos, en los que todo parecía revestido de sueño y placer. Últimamente, cada salida que hacían servía para exasperar más los nervios de Paula. Temía hasta los momentos en que ella decidía partir para alguna parte. Evitaba las discusiones y se mantenía en silencio, lo que también provocaba nuevas escenas tempestuosas. Muchas veces él la tomaba en los brazos, la apretaba contra sí y miraba hondamente sus ojos.

—Pero, ¿qué es lo que pasa, Pupinha? ¿Por qué todo esto? Soy el mismo. Hemos de seguir siendo los mismos, los que siempre fuimos.

Ella se dejaba acariciar y, por unos segundos, intentaba retornar a ser aquella Paula. Pero sus ojos se llenaban de lágrimas y, sin otras explicaciones convincentes, se apartaba de sus brazos.

—Son mis nervios, Baby. No sé lo que me pasa.

Se sentaba con enfermiza languidez en un sofá y fumaba un cigarrillo tras otro, sin interrupción.

Él se arrodillaba como antiguamente, e intentaba reclinar su cabeza en el regazo de ella; imploraba lleno de humildad:

—Paule, Paule, necesitas ir al médico, buscar un especialista. Así no podemos continuar. Estamos arruinando nuestra vida. No podemos echar a perder tantas cosas hermosas como las que vivimos juntos... Paule, Paule...

–Por favor, Baby, dejémonos de lamentaciones. Sería mejor que me preparases un *drink* cualquiera.

–Si es eso lo que quieres... Preparo dos: yo también tengo ese derecho.

Y después del primero venía el segundo. Y luego, en seguida, otra serie.

Era necesario hacer un enorme esfuerzo, en medio de la propia borrachera, para cargar a Paula, casi inconsciente, hasta el lecho.

Dormían horas sin ritmo. El tiempo era un amasijo de horas que sabían a hiel.

Y Paula envejecía, las formas huían de su cuerpo. Una delgadez traslúcida ensombrecía paulatinamente su luminosa figura, tan repleta de otras hermosas sombras.

No resistió más y fue a ver a la Lady-Señora. Le explicó todo calmosamente, con interés y claridad. Ella apenas lo miró, tristemente, y le prometió convencer a Paula y llevarla a un especialista.

Por la noche tuvo lugar la peor escena de Paula. Sus ojos relampagueaban en medio de la blancura de su rostro trastornado.

–Fui. ¿Era eso lo que querías? ¡Pensaste que estaba loca! ¿Pensabas que iría a parar a una casa de salud? ¿Que podrías quedar libre, libre de mí?...

Sujetó las manos de Paula, que amenazaban su rostro.

–¡Paula!... ¡Paula!... ¿Qué es eso? Paula, contrólate...

Ella se deshizo en un mar de llanto que sacudía todo su cuerpo, como si fuera un estertor de muerte. Se arrojó en un diván y gritó despavorida, mientras un hilo de saliva descendía de sus labios, mezclado con sus lágrimas.

–Baby, Baby. Por favor, por amor de Dios, si aún me tienes un poco de amor, consígueme cualquier cosa para beber. Necesito beber, Baby...

La complació. Ella tomó el vaso con ansiedad y bebió un largo trago; se detuvo un poco para respirar. Se limpió la boca con el costado de la mano. Repitió otra dosis y cerró los ojos como si en la oscuridad buscara esconder su dolor.

Ante los ojos espantados de Baby, depositó el vaso sobre la mesita y tomó el rostro de él entre sus manos.

–Esto es lo que me hace bien, Baby. Esto es lo que me importa en este momento.

–Pero debes parar, Pô. Debes parar. Esto no puede continuar así.

Ella rió con amargura y dijo ásperamente:

–Esto, Baby, es lo que yo necesito. Y también necesito que entiendas que me estoy bebiendo a mí misma.

Vació el vaso y se lo entregó con las manos temblorosas.

—Repite, repite. Quiero más y más. No whisky: quiero coñac ahora; sin hielo, porque es más fuerte.

No sabía qué hacer, temía que, al negarse, Paula cayera de nuevo en el desvarío anterior. Obedeció sin protestar. Estaba comenzando a entregarse. También su resistencia se hallaba debilitada por el alcohol, al que ya se estaba habituando, y se astillaba en el vacío más profundo.

Caminó desalentado, apretando las manos como si con ese gesto quisiera proteger diez años de felicidad que se desvanecían en una tempestad surgida lentamente y que crecía con furia. Todo parecía perdido, sin esperanza de salvación. Diez años rápidos como un relámpago. Rápidos como un minuto de felicidad, doloridos al terminar, como mil años de vivir-dolor.

· · ·

Después del primer especialista vinieron los otros. Y Paula siempre empeorando. No había remedio que detuviera la vejez. Y no existía consuelo para ello, por lo que Paula se entregaba a la desesperación. Quizás ella no fuese tan joven como le dijera la primera vez; pero ¡oh! el terrible secreto de las mujeres...

Había tomado una extraña decisión, como si aún quisiera aprovechar todos los restos que quedaban de su belleza y su disminuida juventud. No se contentaba con beber en casa, con esconder el comienzo de su ruina a los ojos de los demás. Sádicamente, parecía encontrar placer en exhibirla, en ilusionarse con las frases fingidas de muchas amigas que también huían de los mismos problemas.

—¡Estás espléndida, Paula!

—¡No cambias nada, Paula!

—¡Los años pasan y continúas siendo la misma!

Comenzaba a embriagarse desde que tenía conciencia de estar más o menos despierta. Era trasladada casi a cuestas hasta el departamento y exigía de Baby una paciencia inagotable. Tomaba comprimidos para dormir. Despertaba pidiendo remedios para los restos de su embriaguez. Una vez mejorada, comenzaba de nuevo la búsqueda del alcohol, ininterrumpidamente.

Baby también se resentía con los efectos de la bebida; sus ojos, además de la tristeza, denotaban ahora una falta de brillo poco común. Su organismo, joven y fuerte todavía, lograba recuperarse más fácilmente que Paula.

Una mañana, ella mejoró un poco y no quiso beber al levantarse. Lo llamó.

La atendió inmediatamente, seguro de que comenzaría en seguida lo de todos los días.

Paula, recostada en la cama, lo observaba.

148

–¿Dormiste aquí, Baby?

–Todos estos días y estas noches he permanecido aquí a tu lado, Paula.

–¿Por qué? ¿Ya no te interesa nada más de la vida?

Antes de responder, pensó. Pensó en la relajación de los últimos meses. No aceptaba más encargos para pintar ni trataba de hacer ilustraciones de ningún tipo. Se había desinteresado de las exposiciones de pintura y ni siquiera se preocupaba por averiguar en las galerías de arte cómo iba la venta de sus trabajos.

–Para mí sólo existes tú, Paula. Nada más.

Ella se sintió llena de ternura.

–Ven aquí, Baby.

Obedeció sin dudar. Se acercó a la cama y observó la languidez de ella.

–Acércate más, querido.

¿Qué estaría pasando? ¿Sería una tregua que surgía entre tantas horas de dolor?

Le acarició la barbilla y enredó los dedos entre los cabellos despeinados.

–Baby, mírame bien a los ojos. Así. Ahora respóndeme aunque tengas que mentir.

Sonrió tristemente, antes de hacerle la pregunta.

–Baby, a pesar de todo, ¿aún me amas?

Se le llenaron los ojos de lágrimas antes de responder.

–Paula, Paule, existe una palabra que nunca morirá entre nosotros dos. Una palabra que tú misma descubriste: *Toujours*..

–¿Recuerdas cómo me besabas antiguamente? ¿Cuando yo pedía un beso de ésos que tú llamabas beso-orquídea, de tan suave que era?

–Me acuerdo, sí. ¿Quién olvida esas cosas?

–¿Serías capaz de darme uno, uno solo de aquellos besos-ternura?

La besó, rozando apenas los labios calientes de Paula; después la miró y dijo en un susurro, con sincero cariño:

–Ése es para que tus lindos ojos no lloren más.

Guardaron silencio, sintiendo el resto de una pequeña ternura que resucitaba, quizá por piedad.

–Baby, todavía eres un hombre hermoso. Un hombre hermoso, ¡de verdad!

–Tú también...

Las manos de Paula le aprisionaron la boca.

–No necesitas decirlo, Baby. Ya no me hago ilusiones. No soy más que la sombra fugitiva de lo que fue Paula; pero, aun así, te agradezco este momento.

Algo muy especial estaba a punto de suceder. Por un momento, Paula se divorciaba de la mujer áspera y torturada de los últimos tiempos. Aún le dolía vivamente la tarde en que ella llegó y le expuso su decisión de frecuentar las *boîtes*. La crueldad con que había formulado su deseo.

149

–Toma, esto es para los gastos. Cuando se te acabe, te daré más.

El montón de billetes se desparramó por la mesa, desdoblándose como si quisiera caer al suelo.

–Guarda eso, Paula. Si mi dinero se termina, entonces te pediré algo prestado.

Ella lo miró fríamente, casi con maldad.

–Y eso, ¿a qué viene ahora? ¿Escrúpulos al final de la partida?

Soportó en silencio la ofensa, sintiendo que sus mejillas enrojecían de vergüenza. No pudo responder nada; sólo restaba acompañar a la figura erguida de Paula que se adentró en el dormitorio y, calladamente, cerró la puerta.

Había permanecido el mayor tiempo posible sin moverse, casi sin respirar, para que no se alejara aquel segundo tan extraño de aproximación.

–¡Baby!

–¿Qué?

–Estuve pensando una cosa. Mañana saldré con mamá todo el día y sólo regresaré a la noche.

–Está bien...

Posiblemente iría a buscar otro especialista. Por lo menos, estando con la Lady-Señora, ésta impediría en parte que se acercara a la bebida.

–Después pensé que si fuéramos a pasar algunos días a aquella casa de la playa, en el camino a San Sebastián... quizá nos haría bien.

Es singular el conocimiento de las cosas que tiene el corazón. Él casi estaba inclinado a decir que no sería bueno, por su estado de debilidad y de agotamiento.

–¿Vendrías conmigo? ¿*Aún* vendrías conmigo?

–Por supuesto, mi amor.

–Entonces, todo está combinado.

–En teoría, sí. Pero desearía que me prometieras una cosa.

–¡Oh, querido, no vayas a pedirme que no beba! Eso sería totalmente imposible.

–No se trata de eso. Sólo que no quisiera que tú manejaras. Dambroise podría venir esta vez con nosotros.

–Eso se puede resolver. A pesar de que Dambroise está haciéndose viejo para algunos esfuerzos.

–No exageremos tanto. Todavía no cumplió sesenta años y gente mucho mayor que él continúa manejando automóviles. ¿OK?

–Bueno. Ahora, por favor, sé un ángel por una vez más. Consígueme un *drink* cualquiera.

Se levantó, desalentado. Sabía que Paula había vuelto a beber.

• • •

–El automóvil nos espera abajo, *madame*. Ya bajé las valijas. Sería mejor que llevara un tapado más grueso, porque el tiempo está frío y amenaza llover.

Bajó en el ascensor y se encontró en la calle, donde la esperaba Baby. Tomaron el coche sin decir nada. Dambroise conducía.

–Fue muy buena la idea de pedir el coche de su señora madre.

–Es más suave.

–Paula, ¿no quieres ir delante, al lado de Dambroise? Allí se siente menos el movimiento del coche.

–Estoy bien aquí. La ventaja del Mercedes es ésa: en cualquier rincón se viaja bien.

Durante todo el viaje, ella se mantuvo callada. Arrinconada en su sitio, guardando casi siempre la misma posición, de modo que la mitad del rostro quedaba oculta por el cuello alto de su abrigo. Solamente una vez intentó un gesto de ternura, colocando su mano sobre la de él. Solamente esa vez. En ocasiones notaba que ella se adormecía o que cerraba los ojos fingiendo dormir.

El viaje fue hecho bajo la lluvia. El tiempo no parecía invitar a unas cortas vacaciones. Rezaba para que los otros días trajeran el sol, a fin de que aliviara tanta tristeza y desencuentro. ¡Qué distinto de las otras veces, cuando llegaban derramando alegría y encantamiento! Quizá fuera, ¿quién sabe?, la oportunidad de recuperarse un poco...

El tiempo no contrarió los pronósticos, y durante dos días y dos noches la lluvia se filtraba, fina e irritante. Se deslizaba ininterrumpidamente sobre los vidrios, creando lágrimas que se unían entre sí.

Dambroise era la verdadera imagen de un ángel. Pasaba por la casa sin hacer ningún ruido molesto. Se esmeraba en preparar platos que despertaran el apetito de Paula. Todo inútilmente. Ella apenas pellizcaba algo y sonreía.

Ponía música romántica en el tocadiscos, pensando resucitar los fallecidos fantasmas del amor que allí vivieran otrora. Todo en vano. Ni el miserable tiempo quería colaborar. Paula se tornaba pensativa y quieta. Terriblemente indiferente a todo. Cuando mucho, llamaba a Dambroise y le pedía nuevas bebidas.

Allá afuera, el mar embravecido golpeaba las rocas y levantaba fuertes olas hacia el cielo.

El amanecer del tercer día no aportó nada que resultase animador. El tiempo se negaba a mejorar y el sol había olvidado volver. El día, sin variantes, se arrastró aprisionando en una casa lujosa tres desencuentros.

Paula se levantó, sin tener siquiera coraje de tomar el desayuno; al acostarse se había vuelto más irritable.

–¿Qué quiere para el almuerzo, señor?

–Una *omelette* de paciencia, Dambroise.

El hombre rió, desde la seguridad de su vejez.

—¿El señor me permite un pequeño consejo?

—Usted tiene todo el derecho, después de estos años.

—Si yo fuese el señor, todavía tendría más paciencia con doña Paula.

—¿Más aún, Dambroise?

Él meneó la cabeza tristemente. Después miró con fijeza a sus ojos.

—Ella necesita y merece toda la paciencia de la que el señor disponga.

—Haremos lo posible, amigo mío.

Dambroise se iba a retirar, pero recordó algo.

—Voy a dejar la mesita de juego preparada para después de la cena. Quizá se interese y se distraiga con las cartas.

—Puede que sea una buena idea. En todo caso no deja de ser un nuevo intento. Gracias.

Paula no descendió para almorzar y la cena lo encontró también solo, mirando la lluvia que se había espesado y golpeaba fieramente contra los vidrios. Allá afuera, el mar se tornaba un continuo grito de amenaza.

—¿Ella mejoró, Dambroise?

—Apenas tomó un té. Dice que bajará en media hora. Cuando salí, oí de nuevo el ruido de la bebida al caer en el vaso...

—Si ella no baja iré a buscarla. No puede continuar así, sin que se pueda hacer nada. Mejor será que nos vayamos mañana, bien temprano.

Dambroise retiró los platos y apenas comentó:

—Y este tiempo que no quiere mejorar...

Apenas acababa de hablar cuando la puerta del cuarto de Paula se abrió y apareció ella bajando la escalera. Había adquirido un equilibrio sorprendente. Ni siquiera se apoyaba en el pasamanos. Descendía tranquila, y su rostro estaba terriblemente mal maquillado. Sus ojos, circundados de sombras oscuras, parecían más grandes y febriles.

Se dirigieron hacia ella, pensando ayudarla, pero los evitó abriendo los brazos. Se encaminó luego hacia la mesita de juego y tomó asiento para comenzar a barajar los naipes.

—Quiero jugar un poco.

Baby se sentó frente a ella. No tenía valor para analizar a aquella mujer a la que tanto amara. ¿O habría amado en ella a otra mujer?

Paula se volvió y pidió ásperamente:

—Por favor, Dambroise, cambie esa música. Ese sentimentalismo romántico me exaspera. Ponga un concierto de Beethoven y aumente el volumen.

El hombre obedeció. El sonido de la música invadió violentamente la sala, por sobre el ruido del mar.

—¿Alguna otra cosa, *madame*?

Su figura digna, a espaldas de Paula, aguardaba nuevas órdenes.

—Traiga bebida sin hielo.

Continuó trenzando la baraja con sus finos dedos.

–¿A qué quieres jugar?

–A cualquier cosa que me irrite menos que no jugar.

Le dio la baraja para que cortara y distribuyó once naipes a cada uno.

–¿Jugamos al "buraco"?

–¿Qué otro juego conoces con este número de cartas?

No respondió, para evitar nuevas discusiones y choques. Dambroise se aproximaba haciendo rodar la mesita con las bebidas.

–¿Puedo servir, *madame?*

–No, gracias. Él mismo servirá. Por lo menos debe "servir" para algo.

Un rubor inmenso le quemó el rostro. Iba a levantarse impetuosamente cuando fue contenido por una discreta seña de los dedos de Dambroise. Sus ojos imploraban solamente una cosa: paciencia.

Humillado, fijó la vista en los puños de su camisa amarilla. Había pensado que usando ese color tal vez lograse agradarle, por lo menos aquella noche.

Irritado, arrojó las cartas sobre la mesa y comenzó a servir la bebida para Paula. No preguntó cuántos trozos de hielo quería ella. Sirvió una dosis terrible de whisky. Su paciencia estaba por estallar.

–¿Alguna otra cosa, *madame?*

–No gracias, Dambroise. Puede retirarse.

Subió por la escalera lentamente. Iría a preparar las camas desarregladas, para irse a descansar en seguida.

Sin darle las gracias, Paula bebió un largo trago de la bebida. Hizo un juego y lo colocó sobre la mesa.

La música, en el tocadiscos, alcanzaba un tono melódico y violento. Todo parecía combinarse con el desaliento del ambiente: la música, el mar, la lluvia impresionante que no se detenía.

Paula dejó las cartas y, sin mirarlas, preguntó amargamente:

–¿Cuántos años, Baby?

–¿Años de qué, Paula?

–Que estamos juntos.

–Diez años, poco más o menos.

Ella rió nerviosamente.

–¿Por qué te ríes?

–Por nada. Diez años son diez años. Mucho tiempo para soportar a un muñeco como tú.

Sabía que la guerra se reanudaba. Perdió el control, tanto tiempo subyugado.

–¡Qué pena!, ¿verdad?

–Tú no tienes nada de qué quejarte, querido.

Ese "querido" venía agudo como la punta de un arpón.

–¿Y tú sí, acaso?

Las manos de Paula se pusieron violentamente trémulas. Sus ojos parecían haberse endurecido, haberse congelado en medio de grandes chispas de maldad. Tomó el vaso y casi lo vació de whisky, de un largo trago.

–¿No quieres más?

Tomó la botella y volvió a llenar el vaso.

–Quizás así digas de una vez todo aquello que vienes acumulando en estos últimos tiempos.

–Para ello no necesitaría beber. ¿Sabes una cosa, Baby? Cometí un gran error. Nadie debe tener la pretensión de pensar que puede modificar el destino de los otros.

–Ésa es una de las filosofías más usadas. Nadie necesita hacer el bien, basta con que sea bueno.

–Nunca debí haberte sacado de donde estabas. Los charcos dejan marcas indestructibles.

Lo acometió una intensa nerviosidad. Ya no había fuerza capaz de controlarlo. Estaba harto. Ninguna gratitud en el mundo le daría la resistencia suficiente para soportar semejante humillación.

–Basta, Paula. ¡Es mejor detenernos aquí!

–Vamos a detenernos, sí. Pero luego de aclarar ciertas cosas sobre lo que pensamos de nosotros.

Arrojó violentamente las cartas sobre la mesa. Su rostro parecía haberse afilado, y los ojos horriblemente mal maquillados semejaban querer salírsele de las órbitas.

–Debías haberte quedado allá. En medio de tus prostitutas gordas, como gigoló de viejos pederastas, pudriéndote entre la morfina y otros tóxicos.

–Quizá tuviera un final más decente, sin escuchar los insultos de una borracha histérica.

–¡Eso es! Ahora tengo la certeza de que me odias. Esperaste que comenzara a envejecer para decirme todo esto. Te aprovechaste de todo. Y la tonta jugando siempre al *toujours*. La que siempre esperaba que te aburrieras de otras mujeres. Esperando continuamente con el corazón y la cartera abiertos para satisfacer todos tus caprichitos de macho barato.

Él palideció y preguntó irónicamente:

–¿Qué mujeres, Paula?

–Sólo aquella gringa que vino de los Estados Unidos me costó grandes gastos.

Se sobrecogió, sin querer creer lo que estaba escuchando.

–¿Hablas de Silvia, Paula? ¿Te refieres a Silvia? Ella desapareció de mi vida hace más de cinco años. Nunca pensé que guardaras esa amargura escondida durante tanto tiempo.

–No sé; tampoco estoy obligada a memorizar el nombre de todas las mujeres o prostitutas con quienes dormiste.

154

–Creo que de hoy en adelante poca cosa resistirá entre nosotros dos, Paula.

Enmudecieron, en tanto sus miradas se cruzaban con odio, ferozmente.

–¡Qué ángel cruel debe de haber pasado en este instante! Un ángel rojo y con alas de fuego, que destruyó todo lo que existía de más sagrado entre nosotros dos.

–¡Pura literatura idiota!

–Entonces, no hay nada más que discutir.

–Sí que lo hay, mi querido Leonardo de Vinci. No perdí tantos años de mi vida solamente para que te divirtieras conmigo. También llevo mi parte de ventaja en esta historia. El lado pintoresco. El otro lado gracioso de la historia, donde Pigmalión soy yo. Pensé crear un ser, un artista, y me engañé. Porque realmente tú eres un producto de mis infinitas imaginaciones. Fui yo quien te hizo, quien te descubrió, quien te impuso en el mundo artístico, ¿o piensas que no?

Gritó como enloquecida:

–¡Dambroise! ¡Dambroise! Baje inmediatamente para ayudarme.

El hombre descendió corriendo por las escaleras. Iba vestido con una *robe de chambre* sobre el piyama y llevaba despeinados los cabellos.

–Dambroise, quiero que me acompañe inmediatamente hasta el sótano. Tome las llaves y vayamos allí en el acto.

Siguieron por las escalinatas por las cuales iba descendiendo Dambroise, a medida que éste encendía la luz. La crueldad hacía que Paula bajase los escalones con un equilibrio que no concordaba bien con la dosis de alcohol ingerida.

–Pronto, mi querido y consagrado artista. Este cuarto te dirá más de lo que yo pudiera decirte.

Dambroise abrió la puerta y encendió la luz. Baby arremetió, terrible, hacia el interior.

Había una infinidad de cuadros suyos, casi todos comprados en varias exposiciones. Sintió que el sudor corría por su cuerpo. Las sienes latían dolorosamente. Sus piernas se debilitaron y se vio obligado a sentarse junto a decenas de cuadros suyos amontonados.

–Muy lindo… el artista y sus cuadros juntitos. En el límite de la gloria. Fui yo la que lo hice: yo quien adquirió todos tus mediocres trabajos usando el nombre de mis amigos para darte la ilusión de que eras muy solicitado. Me vas a dejar porque estoy vieja. Vas a odiarme porque ésta es la verdad. Ahora estamos a mano. Cobré bien caros mis diez años de vida arrojados a la calle.

Lo dejó abandonado a su desesperación y, acompañada de Dambroise, volvió a subir lentamente las escaleras.

Cuando se sintió solo comenzó a sollozar bajito, apoyando la cabeza en sus rodillas. No sabía qué pensar. Ni por dónde comenzar a pensar. Había sido herido en su vida, en su futuro, en su fe en la humanidad: ése era el más terrible golpe de destrucción. Le dolía el estómago de tanto asco que sentía contra sus semejantes. No sabía si odiaba a Paula más de lo que ella lo asqueaba. Tanta ternura perdida inútilmente, tanta bondad cultivada en su corazón que se deshacía contra una pared de nada.

Después, solamente las lágrimas, deslizándose gruesas y chorreando por su cuello hasta alcanzar la tela de su hermosa camisa amarilla. Solamente la muerte pondría fin a tamaña desilusión. Solamente la muerte existía de verdadero en el hombre. Sincera e indisoluble.

Fue arrancado de su trance de dolor por la mano amiga de Dambroise sobre sus hombros. Él lo ayudó a erguirse y le ofreció un pañuelo para borrar de su rostro las huellas de las lágrimas.

–¡Qué tristeza, amigo mío! Tome. Beba esta copa de coñac que sólo podrá darle un poco de ánimo.

–¿Usted sabía, Dambroise, que iba a pasar todo esto? ¿Sabía todo lo que existía en este sótano?

–No podía contarle la verdad sobre nada de esto, señor. Sólo lamento que haya sucedido así. Bien lo previne que debía tener mucha paciencia con la señora Paula...

–De ahora en adelante ya no necesitaré tener paciencia con ninguna otra persona.

Comenzó a llorar nuevamente y buscó protección, escondiendo su rostro en el pecho de Dambroise.

–Todo eso pasa. Mañana todo se aclarará. Todo se resolverá. El alcohol y la nerviosidad son los causantes de lo que aquí sucedió.

–No. Nada de esto se repetirá en mi vida. ¿Cómo puede la misma persona, en una misma desdichada vida, haber amado solamente a dos mujeres, y que precisamente las dos sean locas?

Se alejó de Dambroise y bebió el resto del coñac.

–¿Tiene un impermeable aquí abajo, Dambroise?

–Está en la antecocina. Pero usted no querrá salir con una lluvia de éstas. Es una locura.

–¿Me puede prestar algún dinero? En São Paulo le devolveré todo.

–Piense un instante, antes de actuar así. Usted debe tener más paciencia con la señora Paula. Ella está muy nerviosa.

–Nunca más subiré esas escaleras. Si lo hiciera habría perdido en la vida todo sentido del honor y del pudor. El impermeable, Dambroise, tenga la bondad. En mi habitación, esto es en el cuarto en que yo dormía, hay un impermeable azul a cuadros. Es francés. Puede quedarse con él. Las cosas que fueron mías, por favor, envíalas a un leprosario.

El hombre subió los escalones y volvió con el impermeable y el dinero.

–Gracias, amigo.

Su noble rostro se había vestido de pesar.

–¿No quiere pensarlo otra vez? Usted debía... debía tener un poco más de paciencia.

–Nunca. Hasta la gratitud tiene un límite. Esa mujer sólo verá mi rostro después de muerto. Muerto y con los ojos cerrados, tal como cuando escuché su voz por primera vez, cuando creí como un idiota que ella me buscaba desde que la primera estrella fue creada.

Se puso el impermeable y guardó el dinero en el bolsillo.

–¿Adónde va a ir con este temporal, señor?

–Quizá la lluvia me haga bien y atenúe la falta de fe que hay en mi corazón. En todo caso, amigo mío, muchas gracias por todo.

Iba a salir cuando se acordó de una cosa.

–Sería mejor que, al regreso, fuera usted quien condujera el coche.

–Le prometo que ella no guiará.

Salió en medio de una ráfaga de viento y desapareció en la noche mojada. Dambroise permaneció allí, recibiendo la lluvia en su cuerpo y mirando la oscuridad que devoraba la silueta del hombre.

Cerró la puerta, se alisó los mojados cabellos y subió lentamente los escalones, dirigiéndose al otro cuarto, porque sabía que Paula no se encontraba en el suyo.

Paula estaba apoyada en los vidrios del ventanal. Su rostro enflaquecido se pegaba al frío del vidrio, como si quisiera que la lluvia de afuera lavara su rostro mojado por las lágrimas.

–Él se fue.

–Ya lo vi, Dambroise.

Callaron por un instante, y ella murmuró:

–¡Qué lindo estaba con esa camisa amarilla!... ¡Dios mío! Nada valemos en esta vida.

Se arrojó sobre la cama y olió las ropas, intentando recordar el perfume de su cuerpo tan viril, tan masculino.

Abrió el cajón de la mesita de noche y se puso a palpar los encendedores. Tomó uno de oro entre las manos. Era el que más le gustaba a él. Con la punta de las uñas intentó inútilmente borrar las letras grabadas allí.

Comenzó a sollozar sin exageración, discretamente.

–¿Por qué tuve que hacer todo eso, Dambroise? No fue por maldad, usted lo sabe. Tenía que hacerlo para que él partiera odiándome. Era necesario que me odiara con toda la intensidad de su honesto odio.

Se volvió hacia el mayordomo y le dijo, tragándose las lágrimas:

–¡Qué lindo estaba, Dambroise! Lindo, lindo con esa camisa amarilla.

• • •

Quería desaparecer, desaparecer, sufrir e intentar olvidar. Y cuanto más rápidamente mejor. Dejar São Paulo lejos, con sus millones de habitantes caminando apresurados, sin enterarse del dolor ajeno.

El indio habló fuerte dentro de él y el deseo de la selva lo llamaba con intensidad. Antes de eso, casi inmediatamente, como si ya estuviera esperando aquel desenlace, supo por Gema que Paula había partido hacia París con la "Lady-Señora". París era su selva. Una selva de encajes, vinos, exposiciones, modas, lujos, perfumes caros, alegres vigilias, teatros y cabarés envueltos en el humo... Todo ello quizá podría hacerle bien a Paula.

No quería pensar, pero una puntada de dolor permanecía viva y activa. No se conformaba con que una mujer pudiese tener semejante capacidad de destruir a otra persona. Que partiera indiferente a diez años de vida compartida. Diez años de tantas promesas y ternuras falsas, perdidas, podridas...

Con el corazón lleno de desilusiones y de desprecio por la inmundicia humana, sacó el poco dinero que guardaba en los bancos, vendió un montón de cosas de valor, se endeudó con algunos préstamos y partió rumba a Goiânia. Allá conversaría con el personal de la Fuerza Aérea Brasileña y conseguiría facilidades para ir hasta Xingu, donde sepultaría la tristeza y la aflicción, sintiéndose quizá renacer con la savia y el humus provenientes de la selva impenetrable. Xingu, que tanto fascinara a Silvia y donde también comenzó a descubrir los síntomas de su enfermedad o los primeros atisbos de su farsa y sus mentiras. Pero, por lo menos, el Xingu de Silvia era una confirmación de amor a su manera. Equivocada, pero un caso de desesperación por amor.

De Goiânia a Xingu no tuvo dificultades, y una mañana antes de que el reloj alcanzara el mediodía, el *beechcraft* rodeaba el campo buscando lugar para detenerse.

Fue recibido por muchos brazos, rozado por muchos cuerpos bronceados y desnudos que le deseaban una feliz llegada.

Estaban admirados de que hubiera envejecido en aquellos años en que no volvió por allí. Y lo demostraban señalando sus cabellos blancos que se amontonaban en las sienes.

–¿Dónde está Orlando? ¿Quién está al frente del Puesto?

–Orlando, porque Claudio se encuentra en Diauarum.

Caminó con los comandantes del avión hasta el Puesto. Los indios, tanto las mujeres como los hombres, le mostraban niños que comenzaban a caminar y otros que ya andaban bastante gateadores.

–Éste es mi hijo.

–Es muy *catú*.

–Éste es el mío; no lo conocías.

Sentaba al niño en el regazo y le acariciaba la cabeza, recostando el rostro de la criatura en el suyo, en un intento de recobrar la ternura perdida.

Orlando vino al encuentro de todos. Abrazó a los amigos aviadores y observó al compañero ausente que volvía después de tantos años.

–¿Volviste aquí para rezar un padrenuestro especial?

Era el mismo hombre, con la misma sonrisa simpática. La misma barba y el mismo *shorts*, el mismo birrete de soldado que siempre dejaba escapar un mechón de pelo.

Se abrazaron, conmovidos.

–¿Cuánto tiempo te vas a quedar con nosotros?

–Si quieren aceptar mis humildes servicios a cambio de un rico plato de zapallo...

Los indios iban llegando con su valija y sus bolsas.

Les habló con simpatía:

–Poca cosa, amigos. Pelotas para los chicos, anzuelos y algunas cositas que les van a gustar.

Se volvió hacia Orlando.

–Conseguí unas muestras de remedios para la farmacia. Y a ti te traje una camisa a cuadros, linda: es para que no la uses y la dejes estar en el fondo del baúl.

–Vamos a beber todos un cafecito en la cocina.

Orlando los acompañó amistosamente. Una vez sentados y saboreando la bebida, Gum comentó:

–Está sobrando hartura. ¿Todavía hay café, en esta época del año?

–Hasta tenemos una lata de guayabada para ti. Adiviné que estabas por llegar. Los ángeles te trajeron. O, ¿cómo fue aquella anécdota del pajarito? "Nuestros rezos fueron atendidos, hermanos..."

–¿Y qué pasa con eso?

–Que llegaste en el momento que sólo Dios sabe. La partida de dinero de la ciudad comienza a retrasarse y yo necesito, cuando regrese este avión y ya que estás aquí, viajar a Río inmediatamente.

–Está bien.

Pasó la mano amistosamente por la espalda del otro.

–Pero no te pongas triste, que te voy a dar una cosa que adoras.

Metió la mano en el bolsillo y tomó las llaves del candado de la puerta, aquella puerta tan conocida en su vida: la de la farmacia.

–Todavía tienes un día antes de que el avión regrese; te deja de depósito en las aguas del Tuatuari. Y mira que es un buen negocio: las lluvias comienzan a amenazar y el tiempo caliente deja las aguas del río más suaves que las espaldas de una mujer...

Cuando el avión comenzó a levantar vuelo hacia las ciudades, quedó mirando la partida de Orlando, sonriendo a todo, como siempre. Los aviadores saludaron detrás de los vidrios de la cabina de comando. Sintió un vacío amargo en el alma y procuró protección, apretando los dedos con fuerza contra las herrumbradas llaves de la farmacia.

Orlando hacía señas con la mano, diciendo que no demoraría más de un mes. Cuando el avión enmudeció, los indios se dispersaron, el polvo se disipó y él retornó al paisaje calmo: varios ranchos menores rodeando a los más grandes; el rancho que servía de vivienda del Puesto y el rancho hospital donde quedaba la farmacia; los grandes árboles de jatobá hermoseando también la selva, y al fondo el río Tuatuari, con sus aguas claras y trasparentes, serpenteando mudo, descendiendo en busca de las aguas oscuras del Kuluente.

—Ahora, Fray Calabaza, hay que empezarlo todo; olvida esa tristeza estúpida y llena tu corazón con la selva amiga.

Apenas había caminado dos pasos cuando fue alcanzado por Kalukumá.

—¿Volvió, Fray Calabaza?

—Volví.

—Entonces, ¿vamos a cantar y a jugar mucho?

El hombre desnudo, alegre y fuerte que estaba a su lado podría tener unos cuarenta años, como máximo.

—Sí, vamos a jugar mucho.

Recordaba que, antiguamente, era jugando como hacía las curaciones a los niños, para que se distrajeran y no sintiesen el dolor.

● ● ●

Y vinieron las grandes lluvias que todo lo encharcaron. Con ellas, las primeras fiebres y la invasión de mosquitos. Las noches eran calientes y asfixiantes adentro de los mosquiteros. La humedad arruinaba hasta las pilas de las linternas.

Pasaba el día penetrando en los ranchos y en espera de enfermos que llegaran de las aldeas lejanas, para tratarlos. Los comprimidos de Aralém iban desapareciendo de los frascos. Trabajaba de la mañana a la noche para fatigar el cuerpo y descansar el alma. Nada más de pensamientos ni de nostalgias. El tiempo ya sobrepasaba el mes y Orlando aún no había vuelto. ¡Dios del cielo! Vivir en un "fin del mundo" como aquél, y que el gobierno descuidara un misérrimo presupuesto que apenas alcanzaba para pagar las cuentas de las provisiones enviadas desde Goiânia...

La lluvia corría monótonamente por los aleros del rancho y los chicos se divertían como alegres pajaritos, sobre las grandes montañas de arena que Orlando mandaba traer de las playas distantes para que ellos jugaran.

Un día llegó un indio camaiurá.

—Fray Calabaza, tengo un chico enfermo en la aldea. Tiene las piernas paralizadas, no camina más. Necesita venir aquí a curarse, o que el avión lo lleve a la ciudad.

—¿Por qué no lo trajiste?

—No es nada mío, no es mi pariente.
—¿Qué tamaño tiene?
Señaló con la mano la altura del chico.
—¿Cómo se llama?
—Itaculu.
—Los parientes de él, ¿no lo traerán?
—No tiene a nadie. Vive en el rancho de Uacucumã. Nadie trae a nadie. Dicen que es hechizo.
—Mañana iré a buscarlo.
—¿Vas en el *jeep*?
—No. El *jeep* es muy difícil, ni siquiera yo sé lidiar con él.
—Ya hablé. Ahora voy a pescar.
—Gracias, trae un *piau* para mí.
—Sí, te lo traeré.
Esa noche se acostó más temprano y estuvo meciéndose en la hamaca, en espera de que el sueño surgiera en cualquier momento. Se rascó las palmas de las manos y sintió la nudosidad de los callos. Allí tenía que hacer de todo: dar una mano en la plantación, hachar un poco de leña y conseguir madera en el mato. No podía negarse a nada de lo que se presentara. Sin embargo, a pesar del cuerpo cansado, el sueño tardaba en llegar. Había dado cuerda al despertador para las cuatro de la mañana. No ignoraba la distancia existente entre el Puesto y la aldea de los camaiurás. Eran tres leguas, y con la lluvia y el barro aquella distancia equivaldría al doble. Pensaba en la extraña fuerza del hechizo, en el miedo tremendo del indio a cualquier cosa que rozara los límites de la brujería y el azar. Alguien en una hamaca, en una de aquellas pequeñas redes de indio, armadas al otro lado del gran rancho, cantaba una canción de una tristeza maravillosa:

> *Xauara pipiararê*
> *Xauara pipiararê...*
> *Ueru, ueru, ueru.*
> *Ueru, ueru, ueru...*

La misma letra fue repetida tres veces, y la voz se extinguió. Debía de ser una canción aprendida de algún indio txucarramãe, cuando ellos estaban en tiempo de caza y aparecían como nómadas por allí, ostentando la belleza de sus hermosos *batoques*, que daban una terrible impresión de dureza y ferocidad. Se acordó de Silvia, al ser rodeada por primera vez por un grupo de once recién llegada de Nueva York y recibiendo aquel impacto brutal de la selva...
Ni se sintió adormecer, cuando inmediatamente despertó con el sonido del timbre del despertador.

161

–¿Ya, Dios mío?

Oprimió el botón del reloj, para no despertar a los otros. Bajó hacia la madrugada lluviosa y hasta la orilla del río. Se lavó y ahuyentó la posible pereza que podría acometerlo. Le parecía que su empresa se iba a tornar durísima. Pero jamás dejaría abandonado en un rincón a un pobrecito paralítico, amenazado de ser muerto por haber adquirido fama de hechizado.

Fue hasta la cocina y buscó algo para pellizcar. Calentó café de la víspera y descubrió en un plato un trozo de *beiju* * casi roído por las hormigas. Las expulsó del lugar y fue a comer lo que sobraba, con el resto del café.

Cuando llegase, la aldea ya estaría amaneciendo, y las viejas elaboradoras de beiju le darían algunos de regalo, fresquitos y perfumados.

Tomó un arma calibre veintidós, la cargó con ocho balas, se puso un sombrero de paja y cobró coraje.

–¡Vamos! Es una lluviecita de nada. A la vuelta será peor.

Salió dejando dormidos los ranchos, en medio de la lluvia. A su paso, los perros de los indios no ladraban. Aquel problema de los perros se iba resolviendo de una manera natural. Los indios, sin comida para alimentarlos, los llevaban allí y los soltaban por el Puesto. Era infernal la proliferación de ellos en todas partes, con sus constantes ladridos, además de las peleas y de otros perjuicios. Con la llegada de las aguas, los tigres lejanos se aproximaban al puesto e iban cazando a los perros. Por milagro, al final de las lluvias, el número de ellos era exactamente el necesario. Y todos tenían dueños que los cuidaran.

El camino era un verdadero barrizal. No había llevado zapatos. Los pies se hundían continuamente en los charcos de agua y sentía que la lluvia empapaba su cuerpo. De vez en cuando se sacaba el sombrero, para derramar el agua que se acumulaba en la copa. La selva reverdecida mostraba las copas de los árboles iluminadas por el halo de luz de un nuevo día, que venía deslizándose en la lluvia, cumpliendo su misión dentro del tiempo.

Se dejó llevar por el ritmo de la caminata y perdió toda noción de distancia. De repente, al final de la senda, avistó un punto azulado que indicaba la aproximación de la laguna de Ipavu, en cuyas márgenes quedaba una de las aldeas, la mayor de las islas de los camaiurás. Ahora era necesario andar con cuidado, o "poner reparo", como decían los mestizos que trabajaban en el Puesto ayudando en la plantación, casi siempre provenientes de Pará. Los perros se tornaban muy feroces en las aldeas. Tendría que gritar cuando se encontrara más cerca, para que acudieran a esperarlo.

---

* Especie de torta de tapioca o mandioca. (N. de la T.)

162

Fue lo que hizo. Figuras desnudas aparecieron en la entrada del camino que llevaba al centro de la aldea. Hicieron grandes fiestas y agasajos, sobre todo aquellos que todavía no habían visto al hombre blanco.

Los saludó a su manera:

—¡Puericó!

Las voces repetían la palabra con gran alegría.

Entró en una de las casas redondas, y se enjugó el agua de la lluvia. Depositó el sombrero en el suelo y se sentó usando un tronco a guisa de banco. El rancho se llenó de rostros curiosos, y él contó lo que había venido a hacer: también dijo que estaba con hambre.

El jefe de la tribu, Utamapu, mandó que le sirvieran beijus nuevos. Después de saciado el apetito, dijo que necesitaba volver en seguida, porque la caminata de la vuelta, como nadie lo ignoraba, representaba un gran estirón.

Fue conducido a un rancho, al final del círculo de casas.

—Es allí.

Entró solo, pues los otros no querían aproximarse a la criatura tocada por el hechizo. Por precaución, y sabiendo que la criatura estaría hambrienta, había guardado dentro del sombrero mojado un pedazo grande de beiju.

—Itaculu.

El niño rió, con una expresión de ángel enfermo.

—Voy a llevarte al Puesto. Vas a sanarte.

—Yo lo sé, sí. Usted es mi "papá".

—¿No te dieron ninguna otra comida?

Hizo un gesto con la mano indicando que muy poco.

Sacó el beiju de debajo del sombrero y se lo entregó a la criatura que comenzó inmediatamente a comer con voracidad.

—Ahora nos vamos. Yo te llevaré sobre los hombros.

Se veía frente a un grave problema. El chico no tenía fuerza en las piernas y su cuerpo flaco estaba completamente desnutrido.

Recogió un trozo de fibra vegetal que estaba colgado en el rancho y le dijo:

—Voy a subirte a mis espaldas... Así... Ahora te voy a atar los pies alrededor de mi barriga, ¿de acuerdo?

Apretó con habilidad el lazo.

—¿Enê acupe?

Itaculu sonrió.

—Duele un poquito.

—Entonces, hijo, vamos.

Tomó el sombrero y lo puso en la cabeza del chico.

—Ahora agárrate bien a mi cuello. ¡Así!

Tomó el arma y, agachándose para cruzar la baja puerta, salió del rancho y recibió la lluvia que caía más fuertemente aún. Sonrió a los

163

indios que se habían alejado ante la presencia del enfermo y saludó a todos.

Volvió a tomar el camino central de la aldea para buscar en seguida el camino ancho.

Ya tenían recorrido buen trecho del viaje cuando el cansancio comenzó a hacerse sentir. El leve cuerpo del niño iba adquiriendo un volumen y un peso inconcebibles. Más aún porque los pies, al caminar constantemente dentro del agua, tornaban poco efectiva la marcha. Pronto necesitaría detenerse para descansar. Una de las manos sostenía el arma, que también comenzaba a pesar demasiado. La otra quedaba siempre libre para poder alejar los mosquitos y las ramas de la selva.

—¡Fray Calabaza!

—¿Qué, hijo?

—Tú eres *catú*.

—No. Yo no soy bueno. Yo soy *nicatuité*.

—Mentira. Eres bueno. Eres mi "papá".

Y queriendo mostrar su reconocimiento, soltó una mano y la deslizó por la barba larga y sedosa de Gum.

Él sonrió, sin dejar de recomendar:

—Asegúrate bien para no caerte, Itaculu.

Caminaron un poco más. La respiración se había hecho pesada en el pecho y las piernas ardían mucho. El cuerpo del niño, sobre sus espaldas, a pesar de toda la lluvia, proporcionaba un calor bastante incómodo. Necesitaba descansar un poco. Buscó el tronco de un gran árbol y recostó la carabina. Después, cuidadosamente, desató el lazo que sujetaba los pies del niño. Vio que con el balanceo de la caminata presentaban una lastimadura bastante fea. Hasta que llegaran al Puesto, seguramente que comenzarían a sangrar. Sintió pena por él, reconociendo el sacrificio de que no se hubiera quejado ni una vez.

Sentó al niño contra el tronco y se puso a su lado.

—Estoy un poquito cansado.

—Itaculu no está cansado.

—Claro, diablito, si el que está haciendo todo el esfuerzo soy yo. En seguida reanudaremos la marcha. Levantó el pie izquierdo del chico y tuvo una idea. Rasgó un pedazo de su camisa e hizo dos reparos para ponerlos por donde el nudo debería tocar los pies.

—Así está mejor. No se rozan.

En vez de ponerse la camisa, se la colocó al niño.

—Vas a necesitarla más que yo. Ahora que descansamos un poco tenemos que recomenzar. Todavía no llegamos ni a la mitad del camino.

Cuando arribó al campamento era un desecho humano. Solamente su fuerza de voluntad le había permitido caminar. No creía que aquellos tejados redondos pertenecieran a su Puesto. Todo su cuerpo temblaba por el esfuerzo realizado. Tenía medio turbia la visión. Le dolía la cabeza. Eso sin contar los pies, que le sangraban y estaban llenos de espinas que no había podido descubrir a causa de las aguas acumuladas que los cubrían. Faltaban doscientos metros y el arma casi se le escapaba de las manos. El corazón protestaba contra tanto derroche de energía. No podía ni respirar.

–Vamos, Fray Calabaza, ya no quedan ni doscientos metros.

Venía tambaleándose y comenzaba a bufar de cansancio.

Los indios lo vieron llegar y acudieron a socorrerlo, a pesar de todos sus recelos por el hechizo, con temor de que pudiera morir allí mismo.

Llegó hasta la montaña de arena y cayó arrodillado. Vinieron en su ayuda y desataron las piernas del niño. Aseguraron el arma, que había caído a tierra. Comenzó a respirar aliviado y entonces todos repararon, sorprendidos, en que Fray Calabaza estaba llorando despacito.

Lo sentaron en la arena para que descansara un poco. Le trajeron agua y después un poco de café caliente.

Kalukumá quería llevarlo a la hamaca. Habló con franqueza.

–Esperen un poco. Ya estoy mejor. Dentro de un rato iré.

Encogió la cabeza entre las rodillas y quedó temblando hasta que se recuperó. Quiso levantarse, pero las piernas casi no lo sostenían.

Los indios se acercaron para que no volviera a caer. Pero él ensayó unos pasos y consiguió controlarse. Caminó hasta más allá de la puerta. Se quitó los pantalones y se puso debajo de una voluminosa gotera. Sólo entonces retornó al interior del rancho y fue a buscar la hamaca. Se arrojó sobre ella, medio atontado. El mosquitero suspendido dejaba penetrar el aire del rancho.

La vieja cocinera apareció.

–Hay un plato de comida hecha, encima del fogón.

–Ahora no. Necesito descansar un poco. Después…

Kalukumá vino con un banquito y se sentó a sus pies.

–Fray Calabaza, duerma. Kalukumá saca las espinas.

La fatiga era tan grande que ni siquiera sintió la punta del cuchillo perforándole los pies. Durmió profundamente.

• • •

–Llueve, llueve que llueve... Llueve, llueve que llueve...

Fuera de allí cantaba el sapo.

–Llueve, llueve que llueve… Llueve, llueve que llueve…

Y el sapo cantaba, fuera.

El día era de lluvia. Y también la noche. Raros eran los estíos en que todo el mundo corría para aprovechar la pausa, yendo hasta la plantación a recoger mandioca para preparar la harina, o pescar algo con un poco más de comodidad.

Había llegado el tiempo en que los árboles se cubrían de grandes bellotas verdes. Los indios las recogían y esperaban que maduraran. Tomaban las pulpas y las colocaban dentro de grandes cestos, que hundían en el río para conservarlas frescas más tiempo. Al pasar los días retiraban los cestos y con su contenido hacían una especie de bebida medio ácida.

Había llegado una carta de Orlando acompañando un montón de artículos alimenticios, y pidiendo que tuvieran un poco más de paciencia porque todo estaba más atrasado de lo que esperaba. Preguntaba si podía quedarse para Navidad, pues hacía ya cinco años que no pasaba las fiestas con los suyos.

¡Dios del cielo! Ya estaba cerca la Navidad. Y debía de estarlo, porque el Tuatuari se hallaba en el grado máximo de su creciente. Hasta sus aguas, siempre tan trasparentes, habían adquirido aquella característica tonalidad sucia y amarillenta. Navidad. No quería recordar esa fiesta. Especialmente la de los últimos años, cuando se engañara creyéndose feliz. Era el tiempo de los encendedores de Paula.

Respondió a Orlando que se quedara el tiempo que juzgase necesario. Que por su parte no tenía ninguna prisa en volver; ni para qué volver...

El tiempo se arrastraba inútilmente. Las gotas de agua caían en los mismos rincones comunes. La misma cantiga tranquila, entonando la monotonía de la sucesión de las horas. De noche, los sapos repetían la misma tonada sin variante alguna.

"Llueve, llueve que llueve... "

Todo el mundo se recogía temprano, sin saber qué hacer con la noche. La luz de la lamparilla dolía y arruinaba la vista de quien quisiera leer, en el caso de que hubiera alguna cosa para leer.

Quedó balanceándose en la hamaca, sofocado bajo el mosquitero, mientras escuchaba el enfurecido zumbido de los mosquitos que se amontonaban del otro lado, luchando toda la noche por un agujero que no existía, y sin descubrir que no existía.

Alguien llegaba corriendo por la parte del río. Los pies chapoteaban ruidosamente en el agua encharcada. Entraron en el rancho y fueron directamente a la hamaca de Fray Calabaza.

–Rápido, Fray Calabaza.

–¿Qué pasa?

–Viene una canoa por el río trayendo a un indio Uaurá moribundo. Parece que es Menaim.

La última vez que lo viera a Menaim era un muchachito alegre, prisionero de la pubertad.

Se levantó y caminó hacia la farmacia. Armó una hamaca de reserva y esperó que trajeran al enfermo. ¿Qué tendría? Antes le gustaba mecerse en la hamaca, mientras conversaba con Menaim.

–¿Vamos a matar al sol, Menaim?

–No. El sol es el padre.

–¿Entonces, ¿vamos a matar a la luna?

–La luna es el padre.

–¿Y al río?

–El río es el padre.

–Entonces, ¿vamos a matar a Claudio?

–Claudio es el padre.

–¿Y Orlando?

–Orlando también es el padre.

–Entonces, a Fray Calabaza.

Él niño lo abrazaba y hablaba más suavemente todavía:

–Fray Calabaza, no. Fray Calabaza también es el padre...

Ése era Menaim, ahora hecho hombre y que decían que estaba muriéndose. Encendió un farol de querosén, abrió las puertas del armario de la farmacia y, para ganar tiempo, puso a hervir una jeringa.

Cuando trajeron el cuerpo cargado y lo depositaron en la hamaca, se acercó con el farol. Reconoció al mismo chico de antaño. También reconoció que no había nada que hacer. Apenas suavizar las cosas, combatir el dolor y esperar la muerte.

Le dijeron que hacía tres días que vomitaba sangre, que todo había comenzado con un dolor muy fuerte. Eso solo. No sabía qué pensar. No podía tratarse de una tuberculosis galopante, porque no presentaba ningún síntoma de tos ni de catarro. Seguramente, una ruptura de algún órgano interno. Aproximó la luz del farol y Menaim sonrió al reconocerlo, pero luego su rostro expresó gran dolor, e inmediatamente comenzó a vomitar sangre.

¿Qué hacer? ¡Pobre Menaim, que creía que todo el mundo era bueno y "papá"! El papá Calabaza nada podría hacer por él. Buscó en la farmacia una inyección que aliviara el dolor. Iría repitiendo las dosis hasta que él muriera.

Los ojos profundos adquirieron una expresión de paz, señal de que el remedio producía efecto. Se sentó en un banco, cerca del indio. De repente, él entreabrió los ojos y sujetó blandamente su mano.

–Fray Calabaza, yo no quiero morir. No dejes que muera; tengo un hijo pequeñito. Necesito trabajar para él.

–No vas a morir. Ahora vas a dormir por la inyección que te di.

Realmente el pobre consiguió dormir veinte minutos, cuando nuevamente fue acometido por otro acceso de vómitos. La sangre empapaba la arena del piso. Muchos indios acudieron en silencio y se quedaron sentados en círculo, en espera del desenlace.

La angustia vivía en los ojos del padre, que lo había acompañado. Vino de muy lejos, enfrentando noche y día la lluvia para intentar salvar al hijo, y todo resultaba inútil. En seguida comenzarían, para bien suyo, los estertores de la agonía.

Esperó algo más, antes de aplicar otra inyección.

–Ahora vas a dormir, hijo.

Salió un momento. Entró en el otro rancho y fue a buscar un poco de café en la cafetera que dormía sobre el fogón todavía tibia. Después regresó para asistir al final.

Se sentó tranquilamente y vio que la hora se acercaba. Ya se encontraba en estado de coma, fuera del alcance del sufrimiento humano.

Se vio niño, asistiendo a una clase de catecismo en la que prometían que quien bautizara a un moribundo habría asegurado la salvación de su alma. Bastaba derramar un poco de agua sobre la cabeza del moribundo y repetir las palabras del bautismo: "Yo te bautizo en el nombre del Padre, del Hijo y del Espíritu Santo".

Podía hacer aquello ahora. Mas, ¿para qué? El pobrecito no iba a poder desprenderse de los otros indios, a pesar de la muerte. Él debería ir hacia el mismo lugar, cazar en las grandes campiñas, pescar en las lagunas azules en compañía de sus antepasados. No quería tener un problema de conciencia. Si lo bautizaba pensando en la salvación de su propia alma, entonces era por interés. No estaba actuando por amor. Mejor sería dejar todo al criterio del propio Dios, que entendía mejor esas cosas que los pobres y limitados hombres.

Menaim no murió hasta el amanecer. Entonces sobrevinieron los llantos en voz alta.

Él regresó al rancho, con la intención de dormir un poco. Aunque fuese un poco, nada más. Estaba seguro de que los indios no solamente eran bellos como las flores, sino que morían con la misma facilidad que ellas.

Además, para quien estaba vivo, la vida continuaba con la lluvia. Solamente ahora los sapos se habían callado para irse a dormir.

• • •

Pasó la Navidad. Llegó el mes de enero. Ahora la lluvia alcanzaba su máxima intensidad. Orlando aún no había vuelto, pero ya no podía retrasarse demasiado.

Y sería bienvenido, pues le permitiría descansar un poco, cosa que no podía hacer a causa de la abundancia de enfermos. La fiebre había llegado brava, con las aguas, y atacaba a quien anduviera cerca. Él mismo se vio amenazado, pero pudo curarse a tiempo y a los tres días había mejorado. Ya ni podía precisar cuántas veces fue atacado por la malaria. Y Orlando también había perdido la cuenta. Necesitaba que él volviera, ya que en seguida tendría que viajar por las aldeas más lejanas para ocuparse de la gente atacada por la fiebre; pero solamente las aldeas que podían ser alcanzadas en canoa. Las otras quedaban aisladas, en espera de la hora en que bajaran las aguas.

A veces se acordaba de sí mismo y se preguntaba:

—Y el corazón, Fray Calabaza, ¿va mejor?

Se respondía:

—Cada vez más calloso y olvidado. No tengo mucho tiempo para perder conmigo mismo.

—Gracias a Dios, entonces.

—Sí, gracias a Dios.

Había comenzado a adelgazar. La comida era en verdad insuficiente. No sólo la calabaza, sino también la monotonía del guiso de porotos con arroz, con trocitos de carne seca dosificados y disputados, aburrían a cualquier mortal. Raras veces aparecía un pedazo de carne de algún animal de caza, de carne nueva, para quebrar la monotonía de la comida.

Y a ello se agregaban más lluvias, más mosquitos, más fiebre. Un día, también llegó la esbelta figura del jefe de los meinacos.

—¿Cómo va, Adjuruá?

—Recién llego de la aldea.

Hablaba un portugués aceptable, porque un día fue herido por indios salvajes y tuvo que viajar a Goiânia con la punta de una flecha clavada en la espalda y rozándole parte de un pulmón. Allá permaneció unos meses, y desde entonces le había quedado en la espalda una ancha y linda cicatriz que era su orgullo mostrar. Aprendió el portugués, pero al volver a la aldea se liberó de las ropas, pintó su cuerpo, sus cabellos y nuevamente fue un indio igualito a los demás.

—¿Viniste en canoa?

—Sí.

—¿Hay mucha fiebre por allá?

—Bastante. ¿Me darás remedios para que los lleve conmigo?

—¿Cuándo regresarás?

—En seguida que reciba a mi hijo enfermo.

—¿Cuál?

—Marinátu, el mediano. Un perro le mordió el muslo y le hizo una profunda herida. Se puede ver el hueso.

—¿Y dónde está él?

—Acostado en la canoa.

—Hombre, ¿y qué estás esperando? Vé a buscarlo.

Adjuruá obedeció. Trajo al niño en los brazos y lo llevó directamente a la farmacia.

Acostó al niño sobre una mesa y examinó la herida: el estrago había sido mayúsculo. Imaginaba lo que el demonio había tenido que hacerle al perro para conseguir semejante resultado... No servía de nada preguntar por el animal, que a esas horas ya debía de haber sido comido por algún yacaré, si su cadáver no estaba rodando por el río.

—No te va a doler nada; además, tú ya eres un muchachote fuerte.

Pero el miedo estaba impreso en el rostro de Marinátu. Para tranquilizarlo, hizo salir de la farmacia a todos los indios, y sólo permitió que el padre permaneciera junto a la mesa. Cerró la puerta, aunque eso no evitó que todos se quedaran mirando por las rendijas de la madera de que estaba hecho el rancho. La curiosidad era tanta que ellos permanecieron bajo la lluvia durante todo el tiempo posible para ver cómo era tratado el chico. Al principio desinfectó la herida y limpió la sangre que se había coagulado a su alrededor. Vio que Marinátu se mordía los labios, dolorido. Bromeó para disimular, porque sabía que la cosa iba a doler mucho. Habló con voz de mujer, cantó equivocándose a propósito, imitó a un tartamudo, fingió que se equivocaba de pierna en vez de tratar la que estaba enferma. Siempre hacía eso con todos los chicos, para que el dolor no fuera excesivo, y ellos acababan riéndose. Entonces, en medio de la risa, aprovechaba para atacar el punto perseguido.

Consiguió aplicar un remedio y vendó la pierna del muchachito.

—Listo, amigo mío. Ahora vas a quedarte acostado en esta hamaca, sin moverte. No te levantarás ni para...

Adjuruá se mostró preocupado.

—¿Cómo, ni para...?

—Tal como dije. Cuando necesite algo, tendrá que llamar para que yo lo lleve en volandas.

—¿Va a tardar mucho en sanarse?

—Una semana. Le haré varias curaciones. Puedes volver a tu aldea, que yo cuidaré de tu hijo.

—Entonces, me voy y vuelvo dentro de una semana.

Exactamente una semana después, él reapareció.

—¿Cómo está mi hijo?

—Casi cicatrizado. En seguida se pondrá bien.

—¿Puedo llevármelo?

—Depende. Si lo vas a cargar todo el tiempo, sí. No podrá caminar durante cinco días.

—Yo lo llevaré. Desde la canoa hasta mi rancho lo cargaré en brazos. Prometo que no caminará ni para...

—Eso mismo: "ni para"... Sino se perderá todo mi trabajo.

—Voy a preparar la canoa En seguida vengo a buscar a mi hijo.

Tardó diez minutos y luego regresó al rancho.

Llevó a su hijo agarrado al cuello hasta el puerto, y lo acomodó dentro de la embarcación hecha con el tronco de un árbol. Recordó algo y vino nuevamente a buscar a Fray Calabaza:

—Yo quería una cosa...

—¿Remedios?

—No, balas de calibre cuarenta y cuatro.

170

¡Bueno, ahora acababa de tocar un punto neurálgico! Orlando había recomendado que no se dispusiera de una sola de esas balas. Solamente había una caja de ellas, y eran difíciles de conseguir.

—Sabes que no tengo ni una.

—Sí que tienes.

—No. Si quieres balas del veintidós te las puedo conseguir.

El capitán Adjuruá se irritó bastante.

—¿Qué voy a hacer con balas del calibre veintidós, si mi carabina es del cuarenta y cuatro?

—Bueno, de ésas no tengo.

Intentó solucionar la situación.

—Hacemos lo siguiente: esperas a que Orlando regrese. Él va a traer muchas balas y te podrá dar algunas.

—Las quiero ahora.

—Ahora te dije que no tengo; si tuviera ya te las habría dado.

Los ojos del indio relampagueaban de rabia. Aproximó su rostro al de Fray Calabaza y vociferó:

—¡Mentira!

Sin que nadie lo esperara, lo escupió a la cara. Los dedos le dolieron más que el alma. Por un instante cerró las manos con intención de hacer llover una sucesión de trompadas sobre el rostro del indio. Pero en seguida el corazón dominó sus ímpetus.

—¡Calma, loco! No puedes hacer eso. Estás aquí porque quieres. No puedes reaccionar como "él".

Se fue dominando poco a poco, mientras seguía mirando al meinaco.

El corazón no cesaba de hablar:

—Acuérdate del lema del Servicio de Protección a los Indios: "Morir si es preciso. Matar, nunca". Cambia así las palabras: recibir golpes si es preciso; darlos, nunca…

Sus labios se entreabrieron y apenas pudo responder al insulto tartamudeando:

—Está bien, Adjuruá.

Se dio vuelta y se limpió el rostro con las manos, allí donde aún sentía doler la parte alcanzada por el escupitajo, y se encaminó a cerrar la farmacia. Sin querer, se preguntaba si muchos misioneros habrían aguantado lo que él. No quería pensar en gratitud. Sonrió un poco a disgusto, porque sabía que cuando pasaran quince días Adjuruá estaría de regreso, hablándole con la mayor naturalidad.

—¡Eh, Fray Calabaza!

Y él olvidado de todo, si eso fuera posible, respondería a su saludo.

—*Nátu pái*.

Se abrazarían como de costumbre y escucharía la frase afectuosa de los meinacos:

– ¡*Auixe pái*, Fray Calabaza!

–*Auixe pái*, Adjuruá.

Y con tales palabras estarían diciéndose cuánto se admiraban y cuánto se querían.

• • •

Enero se fue mojado. Orlando volvió. Febrero pasó rápidamente. Con marzo la lluvia disminuyó, y abril presentó el sol: más sol, mucho más sol que lluvia. Y, cuando llegara mayo, con el frío comenzaría la bella época de las sequías y del verano.

Entonces se dio cuenta de su gran adelgazamiento, y de qué larga y rojiza se había vuelto su barba.

–¿Sabes algo, Orlando?

–Sí.

–En ese caso no necesito hablar.

–Habla igual.

–¿Adivinaste que estoy furiosamente cansado de este Xingu miserable?

–Quieres dar una vueltita, ¿no?

–Eso mismo.

–Estás ansioso por mojar el bizcocho, ¿no?

Rieron amigablemente de la broma.

–¿Cuándo vuelves?

–En cuanto pueda.

–Entonces, buen viaje.

En el avión, de regreso a Goiânia; y luego, al día siguiente, si la suerte lo favorecía sin que ningún percance diera señal de su presencia, llegaría temprano a São Paulo. Se puso a pensar fríamente en sus viejos problemas y anhelos. Ahora podía analizarse sin pasiones y sin sentir piedad de sí mismo.

Posiblemente experimentaría un sufrimiento mucho mayor que las otras veces que retornara. La selva, el silencio, la igualdad común de todos los días, le provocaban ese choque. La diferencia se tornaba estúpida. El ruido de los coches, ómnibus y tranvías. El vaivén continuo de la gente que se encontraba, que chocaba, que se desviaba, lo ponía naturalmente nervioso.

Finalmente pudo tener en sus manos otras llaves que ya no eran las de la farmacia. Sintió los dedos trémulos al hacer girar la llave en la cerradura de su departamento. Cobró coraje para enfrentar las sombras de algún fantasma que todavía perdurase allí.

Corrió las cortinas y encendió la luz. La persona a la que dejara encargada de la limpieza no debía de haber trabajado muy bien en su ausencia.

–Por favor, ponga todo en aquel rincón.

Hablaba al portero y al chofer que lo habían ayudado a transportar los objetos trabajados por los indios y su minúsculo equipaje.

Pagó al chofer y dio las gracias al portero. Después cerró la puerta y se hundió en una silla, observando el abandono del ambiente. Había polvo desde el teléfono hasta los muebles y las alfombras. Sintió el impulso de telefonear a Gema para saber qué novedades había.

–Todavía no, Fray Calabaza. ¿Qué apuros son ésos?

–Tienes razón, corazón. Primero un poco de orden. Después un baño.

Entró en el dormitorio y abrió las ventanas. Sacudió las ropas de la cama y las retiró de allí. El encargado de la limpieza ni siquiera había quitado las sábanas y la colcha, que se encontraban amarillentas por el abandono. Arrojó todo en el suelo y golpeó en el colchón, para aliviarlo un poco del olor a moho. Poco más de cinco meses y todo aquel desorden.

En el armario las ropas habían adquirido manchas de moho. Dejó las puertas entreabiertas para que se aireara todo. Del cajón de la cómoda tomó nuevas sábanas para la cama. Realmente, sentía deseos de dormir un poco. Durmiendo comenzaría a acostumbrar los oídos al barullo envolvente de la ciudad. Arregló la cama y se sentó. Quería ver el ambiente tal cómo él era. Ver la realidad de lo que existía, sin más. Nada de descubrir intenciones o resquicios de nostalgia. Se quitó los zapatos y arrojó el saco sobre un sofá. Ya acostado, se desprendió de la camisa, los pantalones y los calzoncillos. Se sentó, desnudo y con cierto frío que al parecer el ambiente cerrado había acumulado. Quizá, también, porque la selva todavía se encontraba muy caliente en comparación con los primeros soplos de invierno que ya amenazaban a São Paulo.

Después se puso en pie y marchó a preparar un baño tibio. Siempre le había gustado sumergirse en un buen baño caliente, para olvidar las incomodidades de la selva. Regresó al dormitorio para buscar un piyama que tuviera menos olor a cosa guardada desde mucho tiempo atrás. Quitó su envoltura a uno de aquellos jabones que antiguamente bautizara como "jabones de rico"; sintió su grato perfume y se puso a esperar de nuevo su baño. Colocó dentro del armario del baño todos los útiles de afeitar y se miró en el espejo. Realmente había envejecido. Los cabellos, quemados en las puntas, dejaban ver en las sienes una marea emblanquecida. Hasta su larga barba comenzaba a ser invadida por los pelos blancos. Antes que nada necesitaba cortar aquella mata virgen. Descubrió unas tijeras y comenzó la maniobra. Luego que estuvo bien recortada empezó a deslizar por el rostro enjabonado la hoja de afeitar. La parte cubierta por la barba y ahora ya rapada ofrecía un blanco azulado que desentonaba con el bronceado rojizo del rostro, expuesto tantos meses a la intemperie.

Listo. Ahora el baño magnífico y reparador. Cerró los ojos y sumergió el cuerpo, en el mayor olvido. Extrañamente, y sin motivo alguno, comenzó a pensar en las palabras del Evangelio: "Quien no está conmigo está contra mí..." "No se puede servir a dos señores..." Se sorprendió tanto con esos pensamientos que abrió los ojos y sonrió. ¿Por qué había pensado en eso? Precisamente en una hora de relax y pasividad espiritual...

Se enjabonó, pero las frases persistían, persistían y estaban a punto de irritarlo. Lo peor era que no conseguía olvidarlas: parecía un disco rayado.

Silbó para olvidar. Desvió sus pensamientos hacia los trabajos de artesanía de los indios que trajera consigo. Iría a venderlos, como siempre, para que también como otras veces el dinero revirtiera en beneficio de ellos. Siempre había clientes interesados y que pagaban mucho mejor que las casas especializadas en el género. Una ligera somnolencia lo invadía. Las horas interminables en un avioncito miserable, el barullo de la ciudad, el frío, todo junto le producía una sensación de blando cansancio.

Se secó, se puso el piyama y sintió con agrado el perfume de su cuerpo limpio. Ahora, a la cama.

El teléfono. Necesitaba telefonear. Aunque el corazón lo alejara de nuevo de aquella idea.

Se calzó las chinelas y caminó sin prisa hacia el *hall*. Tomó un pañuelo y limpió el polvo del aparato. Miró con curiosidad todo aquello que no veía desde hacía meses.

No tuvo que esforzarse mucho para recordar el número de Gema. Pero extrañamente, antes de discar, el teléfono parecía querer hablar solo con él, avisándole algo.

–Son tonterías, corazón. Mieditos que uno tiene antes de volver a ver a los amigos cuando llega de la selva. Uno se queda retrasando el encuentro, retrasándolo, retrasándolo...

Discó el número y esperó. A esa hora Gema ya había regresado del trabajo y, en el caso de no tener compromiso alguno para cenar, estaría volando a fin de atender el llamado. Había acertado en sus cálculos.

Escuchó del otro lado la voz de la amiga. Deformó la suya y pidió el número. Después, gozando todavía de la sorpresa que Gema iba a tener, preguntó si ella podía atenderlo.

–¡Ah! ¿Entonces es la propia señora Gema la que está hablando?

En la voz de ella se hizo perceptible un comienzo de irritación.

–Aquí habla Roberval.

Había dado, a propósito, el nombre de un antiguo admirador, al que ella detestaba. No se contuvo más y soltó una gruesa carcajada feliz.

–¡Adivina quién es!

La voz llegó llena de felicidad, mezclada de nostalgia y de ternura: un *pout-pourri* de amistad.

–¡Muñeco! ¡Tú! ¿Cuándo llegaste? Estaba muriendo de nostalgia. ¿Cuándo me vienes a ver?

–Estoy aquí y muy pronto iré a verte.

—¡Cuánto tiempo, querido! Nadie sabía nada de ti.

—Estaba encerrado en la selva, sin contacto con la vida.

—¿Cómo estás?

Aquella pregunta había sido hecha de un modo extraño y muy significativo.

—Delgado, muy delgado. Canoso, bastante quemado. ¿Qué más?

—¿Me vienes a ver en seguida? ¿No quieres comer conmigo, ahora?

—Ni hoy ni mañana. Que pase más tiempo aún, para que tú acumules un poco más de nostalgia.

—Yo necesitaba que vinieras ahora mismo, ¡ya!

—No, Gemoca. Hoy y mañana no podré, realmente, aunque estoy loco por hacerlo.

—¿Ni siquiera implorándote?

—Ni así. ¿Por qué?

—Necesito saber una cosa.

—Dímela por teléfono.

—Entonces, ¿de verdad no vienes?

—Decididamente, no puedo. Puedes decirme lo que sea.

—Si lo prefieres así...

La voz de Gema había cambiado, adquiriendo un acento de tristeza.

—Somos amigos, ¿no es cierto?

—¡Qué duda cabe!

—Entonces, ¿puedo hacerte una pregunta?

—Claro. ¿Por qué tanto misterio?

—¿Sabes algo de Paula?

—Nada. Eres la primera persona a la que hablo.

—¿Nada, de verdad?

—Lo juro.

—Entonces aguanta el choque, porque como amiga tuya debo decírtelo.

Hizo una pequeña pausa llena de angustia.

—Paula murió.

—¡No!...

Las manos comenzaron a transpirar sobre el teléfono.

—Murió en París, hace dos semanas. El viernes fue la séptima misa del novenario.

Los músculos de su cuello se endurecían y un dolor agudo le estrujaba el corazón.

La voz de Gema parecía hablarle desde la eternidad.

—Ella murió...

No quería escuchar aquello. Quería ahorcar a la humanidad con el cordón del teléfono. No había lágrimas en sus ojos, tan dura había sido la noticia. Quedó con el teléfono atenazado al oído, como si estuviera sosteniendo con la mano y apoyando en el rostro la manija de un ataúd.

La voz de Gema continuaba:

–Querido... querido...

También a ella la dominaba la emoción.

–¿Estás escuchando? Yo no quería darte una noticia así por teléfono.

Se apretó la frente con la mano libre y por fin consiguió hablar:

–Hiciste bien en decírmelo.

–¿Cómo te sientes, querido? ¡Me gustaría tanto estar a tu lado ahora!

–Por el momento estoy medio anestesiado, Gema, pero voy a querer estar solo. Tú comprendes. Creo que más tarde... voy a... llorar.

No podía decir nada más. Ni responder al saludo de la amiga.

Se quedó parado largo tiempo y tuvo la exacta impresión de que caminaba en una huerta inmensa, llena de grandes y maduras guayabas. Y el olor de las frutas maduras invadía todo su ser, asfixiándolo en un comienzo de sollozo. Y el sollozo provocaba en sus ojos una invasión de desdichadas lágrimas.

TERCERA PARTE

Las tortugas

1

LA CALUMNIA

Sintió que la mirada de la enfermera analizaba su figura. De arriba abajo. Sin perder ningún detalle que le pareciera extraño. Sabía que no estaba bien vestido, que sus ropas se reducían a una camisa gris ordinaria, unos *blue jeans* azul oscuro que hacía mucho se habían decolorado hasta llegar a ser celestes. Las botas negras tendrían que haberse lustrado, pero no lo estaban. Intentó disimular su modo de ser, ensayando una sonrisa más que humana.

—¿Podría hablar con el doctor Chiara?

—Si es por una consulta, son cuatro mil cruzeiros.

—No. No es una consulta. Y si tuviera cuatro mil cruzeiros me casaba.

—¿Es un asunto particular?

—Por favor, dígale que soy Fray Calabaza.

La joven abrió mucho los ojos, sorprendida.

—Fray... ¿qué?

—Lo que oye, Fray Calabaza. Soy pariente suyo.

La muchacha entró medio desconfiada y él miró alrededor, a los que esperaban. La mayoría eran representantes de laboratorios, con sus portafolios y muy conversadores. Dos mujeres pobres, seguramente pacientes y atendidas gratis. Nunca aprendería aquel hombre. Con clientes así no ganaría ni para la nafta del coche, a pesar de ser uno de los mejores ortopedistas de São Paulo. Era bueno no prestar demasiada atención al dinero. Sabía que era socio de una clínica, y mucho de lo que debía de ganar en ella se reducía al mínimo, porque siempre internaba a enfermos pobres cuyos gastos descontaba de sus ganancias. Era hermoso aquello. Le haría mucho bien mirar su rostro. Pero no pudo seguir con sus pensamientos, porque la puerta se abrió, salió una paciente fea y la figura del médico apareció en el dintel.

Extendió la mano y aceptó un abrazo.

—La enfermera pensó que eras un loco.

—Como cada vez hay una distinta...

—¿Quién te manda aparecer cada cuatro años? En general a las mujeres les gusta casarse. Entra.

Se sentó cerca del escritorio, y detrás de éste el doctor Chiara se reclinó en su sillón tapizado. Inmediatamente tomó el martillito de reflejos y comenzó a tamborilear en el centro de su mano izquierda.

–Por favor, termina con eso. Mi padre cuando me llevaba al consultorio hacía lo mismo y me ponía nervioso.

Dejó el martillito sobre el escritorio. Y los dos se quedaron analizándose. Observándose mutuamente. Contando los estragos que el tiempo había hecho en sus rostros en el espacio de cuatro años. Rieron a la vez, porque cualquiera de los dos haría el mismo comentario si hablara.

–¡Estamos poniéndonos viejos!

–Ya lo estamos.

–¿Y cómo va esa vida?

–La lucha de siempre. Como tú dirías antiguamente: vivir es sufrir. Hospital a la mañana, consultorio a la tarde, un cliente que aparece a la noche. ¿Y tu vida?

–La misma de siempre. Selva, mosquitos, indios y régimen. Ciudad y limosna. Y ahora un cansancio raro. Quizá fruto de la vejez misma. El doctor Alfonso, mi querido y viejo amigo, piensa que no estoy muy bien.

–Debe de ser alguna cosa, pero por cualquiera de estos dos motivos: porque vaso bueno no se quiebra y porque no hay vez que visites a un médico que no sea para pedirle muestras gratis.

Los dos rieron.

–No. Quiero al médico, pero después no te escapes: también quiero muestras.

–Tengo un cajón lleno de cosas para ti.

Y de inmediato se impuso la seriedad de quien está viendo a un enfermo.

–No, no adoptes esa actitud, porque sino yo me asusto.

–Tonterías; vamos a hablar en serio. ¿Qué pasa?

Siempre aquella voz dulce y amiga.

–Un dolorcito finito que me sube aquí, por el hombro derecho; un cansancio que a veces parece que es del otro mundo. Y una sensación de adormecimiento rara, molesta, aquí en la mano izquierda. A veces, hasta el reloj me molesta.

–¿Sólo del lado izquierdo?

–Sí.

–Vamos a la otra sala.

Abrió otra puerta.

–Sácate la camisa.

Inspeccionó la espalda quemada. Hizo que se pusiera de frente.

–Por lo que veo, las costillas están en orden. ¿Qué fue eso, una promesa o hambre?

–Dureza, mi viejo, dureza.

Alfonso le examinó el hígado, el estómago; auscultó su corazón, sus pulmones; le tomó la presión y se mantuvo callado. Y en silencio se encaminó hacia la sala, donde fue a sentarse frente al escritorio. La seriedad continuaba viva en su semblante.

Fray Calabaza estaba terminando de ponerse la camisa.

—¿Entonces, doctor?

—¿Has hecho muchos esfuerzos, últimamente?

—¡Vaya pregunta! Remé hace ahora dos meses, en el viejo Araguaia, ¡y tanto! que pensé que iba a reventar. Estaba tan débil que parecía que remaba a mi cuerpo y no a la canoa.

—¿Bebiste, digamos... mucho ?

—Mucho. Antes conseguía atravesar mis períodos de selva incólume. Ahora es otra cosa. Todo cambió; es decir, hasta yo cambié.

—¿Cuánto tiempo hace que llegaste?

—Cuatro días.

—¿Y aquí también abusaste de la bebida?

—Ya sabes lo que pasa. Uno encuentra amigos, largas conversaciones, una celebración allá, y se va a dormir repleto de alcohol.

—¿Sientes que te falta el aire?

—Sí, una sensación mezclada con cansancio.

Se quedó mirando al amigo. Su expresión era distinta de la de siempre. Algo grave había, seguro. Finalmente, él quebró el silencio.

—¿Cuándo regresas?

—Tan pronto como negocie una carga de cerámica indígena y pueda comprar y obtener gratis bastantes chucherías para mis indios.

—Me parecería mejor que antes te hicieras un electrocardiograma.

Él dio un salto.

—¡Caramba! No es para tanto.

Luego retornó a su antigua actitud y rió.

—¿Cómo hacer un examen de un órgano que ya no se posee? Busca otro procedimiento. No tengo ni un minuto que perder.

—Eso es cosa tuya. Pero yo te lo aconsejaría. Hígado, pulmón, estómago, todo está bien. Pero el corazón...

—Procúrame cualquier remedio y te prometo que seguiré el tratamiento a muerte.

—Entonces, abandona el alcohol y el cigarrillo. Termina con los esfuerzos físicos, o disminúyelos si puedes.

—Las dos primeras cosas son posibles, aunque difíciles, pero la tercera no puede ser.

—En todo caso, si no puedes abandonar el alcohol, por lo menos no lo mezcles con el esfuerzo físico. En tu caso, yo no bebería durante seis meses...

E hizo con la mano un gesto como si una bomba estallase.

—¿Es para tanto, Alfonso?

—¡Uf, sí es! Almuerza mañana conmigo.

—Si tengo tiempo, ¿en tu casa, a las doce?

—A la una es mejor.

Se estrecharon las manos y Fray Calabaza salió.

Iba preocupado en el ascensor. Se le había grabado el gesto de la mano del médico. No había duda de que algo lo asustaba. Tenía que conversar con los amigos en los bares, pero sin tocar ni un vaso. Y era en los bares, conversando con ellos, donde conseguía muchas cosas para sus indios. Se sintió transportado lejos, bajo la sombra de la gran mangueira de Santa Isabel. Atardecía, y a él le gustaba quedarse mirando regresar de la pesca a las canoas, siempre con la misma belleza tranquila. Oyó que alguien se aproximaba. Era el viejo amigo Deridu. Traía en los brazos a una niña limpia, gordita, de cabellos untados con aceite de *babacu*.

Deridu lo saludó y en seguida le extendió a su hija.

—*Biuikre*, Toerá. Toma a mi hija, que sé que te gusta.

Colocó a la niña en su regazo y le acarició la espalda.

Deridu tenía una expresión tranquila y sumisa.

—¿Ya te vas?

—En seguida, sí.

—¿Estás bien, Toerá?

—Casi.

—¿Vas para São Paulo?

—Seguramente.

Deridu hizo una pausa, y Fray Calabaza tuvo la certeza de que a ello seguiría un pedido. Resolvió facilitar la cosa.

—¿Qué es lo qué querías, Deridu?

—¿Sabes lo que es, Toerá? La caza está muy difícil. Los blancos acabaron con la caza de nuestra gente. Hasta con el cerdo salvaje y con el capibara, que junto con los loros y los papagayos se comen nuestras plantaciones. Y yo no tengo una 22. ¿Podrías traerme un arma de ésas?

—Creo que no voy a poder, Deridu. Estoy muy pobre. Vine del Xingu y no gané ni un centavo allá. Hasta vendí mi carabina a un funcionario para ayudarme en mi viaje.

El otro se puso triste, pero no se desanimó.

—Solamente una, de un tiro. Ya sabes, la plantación queda lejos y el tigre anda por el camino. Muchas veces tengo que regresar de noche, y no puedo matar un tigre a flechazos… De un solo tiro, Toerá.

Se condolió con la historia.

—Aun así, va a ser difícil.

—Mirá, Toerá, si no me consigues una 22 yo nunca podré tener dinero para comprarla. Soy muy pobre.

Apretó suavemente a la criatura contra el pecho, como para protegerla de la angustia. Ese roce suave le dio una puntita de esperanza.

—Pienso que no voy a poder. Pero vamos a hacer una cosa. Yo no te prometo nada, pero intentaré todo lo posible. Si no lo consigo, no te enojarás.

—Bueno, no me enojaré.

—Muy bien.

—Dame la niñita. Se está haciendo de noche y su madre debe de estar buscándola.

Terminada la conversación, Deridu se proponía retornar a la aldea. Caminó un metro y se volvió, con una débil sonrisa.

—Me la vas a traer, sí. Porque tú eres un amigo muy bueno.

Rió, y su figura se fue borrando.

—¡Chantajista!

Pero el chantajista no era el indio, sino él, porque con aquella historia en los bares y en una librería ya había conseguido cuatro armas calibre 22.

—¿Va a subir de nuevo, señor?

Enfrentó la cara agresiva del ascensorista.

—Disculpe. Estaba tan distraído que no reparé en que ya habíamos llegado. Gracias, amigo.

• • •

—Sólo uno más.

—No puedo.

—¿Por qué no puedes, Fray Calabaza? Dentro de poco te vas a enterrar por esas selvas y sentirás nostalgia del olorcito de un whisky. Solamente éste.

Echó el líquido en el vaso empañado por el frío, en el que el hielo danzaba con la intromisión de la bebida.

Aceptó. El argumento era bastante convincente. En breve quizás estaría enterrándose por esas selvas, como le acababan de decir. Bebió otro whisky, como invitado, sin tener que preocuparse de la miserable cantidad de dinero que poseía. De lejos, entre los primeros síntomas de la alegría alcohólica, recordó las palabras de Alfonso. Pero las oía de tan lejos, que ni parecía que las palabras le fueran dirigidas a él.

—¿Verdad que en la selva ustedes no tienen esto, no es cierto?

—Cuando mucho, coñac de Alcatrão, de São João da Barra.

—Pero eso es un asco. Es jabón de perro.

—¡Uf! Sirve para lavar el estómago. Para enjabonarlo, por lo menos. ¿Crees que uno puede andar eligiendo mucho en esos lugares?

—¿Y aguardiente?

–Ah, eso sí. Aparece por allá antes que ninguna persona.

Se sentía con la lengua suelta. Con una alegría pocas veces vista. Comenzaron a formar ronda alrededor de él. No eran muchas las oportunidades que esa gente tenía de hablar con alguien que venía de la selva. Y tratándose de él, siempre tan reservado y taciturno, menos.

Llegó un señor de mediana edad y cabellos grises. Lo invitaron a sentarse entre ellos.

–¿Conoce a nuestro Fray Calabaza? Hombre del sertão, por los cuatro costados.

Le dijeron el nombre de aquel periodista y estrechó su mano.

–¿Otro whisky? Uno más. Aprovecha, hombre, que mañana esta "sopa" se acaba.

Ya no tenía fuerzas para controlarse. Aceptó. La lengua fue soltándose cada vez más, poniéndose conversadora. Todos quisieron saber más cosas de los indios.

Momentáneamente se turbó un poco, dejando aparecer cierta tristeza. Se encogió de hombros como si nada pudiera resolver, o reconociendo la inutilidad de toda su dedicación.

–El propio Brasil se encarga de acabar con ellos. O regalándoles las enfermedades o distribuyendo la maldición del aguardiente. Puede ser que alguno escape de esa confusión, si continúa la conservación del Parque de Xingu. Allí sí que existe una esperanza.

–¿Cuál es el lugar en que usted permanece más?

–Siempre establezco mi cuartel general en la isla de Bananal. Ése fue un lugar adorable. Uno podía trabajar por la salud de los indios y para conservar todo lo de auténtico y folclórico que aún subsistía. Un día... Apareció un presidente sonriente, el presidente que mejor supo gastar la sangre de los pobres. En su exuberancia de Nabab invadió el Bananal, y en una región reservada al Servicio de Protección al Indígena colocó, a su capricho, la Fundación Brasil Central. ¡Mundo loco! Dos entidades que nunca se vieron con buenos ojos, y que hasta hace bastante poco tiempo fueron enemigas íntimas: porque trataban de asuntos semejantes, simplemente.

Observó que al periodista de cabellos grises la historia no le estaba gustando mucho. Pero la lengua ya se había soltado.

–Pues bien: el presidente sonriente fue allá y ¡bumm! Invadió todo. Invadió y ofendió hasta la parte religiosa del indio. Llevó a un violinista célebre en su equipaje y al son de un ritmo alegre incitó a los indios a bailar el Aruanã en compás de samba. Era el "papá grande" de los cuenteros. Entonces levantó la varita mágica del desperdicio. Hágase un hotel. Un hospital. Un campo de aterrizaje, hasta para aviones de chorro. ¡Vaya! Con dinero de otros es fácil. Vamos a llamar progreso a esto. Y pronto cuatrocientos millones de cruzeiros fueron lanzados afuera. Si quieren verlo, vayan allá. Todo está cayéndose a pedazos y la lluvia cae dentro. Y junto a esa miseria de oro, uno tiene cien mil cruzeiros por año para sostener un miserable puesto del indio, que se tornó con aquella invasión un falso centro de turismo gubernamental. Los aviones iban llenos para el fin de semana ¡El pueblo era rico! El dinero se obtenía fácilmente. Vayan allá y vean. El pobre indio empleado en la construcción de las obras que ganaba un dinero nunca visto modificó el patrón económico de vida. Pensaba que aquello no iba a terminar nunca. Vayan allá y vean el abandono, la desnudez, la suciedad, el aguardiente tan bien introducido y distribuido…

Alguien se acordó de preguntar sobre la carretera Belém-Brasilia.

—¡Dentro de doscientos años será una cosa formidable! Pero no piensen que fue obra del presidente sonriente, no. Mi viejo, yo tengo veintiséis años de selva. Ya cumplí las bodas de plata con los mosquitos y la fiebre. Aquello ya existía. Era fácil hacer un cartel para quien estaba fuera. Evidente que no existía la carretera Belém-Brasilia, porque Brasilia no había sido creada. ¡Todo el mundo en el sertão viajó por esas carreteras que iban a Belém, en el alto Tocantins, mi Jesús del Divino Cordero! Pero viajó como se viaja hoy. Verdad que ensancharon algunos tramos. Verdad, sí. Pero intentan viajar de diciembre a marzo. Vayan allá y vuelvan ustedes con coraje para elogiar, mis queridos reporteros que hicieron ese viaje en tiempo de sequía y tierra. ¡Hijos míos, si hasta ahora no comenzaron a hacer la segunda pista en la carretera Presidente Dutra, y aquí, en nuestras propias barbas! Es duro conservar las cosas próximas, ¡conque imaginen qué pasará por allá! El tiempo, sí, el calmoso tiempo desarrollará con lógica y paciencia esa carretera que será una maravilla de unión entre las gentes. La violencia y el palabrerío no sirven para nada porque ustedes no podrán vencer la lucha contra un clima ingrato. Ustedes no pueden, por lo menos ahora, detener la lluvia que baja sobre la selva en una época determinada.

Estaban dándole cuerda a su lengua desatada.

—¿Y Brasilia?

—¿Para qué quieren saberlo? Todos ustedes conocen la verdad sobre eso, la verdad que cada uno interpreta a su modo, pero la conocen…

—Pero siempre es bueno escucharla de labios de una persona que vive por allá continuamente. Dinos tu opinión sobre Brasilia.

—Verdaderamente, Brasilia es una maravilla de audacia y arrojo. Está hecha, y ella no tiene la culpa de cómo la hicieron. Fue el mayor campamento de mineros, de *garimpeiros* del Brasil durante su construcción. Nadie puede aprobar el latrocinio que la cercó. Nadie. Pero se tiene la obligación de aprobar la obra que está hecha. No es posible volver atrás. Pero si se pudiera dar vuelta los bancos de Suiza, ¡Dios del cielo, cuántos robos aparecerían en cuentas cifradas! Y todo viene de Brasilia, que no tiene la culpa de nada.

185

El periodista se expresó por primera vez. Tenía una sonrisa sarcástica en el rostro y hablaba con voz meliflua.

–Me gustaría escribir un artículo sobre nuestro amigo Fray Calabaza. Voy a aprovechar la oportunidad y telefonear a mi diario pidiendo que venga aquí un reportero; eso, naturalmente, si nuestro amigo no se molesta.

–¿Yo? No sé si vale la pena hacer un artículo sobre mí. Pero haga usted lo que quiera. Usted es quien sabe la importancia o la insignificancia de todo esto.

El periodista se incorporó y fue hasta el mostrador para telefonear. Muy cuerdo, se ofreció a pagar la nueva ronda de whisky.

Fue él mismo quien hizo la siguiente pregunta:

–¿Pero usted no cree que el presidente sonriente hizo muchas cosas útiles, con respecto a la industria, principalmente a la automovilística?

–Puede que sea así para usted, para media docena de personas bien situadas en la vida. Pero fue mucho mejor negocio para el extranjero que para los brasileños. En aquella época, el pobre quedó sin alfabetización ni agricultura. Y ahora el pobre continúa sin las dos cosas y sin automóvil. ¡Uf, qué calor! Me voy.

–No, espere, que el diario está cerca y no quiero dejar de tomar unas fotografías de usted para mi artículo.

Dejó de hablar y sonrió.

–Creo que dije una cantidad de tonterías. Pero no importa: mucha gente antes que yo debe de haber declarado estas cosas a borbotones.

Se enjugó el rostro con las manos. A pesar de que el tiempo estaba fresco en São Paulo en esa época del año, el alcohol lo había enrojecido de calor. Sintió medio débiles las piernas.

Apareció el hombre con la máquina y el flas.

–Listo, Fray Calabaza. Así, una sonrisa.

Accionó el flas.

–Ahora con el vaso en la mano, haciendo un brindis por el futuro de la selva.

Obedeció, sonriente. Después de todo, no costaba nada.

• • •

Le habían dado una carta de presentación para un cónsul extranjero a quien le gustaban mucho las cosas del interior, principalmente, cuanto se refería a la selva. Decían que era un hombre muy bueno, un poco duro, pero bastante generoso. Hasta usaba con finalidades filantrópicas una parte del presupuesto concedido por su país.

Había telefoneado al consulado, y el diplomático ya estaba enterado de todo. Acordó una cita para las tres y media de la tarde. Podría disponer de quince minutos para atenderlo.

Antes de la hora convenida se había encaminado a la calle Barão de Itapetininga, el reinado de Françoise, y se quedó mirando las vidrieras de los comercios, para hacer tiempo. Permaneció encantado ante una casa de venta de heladeras, en la que había un montón de muñecos esquimales, bien vestiditos, vistiendo ropas de lana de diversos colores. Se puso a imaginar a sus indiecitos lindos, color de bronce, vestidos así. Bien que necesitaban abrigos ellos, en esas noches de frío de mayo y junio, cuando el viento proveniente del Araguaia entraba por el piso de los ranchos de paja, enfriándolo todo.

En otra tienda miró un reloj y vio que aún faltaban veinte minutos. Se detuvo en la puerta de la galería donde estaba el consulado y se quedó mirando pasar a la gente, siempre apresurada. Cada una pendiente de sí misma y en un mundo desconocido de problemas particulares.

Fue hasta la esquina de la calle Ipiranga, ya que aún tenía tiempo.

Un inválido con muletas ofrecía un prospecto cualquiera. Una de sus manos sostenía un paquete grande de ellos, y con la otra los iba ofreciendo a quienes pasaban. Era tanta su dificultad que el pobre se apoyaba en la pared. Aceptó una con pena y lo agradeció. ¡Pobre desdichado! Allí estaba su trabajo y nadie tenía la gentileza de ayudarlo. Siguió llevando en la mano el papel que, en seguida, por efecto de la nerviosidad que lo consumía, quedó transformado en un simple canutito y fue arrojado al suelo.

Ahora estaba sobre la hora. Tenía tiempo suficiente para tomar el ascensor, llegar a la oficina y hacerse anunciar.

No tardaron más de un minuto en atenderlo e invitarlo a acompañar a una señora alta que hablaba portugués mezclado con su idioma de origen. Permaneció un instante sentado en una salita, y de nuevo la joven alta retornó, haciendo que fuera introducido en el despacho oficial.

El cónsul, detrás de su mesa, atendía un teléfono y hablaba con mucho interés. Apenas hizo una señal para que se sentara en un cómodo sillón, frente a él. Era un hombre pequeño y de aspecto muy sociable.

Bajó la mirada hasta la alfombra, encontrando lindos los dibujos extravagantes. De pronto, sus ojos sintieron que estaba siendo curiosamente observado. Los levantó y vio que el cónsul lo miraba. Quedó sin saber qué hacer. El cónsul todavía hablaba por teléfono pero observaba su aspecto, que seguramente parecería muy excéntrico.

¿Qué esperaba él de un sujeto pobre que vivía sepultado en la selva? La camisa de tela rústica estaba medio desabotonada, pero limpia; justamente se había arreglado los puños para que no se viera que estaban gastados. El pantalón era de brin barato y naturalmente arrugado, como todos los tejidos que cuestan poco. El rostro bien afeitado. Sintió un tremendo disgusto al tropezar con sus botas: ¡bien pudo lustrarlas! Pero lo había olvidado. Se sintió pequeño y miserable. La angustia apretaba su garganta, obligándolo a tragar en seco. Ya no sabía qué posición tomar, ni de qué manera escapar a ese análisis. Ni siquiera encontraba ocasión para sonreír, porque el hombre hablaba seriamente por teléfono y no le daba oportunidad para ello. Si sonreía, quizá no fuera correspondido. Era la primera vez que tenía una entrevista con un diplomático. Y si no lo hubieran recomendado tanto, quizá no habiese acudido; aunque, finalmente, todo sería disculpable, ya que no pediría para él, sino para sus pobrecitos indios.

Por último, el cónsul terminó de telefonear. Colocó el tubo en el gancho y cruzó las manos sobre la mesa, observándolo todavía con mayor severidad. Usaba una corbata-mariposa y un traje finísimo, claro e impecable. Abandonando su lugar se dirigió al centro de la sala y tomó asiento en un sillón, a su lado, con la seguridad de quien tiene pleno dominio de los convencionalismos sociales propios de la vida civilizada. Pidió disculpas por su larga conversación telefónica, recibió la carta y la leyó con mucha atención. Se quedó un momento en silencio, golpeando la carta en la palma de su mano. Sólo entonces comenzó a hablar.

–Ya había sido informado a su respecto. Pero…
Aquella reticencia causaba un terrible malestar.
–Pero sin duda necesito conversar unos minutos con usted y hacerle algunas preguntas.
–Estoy a sus órdenes, señor.
No sabía si debía llamarlo señor o excelencia.
–¿Cuántos años hace que trabaja con los indios?
–Algo más de veinte años, señor.
–¿Recibe algún sueldo por parte de alguna entidad?
–No, señor. No gano nada de nadie. A no ser que alguien me quiera ayudar. Todo lo que obtengo lo destino a mis amigos de allá.
–¿Profesa usted alguna religión?
–Ninguna, señor. Sólo creo en Dios.
–Entonces, ¿de dónde le viene ese nombre de Fray Calabaza?
Sonrió y se sintió más cómodo. A mucha gente le gustaba preguntarle lo mismo.
–De una simple broma. A pesar de no ser católico, fui educado sobre bases católicas. Cuando anochece allá, en la región de Xingu, aparecen muchos mosquitos; yo caminaba rápido, golpeándolos con el sombrero. Necesitaba hacer algo para que pasara esa hora difícil. Entonces resolví rezar por los muertos; pero sólo por los muertos queridos. Una vez estaba rezando el padrenuestro y me detuve en la parte en que se habla del "pan nuestro de cada día". ¿Qué pan, si la gente, desde hace años, no sabe qué es eso? Entonces cambié lo de pan por calabaza, porque lo que la gente realmente comía todos los días era zapallo. Descubrieron mi oración. Y además, como siempre uso el pelo muy corto, al igual que los misioneros, me llamaron así.

Por primera vez vio en el cónsul una sonrisa comprensiva.

–Bueno, su modo de vivir no deja de tener cierta semejanza con el de un misionero.

–Tal vez. Ellos tienen siempre una mejor intención que yo. No espero nada de lo que hago, ni pienso por qué lo hago. Simplemente porque me gustan mis amigos indios y me acostumbré a su género de vida.

–¿Cómo podría ayudarlo yo?

–Consiguiéndome ropas, telas. Pero no géneros muy ordinarios, porque mis indiecitas tienen tan poca ropa que precisan lavarlas continuamente y si son géneros muy ordinarios se gastan en seguida.

–¿Qué preferiría que le diera, los géneros o el dinero?

–Eso lo resuelve usted, señor. Yo puedo darle la dirección de las casas que siempre me hacen una rebaja, y decirle cuáles son las telas que necesito.

–No. En el caso de que me incline por ayudarlo, le daré el dinero, porque tengo muchos problemas y poco tiempo.

Se sintió admirado. El hombre aún no se había decidido completamente; aún usaba el "en el caso"...

–Estoy forzado por las circunstancias a hacerle una pregunta que, de alguna manera, tiene un cierto sentido íntimo...

No sabía a qué se debía aquello, pero ya que había llegado hasta allí era mejor olvidarse de todo y pensar en sus indios.

–Hágala, señor.

–¿Usted acostumbra explotar a los indios?

Respondió con otra pregunta:

–¿Tengo el aspecto de quien explota a alguien?

Se levantó para que el cónsul viera su figura por completo.

–Realmente, usted tiene un aspecto muy modesto. Pero no se enoje por lo que sigue. Me gustaría ver sus manos.

Sin dudar, las exhibió ante el hombre.

Vio que éste se había estremecido al ver tantos callos en sus manos arruinadas. Aquellos callos eran el resultado de años de trabajos pesados. Nunca habían desaparecido. Cuando mucho, eran sustituidos por otros. Nadie podía decir que aquellas manos pesadas habían sido alguna vez las de un artista.

–Está bien. ¿Le gusta beber?

–Me gusta. A pesar de que el médico me lo ha prohibido por causa del corazón. Pero no niego que a veces, en la selva, cuando la vida me desanima, me tomo algunos tragos, que por otra parte no ofenden ni escandalizan a nadie.

–¿Delante de los indios?

–No, señor; escondido, de noche, en mi rancho. O lejos de la vista de ellos.

–¿Usted tiene aventuras con las indias?

Lo sorprendió la pregunta, porque siempre había juzgado que un diplomático debía ser muy discreto.

–La verdad es que al comienzo tuve algunos pecadillos. También puede disculparse porque yo era bastante más joven, y a esa edad el cerebro piensa menos que... Ahora no, es como si todos los indios formaran parte de mi familia. Vi nacer a muchos de ellos que hoy son padres y me ofrecen a sus hijos como nietitos...

–Bien, voy a terminar con las preguntas y justificar por qué fui obligado a hacerlas.

Hizo sonar un timbre e inmediatamente apareció la mujer alta.

–Puede traerme el diario.

Ella salió y volvió con el diario, como si todo hubiera estado combinado de antemano.

Se sentó de nuevo y abrió la última página del diario. La página de la suciedad humana.

–¿Conoce esto?

Su retrato aparecía ampliado malvadamente. Su expresión libertina daba la impresión de borrachera hasta en los ojos congestionados. Y para colmo de males, el vaso parecía hacer un brindis a quien leyera el diario. Sobre el retrato, las letras grandes decían: "FRAY CALABAZA – UN VERDADERO CUENTERO".

Allí estaba la razón de la desconfianza del cónsul. Allí estaba el formidable artículo donde el periodista lo acusaba de trampear a los indios, de ganar dinero negociando con ellos; a él, supuesto desflorador de mujeres y niñas. El peligro de su suave conversación para obtener limosnas. Y vender el producto de ellas a los indios...

No acabó de leer, porque los ojos se le llenaron de lágrimas. Había hablado demasiado en el bar, y el hombre era partidario del presidente sonriente... La venganza barata... La mezquindad de la humanidad asquerosa...

Levantó hacia el cónsul los ojos mojados, y comentó humildemente:

–Desgraciadamente, ese borracho soy yo. Es todo cuanto puedo decir.

–Pero, ¿cómo consiguieron esa fotografía, muchacho?

–Encontré amigos en un bar. Gente a la que no veía desde hacía mucho tiempo. Resolvimos celebrarlo. Me puse alegre y comenté mal el gobierno de cierto presidente. En la mesa había un periodista que era partidario de él. He ahí su respuesta a las acusaciones que hice.

Se levantó, decidido y con una tristeza de muerte en el alma.

–De cualquier manera, muchas gracias por haberme recibido, aun después de haber leído ese diario.

La mano del cónsul sujetó su brazo.

–¿Adónde va, muchacho?

–Después de esto, creo que no tenemos nada más que conversar.

–¿Por qué? ¿Piensa que en mi larga carrera de diplomático alguna vez no fui yo también calumniado por los diarios?

Hizo que se sentara.

–Mi obligación profesional era preguntar todo eso; finalmente, me quedaba el derecho de conocerlo y discriminar mi juicio. Mi decisión es ésta: en mi opinión, usted nunca sería capaz de hacer nada de lo que el diario lo acusa. Es suficiente.

Miró emocionado al viejo.

–Para mi corazón es bastante. Lástima que la mayoría no va a pensar como usted.

De nuevo tocó el timbre.

–Voy a darle un cheque como prueba de mi entera confianza. Y quisiera que usted me retribuyera ésa, mi entera confianza, firmando el recibo que ya mando preparar. Pero sólo servirá si su firma dice, simplemente: "Fray Calabaza".

• • •

Salió por la galería con la cabeza baja. Con miedo de que todo el mundo hubiera leído el diario y lo acusara, cuando lo descubrieran caminando. Tomó la calle Sete da Abril, cruzó hacia el edificio de la Telefónica y caminó por la calzada. A pesar de la donación del cónsul llevaba el alma revuelta. Si tropezara con ese periodista... Sin darse cuenta, estaba parado frente al edificio del diario. Bastaba cruzar la calle, tomar el ascensor y restregarle el papel en la nariz a aquel puerco. La rabia creció en su alma. Llevado por un ciego impulso arremetió por la calle, distraído...

2

EL PAPA–FILA

...Tan distraído que no vio un ómnibus llamado papa-fila.

3

LAS TORTUGAS

Las cosas que sucedían en un hospital, y que no se sabían explicar bien. Lo acertado sería recibir aquello como la continuación común de la vida. Primero, el abandono en que los amigos lo dejaban. Los primeros días, cuando aparece el dolor, salvaje, cruel, maldito, generalmente los cuartos se pueblan de rostros ansiosos, de manos que acarician, de gestos que velan. Después, cuando no hay necesidad de gemir porque el dolor se ha ido lentamente, los cuartos se pueblan de soledad. El oído trata de distinguir pasos en el corredor y el picaporte de la puerta que gire suavemente, entreabriéndola para una sonrisa amiga. ¡Nada! Apenas la solicitud de un enfermero o de un mozo que trae las comidas, o de una monja que distribuye una bondad de encargo, sondeando la fragilidad o la espesura del alma de cada uno.

Pensaba arrítmicamente en esas cosas, porque la paciencia de la espera lo atormentaba bastante. No estaba de más rememorar todo, todo lo ocurrido. Todo lo que lo había llevado allí. Apenas necesitaba esperar, sintiendo el yeso pesado que iba desde la columna vertebral hasta los dos pies. No podía quejarse del dolor, porque prácticamente no lo había tenido. Permaneció varios días en estado de coma y, al volver en sí, el dolor apenas era una pequeña incomodidad. El yeso sí que molestaba, daba calor, picaba por dentro hasta la desesperación. Las espaldas quemaban contra la ropa de la cama a causa de su inmovilidad. Llamaba al enfermero, y éste hacía que se abrazara a su cuello, lo levantaba, le ponía talco sobre la cama y mudaba un poco el cansancio de su posición. Y el tiempo no pasaba. ¿Cuándo podría quitarse esa prisión blanca del cuerpo, liberar sus miembros y caminar de nuevo? ¡Máxime ahora que había conseguido tantas cosas, tantas! Pensó disgustado en la calumnia, pero hizo girar los pensamientos hacia otro punto perdido, para distraerse.

El hospital también tenía sus cosas sádicas. No era la primera vez, en aquellos prolongados veintitantos días, que pensaba en eso. ¿Por qué en los hospitales no colocan el crucifijo en la cabecera de las camas de los enfermos? El pobre Cristo queda clavado frente a los ojos, dejando sangrar sus llagas y su dolor. Tendría que haber imágenes budistas, pacíficas, suaves, dulces, en la tranquila posición de quien siempre espera una ofrenda, un regalo. No la imagen del crucificado, que parece amar sin amar, obligado a comparar su dolor con el pútrido dolor de los que también sufren.

Volvió el rostro hacia la pared para no sentir la persecución de la imagen. Toda la vida había sentido esa persecución constante. La desesperación de lo inútil. No se sujeta a un alma con las garras inútiles de una fe obligatoria. No negaba el valor intrínseco de Cristo, sabedor de cuanto de bueno hiciera por los hombres, lo hermoso que legara a los hombres; pero era sólo eso. Con sentimientos controvertidos no se construye la intelectualidad de una fe.

Movió los brazos desanimados. Los suspendió contra los barrotes de la cama, pero su nerviosidad los hizo descender en seguida. Hubiera sido como crucificarse en su tortura.

Hacía calor. El día, allá fuera, estaba azul; lejos, la selva se agitaría con el viento, desde los árboles hasta las aguas inquietas de los grandes ríos. Esperaban por él. ¡Y él estaba allí! Totalmente inútil, pasivamente preso a una inmovilidad que decían pasajera, pero que a veces adquiría una tangente de eternidad.

Volvió los brazos, distendiéndolos muertos contra el cuerpo, alisando el yeso pesado, grotesco, de robot... Apretó los ojos para intentar burlar una puntita de dolor de cabeza. Pero nada. El dolor estaba allí presente, pequeño en su insignificante existencia. Abrió los ojos y continuaba allí. Permanentemente. ¿Cuántos meses más tendría que soportar su figura desesperada, inerte, dolorida, imponderable? Horas, días, días, horas y más horas y más días...

Gimió angustiado. Dentro, en lo más oscuro de su alma, comenzaba a sentir rabia hasta hacia Dios. Porque no era a Dios al que comenzaba a ver, sino a ellas. Ellas estaban de nuevo al sol, crucificadas en sus cuatro patas inertes. Esperando la muerte, sin saber cuándo llegaría. Ansiando el agua, sin saber quién la llevaría, soñando con la noche, sin saber si arribaría.

Se llevó las manos a los ojos. Por donde mirara se encontraría con ellas, caídas, moribundas de sed y calor. Ellas, las tortugas aprisionadas por la inclemencia y los desvaríos...

Los hombres, los hombres, eran los mismos hombres los que podían hacer el bien, lavarle su calor enyesado, limpiar las heces que descendían entre la abertura que había en el yeso, suavizar el dolor con una simple inyección... Los hombres, los hombres que aprisionaban a las tortugas, que causaban a sus semejantes el dolor más vivo, que sacrificaban animales inocentes, todo una incoherencia sin lógica, todo en una patética rememoración que se perdía en el tiempo eterno donde habían sido hechos a imagen del propio Dios...

Cerrar los ojos. Después abrirlos. Mantener con ellos un duelo contra el Dios de la pared. Volverlos hacia otro lado y descubrir a las tortugas prisioneras. La verdad de todo era que ellas estaban vivas, vivísimas, moviendo las piernas y las cabezas si por acaso se las tocaban. Él también podía hacer lo mismo con los brazos, con la cabeza, con los ojos, pero el Cristo no. Ya había pasado de la época de una tortuga inmolada, ya había muerto, transformándose en un sanguinolento y torturado mito.

Fue entonces cuando, antes de tomar esa decisión que tal vez tuviera buen resultado, resolvió encarar a Cristo con un poco de piedad, con restos de humanidad.

Allí estaba él, una miniatura de otros Cristos mayores, de otros Cristos más hermosos, hasta más sensuales. Le sonrió en una tregua desequilibrada y le dijo:

–¿De qué mierda estamos hechos, eh? Tú, la tortuga y yo. Tú también tuviste sed, quedaste expuesto muchos días. ¿Cuántos? Dicen que tres. Tres que se transformaron en minutos eternos. Tú también tuviste sed y menos suerte que ellas. Cuando Tú pediste agua, embebieron una esponja en hiel, ¿no es así? Tú sufriste, y creo que mucho, mucho...

Se quedó con los ojos llenos de lágrimas.

–Pero si Tú eras Dios, como lo decías, sufriste porque quisiste. Y si sufriste siendo Dios era porque no pasabas de ser un tonto soñador y romántico. Creo que no. Tu valor humano era mucho más fuerte que el divino que suponían en Ti. Si hubiera existido la divinidad, todo tu sacrificio no hubiera significado nada. Todas tus palabras habrían muerto en el viento, como las hojas secas del otoño... No te enojes conmigo, porque a pesar de todo creo en Dios y solamente la idea de Dios justifica la locura de estar vivo...

Con la mano tanteó la pared en busca del timbre. Lo hizo sonar fuerte. Poco después aparecía David, el viejo enfermero portugués, con la perenne sonrisa en su rostro bien afeitado. La sonrisa fue muriendo poco a poco al encontrar la expresión de tristeza que había en el rostro del enfermo.

–¿Qué pasa, hijo?

Permaneció con los ojos mojados y casi sin poder hablar.

Volvió a repetir la pregunta.

Fray Calabaza volvió el rostro y extendió la mano indicando la pared de enfrente.

–Es él. David, ¿no podría sacarlo de mi vista, aunque fuera por una semana? No es necesario que lo saque del cuarto, basta con que lo coloque sobre la cabecera. Lejos de mis ojos.

Apretó la mano del enfermero, que con un pañuelo le secó las lágrimas del rostro.

–¡Por favor, David, no cuesta nada!

La voz, con acento cerrado, vino tranquila.

–No puedo hacer eso. Yo, no. Nunca nadie pidió una cosa así en todos mis años de enfermero.

195

Clavó con fuerza las uñas en la mano del enfermero y suplicó:

—Eso me está matando, David. Ya no tengo nervios para soportar tanto. Haga algo, por el amor de Dios.

—Voy a intentar hacerlo, hijo mío. Pero no aseguro nada. Quédese tranquilo que voy a intentarlo.

Salió de la habitación y poco después entraba la hermana directora. Acercó una silla y lo miró gravemente. Él explicó todo. Ella hacía rodar entre sus dedos el rosario, como un vicio, porque él no creía que nadie rezara teniendo que luchar contra un problema.

Después movió la cabeza con su gran cofia almidonada, semejante a una gruesa gaviota que intentara levantar el vuelo.

—Eso es imposible, muchacho.

—No quiero que retire la cruz de mi cuarto; simplemente desearía que la cambiaran de lugar por algunos días, algunas horas...

—Aun así, es imposible.

Después, forzando la severidad, preguntó:

—¿Tanto lo molesta Él?

—No, Hermana. Él no me molesta tanto. Él me exaspera hasta el punto de hacerme blasfemar. Solamente eso.

Ella quedó pensativa; Fray Calabaza, desesperado. No servía para nada pedir una cosa humana a una religiosa empedernida por el hábito. La fe se había deshumanizado en ella para convertirse en una rutina pegajosa. La eterna imbecilidad de la religión metodizada, esquematizada.

—¿Usted es católico?

—Lo fui.

—Entonces, ¿quiere decir que tuvo a Cristo y que más tarde lo perdió?

—Así es, hermana.

—¿Le causa remordimientos la presencia de Nuestro Señor?

¡Listo! ¡Mierda! ¡Vaca gorda y cretina! ¿Qué argumentos esgrimir contra semejante estupidez, contra tamaña seguridad mística? Toda su vida en lucha contra una religión irrefutable donde la certeza de salvación era una salvaguarda para los sacrificios humanos hechos por amor de Dios; una cosa pesada, medida, sin noción evangélica de la ignorancia de las dos manos: la una desconociendo lo que la otra realizaba.

—Mañana es jueves.

—¿Qué diferencia hay, hermana? Y pasado mañana será forzosamente viernes.

—El jueves es el día de visita del Padre. Usted ahora está en condiciones razonables de recibirlo.

No podía contarle a esa bruja que había sido justamente un religioso quien asesinara a Cristo en su corazón. Ella no lo entendería.

—No quiero recibir al sacerdote, hermana. Hasta lo prohíbo: éste es un cuarto particular.

Notó que sus mejillas habían enrojecido.

–Usted sabe que investigué por intermedio de sus amigos el trabajo que hace entre los indios, la caridad de su obra. ¿Pensó en el valor de eso mismo si hiciera todo su trabajo por amor a Dios?

–Hermana, en ese sentido para mí la caridad tiene un significado sucio. No haría nada por nadie, ni por un perro, si supiera que existía una recompensa para ellos. Uno solamente hace algo por otro por tres motivos: porque le gusta, porque puede, o porque está de buen humor...

–¿Usted no cree en el propio bien que practica?

–Nunca pensé en eso, hermana. Creo, únicamente, que uno debe ser bueno, y que el bien devendrá naturalmente de esa condición. Usted misma, hermana, cuando garantiza que la gente hace un bien, ¿no la está encaminando hacia el mal? Sólo Dios en su omnisciencia puede discriminar esas cosas.

Los dedos gordos de la hermana se deslizaban por las cuentas del rosario.

–¿Va a cambiar de posición el Cristo o no?

La voz enronquecida aumentó de volumen.

–No podré atender su pedido. Es imposible.

Se miraron a los ojos, casi con rencor.

Fray Calabaza, sin quererlo, partió para bien lejos, a la última clase de filosofía a que asistiera, en cierta Facultad Católica. Estaba allí casi por caridad, ya que no podía pagarse los estudios. Como alumno libre devoraba el saber ajeno, todo cuanto podía hacer para aliviar la curiosidad del alma. El profesor era un sacerdote dominicano grandote, vestido de claro y con un manto negro, cual si fuese un gran tentetieso. No recordaba bien cómo había salido a relucir el tema ni por qué habló. Se referían al misticismo religioso. Él, sin gran maldad, pero aguzado por una diabólica inspiración, expuso la teoría de los religiosos de una manera rara en boca de un simple y joven estudiante. Ciertamente que la humanidad ya había hablado muchas veces de ello. Hizo una exposición sucinta ante los compañeros sobre las tendencias religiosas, y fue invitado a retirarse de la clase con la promesa de que nunca más pondría los pies en aquel recinto. ¿Qué había dicho? Simplemente, que pensaba que todos los hombres que se sometieran a Cristo mutilándose, haciendo su castración espiritual, dedicándose a amar a otro hombre, en ese caso Cristo, eran homosexuales conscientes o a veces inconscientes. No concebía que hombres fuertes y viriles vivieran eliminándose en el orden de la reproducción, esterilizándose por amor a otro hombre. Y en lo que respectaba a las mujeres, le parecía lo mismo. En esa época no comprendía lo que podría hacer calmamente hoy: por amor; por amor a Paula había perdido todo interés en cualquier otro amor verdadero. No comprendía, porque en aquella época aún no había descubierto que el sexto mandamiento era el más suave ante los ojos de Dios. Duros serían los pecados contra el Espíritu Santo. La duda de Dios... La negación de Dios.

La hermana se levantó y confirmó lo que ya dijera.

—No podré hacer eso. Es bueno que la presencia de Él lo incomode. Eso significa que usted está volviendo a Él.

Sintió la tentación de la venganza, y no pudo dejarla pasar en esa oportunidad.

—¿Ni por amor de Dios, hermana?

—Jamás.

—Pues bien, mi caritativa hermana en Cristo: no estaba pidiendo mucho. Sé que no estaba pidiendo mucho. ¿Pero sabe usted lo que el Cristo significa realmente para mí? Nada. Nada de nada. Apenas un hermosísimo hombre. Un macho que impresionó a los espíritus débiles. ¿Sabe quién fue Cristo realmente, hermana? El primer *playboy* que apareció. Mientras el viejito San José trabajaba de carpintero como un esclavo, Él andaba por los montes y valles charlando. ¿No hubiera sido mejor trabajar con el viejo, darle una manito?

La hermana estaba congestionada. Parecía petrificada.

El odio avivaba la maldad, estimulando a Fray Calabaza.

—La verdad de todo eso, hermana, es la fe. Para quien tiene la felicidad de creer o de trampearse. La verdad, según Santo Tomás de Aquino, en su inmensa gordura...

Lanzó una carcajada grosera, como para vengarse de tantos días y tantas horas de sufrimiento y soledad.

—La gran verdad es solamente una. ¿Pero quién sabe quién la tiene?, ¿usted, yo o su Cristo?

La religiosa hizo rechinar los dientes y, cerrando los ojos, exclamó:

—Lo quiera usted o no lo quiera, yo rezaré por usted.

—Entonces rece, hermana, y muchas gracias. Pero un día en que esté rezando frente a una imagen de Cristo piense que su taparrabos puede reventar, ¿y qué es lo que surgirá, ya que Cristo se hizo hombre como yo? Aparecerá una cosa voluminosa, como la que cualquier hombre tiene entre las piernas.

Ella se batió en retirada. En la puerta parecía más humilde.

—Yo rezaré por usted. No sé si alguien ya rezó por el demonio, pero yo rezaré por usted.

Salió.

Él se sentía trémulo y desorientado. Finalmente, ¿por qué todo eso? ¿Para qué hablar tanto, si no había resuelto nada, nada? El Cristo permanecía abandonado, muerto, "tortugal", ante sus ojos. ¿Por qué tanta maldad, si seguía solo? SOLO. SOLO. SOLO. Solito como el primer día en que naciera. Solito como lo encontraría la muerte un día, y quizá muy pronto. Le dolía la angustia del Cristo clavado en la pared. Y él prisionero de una cama, en su soledad, en su abandono. Los dos viviendo vidas parecidas, pero sin encontrarse. Los dos vomitando ausencia y desamor.

–Mañana es jueves.

Y como por milagro de tan soberbia profecía, al día siguiente fue jueves. Y con la mañana del jueves la puerta se abrió temprano, después que David le diera un baño con la punta de la toalla mojada. (Continuaba sintiendo odio al mal olor y al sudor.) Después que el mozo, con su humilde voz tartajosa, le trajera el café... entonces, volviendo a pensar en el "milagro" apareció en la puerta del cuarto un rostro de sacerdote delgado, colgado de un cuerpo erguido. No se precipitó en el interior del cuarto, como hubiera podido esperarse. Por el contrario, clavado en la puerta, se quedó mirando al enfermo, con una sonrisa de desafío.

–Entonces, ¿es usted?

Ni siquiera preguntaba cómo se sentía, o si necesitaba de algo más plausible.

Repitió la pregunta áspera:

–Entonces, ¿es usted?

–¿Qué cosa? Pase, por lo menos.

–Como usted no necesita de sacerdotes...

–Exactamente.

–¿Tiene la seguridad de ello?

–Por completo.

–¿Nunca va a necesitarlo?

–Nunca.

–¿Ni en la hora de la muerte?

–No pienso morir todavía.

–Entonces, ¿un sacerdote no puede serle útil en nada?

El diablo secreteó algo en su oído. Algo que concordaba con semejante falta de consideración y caridad cristiana para un enfermo, sin tener siquiera la gentileza de un saludo. Sonrió con ingenua maldad.

–En lo que yo necesito usted no puede ayudarme, padre.

–Dígame, vamos a ver.

Ahora la sonrisa era dominante y provocadora.

–Esto.

Levantó de sopetón las cobijas y tomó su sexo inerte.

–Esto. Una mujer. Pero usted no va a querer conseguírmela.

El padre cerró la puerta de golpe, con toda violencia, y en las comidas de los quince días que siguieron recibió como alimento la peor parte de la gallina. Ellos llamaban caridad a aquello.

• • •

199

Con el frío de allá fuera, perseguido por una lluvia menuda, los días se tornaban terriblemente monótonos. Por otra parte, el yeso no calentaba tanto, se dejaba de rascar y las sábanas adquirían un calorcito agradable contra el cuerpo. A veces era preciso usar mayor número de mantas.

Si estuviera allá –aquel "allá" no podía ser más distante–, el río Araguaia conversaría así: "Fray Calabaza, abre las ventanas de tu corazón y deja penetrar la primavera. Mira el colorido de las hojas; toda la selva se vistió de muchos colores, como si hubiese tomado un baño en una lluvia de arco iris. Escucha cómo cantan los pájaros y cómo al ponerse el sol la tarde se colorea en las alas de las espátulas. ¡Manda bien lejos esa tristeza, y goza este gran minuto de belleza y emoción!"

Todo eso y mucho más le diría el río amigo. ¿Pero de qué serviría, si en la realidad se había transformado en un simple *escargot*?

–¿A ti no te gusta el *escargot*, Baby?

–¡Qué sé yo lo que es eso, Pupinha!

–Ya lo vas a saber enseguida.

Entonces los dedos finos y largos tomaban los cubiertos especiales y retiraban los caracoles con gusto a salsa fragante. Una delicia, la boca bien formada masticando con deleite.

–Hasta comiendo caracoles eres linda, Paula.

–Querido, no vulgarices una cosa tan delicada. El plato francés de mayor *charme*. *Escargot*...

Escargot, *lesma*, *lumaca*, caracol, cualquier cosa que viviera dentro de una concha. Él. La inmovilidad. El yeso.

En la poca luz del cuarto divisó al Cristo en la pared. Pobrecito. Hacía frío y nadie le ofrecía un abrigo de ternura. En su humilde parálisis, con la cabeza medio caída, esperaba cualquier limosna de comprensión.

Tenían que soportarse. Pero en su silencio ni siquiera conseguía responder a las imprecaciones que su desesperación le dictaba en sus horas de mayor exacerbación. Ni siquiera levantaba los bellos ojos, más verdes, según decían, que el verde del mar. Lo apenaba la inmovilidad terrible y acusadora de una tortuga inconsútil...

Todos decían que era bello. Tenía el *handicap* de la belleza. Y si así no hubiera sido, ¿cómo podría haber logrado cuanto obtuvo? Tonterías... Chico de Asís era feo hasta dar dolor, pero su humana espiritualidad suplía la ausencia del encanto físico. Pensó en la monja aprisionada a Él. Y en los millares de monjas que se desposaban espiritualmente con Él y llevaban en la mano una alianza simbólica. También pensó en el sacerdote expulsándolo del aula, quizás injustamente, quizás en defensa de la moral torcida y burguesa. ¿Qué sabía él? ¡Y cuántos millares de sacerdotes se arrodillaban con los brazos abiertos, en éxtasis profundo ante la figura desnuda y sensual de los muchos Cristos esparcidos por las iglesias! La adoración casi alucinada, el amor justificado por la fe y la redención, ante un hombre que, según decían, había sido bellísimo. Un hombre tan desnudo como quien vistiera la más resumida *bikini* aparecida en la Costa Azul. Por Él se golpeaban, se ceñían el cilicio, se torturaban, quedaban atrofiados, negaban a la naturaleza el fondo bíblico de crecer y multiplicarse... ¡La vida llena de paradojas! ¡Cuántas veces tropezó con misioneros que llevaban en el extremo del rosario al Cristo desnudo, e intentaban vestir sin dar nociones de higiene a los pobres indios! En Cristo podían admitir la desnudez; en los hombres, jamás.

No tenía importancia pensar en todo aquello; lo importante, en verdad, era haberse vuelto un caracol, recogido en una cama y en una cáscara de yeso. Lo importante era el rodar del tiempo, monótono y resbaladizo, el viento frío, el Cristo desnudo, la lluvia cayendo de una manera interminable.

Ya no tenía tanta rabia a esa imagen que se alzaba allí, frente a él; de hecho, se había acostumbrado. De no hacer tanto frío, jugaría así con Él, al juego del "gato comió":

–Cristo, ¿dónde está la túnica?

–El gato se lo comió.

–¿Y el manto?

–El gato se la comió.

–¿Y el resto de tus ropas?

–El gato se las comió.

–¿De manera que sólo te dejaron una cruz y ese taparrabos?

–Así es.

–¿Y los hombres?

En su bondad, Él no respondía que el gato los había comido. Se mantenía largamente en silencio, dejando pasar un montón de ángeles.

Y entonces Fray Calabaza sentía una gran pena por Él. Reconocía que en esa pena existía una participación del diez por ciento del terrible dolor que sentía por sí mismo. Se quedaba con los ojos llenos de lágrimas y en el fondo del corazón renacía locamente una historia... ¿Qué edad tenía? Trece años. ¿Qué era? Un lindo, un lindísimo adolescente de piel dorada y cabellos rizosos y rubios. ¿Y el rostro? A un ángel le hubiera gustado tener uno igual. ¿Y el cuerpo? La natación había comenzado a delinear las primeras y firmes formas musculares. ¿Dónde estaba? Interno en el colegio. ¿Por qué? Porque era travieso, le gustaba hacer ejercicios en un trapecio imaginándose el hermano más joven de los Sarrazani. Y como no podía ser uno de los Sarrazani, ya que circos tan ricos no aparecían por Natal, resolvió huir con el circo Estevanovitch. Pero mucho antes de huir había sido descubierto. Caras feas y colegio interno. Lo que no estaba mal, ya que así no correría el peligro de volver a estudiar piano. El hecho de hacer a escondidas ejercicios de trapecio era su rebelión contra las manos que no podían ser arruinadas...

–El colegio interno le hará bien. Por lo menos tendrá que estudiar matemática. Sus promedios son bajísimos en esa materia. Increíble que pueda ser el primer alumno en todas las materias y sea un fracaso en matemática.

Miró los ojos del hermano director, cuyas cejas eran verdaderos matorrales espesos. Sentía horror de él. Y para colmo parecía querer vengarse de su poco gusto por la materia en la que precisamente el director era considerado un maestro, un gran maestro matemático.

Listo el escenario: era necesario juntar la matemática con Jesucristo.

"En aquel tiempo dijo Jesús a sus discípulos…"

Así comenzaban las clases de religión del hermano Justino. Su voz llegaba dulcemente, salida de su rostro moreno a cuya piel la barba cerrada le daba un tono azulado. Azules también eran sus ojos, de un azul de cielo.

Le gustaban esas clases. Porque las otras, las de matemática, ¡Dios del cielo! ¡Metían miedo! No conseguía aprender nada. Conocía al hermano Justino desde los diez años, cuando había entrado al colegio, le agradaba su genio alegre y juguetón. ¿Qué edad tendría? Quizá cuarenta y seis o cuarenta y ocho.

"En aquel tiempo dijo Jesús a sus discípulos: En verdad, en verdad os digo que Yo soy el camino de la vida…"

¿Era así? Debía de ser. Porque la verdad era el deseo de que llegasen las tres y media y las clases concluyeran para ir a jugar al fútbol. Por lo menos el internado, librándolo del piano, le permitió una novedad formidable: el fútbol.

No era un campo con césped. Por el contrario, el polvo se levantaba entre los cuerpos sudados en la disputa de la pelota. Había pedazos de vidrios que nadie veía, y piedras escondidas en la arena. Y vino el golpe y el muslo derecho cortado por un trozo de botella. Un grito de dolor. Sangre corriendo y el corte profundo abriéndose feamente. Dolor, llanto, enfermera, y el hermano Justino que telefoneó a su padre, que era médico, y le prestó los primeros auxilios mientras aguardaba su llegada.

–No es nada. Vamos a dar unos puntos y enseguida se curará. Una semana de reposo y estará nuevamente bien.

–¿Y los puntos?

–Usted mismo podrá sacárselos, hermano. Por un mes no quiero ver a este indio malcriado. Sólo me da disgustos… Nunca vi niño más desobediente…

Durante dos días sintió dolor; después, con el muslo vendado, la cosa fue haciéndose más soportable. Por la mañana ya podía asistir a la misa, de pie ante la ventana de la enfermería que daba a la iglesia. Era gracioso mirar el momento de la comunión. Primero iban todos los religiosos, con sus capas negras y en recogimiento para recibir la hostia consagrada.

Después, toda la chiquilinada que quería comulgar aparecía abriendo la boca, cerrando los ojos, contrita.

La enfermería poseía tres camas, pero sólo una estaba ocupada en ese momento: la suya. Había un cortinado, una especie de biombo en la parte de los fondos, que servía de dormitorio al hermano Justino.

Una noche, el sueño se resistía a llegar porque, al no tener el muchacho nada que hacer durante la jornada, forzosamente acababa por adormecerse de día.

Serían cuando mucho las nueve y media en el momento que apareció el hermano Justino.

—¿Todavía despierto?

Le sonrió.

—Estoy sin sueño.

El hermano se sentó en el borde de la coma y le pasó la mano por los cabellos, cariñosamente.

—Claro, duermes todo el día y cuando llega la noche estás sin sueño.

Se levantó y entró en su reservado. Poco después volvió, vestido con pijama blanco con rayas rojas y negras.

—¿Por qué estás asustado? ¿Nunca viste a un sacerdote en piyama? Nosotros somos hombres como cualquier otro.

Lo gracioso es que él, en piyama, aparecía un poco más gordo.

—Voy a bajar a tomar un baño. El día de hoy, y debajo del hábito negro y caliente, fue insoportable.

Escuchó el ruido de sus pantuflas golpeando contra los escalones.

Nunca supo cuánto tiempo había pasado. Un pequeña somnolencia confundía las débiles luces de la enfermería. Los ojos comenzaban a pesarle. Fue cuando sintió un suave olor a jabón y que su cama se hundía bajo el peso de alguien. Entreabrió los ojos y dio con el hermano Justino, que le sonreía. Sus ojos habían adquirido un tono casi verdoso. Sus cabellos negros estaban húmedos y peinados. Su cuerpo dejaba escapar aquel olor de jabón hacia la tibieza de la noche.

Se inclinó sobre él, preguntándole bajito:

—¿Todavía estás despierto?

La mano del religioso volvió a acariciar sus cabellos. Su rostro estaba más cerca y los ojos ofrecían un brillo verdoso más oscuro.

—Has de tener más juicio en esa cabecita, muchachito.

—Nadie me comprende allá en casa.

—Yo sí. Y también sé que eres muy bueno, ¿no es cierto?

La mano se deslizó de su cabeza hasta su rostro. Sus dedos demoraron acariciándole el mentón.

Sintió miedo y se puso trémulo.

—¿Por qué estás temblando? No tengas miedo, que no te haré ningún daño.

La voz se hizo más baja y suave.

–Debes ser bueno y obediente con tu padre; has de estudiar matemática muy bien.

–No me gusta la matemática.

–Yo voy a ayudarte. ¿Quieres?

El olor de jabón que venía de su cuerpo, los ojos más verdes, el rostro bien próximo. Ahora podía sentir el hálito tibio rozarle el rostro cuando salían las palabras.

Tuvo deseos de huir, pero no podía. Aún se arrastraba con dificultad a causa de la herida. El corazón latía apresuradamente.

–Eres un niño muy lindo, el más lindo del colegio. Debes ser tan bueno como lindo.

Súbitamente pegó su rostro barbado contra el suyo. Sintió escalofríos y quiso llorar.

–¡No haga eso, hermano Justino!

Volvió a levantar el rostro.

–¿Por qué? No tiene nada de malo. ¿Acaso tú no me quieres?

–Pero no para hacer eso.

–No estamos haciendo nada malo, tontito. Prometo que no te haré ningún daño.

Por unos segundos volvió a apoyar su rostro contra el de él. Sintió su respiración caliente y apresurada, la barba arañándolo.

–Debes ser bueno para que yo te ayude en los exámenes de matemática. ¿Te imaginás el disgusto de tu padre, que es tan bueno, si repites el año por causa de una materia? Sólo eso. Yo te ayudaré si eres un niño bueno.

La mano había dejado su rostro y abría el saco del piyama. El roce de sus manos tibias lo desesperaban; sobre todo la voz, que venía más suave, en medio de un suspirar alucinante.

–Vas a ser un hombre muy musculoso. ¿Te gusta nadar, no es cierto?

Asustado respondió que sí.

–Tan suave. Diferente de mí.

Desabotonó el saco de su propio piyama, tomó su mano y la colocó sobre su pecho. Sintió horrorizado que los dedos se perdían en un pecho lleno de pelos. Quiso retirar la mano, pero su muñeca estaba presa por otra mano mucho más fuerte. Quiso gritar, pero la enfermería estaba separada del resto del internado. Apenas pudo gemir, suplicante.

–No haga eso. Es pecado.

–No estamos haciendo nada. Te prometo que no pasaré de ahí. Lo juro. Sólo quiero que seas buenito; sólo una cosa más y me voy a dormir.

Continuaba con su mano presa entre sus dedos que lo obligaban a acariciarle el pecho.

–Cuando crezcas vas a quedar así, como yo. Solamente después de grande uno ve qué bueno es tener el pecho así de suave.

204

–Suelte mi mano. No me gusta esto.

La soltó y sonrió.

–Tontito. Sólo quiero una cosa y me voy a dormir. Te lo prometo.

Tomó su rostro entre las manos y se quedó mirándolo, fascinado.

–¡Qué lindo eres!

Los ojos verdes, realmente verdes, la nariz medio dilatada, la boca entreabierta. Todo en él parecía devorarlo. La boca húmeda sobre sus ojos, el cuerpo apretándolo contra la cama. La boca contra la nariz, descendiendo lentamente en busca de su boca. Quiso liberar el rostro, pero no podía. No podía moverse. Entonces la boca se pegó largamente a la suya. Lo besaba suspirando, murmurando cosas que no entendía. Hasta que sintió que la lengua violenta le penetraba entre los dientes.

Después, él se calmó. Separándose, se sentó en la cama y sonrió.

–Eres un niño muy bueno. Voy a ayudarte a pasar los exámenes. Voy a dormir.

Entró en el reservado y la hamaca gimió. Pero mucho más altos que el gemir de la red eran sus suspiros. Sabía que el hermano Justino estaba pecando solo contra la castidad.

Comenzó a llorar bajito, apretando el rostro contra la almohada. No sabía qué hacer. Estaba en manos de él. Todavía necesitaba quedarse cuatro días en la enfermería. Cuando era un niñito pobre sabía muchas de las picardías que realizaban entre ellos. No ignoraba que algunos hacían cosas feas, unos con otros. Hasta las había visto. Pero nunca quiso hacerlas él. No porque eso tuviera fama de pecado, sino porque veía que algunos quedaban marcados con sobrenombres insoportables. Pero eso, en los pequeños para Dios debía de tener cierto aspecto de broma de ángeles. Después todo quedaba lejos, muerto, sepultado en la infancia. No podía delatar al hermano Justino porque ninguno le creería. Aunque intentara contárselo a su padre, éste, hombre de comunión diaria, pensaría que estaba inventando cosas, que calumniaba para poder salir del internado. Aparte de no haber tenido nunca mayor contacto e intimidad con su padre, éste nunca podría desconfiar del hermano Justino. ¡De él, precisamente, que era un ángel en persona! Había, además, el lado peligroso de la cuestión, pues, por otra parte, si eso se conocía, el muchacho sería tachado de anormal. Marcado a fuego, porque los niños son bichos malos que no perdonan. ¿Y quién aseguraba que el hermano Justino no lo reprobaría en matemática? Ciertamente repetiría el año. Mejor sería esperar que Dios lo ayudara, a fin de no pasar más por aquello. El mal y el asco ya habían sido pagados en demasía.

Se adormeció, atormentado, y fue sacudido por extrañas pesadillas. Despertó de madrugada alta, cuando el hermano Justino encendía su luz. Lo oyó prepararse y salir con el libro de misa y la capa que se ponía sobre la sotana. Todos ellos iban a misa y comulgaban con aquella sobrepelliz blanca. Se quedó temblando, dudando de que el hermano fuera a comulgar. Cierto que podría confesarse antes de la misa, en la sacristía. Sabía la hora exacta en que el padre llegaría: a la seis menos cuarto. Fue a colocarse en la ventana, observando la llegada del padre verificando si el hermano Justino se dirigía hacia allá. Nada. Solamente el barullo de los chicos internos, los mayores y los menores caminando sobre los mosaicos y arrastrando los bancos al arrodillarse.

Poco después, ya revestido con sus ornamentos, el padre se arrodilló con el sacristán.

–*Et introibo ad altare Dei.*

–*At Deum qui laetificat juventutem meam.*

Nunca tardó tanto en aparecer un evangelio. Así como la consagración y la elevación. Después vino la comunión. Su corazón latía de ansiedad. Primero, al frente de los hermanos, venía el director, humilde, con sus grandes cejas; después iban los otros, a su lado. Y en medio de ellos, el hermano Justino, en recogimiento y con los ojos bajos. Estaba seguro de que no había tenido tiempo de confesarse, ya que la sacristía sólo poseía esa entrada. Lo fascinó su boca entreabierta y la lengua estirada para recibir la hostia. O todo cuanto hizo no era pecado, o un simple acto de contrición borraba fácilmente cualquier remordimiento. Sintió en la boca salivosa el gusto de su lengua y en sus manos la suavidad de su pecho velludo. A partir de ese momento no creería en cosa alguna.

"En aquel tiempo dijo Jesús a sus discípulos." Clase de catecismo, ojos color de cielo. Eucaristía, el cuerpo místico, el pan y el vino. Todo enrollado en un sórdido papel y arrojado a las aguas del río Potengui para que fuese a hundirse bien lejos...

De noche se repitió la escena, más rápidamente y con una novedad. Él había venido sin el saco del piyama y se encaprichaba en rozar su pecho contra el del muchacho. La misma salida rápida para su cuarto, el mismo gemido espantoso dentro de la hamaca. Al día siguiente, la misma comunión. Pasó a tornarse triste, enloquecido por salir de la enfermería y volver al dormitorio común. ¿Y en las clases? En las futuras clases, cuando tuviera que responder a sus preguntas, que ir al pizarrón, ¿cómo se comportarían los dos? ¿Cuál necesitaría disponer de mayor dosis de cinismo al enfrentarse?

De noche –y aún faltaban dos o tres más para quitarle los puntos de la pierna–, él apareció con una caja de caramelos.

La abrió y retiró un caramelo, desenvolviéndolo y colocándolo en su boca.

–Caramelos holandeses. ¿No coleccionas las figuritas?

–Las colecciono, sí señor.

–Tú eres muy buenito y mereces tener una colección de ellas. La mejor.

Lo invadió una idea.

–¿Usted salió hoy?

Respondió tomándolo en sus brazos y aspirando sus cabellos.

–No. ¿Por qué?

De nuevo su hablar redondeándose en suavidades, y los ojos que se oscurecían, verdes, verdes...

–¿Dónde compró los caramelos?

–Mandé a un empleado que los comprara. Con esta vida, no tengo tiempo para nada. Ni para rascarme.

Si él hubiera salido, habría tenido tiempo de pasar por la Catedral para confesarse.

–¿Cuándo me van a sacar los puntos, hermano Justino?

–Quizá mañana. ¿Tanta prisa tienes?

–Estoy perdiendo muchas clases.

–Eres muy inteligente. Las recuperarás enseguida.

–¿Y los exámenes de matemática?

–Lo que tú no puedas responder, nosotros "juntos" lo llenaremos después, a la noche. ¿Está bien así?

Por lo menos, algo útil aparecía allí. Pero aparecía como la primera falla en la moral. El primer toque marcador en la futura y común inmoralidad que ensombrecería su vida.

Aquella noche, el hermano fue más allá de los límites fijados: besó todo su cuerpo y lo masturbó, masturbándose conjuntamente.

Después, solo en la cama, pensó: "Si mañana él no se confiesa y sin embargo va a la misa de la Comunión, nunca más creeré en Cristo, en la hostia, ni en la salvación del alma". Y él fue ofreciendo la misma lengua que introducía voluptuosamente en su boca, revistiéndola de humildad para recibir el cuerpo de Dios...

Tanto tiempo, tanto tiempo...

Sonrió hacia la imagen de Cristo, que continuaba en la pared.

–Fue por esas y otras cosas que queriendo ir los domingos a la playa, y no teniendo permiso si antes no comulgaba, yo lo hacía de cualquier manera, sin confesarme, sin rezar bien el Acto de Contrición. Hacía eso porque el domingo estaba lleno de sol, lleno de niñas bonitas con mallas apretadas y nalgas rollizas.

Hizo una pausa e intentó empujar su armadura de yeso un poco más hacia lo alto de la cama.

–Te cuento esto, Cristo, porque no lo sabías. A Dios siempre le confesé mis culpas y mi mala fe. Él lo sabía. Pero, para mí, Tú no eres Dios. Todavía hoy continúas significando el Cristo, simplemente.

• • •

La bañera se había vuelto un río. Un río caliente, como sólo sucede cuando el gran calor prepara las lluvias. Un calorcito de noviembre. Podía quedarse desde las dos de la tarde hasta las seis, que el agua no mataba el calor. Soñar no costaba nada, y Fray Calabaza, sumergido hasta el pescuezo, cerraba los ojos yendo por viajes muy conocidos del pasado. ¿Por qué el pasado? En seguida comenzaría un período de masajes, ejercicios y radioterapia, y poco después se prepararía para viajar. Dos meses sin caminar, con las piernas prisioneras en aquella armadura de yeso... No fue cosa muy simple. ¡Cómo adelgazó en su prisión! Ahora había tenido conocimiento del número de fracturas sufridas. En una sola pierna, dieciséis, y rotura de rótula. Poca gente aguantaría eso. Extraño era no sentir la tibieza del agua sobre la piel desde el ombligo hasta la punta de los pies. Ni siquiera el sexo aprovechaba aquella delicia de baño que los miembros superiores sabían diferenciar.

La primavera ya debía de haber ido al sertão. Las tortugas habrían desovado en setiembre; aunque quedaban las retrasadas, las que todavía abusaban del mes de octubre. Sonrió, pensando que el anzuelo para tortugas no tiene aguijón.

—¡Basta de baño, muchacho!

Abrió los ojos y encontró el alegre rostro de David.

—Sólo un poquito más, David.

—Nada de eso. Media hora de baño sirve para sacar la suciedad hasta de un hindú.

Se agachó y destapó la bañera. El agua hacía remolinos bajando sobre su cuerpo.

—Vamos a llevar al bebé a su cama.

Lo envolvió en una toalla felpuda y, dando un gemido, lo llevó en brazos. Caminó hacia la cama, lo acostó con cuidado y comenzó a secarlo mediante fricciones.

—David, ¿por qué no sentí de aquí para abajo el calor del agua?

David intentó cambiar de conversación.

—Ahora un poco de talco en la cola, otro poco aquí en el pajarito...

—Usted no me contestó.

—Eso pasa. No comience a imaginar cosas. Si estuvo casi dos meses sin moverse, comprimido en el yeso, ¿quería salir saltando como una cabra? Levante el brazo. Quiero a este bebé muy perfumado, porque dentro de poco las mujeres lo van a necesitar.

—David, ¿voy a tener que usar bastón?

De nuevo David intentó desviar la conversación.

—¿En qué pensaba cuando llegué? Estaba con los ojos cerrados y tan tranquilo que lo creí dormido.

—¿Voy a usar bastón o no?

—Si quiere torturarse antes de tiempo... no. Usted no es mejor que otros, ni siquiera por ser Fray Calabaza. Al comienzo va a necesitarlo, y le aviso que será duro... caminar con muletas.

Fue un choque. El enfermero sabía con quién trataba y tenía más de treinta años de cuidar enfermos.

Levantó los ojos hacia él.

–Ahora no se vaya a quedar mudo y con esa cara de bebé llorón.

Le abotonó el saco del piyama y le dio un golpe suave en la barbilla.

–Ya fue un regalo del buen Dios que todavía esté vivo. ¿Piensa que todo el mundo tiene la manía de grandeza de usted para escoger que un papa-fila lo atropelle? El doctor Alfonso ya mandó hacer unas muletas livianas, acolchadas, muy elegantes. ¿Sabe una cosa? Usted tiene suerte, hijo mío. Ni siquiera va a pagar los gastos del hospital y del tratamiento. Hay un millonario que usted conoce que se encargó de todo. Y en cuanto a las muletas, no se impresione. ¡Lo que yo llevo visto de muletas en mi vida! Hubo uno que casi se reventó todo, y al año siguiente ganó un torneo de baile en un club. ¿Y los pobres que a veces tienen que improvisárselas con palos de escoba para poder andar? Le doy una idea: cuando esté sano, envíe sus muletas a un pobre cualquiera, a un hospital de indigentes. Viendo que el silencio y la tristeza todavía estaban estampados en el muchacho, intentó disimular:

–Voy a extrañarlo cuando se vaya.

–Usted debe de decirle eso a todos.

–No. Evidentemente existen enfermos a los que uno se apega más que a los otros, y a los que uno desea que desaparezcan de una vez por todas. Con usted fue diferente, incluso porque un hombre que vive en la selva, en medio de indios y de peligros, no puede ser tan asustadizo, tan pusilánime como usted es. ¡Cualquier dolorcito lo hace caer en un berrinche de todos los diablos!

–No es así, David. Mi corazón me dice que voy a tener que llorar mucho.

–Tonterías, muchacho.

Levantó los ojos y encaró al enfermero con insistencia.

–David, usted sabe algo. Usted me está escondiendo alguna cosa.

–¡Ya vienen las mañas de nuevo! ¿Por qué no se pone alegre como cuando le sacamos el yeso y lo llevamos al baño? Parecía un niño, de tan alegre. Si yo hubiese tenido una máquina fotográfica habría sacado su fotografía, ¿qué es eso, hijo?

Él recostó su rostro contra el pecho del enfermero y comenzó a sollozar.

• • •

De nada habían servido los masajes, la radioterapia, los experimentos, y sobre todo las esperanzas.

–¡Dios mío, mis piernas! ¡Mis piernas, Dios mío!...

Aquello sí que era el dolor. El odio de comparar los ejemplos desesperados de Gus; no era el dedo lo que estaba herido, eran sus piernas, muertas. ¿Qué importaban todas las bombas atómicas que diezmaron a Hiroshima y a Nagasaki, que ahogaran tantas vidas, tantos corazones, si ya no contaba con sus piernas? ¡Lo que importaba eran sus piernas!

Miró aterrado sus miembros empalidecidos, estirados, pesados, insensibles. Bastaría poco tiempo para que se volvieran piernas sin vida, como las de las brujitas de paño que se venden en las ferias.

Miró los ojos de Alfonso, como si todavía esperara un milagro.

–Mis piernas, Alfonso.

El amigo balanceaba la cabeza negativamente. Nunca se vio en un rostro humano una sonrisa con semejante dosis de tristeza.

Volvió a implorar, casi llorando:

–Pero son mis piernas, Alfonso... Mis piernas...

Alfonso encendió un cigarrillo para disimular su emoción.

Continuaba, dolorosamente:

–Mis piernas, Alfonso... Yo las necesito mucho... Tú lo sabes.

–Hicimos todo lo que fue posible.

Tomó las manos del amigo, tembloroso como si hubiera sido atacado por la malaria. Las lágrimas corrían, la voz se enronquecía y la baba se deslizaba junto con sus palabras.

–Tú lo sabías, Alfonso. No eres mi amigo. Sabías que yo iba a quedar así. ¿Por qué no me dejaste morir?

–No lo sabía. Siempre tuve una gran esperanza. Cuando acaba la esperanza para todos, el médico aún conserva una...

Volvió la cabeza y, enterrándola en la almohada, sollozó desesperado. Sus manos, enloquecidas, subían y bajaban por los barrotes de la cama.

El médico tocó el timbre para que viniera el enfermero.

–Te voy a hacer aplicar un calmante. Vas a mejorar.

Volvió hacia el amigo su rostro humedecido:

–Por favor, no hagas eso, que me matas. No quiero dormir y despertar para sentir otra vez el mismo golpe.

–No. Te prometo que no dormirás. Solamente estarás más tranquilo y podremos conversar.

Mientras el enfermero aplicaba la inyección, Alfonso se volvió hacia la pared y miró la imagen de Cristo, la misma imagen que tanto molestaba a Fray Calabaza. Se quedó fumando, y dejando que el humo subiera lentamente hacia ella. Desanimado, desde su corazón le hablaba a Cristo:

–¿Ves cómo un hombre puede sufrir a causa de otro? Lo peor de todo es que uno intenta hacer algo y a veces no se puede, como ahora.

Dijo al enfermero:

–Entorne un poco la ventana. Algo de penumbra le hará bien, seguro.

210

Fray Calabaza se sentó en un sillón–hamaca. Se mecía sintiendo la parálisis y la ineficacia de sus manos en ese instante. No se dio cuenta del tiempo que pasó así abstraído. La voz de su amigo lo hizo volver a la realidad.

–¿Todavía estás ahí, Alfonso?

Se levantó y fue a sentarse al borde de la cama.

El rostro de Fray Calabaza estaba totalmente mojado. Las lágrimas caían sin que pudiera controlarlas. Pero los espasmos habían desaparecido.

–Hoy voy a quedarme aquí. Voy a dormir como acompañante.

Con la manga del piyama se limpió el rostro mojado.

–Estoy procediendo como un tonto, Alfonso.

–Así es. Pero reaccionaste mejor de lo que se esperaba.

–Tú lo entiendes, ¿no es cierto, Alfonso?

Nueva invasión de lágrimas por el rostro.

–Pero justamente a mí no me debió pasar esto. Mis piernas... Mis piernas...

Sollozaba despacito.

–Llora, que te hará bien.

–Yo que necesitaba tanto de mis piernas... Tantas cosas que había conseguido... El dinero del cónsul alcanzaba para vestir a casi cien indios. Todo perdido. Tanto que necesitaba caminar todavía en la vida...

–Fue una fatalidad.

–Te imaginas... no veré la alegría de ellos cuando reciban las escopetas. Exageré tanto aquellas historias para obtenerlas, y ahora...

Volvió a sollozar.

–Nunca más caminaré por las playas del río, nunca más veré una canoa. Ni a la tarde podré esperar la llegada de los pescadores... Mis piernas, Alfonso... ¿Por qué tanta maldad de la vida?

Lo acometió una convulsión, pero reaccionó.

–¿Cómo podré mandar mis cosas para mis bichitos?

–Todo será enviado como tú quieras y para quien quieras. Ya hemos pensado en eso.

Alfonso vio que él quería hablar, pero el cansancio lo vencía. Las frases iban saliendo, incomprensibles. El remedio hacía su efecto.

Todavía hablaba de piernas, de río, de canoas, pero estaba dejando de hablar de muertes. Ésa era una buena señal. Hasta que se adormeció totalmente. Solamente entonces Alfonso sintió toda su emoción, al ver la figura adormecida, recordando tanta vida que se iría apagando poco a poco.

Salió suavemente de la habitación y fuera encontró a David, ansioso.

–¿Mejoró, doctor?

Quiso responder pero la voz le falló. Las lágrimas inundaban sus ojos.

A David se le hizo un nudo en la garganta. Sacó el paquete de cigarrillos del bolsillo del pantalón y ofreció uno al médico.

–Fume uno, que hace bien.

Encendió el cigarrillo y aspiró. Solamente entonces pudo decir alguna cosa:

–Se adormeció.

• • •

–¿Todavía estás ahí, Alfonso?

–Mandé a David a su casa. Voy a dormir cerca de ti.

–¿Y por qué estás en la oscuridad? ¿No quieres encender la luz?

Se levantó e hizo girar el interruptor. A la luz del cuarto analizó el rostro del paciente. Mostraba las señales de una gran postración, pero ahora en las mejillas aparecía un comienzo de color.

–Así está mejor.

–¿No quieres tomar algo?

–No sé. Estoy como si me hubieran dada una gran paliza. Más tarde pediré una naranja. ¿Puedo?

–Claro que sí.

–¡Qué tontería preguntar eso! De ahora en adelante podré hacer cualquier cosa, que nada podrá perjudicarme más. Pero estoy más tranquilo y debemos conversar. ¿Tienes un cigarrillo? Ahora tanto da que fume como que no. Apenas se trata de prolongar con paciencia esta mierda de vida.

Recibió el cigarrillo encendido y fumó lentamente.

–¿Cuánto tiempo, Alfonso?

Sabía lo que el otro estaba queriendo deducir, pero fingió ignorarlo.

–¿Qué tiempo…?

–De vida. Ya sabes lo que quiero preguntar.

–Todo depende de ti.

–Lo poco que estudié de medicina me sirve para saber alguna cosa. Voy a atrofiarme poco a poco, ¿no?

–Es evidente que sin movimientos los órganos siempre tienden a atrofiarse. Es una ley fatal. Pero el peligro no es ése…

–Ya lo sé. El peligro es el deseo de no vivir, que puede ser más fuerte y… las defensas. El cuerpo detenido, sin realizarse, va a perder la resistencia para un montón de enfermedades prácticamente sin importancia…

–Cierto. No podemos ilusionarte contándote mentiras.

–Si lo hicieras te odiaría, Alfonso. ¿Quieres decir entonces que, más tarde, una gripe, una neumonía…?

El silencio del otro fue una confirmación.

–Y todavía pasa otra cosa conmigo que no debemos olvidar: el corazón. Él sigue sin marchar bien, ¿no es cierto?

–Tu corazón también es un problema.

–Los dos corazones, ¿no es eso?

Consiguieron reír de la broma trágica.

–¿Puedo darte un consejo, mi queridísimo Fray Calabaza?

–Por supuesto.

Ya comenzaba a despuntar una pizca de optimismo.

–Yo me mudaría al norte.

–¿Me haría bien el clima caliente?

–Sí.

–Vamos a pensar en eso. En cuanto tenga más ánimo mandaré poner en venta el departamento que Paula me dejó. Fuera de los gastos, me quedará dinero suficiente como para vivir un par de años en un lugar barato.

Nunca había pensado en vender ese departamento, por eso se le cortó el aliento al hablar del asunto.

–Da para más de dos años.

–Daría, mi viejo.

–¿Por qué?

–Porque cuando venga la gran tristeza en seguida me evaporaré. Además, la mitad del departamento pertenece a los indios según mi promesa. Será transformado en anzuelos, telas y otros objetos para ellos. ¿Tú crees en las ventajas de que me mude para el norte?

–Sinceramente. Todavía aparecerá alguna cosa que no terminaste de hacer en tu vida. ¿No era a ti al que le gustaba repetir esa frase: "Vivir siempre listo para morir, pero como si nunca se fuera a morir"?

–Una frase del viejo Tom. Era yo quien la decía. Pero eso cuando yo era "yo". Completo, íntegro, y no la mitad de una persona. De aquí en adelante, ni a Dios podré amar completamente. A no ser que Él me muestre una faceta suya que me pruebe que también anda con muletas o en sillón de ruedas.

Callaron, pero Fray Calabaza recomenzó a hablar fríamente:

–¿Sabes, Alfonso?, tengo la impresión de que de ahora en adelante Dios va a transformarse en un reloj para mí. Reloj-tiempo-Dios. Reloj apenas eterno para matar un instante de vida, teniendo en cuenta que los minutos eternos pueden ser exactamente del tamaño de toda la eternidad. Entonces pasaré a admitir el reloj-tiempo-Dios sin contenido de amor.

Aspiró fuerte, emocionado.

–Voy a llamar a un enfermero para que te dé una dosis fuerte. Así dormirás una noche de paz. Pero te voy a avisar una cosa: hasta que te acostumbres a la realidad vas a tener continuas crisis de flaqueza.

Entonces él se revistió de dolorida humildad. Hablaba para que también Cristo lo escuchara:

–¡Qué cosa!, ¿no, Alfonso? En una sola vida los hombres asesinaron en mi corazón la belleza de Cristo, y ahora la propia vida quiere esterilizar todo aquello que me parecía hermoso en el amor de Dios…

4

LA VIDA TAMBIÉN TIENE OLOR A GUAYABA

"Hasta que te acostumbres a la realidad vas a tener continuas crisis de flaqueza..."

La frase de Alfonso. La bondad de Alfonso. La seguridad de que alguna cosa aún vendría a él para que la terminara en su vida.

–Te engañas, mi querido Alfonso. Sólo una cosa necesitaré terminar en la vida. Y, siendo así, voy a intentarlo.

Tocó el timbre y en seguida se presentó David. Parecía que no hubiera otros pacientes en el hospital.

David observó su rostro. Había tanta calma en él que no aparentaba ser el mismo hombre desesperado de días atrás.

–David, quisiera dormir. Por favor, ciérreme la ventana. Quiero estar en la mayor oscuridad. No deje que nadie me moleste, por lo menos durante cuatro horas. Estoy con sueño. Un sueño terrible.

David se apresuró a cumplir el pedido.

–¿No quiere algún comprimido para ayudarse?

Fray Calabaza sonrió agradecido.

–Tengo tanto sueño que no voy a necesitarlo. Gracias.

–Es el cansancio natural, después de tantas emociones.

Salió suavemente y cerró la puerta sin ruido.

Fray Calabaza esperó que la vista se acostumbrara a la penumbra. Entonces comenzó a aparecer la crisis de flaqueza. Sintió que las venas del cuello se estaban dilatando. Las pulsaciones arremetían contra la piel con la violencia de la sangre en las arterias. La frente se empapaba en sudor y los ojos parecían querer salírsele de las órbitas.

Habló sin odio a la imagen de Cristo:

–¿Has visto lo que querían hacer conmigo? ¿Necesito contártelo? A lo mejor no entiendes bien en eso tu pasivo conformismo. Pero querían, Jesu Christe, Rex Judaeorum, crucificarme en dos muletas. Ridículo, ¿no? ¡Pobre idiota! Tu cruz puede ser más dolorosa, pero mis muletas serían hediondas... Pero no es contigo con quien quiero conversar.

Elevó los ojos, alucinado, y habló con el odio que se derramaba por todo su ser.

—Es contigo, Dios, a quien no llamaré, como en mi rabia de antes, Hijo de Puta. Contigo, al que ahora en mi desprecio no sé bien de qué modo tratar, si de Tú, de Vos, o cómo.

Tragó en seco porque sintió que la saliva desaparecía de su boca, tanta era la ira que se acumulaba en él.

—¡Dios!... Me estás escuchando, ¿no? ¡Dios!... No te acobardes, no te escondas, aguanta firme porque vas a tener que escucharme.

Abrió los brazos como cuando rezaba desesperado, en su instinto casi inconsciente de la persecución de Cristo.

—¡Dios!... Te odio como odio a la vida. Tengo asco de la vida. Asco de todo el estiércol, de las heces, de la mierda eterna de la que te apoderaste.

Los dedos le temblaban violentamente, hasta el punto de dolerle las uñas.

—Pues bien, Tú, que eres omnipotente, sabes qué difícil fue mi descubrimiento de Ti. No podía creer en el terreno de la Revelación ni en el contenido de los Evangelios. No podía. Mi débil naturaleza humana quería algo más de Ti. Algo portentoso, iluminadamente inteligente. Algo que me separaba de Ti, multiplicado por milenios de años-luz de inteligencia que Tú tienes, pero que limita la mía. La certeza de que cuando se detiene la naturaleza humana todavía no comienza la inteligencia divina. Y en ese vacío torturante existe apenas una llama mínima del más leve indicio de su Inteligencia. Quería morir con el nombre de Dios en los labios, lleno de amor y creencia en mi pequeñita fe, pero es en vano. ¿Cómo creer en Cristo? Aunque Él se me apareciera y yo preguntase: "Quo Vadis, Domine?". Aunque Él repitiera todo lo que ya ha dicho a otros, apenas encontraría en eso belleza artística. Tú lo sabes, el Cristo no es imprescindible para que el hombre deje de ser malo y se torne bueno. No es necesario hacer el bien para que el hombre no sea malo. En el terrible misterio de las galaxias, donde nuestro humilde Sol con su sistema planetario es un microscópico universo; en el misterio infinito de las galaxias, donde existen billones de soles superiores al nuestro con un sistema planetario idéntico, ¿por qué la salvación del hombre por otro hombre? Lo que Él hizo trascendía a lo divino porque la bondad tiene características divinas; lo que Él hizo fue lindo, maravilloso para la humanidad que se conforma con cualquier cosa. Pero yo quería más, más que todas las promesas de Cristo. Quería un día participar de Su inteligencia eterna, con toda la angustia de mi alma aprisionada en mí mismo. Si todos somos finitos, si miserables nos realizamos, ¿cómo participar de Su presencia? Si me fue dada un inteligencia limitada, si mi imaginación fue hecha de debilidad; si de tristezas inmensas y claudicantes se revestía mi concepción a Tu respecto... Fue difícil, Dios. Fue difícil admitirlo en toda mi pequeñez. Fue difícil y cruel redescubrirlo dentro de mi pequeñez desesperante. Extraordinariamente duro, y Tú lo sabes, que una hilacha de inteligencia quiera participar, aunque sea por amor, de Tu gran eternidad. ¿Cómo yo, tan finito podría descubrir un punto que alcanzara Tu eternidad? Por sí sola la eternidad crecía en un círculo sin comienzo y sin fin. He ahí que surgió una fórmula tibia de esperanza que me animó en la creencia de que después de la muerte quizá podría alcanzarlo: Tú me hiciste comprender lo Perpetuo. Lo perpetuo de mi alma que tuvo un comienzo y que no tendrá fin. Esa perpetuidad sería la única manera de que mi humilde inteligencia alcanzara un punto del infinito. Y únicamente así podría morir de esperanza teniendo en mis labios una sola palabra: Dios...

Bajó los brazos y la cabeza, emocionado, y las lágrimas le corrieron en gruesos hilos.

–Pues bien, Dios. Nada de eso existe. Nada. Todo está perdido. El alma se encoge y disminuye dentro del cuerpo de un inválido. No sé si de todos. Pero en mi caso, sí. No sirve para nada amarte con una mitad. Es más fácil odiarte con una mitad. Sentir asco y repugnancia de Ti, por una mitad. Me mato porque vivir sin Tu amor es como he vivido hasta ahora: sin el amor de Paula. Disculpa la débil comparación. El infierno de Cristo es el que existe en nosotros sin Su amor. La ausencia de Dios bien puede ser el infierno prometido por el Evangelio. Y el infierno con tu ausencia bien puede ser aquí, en los millones de minutos que el hombre descubre que la vida es apenas sólo un cúmulo de dolor. Por lo tanto, me mato porque como inválido no puedo amarte. No quiero sentir tu presencia mediocremente, por la mitad.

Se detuvo para intentar calmarse, tan grandes habían sido su confesión y su desahogo.

–¿Qué soy, Dios? Esto, medio cuerpo y media alma. ¿Qué es esto? –tomó su sexo sin vida–, una banana intocable, muerta, inútil. Todo muerto en mí, enterrado con mi esperanza de redención. Yo no quiero vivir. No quiero vivir más. ¿Vivir para qué? ¿Qué podría hacer sin mis piernas? Nada. Nada. Nada. Ni huir de mis angustias podré. Nada. Por lo tanto, mi despedida para Ti será lo que ya te dije. Parto de la vida odiándote, asqueado con el asco y el odio que tengo de Ti...

Calló. Respiró fuerte y se limpió las lágrimas con la manga del piyama. Lo que iba a hacer exigía un esfuerzo físico tremendo. Por eso era menester controlar todo la gama de aquel siniestro desvarío.

Afirmó el cuerpo empujándolo hacia arriba, apoyándose en los brazos contra los barrotes de la cama. Después se fue retorciendo todo él, arrastrando en ese movimiento las piernas muertas e insensibles. Tenía que bajar de la cama como una gran lagarta desarticulada. Colgó los brazos, la cabeza y el tronco, e intentó alcanzar el suelo con las manos. Pero todavía faltaba un palmo. En un esfuerzo mayor, se arrastró más y los dedos tocaron la frialdad del piso. Ahora sería menos difícil. Un esfuerzo más y las manos podrían ayudar a detener la caída del cuerpo. Se sentía un po-

216

co atontado. Arremetió más hacia abajo y se soltó en el espacio. Las piernas muertas cayeron produciendo un ruido sordo. El golpe había sido grande pero no sintió dolor alguno. Necesitaba colocarlas en posición igual al resto del tronco, a fin de tener más facilidad para moverse. Empujaba el cuerpo palmo a palmo, como si fuera una yunta de bueyes arrastrando un gran tronco. Cada metro adelantado le producía un cansancio horrendo que lo forzaba a apoyar el rostro contra el piso frío, a descansar, respirar fuerte e intentar reanudar la caminata.

Se decía: "Falta poco. La puerta del baño está abierta para facilitarlo".

Con la mitad del cuerpo subiendo el escaloncito del baño, comenzó un nuevo deslizarse. ¿Qué pasaba ahora, que el cuerpo no avanzaba? Volvió el rostro, desanimado, y dio contra los pies enganchados en los escalones. Maldito Dios, que no lo ayudaba. Tuvo que acostarse de espaldas y con ayuda de las manos desviar las piernas para liberar los pies. Aquello exigió una gran lucha, hasta el punto de que sintió empaparse en sudor el piyama. Pudo mirar fascinado el armario del baño. Si conseguía llegar hasta allí estaba salvado. Los paquetitos de hojas de afeitar. Bastaba con alcanzarlas, desenvolver el sobre y cortarse las muñecas. El corazón le latía apresurado. Necesitaba actuar con rapidez. Tendría que perder mucha sangre antes de que apareciera algún socorro. Se cortaría las muñecas y las venas de los brazos. Se sujetó al caño del lavabo e intentó levantarse. El esfuerzo había sido tan tremendo que se orinó encima. Tocaba el lavabo con las manos. Los brazos comenzaban a fatigarse con el peso del cuerpo. ¡Cómo había crecido el lavabo! Liberó una mano y con la otra tomó el grifo. Después intentó colocar la otra en la misma posición, abrazando el grifo. Estaba a menos de medio metro del armario. Se sostuvo con una mano y con la otra tocó el espejo. Pero la puerta no se abría y los dedos apenas rozaban el frío del espejo. Iban a comenzar a faltarle las fuerzas. Lo intentó de nuevo, y los brazos comenzaron a temblar: "¡Falta tan poco! ¡Falta tan poco!" Sin embargo, los brazos se aflojaron y cayó, golpeándose el mentón contra el borde del lavabo.

Temblaba y lloraba, desesperado. Tan cerca, y tanto esfuerzo fracasado. Babeaba y rugía. Quedó llorando, alucinado. Observó alrededor, buscando un palo, una escoba para romper el espejo y recoger los vidrios. Serviría igual. Pero no había nada.

El teléfono sonó tres veces y se hizo una pausa.

—Olvidé pedir que desconectaran ese maldito aparato.

¿Qué hacer, ahora? En su desgracia fue iluminado por una idea. Tenía que retornar de nuevo a la habitación, arrastrar el sillón-hamaca y apoyarlo en la ventana. ¡Los vidrios de la ventana! ¿Cómo no se le había ocurrido antes? Con mucho esfuerzo fue arrastrándose en su despiadada caminata. En mitad del camino el teléfono sonó de nuevo. El estúpido parecía no querer callarse.

Consiguió empujar el sillón-hamaca y, luchando contra su balance, se sentó en él. El corazón parecía querer estallarle dentro del pecho. Cerró los ojos, aspirando fuertemente el aire, para recuperarse. Miró la ventana. Tenía suerte, porque David había cerrado la persiana y el vidrio para que el barullo externo no interrumpiera su sueño. ¡Pobre David! Tan bueno. Ahora necesitaba golpear el vidrio con cuidado, para que no se oyera el menor ruido. Lo que cayera estaría junto a la persiana. Cerró el puño y arremetió contra el vidrio. En su expectativa, durante un minuto pareció que el mundo se venía abajo. Las astillas y trozos terminaron de caer. Se había cortado los costados de la mano, pero sin sentir nada. Se arrancó rápidamente el saco del piyama, porque el tiempo era escaso. Y escogió un trozo puntiagudo.

El teléfono volvió a llamar violentamente. Era un aviso cruel. Pero no desistió. Quedó fascinado con el vidrio y fue clavándolo dolorosamente en sus brazos. Inclinó la cabeza hacia detrás y entreabrió los ojos. La sangre salpicó por todas partes. Ahora formaba como un arroyo que corría sobre las piernas muertas.

• • •

Todavía era temprano para morir. El teléfono lo había denunciado. La puerta se abrió ruidosamente y David y dos enfermeros presenciaron el horrible cuadro. La sangre se extendía por todos los rincones. Abrieron bruscamente la ventana.

–¡Está loco, hijo!

David lo tomó y lo llevó a la cama. Entonces vino su mayor desesperación. Ser salvado cuando todo iba tan bien. Rugió como un loco. Echaba espuma por la boca y gritaba salvajemente. Se abrazó a las piernas de David y abarcó sus caderas.

–¡David, David, déjeme morir! ¡Quiero morir! ¡Desgraciados! ¿Por qué vinieron a salvarme otra vez? ¡No quiero vivir más! Ustedes serán unos criminales si me obligan a vivir.

Los otros dos intentaban romper aquel abrazo, pero él, dueño de una fuerza inesperada, no los dejaba hacer. Por el contrario, apretaba más. Sentía que su rostro se pegaba al miembro del enfermero, podía sentir el volumen del sexo contra su desdichado rostro.

–¡No me deje vivir, David! ¡Se lo suplico por lo más sagrado! No me deje.

Hablaba pegado al sexo, porque de hacerlo junto al corazón nunca sería atendido. Aquél era el autor de la vida, de la condenación y del dolor. Aquella porquería humana era el verdadero dios de los hombres. Lo que dictaba la vida. Lo que generaba el odio, la desgracia y la venganza. Con aquel presente miserable de nacimiento su padre le había dado la vida, un camino de miseria y podredumbre.

–David, David... yo quiero morir. Morir, morir. ¡Ayúdeme!

Entraba más gente en el cuarto. Fue desprendido de su posición y aprisionado contra las ropas de la cama. Veía a David con los ojos llenos de lágrimas y el blanco delantal teñido de sangre.

Le aplicaron una inyección que parecía desintegrarlo todo. Después ya no pudo ver nada, a causa de su debilidad. Sentía disminuir las convulsiones del cuerpo y una enorme pasividad se apoderó de él. Mucho más tarde comprendió que estaba vivo. Aunque todo su cuerpo era un solo y gran cansancio: ni dolor ni agotamiento. Quería hablar, pero las palabras no encontraban por dónde salir. Entre sombras, veía el cuerpo de David recostado en el sillón-hamaca, probablemente ya limpio o cambiado por otro.

Veía que lo observaba. Estaba de centinela de sus menores gestos.

Gimió bajito.

–David.

Él se acercó a su boca para evitarle cualquier esfuerzo mayor.

–¿Qué pasa?

–David... ¿Por qué no encendió la luz?

–Está encendida, hijo.

–¿Estaré quedándome ciego también?

–No. Es el efecto de la inyección. Cuando pase, volverá a ver bien de nuevo.

Con ternura, pasó sus manos por sobre los cabellos del enfermo.

–¡Qué locura, hijo mío! ¡Qué pecado horrible iba a cometer contra Dios!

–David... ¿usted no cree... que es mayor el pecado que Él está cometiendo contra mí? ¿Por qué vino usted, David? Yo dije que quería dormir cuatro horas…

–El doctor Alfonso llamó a su cuarto muchas veces. Entonces ordenó que de cualquier manera alguien viniese aquí.

–¿Dónde está él?

–Ya va a volver. Estuvo todo el tiempo con usted. Y ayudó en todas las trasfusiones.

–¿Por qué no me dejó morir, David?

–Porque un enfermero está para ayudar a vivir y no a morir. Cuando llegue su hora, Dios seguramente lo llevará.

–¿Adónde quiere usted que yo vaya, cuándo salga de aquí?

–¿Adónde quiero yo? No soy yo quien va a decidir eso, hijo mío. ¿Por qué?

–Elija usted, ya que no me dejó morir. Tengo pocas chances: el Viaducto do Chá*, la escalinata del Teatro Municipal; las veredas de la calle Sete da Abril. Son los lugares en donde los inválidos reciben más limos-

---

* Viaducto del Té. (N. de la T.)

nas... Sintió la mano del enfermero sobre su boca. Y un ronquido extraño en su voz.

—No hable más, hijo. Eso no ha de suceder nunca. Nunca.

$$\bullet\ \bullet\ \bullet$$

Las luces habían retornado a su antigua fuerza. A no ser por un resto de debilidad y de dolor en los ojos, todo se recomponía. Los brazos estaban llenos de ataduras, desde las muñecas hasta arriba de los codos. En la otra cama, Alfonso dormía el sueño de los justos. Tuvo deseos de despertarlo para preguntarle:

—¿Estás sintiendo, Alfonso?

Pero le dio pena su cansancio y el sueño que venía entrecortado por un leve ronquido. Él había tenido un día atropellado, por su culpa. Era mejor dejarlo dormir.

—Pero el olor aumentaba tremendamente. Y no era imaginación. Un olor a guayabas llegaba de todas partes.

Ante sus ojos, la luz tomaba una inusitada intensidad. Era como si fuese de día. Las paredes del cuarto comenzaban a ensancharse y a adquirir un color blanco esplendoroso. La puerta se había ensanchado hasta desaparecer y formar un corredor enorme y también fulgurante. Allá venía él, caminando lentamente y arrastrando las sandalias por el mosaico reluciente. Alcanzaba a divisar los pantalones blancos y la camisa también blanca, con las mangas levantadas hasta los codos.

Era la segunda vez que se le aparecía su padre; pero la otra vez usaba solamente un piyama azul y calzaba chinelas.

¡Pobre padre! Solamente dos años antes de morir, cuando el corazón ya no le servía para nada, lo había descubierto. Cómo quería, de lejos, a su padre. Pero nunca había significado gran cosa para él. Sólo al final de su existencia había comenzado a admirarlo, gustando hasta de sus dibujos y cuadros. Sabiendo de su condenación, cuando podía se alejaba de Paula, aun antes de internarse en el sertão, para quedarse algunos días a su lado. Intentó remediar en aquel poco tiempo toda una existencia carente de su cariño y comprensión. Cuando éstos aparecieron, ya estaba cansado de esperar. Un retrasado regalo de la vida.

Se acercaba más, lo suficiente para ver su rostro moreno en el cual la barba azuleaba. Sus cabellos, como cuando muriera, con un leve encanecimiento en las sienes. Se detuvo junta a su cama y sonrió. Después se inclinó, ofreciendo su rostro para ser besado. Como siempre lo hiciera, se dejaba besar, confirmando las dos variaciones de besos de la vida: la de los que besan y la de los que se dejan besar.

Se sentó a su lado y lo miró firmemente a los ojos.

—¿Entonces, hijo?

–Cuénteme cómo está, padre. ¿Está bien? Su aspecto es muy bueno.
Llevado por la ternura, quería mover los brazos atados y apretarlo contra el pecho. Quizás así barriera el vacío y la soledad de las últimas horas.
–Estoy bien, muy bien. Es cuanto puedo decir, y tú mismo puedes verlo.
Alargó el brazo y colocó la mano abierta sobre su pecho, como si acariciara su corazón.
Movió la cabeza con reprobación, mirando sus brazos prisioneros de las ataduras.
–¿De nuevo, hijo?
–¿Qué hubieras hecho tú?
–Nunca haría eso.
La mano que tocaba su pecho también lo reprobó en aquella otra ocasión en que intentara matarse de un tiro, en la selva de Xingu; cuando él se le apareciera la primera vez.
–No lo hagas más. ¿Lo prometes?
No quería prometer nada. Pero vio que sus ojos estaban mojados de desesperación y tristeza. ¿Por qué hacer llorar a los padres? Con el otro, por culpa de una Navidad que lo perseguiría durante toda la vida. Ahora…
–No llore, padre. Yo no puedo emocionarme, y no quiero volver a llorar en la vida. Prometo que me voy al norte. Prometo todo, todo lo que quiera, pero no llore.
–Es mejor así. Un poco de paciencia.
Sin quitar todavía la mano de su pecho, él volvió a observarlo, esta vez con una enternecedora dulzura. No necesitaba hablar, porque estaba leyendo sus pensamientos.
–Sobre todo, hijo mío, olvida tu rencor hacia Dios.
Se emocionó aún más y preguntó:
–¿Cómo es Él, padre? Se lo pregunté una vez y no me respondió.
Movió suavemente la cabeza.
–Sólo puedo explicarlo desde el punto de vista humano. Él es Amor, Misericordia y Belleza. Es todo cuanto puedo decir.
Sonrió, ya con los ojos secos, resplandecientes de bondad.
–Tú verás a Dios, hijo mío. Ahora debo irme.
Hizo una cruz en su frente, otra en su boca, y una mayor en su pecho.
–¿Recuerdas? Como cuando eras pequeñito.
Y contrariando la teoría común del beso y de la vida, se inclinó sobre su rostro y lo besó largamente; todavía sentía que su barba le picaba, como la primera vez que lo viera, cuando se lo habían entregado.
Se sentó y con las manos tocó las ataduras de cada brazo, sonriendo.
–Esto, de ahora en adelante, no dolerá ya. Adiós.
Allá iba él caminando por el corredor, blanco y esplendoroso, arrastrando nuevamente sus sandalias. Un poco, poquitísimo, curvado hacia el frente. Al final del corredor se volvió y le hizo un gesto de despedida.

–Adiós, papá. Mi querido padre que nunca fue mío...

El perfume de guayaba se iba disolviendo en el espacio; el corredor se extinguía, llevando en sus misterios a la figura amada, a la cual, estaba seguro de ello, no volvería a ver hasta su muerte.

Todo el resplandor de la luz se había encogido, como el alma de un inválido que se recoge en el pequeño pedazo de cuerpo vivo. El cuarto quedó casi en la penumbra. Su mirada se detuvo en la pared de enfrente, en la que el Cristo ocupaba su antiguo lugar.

–¿Qué pasó?

Se volvió hacia el lado de donde había llegado la voz de Alfonso. Subía hacia su rostro un tenue humo de cigarrillo.

–¿Qué pasó? Hace quince minutos que estoy mirándote y ni siquiera lo notaste.

Sonrió con calma.

–Nada.

–Tenías una expresión de tanta calma, de tanta paz en el rostro, que parecía la cara iluminada de un ángel. Ninguna persona viva podría tener tal belleza; solamente los ojos de las figuras místicas del Greco.

–Si te lo contara, no me creerías.

Alfonso sabía que era beneficioso para él conversar así, tan tranquilo. ¡Pobrecito Fray Calabaza! ¿Qué iría a ser de él?

–Cuenta, cuenta qué pasó. Contigo siempre suceden las cosas más raras.

–Él se me apareció de nuevo.

–¿Él, quién?

–Mi padre.

–¿El del norte?

–Sí. ¿No sientes aún el olor a guayaba en el cuarto? Todavía queda un resto...

–¿Cómo puedo sentirlo, si tango la nariz impregnada de humo y nicotina?

–Él vino. Hermoso. Tan tranquilo. Rezó en mi corazón. Me pidió que nunca más volviera a repetir esto. Me pidió que se lo prometiera.

–¿Y tú?

–Se lo prometí. Nadie puede negarse ante los ojos de un muerto que llora. Dijo que no me dolerían más los brazos. ¿Y sabes que realmente el dolor se me pasó?

Alfonso sintió una alegría que desde mucho tiempo atrás no sentía. Ahora sí que él comenzaba a reaccionar.

–Le dije que iba al norte, y él ya lo sabía. Ellos lo saben todo. Me hubiera gustado que vieras cómo estaba vestido, con camisa y pantalones blancos. Pero un blanco que no existe. No sé explicarlo. El rostro moreno, de buen color. Usaba sandalias. Cuando él llegó al final del corredor me hizo una señal de adiós.

—¿Ustedes hablaron eso? ¿Solamente?

—El resto no te lo puedo contar, Alfonso. Juro que no puedo.

Alfonso, contento, dio una última pitada a su cigarrillo.

—Así me gusta verte. Fuerte como antes. Vamos a dormir. Todavía queda un resto de noche. Son apenas las tres. ¿Necesitas algo?

—No. Esta vez voy a dormir en paz.

—¿Puedo apagar la luz? Cualquier cosa, me llamas.

Apagó la luz y volvió a su cama. Le costó conciliar el sueño. Pensaba en la extraña fuerza de los místicos. Extraña y.bella. Ahora él estaba a salvo. Seguramente la morfina había provocado aquella crisis benéfica. Porque los místicos son realmente fuertes.

5

ÁNGEL-MOLEQUE*

Seis meses son, más o menos, 180 días. Cada día, 24 horas. Cada hora, 60 minutos vividos uno por uno, excepto las horas de sueño. Vividos, no. Deslizados, no; arrastrados.

Arrastrados, propiamente, no. Aprisionados: aprisionados como todo, prendiéndose en un eslabón condenatorio. Desde el alma, en el cuerpo. El cuerpo, en la silla de ruedas, la rueda en el eje... ¿Y el eje? ¡En la puta que lo parió!...

Necesitaba no contar el tiempo. Olvidar, olvidar como la arena de la playa que recibe las olas pero al anochecer no recuerda cuánta agua pasó por allí.

Cuando no empujaba su silla de ruedas, intentaba usar las muletas. Hasta que se había acostumbrado. Al comienzo, el ardor; ardía más aún a causa del sudor producido por el clima caliente. Pero una vez que surgieron los callos, las cosas tomaron otro aspecto. Lo que resultó duro fue aprender a equilibrar el cuerpo. Arrastrarlo pacientemente, sin poder evitar nunca que las puntas de los pies arañaran el suelo. Entonces había pasado a usar zapatos de tenis, que eran más baratos y arruinaban menos sus finanzas. Y oscuros: marrones o azules.

"Te conocí en el Recife rodeado de puntas
en el barrio de las fuentes coloniales..."

Silbó la canción de Caymmi. Linda la música. Linda como aquella poesía de Bandeira que cantaba a Recife de una manera maravillosa. Antiguamente, Recife le parecía una belleza Ahora, no. Posiblemente la ciudad continuaba igual. Fue él quien cambió. En sus tiempos de estudiante, sí: nunca hubo ciudad más alegre, más cantadora, más bulliciosa. Agradable desde las *matinées* en el cine Royal. Olorosa como los jambos y los caramelos efervescentes que vendían en la calle Nueva. Donde se realizaban los enloquecidos carnavales en los que dominaba el frevo**, que arrastra-

---

* Moleque: muchachito travieso, gracioso. (N. de la T.)
** Baile de origen negro, de música viva y ardiente. (N. de la T.)

ba a todo el mundo en la danza. Ni un sacerdote podía pasar por allí, porque acababa bailando. Los grandes maracatus* con los reyes y reinas y la muñeca imperial. ¡Recife loco! Fiesta de estudiantes. Fiesta en la Madalena. El Pina, el puente colgante. Comer pitombas amarillitas, cerca de la explanada del Gran Hotel. Jugar a la baraja de noche, en las pensiones de estudiantes de la calle del Hospicio, en la calle del colegio Marista. El domingo ir a Dois Irmãos, Apipucos, el Jardín Zoológico. U Olinda, o también Boa Viagem. Sonreír embobado ante la casa con forma de barco en la que, según decían, el dueño iba vestido de capitán. Ver al Náutico ganarle al Santa Cruz, en la Ilha do Leite, el reino de las pescadoras. Los puentes del Capibaribe. Las canoas navegando por el río, con el chapotear rítmico de las palas de los remos. Los blancos tranvías cerrados, el café Lafaiete, donde la palta se servía espumosa, en una copa muy grande que mataba el hambre más que las comidas de las pensiones pulgosas. La delicia de la borrachera y el juego de sinuca en el Taco de Ouro. Las prostitutas de la noche, ratitas nocturnas que se quedaban por las esquinas, cerca del edificio del "Diario". Recife verde de mangueiras. Playas de arrecifes, en las que las blancas arenas hacían doler los ojos. Adormecer la pereza a la sombra de los cocoteros. Quedarse viendo a lo lejos la vela errabunda de una jangada ligera. Recife. Recife. Recife del barrio de las fuentes coloniales...

Pero ya no era nada de aquello. Ahora Recife se limitaba a un cuartito en la Rua da Praia, casi debajo de la escalera, cerca de un baño mugriento que olía a orina fresca. Poca gente vivía en el piso bajo. Los demás habitaban en el mundo de arriba de las escaleras. Pero daba gracias por la buena suerte de haber encontrado un cuarto barato en un lugar donde todo el mundo discutía y peleaba, aunque con él todos eran amables. Seis meses. Seis meses. Seis meses. Necesitaba hacer algo. Verdad que obtenía su pequeño provecho. Todo el mundo golpeaba a su puerta:

—Don Raimundo, por favor, ¿usted sabe hacer esto?

Si sabía, lo hacía. Descubrieron que era maestro en aplicar inyecciones sin dolor. Que tenía unas manos tan suaves que trataban cualquier herida sin que sonara un ¡ay! Además de sumar las libretas de ventas, hacer unos diseños de bordado y escribir cartas para lugares que ni existían, tales como São José do Egito, o Cerro Corá...

Recibía regalos modestos. Rapadura batida, potecitos de miel, jarritas de café, cuzcuz de pico de chaleira, sabrosas pomonhas** y vasos de caldo de caña.

Pero aún no se conformaba con su situación. Si no podía morir, tampoco quería vivir. Todo se resolvía en una pastosa postración de indiferencia y tedio.

* Bailes de origen africano, con pasos y zapateados. (N. de la T.)
** Comida con maíz verde, queso y azúcar, envuelta en hojas de banana o del propio maíz. (N. de la T.)

Esperaba al mundo de la noche para sentarse a la puerta del edificio y ver el resto del trabajo del día. Un trabajo que nacía temprana y ruidosamente. Gente que cargaba bolsas de mercaderías. Los grandes depósitos olorosos a cebolla, sudor y marejada, las campanas de la iglesia de la Penha. El ruido del mercado São José, que se cerraba al público. Gente sudada, cansada, de vuelta de sus hogares, y la calle que se convertía en feudo de los gatos vagabundos, de las prostitutas baratas y de su propia tristeza.

Había cambiado de nombre. Cualquiera servía, porque nadie iba a pedir la identidad de un inválido. Le había gustado el de "Raimundo Amorim da Silva". Y ¡listo! De Raimundo a Reimundo, sólo hubo un paso.

Y las prostitutas pasaban y bromeaban con él:

−Y, ¿qué tal, don Reimundo, nada hoy?

−Usted necesita de mejor suerte que yo, florcita.

Era cuando Turga, aquella maravilla de carne morena, descendía por las escaleras y peleaba en broma con las otras:

−Váyanse de acá, feuchentas. No se metan con mi santito.

Se paraba, imponente en su belleza morena, siempre con el vestido de grandes y coloridas flores, los senos duros taladrando aquel jardín de seda, las nalgas redondas cercando el jardín de las sedas apretadas. Las piernas rollizas y bien formadas escapando del jardín de las sedas para ser más hembra todavía.

−¿Ya se va, Turga?

Ella sonreía con aquellos dientes tan blancos. Retocaba la pintura, mirándose los ojos negros y redondeados que no eran de seda sino de terciopelo. Apretaba las frutas rojas de sus labios carnosos para corregir el carmín.

−Está linda, Turga.

−¡Vaya! Siempre lo fui, mi santito.

−Pero es que hoy usted lo está con una exageración que ¡Dios nos libre!

Ella reía, daba un adiosito y salía hacia la noche acompasando la calle con el movimiento de las caderas. Iba balanceando la cartera de una manera tan linda que sólo faltaba que barriera las piedras del suelo.

Turga. María Taumaturga. Pasaba el día durmiendo. Pasaba la noche más o menos acostada. A las tres de la tarde venía en su peinador exagerado, suelto sobre el cuerpo, a traerle un cafecito, fumar un cigarrillo y conversar. Turga se interesó por toda su historia. Lloró dos lágrimas de terciopelo, enormes, cuando le contó el desastre.

−¡Qué crimen, mi Bom Jesús da Lapa! Pero no importa, mi santo. Nada más de malo le volverá a suceder, yo no lo permitiré, ¿sabe?

Después había mirado, todavía más triste, el rostro aún hermoso, preguntando con la mayor naturalidad:

−¿Usted no puede andar más con mujeres?

Señalándose la columna vertebral y las piernas dijo:

−De aquí para abajo ya no soy hombre, Turga.

–Pero usted es muy macho. Porque no cualquier hombre tiene el coraje de decir eso, así. Todos los demás irían mintiendo.

–Uno no puede mentir a la gente, Turga.

–Eso es verdad. Pero, mi santito, yo lo quiero tanto que, si usted pudiera, dejaba que me usara sin cobrarle nada; lo juro.

Y allá se iba ella, lejos, buscando un jardinero para su noche. Seguro que al día siguiente le contaba lo que había conseguido y si las ganancias fueron buenas, Turga María Taumaturga.

–¿Mirando la noche, don Reimundo?

Era el sastre Altamiro, que vivía en el primer piso y al que todos llamaban don Talamiro.

–Mirando un poco, sí.

–Y ¿ya resolvió subir las escaleras y venir a trabajar conmigo?

–En seguida que haya una habitación en el primer piso y pueda moverme.

–¡Es tan fácil! Usted se quedaría sentadito cortando las telas y con eso se ganaba unos pesitos.

–Yo lo sé, y se lo agradezco. Pero me es muy difícil subir y bajar esa escalera todos los días. Esté seguro de que algún día subiré esa escalera para ir a trabajar con usted.

–Cuando quiera, ya sabe que allí tendrá su banquito. Ahora voy a dar una vueltita y tomar unos tragos. Hasta luego.

Salía magro, medio amarillo, y volvía zigzagueando enormemente. Sabía cuando él llegaba porque subía las escaleras golpeando sus "tragos" en la pared y el pasamanos.

Resolvió hacer rodar su silla por la vereda estropeada, y en ese momento vacía, y dar un paseo hasta ver el Gran Hotel. De allí no pasaría, porque una vez que había querido ir a comprar "pitombas" y "jambos", un turista le dio una limosna. Quedó colorado y confundido; pero sobre todo lleno de dolor y vergüenza por dentro.

Ya estaba bien lejos del edificio, mirando las luces, el muelle, las barcazas y los yates salineros que dormían tranquilos sobre las aguas. Hasta se adormecía recibiendo en el rostro la brisa proveniente del mar.

¡Increíble cómo pasaba el tiempo! ¡Hacía once años que Paula había muerto! Once años que se enterrara en la selva arrastrando una nostalgia desesperada que se negaba a morir. Menos mal que ella no vio su ruina, su destino de prisionero de una parálisis. Menos mal. Paula había muerto llevándose el recuerdo de su esplendor de juventud. Paula. Paula que muriera tan lejos. Tan lejos...

• • •

...No podía rechazar la invitación. Tenía que ir. La entrevista había sido concretada y debía comparecer. Se afeitó y observó sus ojos hinchados por una semana de llanto. Hinchados por el dolor y el alcohol. Se vistió de la mejor forma, y faltando quince minutos para las tres ya se encontraba en un taxi.

–Por favor, chofer, lléveme a la avenida Rebouças.

Le dio el número y recostó la cabeza en el respaldo, cerrando los ojos para no mostrar aflicción.

Había viajado sin sentirlo. Bajó, pagó el taxi como un autómata. Sus piernas se obstinaban en hacerlo desistir. Pero su mano oprimió la campanilla de la puerta. Vino un mayordomo que lo hizo seguir desde el portón hasta la entrada principal.

–*Madame* lo espera, señor.

Cruzó el *hall* y fue introducido en el gran salón. El mismo salón en el que se sintiera analizado en todo lo que hacía, tantos años atrás...

–Espere usted un momento, señor, que *madame* ya baja. Por favor, sírvase un cigarrillo.

Agradeció sin aceptar. Percibió cómo, sin ruido alguno, la figura del otro abandonaba el aposento.

Quedó observando la sala, de un extremo a otro. Se acercó al piano negro, adornado con un colorido mantón español de seda, que caía ondulante sobre la tapa. Y encima del mantón, en un marco de cristal, el retrato de Paula, con aquella su manera de sonreír sin abrir los labios.

–Paula, Paule, Paule. Pupinha, Pô.

No quería emocionarse, ni sentir que se le humedecían los ojos. Paula tan viva en sus recuerdos. Paula muerta. Tan lejos. Fascinado, volvió a mirar el retrato. Se quedaría allí, mirándolo, toda una existencia, porque era lo único que conseguía darle un poco de paz en las últimas horas.

La puerta se entreabrió y la Lady-Señora penetró, deslizándose como una pluma por el salón. Se volvió y, en silencio, le besó las manos. Se sentaron frente a frente. Ambos se analizaban. Los rasgos de la "Lady-Señora" estaban medio desfigurados; los ojos se perdían entre grandes ojeras. Había adelgazado un poco, pero trataba de mantener una serenidad que rayaba en lo sublime. El cuerpo mantenía una posición perfecta en la que ni el dolor conseguía eliminar la elegancia. La misma elegancia de Paula. Los mismos ojos, el mismo perfil orgulloso y las manos ágiles asentándose sobre el regazo. Sólo los cabellos aparecían completamente blancos, diferentes de cómo estaban la última vez que se vieron.

El silencio parecía el sepulcro de todos los ángeles. Ni el más leve susurrar de alas.

Fue necesario que la Lady-Señora tomara la iniciativa de la conversación.

–¿Entonces, mi amigo?

Venció la emoción y respondió:

–En cuanto recibí su comunicación me apresuré a venir.

–Sabía que vendría.

228

Hizo una pausa.

–A mi edad, el ánimo tarda en recuperarse de los golpes. Por eso tuve que descansar una semana, antes de llamarlo.

Ambos necesitaban de esa lógica y esa serenidad. Habrían de comprimir los sentimientos, e incluso la posibilidad de ellos, y mantener una actitud y una conversación de gente madura y sensata.

–En seguida tomaremos un té, si es que no prefiere otra cosa.

–Está bien el té, señora.

Cruzó sobre las piernas los finos dedos dejando ver en uno de ellos un solitario.

–No estamos nada favorecidos en nuestro aspecto.

–¿Qué otro podríamos tener, señora? Cuando entré en esta habitación necesité contenerme y dominar mi emoción.

–Comprendo. Voy a mudarme de aquí. Cada rincón respira la presencia de ella.

Hubo un ligero estremecimiento en la voz. Felizmente, el estrépito de las ruedecillas de la mesita en que traían el té aminoró la tensión.

–¿Simple?

–Sí, gracias.

–¿Poca azúcar?

–Así está bien, gracias, señora.

Por primera vez reparó en que sus manos temblaban. Ella cerró los ojos para saborear el té. Después colocó la taza sobre la mesita y usó una fina servilleta para secarse los labios.

–¿Un poco más?

–No, gracias.

Hizo sonar una campanilla de plata y el mayordomo acudió a retirar la mesa.

–¿Un cigarrillo?

–Ahora no, señora.

Antes de que el mayordomo se retirara de la sala, se volvió hacia él y pidió:

–Alberto, por favor, tráigame aquellos sobres que están sobre el escritorio.

Volvió a reclinar la cabeza contra la poltrona. Él sabía que algo serio iba a suceder.

Ella habló entonces con voz suave.

–Cuando mi marido vivía, le daba a Paula todos los gustos. Yo me mantenía como una especie de censora, para no arruinar demasiado a mi hija. Después de morir él, descubrí que todo lo que poseía de real en mi vida era ella. Entonces la mimé cuanto pude, accediendo a todos sus deseos. Parecía adivinar que ella partiría muy prematuramente.

Guardó silencio un instante, para dominarse otra vez, porque sus ojos se obstinaban en lagrimear.

–En vida, mi hija vio cumplidos todos sus caprichos. Ahora que ha muerto, realizaré todos sus últimos deseos. Estoy hablando de esto –se levantó del sillón, a fin de acercarse más a él– para que usted no tenga nada que objetar a lo que seguirá.

El mayordomo apareció con dos sobres en la mano. Todo parecía haber sido ensayado: el mayordomo entregó su recado, hizo una reverencia y se retiró cerrando las puertas sin ruido.

–Primero, una carta de Paula.

Esa vez fueron sus manos las que temblaron al recibirla. Un sudor frío inundaba su frente.

–Puede leerla tranquilo. Esperaré.

Imploró casi sin voz.

–Si me permite, iré a leerla cerca del piano. Allá hay más luz. El sol de la selva está apagando mis ojos con cierta rapidez.

–Por favor, no se turbe. Ya le dije que esperaré.

No estaba rasgando el sobre, sino despedazando su alma. Tenía que leer, tenía que leer. El papel blanco se hallaba impregnado de un resto de perfume. El resto de las uñas de Paula.

"Baby, mi amor, mi único y querido amor:

Cuando leas esto, yo estaré lejos, pero donde quiera que esté no te olvidaré jamás.

Mi amor, mi querido amor, perdóname por haber hecho que me odiaras; era necesario. Yo sabía que estaba condenada. Podría haber bebido menos para vivir unos pocos días más. No tuve ese coraje. Porque cuanto más tiempo permaneciera viva en mi condena, más difícil sería la posibilidad de perderte. Baby, mi Baby, mi lindo querido, nunca me pareciste más hermoso, tan masculino, tan simple, como la última noche en que todo bronceado, vestías aquella camisa amarilla... ¿Ves que ni muriendo olvidé las lindas camisas que tanto te gustaban?

Ahí están tus encendedores; los besé uno por uno aquella noche, entre lágrimas. Los besé uno por uno antes de depositarlos en esta caja. Quería que mi beso fuera para ti el fuego de la vida que me abandona.

Dejo tan poco para ti... Quería dejarte mucho más que mi gran amor y toda mi ternura, pero eras orgulloso y eso te iba a 'doler'.

Perdóname, amor de mi triste vida. No quería que me vieras morir. Fea. Fea. Quería que en tu corazón guardases mi imagen tal como me viste la primera vez. Como la Paula que te buscaba desde que la primera estrella fue creada. No quería que me vieses fea, como me contaste de la desaparición de tu abuela. Estaba segura de que cuando supieras el motivo me perdonarías todo lo que hice y transformarías el odio pasajero en el mensaje de amor que siempre fue nuestro amor.

Adiós, mi amor, mi querido y único amor.

Donde esté, hacia donde vaya, siempre seguiré siendo tu Paula. Paule. Paule, Pupinha, Pô y

Toujours."

No contuvo un gemido cruel, y si no estalló de golpe el corazón es porque éste no es solamente un corazón de vidrio pintado, como decía el poeta. Apoyó la carta contra el rostro y, por un momento, se quedó acariciándola, como si fuesen las manos vivas de Paula.

De lejos venía una voz metálica:

"El cáncer es sólo una proliferación de células".

Era el profesor, en el curso de medicina. Sólo una proliferación de células. Células y muerte. Muerte y adiós. Solamente eso...

Volvió como un autómata al lado de la Lady-Señora, y destrozado se arrojó en el sillón.

Ella entreabrió los ojos y vio la palidez del hombre.

Sonrió blandamente.

—Puede llorar. Porque llorar hace bien.

Pero él parecía haberse endurecido. Se controló:

—Lloraré después. Ahora sí que aceptaría un cigarrillo.

Se quedó siguiendo las volutas del humo en el salón, encarcelado.

—Puede leer la carta, señora.

Extendió la mano ofreciéndosela.

—No es necesario. Yo ayudé a Paula a escribirla.

Mantuvieron un instante de silencio, pero ella tenía prisa en liquidar el doloroso asunto.

—La otra parte delicada de la cuestión —abrió el sobre más grande—. Aquí tiene la escritura del departamento.

Sintió un choque golpeándole el alma.

—¿Qué departamento?

—Donde usted vive. Es suyo. Paula lo compró a su nombre, hace muchos años. Yo lo sabía.

Ahora se resolvía otro misterio. Los alquileres de su departamento nunca aumentaban mientras que los de todo el mundo subían.

La voz firme y ahora dominante de la Lady-Señora continuaba:

—En la administración del edificio, mejor dicho del escritorio, podrá retirar todos los alquileres que usted pagó. Es producto de su trabajo. Aquí hay, también, un cheque para que adquiera algunas cosas para sus indios. Lleva mi firma, pero fue Paula quien lo dejó.

Quedó con todo aquello en las manos, desanimado, sin saber qué hacer. Pero ella no dejaba que hablara y parecía adivinarle los pensamientos.

—Ninguna negativa suya servirá de nada, porque no lo permitiré, mi joven amigo.

Vovió a adquirir un aspecto insinuante y hasta cierto punto cruel.

—Por otra parte, como nunca más volveremos a encontrarnos en la vida, debo confesarle un problema mío de conciencia... Como ya sabe, Paula fue siempre satisfecha en todo lo que quiso. Usted le dio la felicidad que ella buscaba. Ella lo juzgaba un ser maravilloso y yo le agradezco todo eso. Porque, en caso contrario, habría podido enviarle todo eso a su departamento y evitar su presencia, que vendría a revolver las llagas de una gran herida que quiero e intento cicatrizar...

La miró, recuperando también un resto de su orgullo.

—Después de eso, señora, creo que tendremos muy pocas cosas más de que hablar.

—No. Todavía tenemos que conversar. Un poco más de paciencia y todo quedará resuelto. Por Paula, por la memoria de mi hija, me gustaría conocer sus planes para el futuro.

—Entregaré el dinero a mis indios. Iré a vivir entre ellos como un misionero sin fe y sin sotana. Porque es preciso que usted sepa algo. No fue sólo Paula quien murió. Los dos estamos muertos. Muertos sin remedio, señora.

—Ya lo sé.

—Venderé el departamento con la misma finalidad.

—En eso no estoy de acuerdo. Usted debe conservarlo como un patrimonio, por cualquier eventualidad.

Prometió pensar en eso más tarde y más detenidamente.

—Todavía tenemos dos puntos que tratar, creo que eso solamente. Quiero que me responsabilice por el odio que pudo sentir hacia mi hija. Soy yo la culpable. La mitad de sus cuadros eran mandados comprar por mí en las exposiciones, sin que Paula lo supiera. Los compraba en nombre de personas conocidas. Cuando Paula supo que estaba enferma, fui yo quien lo planeó todo, de acuerdo con ella. Fui yo quien reunió todos los cuadros en el sótano de la casa de la playa. Al comprarlos no pensé en los méritos que podían tener, sino en la felicidad que eso daría a Paula; confieso mi pecado y me arrepiento de corazón.

Se irguió y, adivinando sus pensamientos, continuó:

—Mi joven amigo, cuando uno no ayuda a matar las ilusiones, la vida se encarga de destruirlas una a una, con el paso del tiempo.

Caminó a su lado, hacia la puerta.

—Todavía queda esto.

Tomó de arriba de un mueble antiguo el paquete con los encendedores.

—¿Qué destino va a darles?

—Justamente eso: darlos. También se los daré a los indios.

—Me gustaría conservarlos. Pero ¿para qué? A Paula también le gustaría, pero ya que no los va a guardar es mejor que los distribuya entre sus amigos salvajes.

—Guardaré uno hasta mis últimos días, como recuerdo. El resto era sólo un capricho de Paula para hacerme feliz.

Se miraron a los ojos, como si aquel adiós definitivo nada significara para ambos.

Sus manos le abrieron la puerta. Se las besó con respeto y salió, con la seguridad de que, desde aquel momento en adelante, adonde quiera que fuesen los dos estarían caminando cada uno hacia su entierro...

• • •

La brisa venía más fuerte del mar. Una mano cariñosa rozó sus hombros caídos en la silla de ruedas.

—Pero mi santito, ¿éstas son horas de estar en la calle, de noche, tan tarde?

Era el cuerpo fragante de Turga, maravillosa en cualquier momento, con su cuerpo de flores, con su cuerpo-jardín.

—El viento del mar me hizo adormecer.

—Yo lo llevaré.

—Vino temprano hoy.

—Fue rápido. Un estudiante tonto, que no sabía nada. ¿Sabe, mi santo?, usted es mi mascota de la suerte. Cuando salgo sin verlo, las cosas nunca salen muy bien.

Rió contenta y comenzó a empujar la silla de ruedas.

—Deje, que yo la manejo.

—¿Por qué? Ya le dije que hoy la tarea fue liviana.

Conversaron como viejos amigos y en la mayor intimidad.

—Turga, ¿usted nunca trae a ninguno para acá?

—No. El lugar es muy sucio. Disminuye el precio. Yo tengo un "refugio" en una "casa" que administramos entre amigas.

Quedó pensativa, mientras lentamente procuraba conducir la silla de ruedas por los lugares menos rotos de la calle.

—Yo podría vivir en un lugar un poco mejor. Pero estoy comenzando a "hacer la balsa" para desaparecer de aquí.

—¿Para dónde, Turga?

—Para Río.

Después recordó algo:

—¿Usted estaba ahí desde que yo salí?

—Sí. Me agarró el sueño... Me está comenzando a venir un cansancio que va en aumento... Y acaba por darme un sueño invencible.

—¿Y se quedó sin comer todo este tiempo? Usted no comió, ¿no?

—Tomé el té con una linda señora. En un salón perfumado donde había un piano negro con un mantón español lleno de flores, parecido a usted.

—Esta cabecita está siendo atacada por manías. ¿Dónde se han visto esas cosas, en esta calle sucia?

—Si yo no pudiera soñar, Turga, ¿qué sería de mi vida?

Ella se conmovió.

—¿Cómo era el mantón español?

–Más o menos como ese vestido suyo, de fondo negro, con borda-
dos rojos.

–Entonces debía de ser lindo.

–Antes me gustaban mucho las flores. Sobre todo las rosas amarillas.
Pasé muchos años poniendo esas flores, el Día de Difuntos y por Navidad, en la tumba de una mujer...

Turga vio que él se entristecía. Y comenzó a cambiar de conversación.

–Nunca vi una rosa amarilla. Pero usted me dio una idea: mañana voy
a buscar un vestido que tenga rosas amarillas. ¿Cómo quedarán más lindas, sobre blanco o sobre fondo negro?

–Creo que sobre blanco quedarán más vistosas.

–Entonces va a ser así. Llegamos. Espere, que lo ayudo a subir el escalón. ¿Quién lo sube las otras noches?

–Me quedo esperando, y cuando aparece alguien con rostro simpático
le pido: "Señor, ¿me quiere dar una mano para subir este escalón?"

–Voy a dejarlo en el cuarto; tomaré un baño para lavar el pecado del
cuerpo, y después vengo a traerle un sándwich y un café.

Subió la escalera rítmicamente, golpeando con los tacos altos los escalones sombríos y haciendo rodar en la muñeca la cadenita de la cartera.

• • •

Su tremenda lucha estribaba en dirigirse al baño, ayudado por las muletas. Luego colocaba un taburete debajo de la ducha, se quitaba los pantalones, abría el grifo, se sentaba y ponía las muletas contra la pared, mirando que no se mojaran mucho. Después arrastraba el banco con dificultad, para cerrar la ducha. Se secaba y regresaba al cuarto. Llamar a eso
"baño" era una exageración. Ni en los hoteles "ingenuos" podía existir tanta suciedad. Pero aún tenía suerte en poder disponer de ése, y de la paciencia de los otros moradores para esperar sin protesta alguna a que él
acabara con todo.

Volvía al cuarto y se afeitaba frente a un espejo, sumergiendo la bro-
cha y la máquina de afeitar en una vasija. Todo lentamente, sin ninguna
prisa, porque la eternidad era muy grande.

Se sentaba en la cama y se entalcaba las ingles, para que con el calor
no le ardieran tanto. Observaba la deformación de su cuerpo. Porque la
gordura y la posición sedentaria en que vivía habían amontonado una capa de grasa sobre el vientre y redondeado el pecho. En contraste, las piernas se trasformaban en un compás magro y amarillento que escondía el
sexo muerto, amoratándose con el paso del tiempo.

Volvió a vestirse y se empujó hasta llegar al lado de la mesita de noche donde, en un lugar que dejaba vacío a propósito, escribía o dibuja-
ba. Sus dibujos eran invariablemente la repetición de los mismos moti-

vos. La habitación, las muletas, el vaso de noche cerca de las muletas. La silla de ruedas al lado del vaso de noche, y a veces los tres juntos. Desde que Paula se fuera, había perdido el gusto por el dibujo. Una sola vez consiguió dibujar el rostro de Turga. Ella lo encontró tan lindo que se lo pidió y, dándole un beso en la frente, fue a pegarlo en un tabique de su habitación...

Estaba metido en su mundo de sombras cuando la puerta del cuarto se estremeció con los golpes de unos nudillos contra la madera.

¿Quién sería ahora? Aún era muy temprano.

—Entre.

La puerta se abrió con lentitud y apareció un rostro sonriente. Era un rayo negro de sol y de vida.

Respondió a su sonrisa.

—Buen día, mi lindo príncipe. Entra.

El rostro reluciente del criollito aumentó la blancura de los dientes.

—No soy príncipe, no. Soy Dito.

Se fue aproximando a la cama. Fray Calabaza empujó las cobijas sobre las piernas.

—Siéntate ahí, en ese banquito.

Dito se sentó sin mayores ceremonias.

Encantado, analizó al niño. Podría tener nueve años, como máximo. Era un negrito fuerte, relumbroso, con unos ojos expresivos e inteligentes.

—Pero para mí eres un príncipe.

Él hizo girar los ojos en derredor, estudiando el ambiente.

—¿Qué es lo que quiere el príncipe? ¿A qué viniste?

—Don Talamiro me mandó aquí. Cree que yo podría trabajar para usted. Comprar las cosas, barrer el cuarto, empujar su silla, ayudarlo a ir al baño.

Rió de la idea. No era mala, pero ¿y qué iría a pedir de sueldo el negrito? Mucho no podría ser.

—¿Qué edad tienes?

—Nueve cumplidos.

—¿Y la escuela?

—¡Bueno, ahí está la cosa! Yo vendría a la mañana temprano, haría todo y lo llevaría a dar unas vueltas. Al mediodía iría a la escuela, y a las cinco volvería para hacerlo pasear un poco más, hasta las siete.

—¿Y por qué todo eso? ¿Quieres ayudar a tu madre?

—No tengo madre, don Reimundo. Fui criado por mi abuela.

Le dio más pena que si él le hubiera hablado de una madre y muchos hermanos. Volvía a verse en la calle, con el cajón de lustrar, soñando con entradas para los cines.

—Pero ¿no eres muy pequeño para trabajar?

—Ya trabajé, antes, para otro señor como usted.

–¿Como yo, cómo? ¿Así, con silla de ruedas?

–Sí. Pero él no era rico como usted. La silla de ruedas de él era fea como esos carritos hechos con cajones y con las ruedas de madera. ¡Muy difícil de empujar! Y hacía un ruido que llamaba la atención de todos desde que salía a la calle. Entonces ¿quiere?

Los ojos imploraban, con una dulce piedad, y la boca, entreabierta ansiosamente, esperaba la respuesta. ¡Pobre chico! Estaba en plena infancia. Era la hora de soltar barriletes, de viajar de contrabando en los vehículos y fastidiando a los choferes. De trampear a los ciegos en los mercados, poniéndoles piedrecitas dentro de la vasija de limosnas, para que ellos despertaran y agradecieran cantando, hasta descubrir en seguida el engaño y comenzar a gritar: "¡Mocoso hijo de puta!" Chiquito pobre, sin poder reinar en la infancia, encima de las mangueiras, contándoles histórias a las ramas. Sin jugar en los terrenos baldíos o nadar desnudo en el río...

–Y por hacerlo todo, ¿cuánto quieres de sueldo?

–Lo que usted me quiera dar, señor.

–¿Cuánto te pagaba el otro?

–Treinta y cinco mil cruzeiros.

Hizo el cálculo de sus finanzas.

–Te doy cincuenta. ¿Está bien?

El cuarto se iluminó con su sonrisa y el brillo de los ojos. Pero la sonrisa fue disminuyendo y una nueva ansiedad apareció en su carita.

–Y ahora, ¿qué pasa?

–Dos cosas, don Reimundo. No sé si el señor acepta.

–Sí que acepto.

–¿Sin saber?

–Así es, sin saber.

–Pero igual le voy a contar. Los sábados necesito salir a las tres de la tarde; tengo clase de catecismo y después voy a comulgar.

–¡Muy bien! Entonces, hacemos así.

–Y la segunda cosa es que... si mi abuela aparece por acá... yo quisiera que usted le dijera que gano nada más que treinta y cinco mil cruzeiros... ¿puede ser?

–¡Ah, bandidito!...

–No; es porque, si no, ella se queda con todo...

–Está bien, te lo prometo. Y ella ¿qué hace?

–Fríe pescado en la feria. Hace cuzcuz, pamonha de maíz verde, y arma cigarros para vender. Se levanta a las cuatro de la mañana y en seguida quiere que uno abra los ojos.

–Bueno, estamos de acuerdo entonces.

–¿Puedo comenzar ya?

–No.

Observó la sorpresa de Dito y sonrió.

–Quiero decir, que ya estás trabajando. Comienzas a ganar desde hoy. Pero yo también quiero combinar una cosa contigo, ¿está bien?

Puso las manos sobre el regazo y adquirió una expresión de seriedad tal que hasta hacía creer nuevamente en la posibilidad de una redención de la humanidad.

–Bueno, es lo siguiente: ¿tú sabes nadar?

–Desde chiquito.

–¿Juegas al fútbol?

–¡Me enloquece!

–¿Te gusta el cine? ¿Películas de indios y de vaqueros?

–Sí, don Reimundo, me gusta.

–¿Qué día es hoy?

–Jueves.

–El próximo jueves apareces por aquí a las siete y media. Ahora, toma.

Metió la mano en el cajón y sacó cinco mil cruzeiros.

–Toma esto y le dices a tu abuela que estás trabajando para mí. Esto es un regalo; todavía no es ningún pago. Por esta semana vas a hacer todo lo que quieras. Vas a reinar. ¿Sabes lo qué es reinar?

No entendía bien.

–Reinar es trabajar como un príncipe. No hacer nada. Reinar es nadar, robar manga, jugar a la pelota, remontar barriletes… Todo eso. Pero ten cuidado para no ahogarte ni golpearte.

Los ojos del niño estaban desorbitados. Preguntó, sin poderlo creer:

–Usted está... ¿está mal de la cabeza?

–¡Qué esperanza! Pero si haces todo eso en esta semana, sin contárselo a tu abuela, puedes venir el jueves.

Dobló el dinero y se lo puso en el bolsillito del pantalón.

–Ahora ven acá, Dito. Mira bien mis ojos.

El chico obedeció, medio asustado.

–No quiero hacerte daño. Sólo quiero que tengas una semana de felicidad. ¿Y sabes por qué lo hago?

–No, señor.

–Porque yo fui un niño pobre. Tanto como tú. Ahora vete.

Fue saliendo lentamente, abrió la puerta y dejó que apareciera su rostro de rayo negro.

–Hasta luego, don Reimundo. Muchas gracias.

Lo amenazó con el dedo en ristre:

–Hasta luego no. Hasta el jueves próximo, mi bello príncipe.

• • •

Conservando siempre la media proporcional, las cosas parecían haber mejorado para Fray Calabaza. Dito era como un pájaro alegre trayendo proyectos, si se podía decir así. Pero fuese lo que fuere: un pájaro, un príncipe, un ángel o un rayo negro de sol, la verdad más exacta era que su vida había adquirido cierta alegría. De no ser por la gordura, que le había formado ya una papada y le redondeaba cada vez más el pecho y el vientre, por ese cansancio progresivo que lo invadía, o por la somnolencia que pesaba sobre su mirada, últimamente medio desvaída, podría decir que había recuperado una pequeña parte de su alma destruida.

Dito era un tirano convincente. Lo obligaba a hacer lo que quería. Tenía una gran seguridad acerca de todo lo que deseaba conseguir. Llegaba con su sonrisa mansa y brillante, y anunciaba: "Usted necesita hacer esto, señor", cuando en realidad quien lo quería era él. Había tomado las riendas de su vida como un hombrecito decidido. Le prestaba una dedicación extraordinaria y trataba de adivinarle los deseos o provocarle una sonrisa. Sus conversaciones de niño que había vivido y sufrido se tornaban sabrosas, porque a pesar de todo conservaba cierto aire de ángel y de infancia.

—Mire, don Reimundo, cuando don Belisario venga a cortarle el pelo no voy a dejar que se lo corte así. ¡Parece un preso!

Se sorprendió.

—¿Por qué, Dito?

—Porque yo "necesito" que no se corte más así el cabello. ¿Por qué arruinar un cabello tan lindo? Si viera allí, en el rancherío donde yo vivo, la negrada se alisa el pelo para que quede más lindo, ¡y usted hace todo lo contrario!

Sonrió. Ya estaba decidido.

—Quiero que usted esté lindo porque necesito una cosa.

—Está bien, mi príncipe; tú eres quien manda.

—Mañana también vamos a dar un paseo muy grande.

—Dito, no inventes muchas cosas. Después quedo muy cansado.

—Ya lo sé. Pero si usted anda un poquito más cada día, se irá acostumbrando y después mejorará del cansancio.

—¿Adónde me quieres llevar?

—A la Rua Nova. Vamos a cruzar un poco el puente.

—¿Estás loco? Cruzar calles. Ya no puedo hacer eso.

Él se obstinaba.

—Sí que puede. Yo "necesito" ver una cosa allá. Y usted tiene que ver el río por la mañana, lleno de barcos de la gente que va a correr regatas.

—Esta vez no voy, Dito. Siempre haces lo que quieres, pero esta vez no.

Él vino, muy circunspecto, acercó su rostro e imitó una de sus frases.

—Míreme bien, don Reimundo. Yo no quiero hacerle daño. Usted necesita ir porque es para su bien: de usted y mío, ¿comprende?

¡Demonio de chico, que lo desorientaba y le hacía perder su personalidad! Quedó conmovido.

238

–Además, no hay ningún peligro. Uno sale de aquí, toma la calle Duque de Caxia, habla con el vigilante y él para el tránsito para que pasemos. Ya conversé ayer con él, que es amigo mío. Uno va por la Rua Nova, y allí hay otro vigilante amigo que toca el pito y detiene de nuevo el tránsito. Listo. Y a la vuelta hacemos lo mismo.

Enmudeció, sin saber qué decir. No hacía ni tres meses que el chico trabajaba con él y ya comenzaba a encariñarse. Y no quería eso, porque si le llegaba a faltar un día iba a ser terrible.

–¿Está enojado, don Reimundo?

Negó con la cabeza.

–Entonces ¿por qué se puso triste? Si es así, no vamos.

–No, hijo. Nada de eso. Mañana vamos a pasear y ver todo lo que tú "necesitas".

–Don Reimundo, ¿entonces, somos amigos de nuevo?

Sonrió, aliviado.

–Nunca dejamos de serlo.

–Porque todavía no terminé de decirle lo que usted "necesita".

¡Mi San Juan del corderito en la espalda! Ese chico había aprendido todos sus métodos de persuasión.

–¿Entonces?

–Ahora necesito tener una conversación de hombre a hombre, como usted dice.

¡Listo! Los cielos se estremecían ante tamaña decisión y audacia. No necesitó revestirse de paciencia, porque sabía que, en lo íntimo, aquello le gustaba.

–Entonces trae el banquito para acá, porque conversación de hombre a hombre no puede hacerse a distancia.

Él obedeció y tomó posiciones.

–Pensé mucho en esto. Un montón de días que vengo pensando. Conversé el otro día con don Talamiro y me dijo que usted quería trabajar en la sastrería con él. ¿Es verdad?

–Así es.

–No me parece bien. Usted no puede subir escaleras. Después, si va a vivir allá arriba, tendrá una dificultad tremenda para descender.

Hizo una pausa. No era posible: se topaba con su propia infancia, en la que sabía tener un discernimiento fabuloso de los problemas de los grandes. El diablito se transformaba en una mezcla de él mismo con los ángeles caprichosos y morenos que comían guayabas.

–Pensé en algo más fácil. Hasta ya fui a hablar allá. Es necesario que usted venga conmigo, para que lo conozcan. Después, yo mismo puedo ir solo.

–Dito, ¿de qué diablo hablas? ¿Qué historia de "allá" es ésa?

Se puso más serio, como quien fuera a jugar su carta más difícil. Fray

Calabaza hasta sintió remordimientos por lo que estaría pasando en el corazoncito del morenito.

—"Allá" es la agencia de don Everardo. Un señor muy bueno y muy amigo mío. Es donde yo iba a buscar los billetes de lotería de... el otro.

Sintió una conmoción en el alma. ¿Habría escuchado bien? Él quería que fuera a vender billetes de lotería. Se hundió en la cama hacia atrás sintiendo un zumbido molesto en los oídos, y que las manos comenzaban a helársele.

Dito continuaba, impasible. De repente se levantó y fue a buscar un vaso de agua.

—Tome, señor. En seguida pasa.

Obedeció y comenzó a beber largos sorbos, para tragar la emoción. Si fuera un ser completo, como antes, en un momento así se le hubieran llenado los ojos de lágrimas. Consiguió dominarse.

—¿Y eso para qué, Dito?

—Porque usted lo necesita. Porque yo lo necesito. Todo el mundo ha de hacer alguna cosa en la vida. La abuela dice eso. La vida tiene que ser trabajo. No quiero verlo siempre dormitando, como si no quisiera hacer nada.

Le devolvió el vaso. Oyó que Dito lo depositaba en la mesita y volvía a su antigua posición, en el banco.

—¿Sabe, don Reimundo? Vivo muriendo de miedo de que su dinero se acabe. ¿Piensa que no vi cómo la lata de bizcochos Aymoré está comenzando a quedar vacía? ¿Y qué va a hacer si no consigue más dinero para llenarla? Por eso fui allá. Es mucho mejor vender billetes que estar sentado en aquella pieza con olor a cucarachas, escuchando a don Talamiro sonarse el catarro todo el tiempo, esté seguro de eso.

Se puso en pie y se acercó más a la cama.

—Son las seis. Ya está comenzando a ser de noche. Como sé que usted "hoy" no quiere pasear, y se va a quedar masticando nuestra conversación, me voy.

Sin duda era un hombrecito decidido y honesto.

—Quédese pensando mucho las cosas. Tiene una noche para resolver.

Tomó el rostro del niño entre sus manos.

—Piensas en todo, ¿no, hijo? Gracias. Voy a pensarlo.

Él se alejó sonriendo y escondió el cuerpo en el vano de la puerta, dejando aparecer solamente el rostro.

—No hace falta pensarlo mucho, porque mañana vendré media hora antes para que salgamos en seguida y vayamos hasta allá.

¡Bueno! Había ganado la partida. Estaba decidido.

—Hasta mañana, don Reimundo.

Parodió al *Hamlet*:

—*Good night, sweet Prince.*

• • •

240

Dio vueltas toda la noche en la cama, sintiendo calentarse las cobijas contra el cuerpo, porque el verano se tornaba insoportable. Pero no era ésa la razón, sino el choque recibido con la propuesta de Dito. Era enternecedor el cuidado que se tomaba por él. Le chocaba pensar en vender billetes. Todo el mundo vendía algo en el mundo: Turga, su bello cuerpo y sus flores, él vendería la ilusión de la felicidad. No era tan malo vender ilusiones a los otros. Quizá la mitad de una sonrisa de la mitad del rostro de Dios. Era eso. Todo proporcional a su invalidez. Finalmente, ese falso pudor ¿no significaba una sintomatización del amor propio y el orgullo? Iría. No podía ser peor que limpiar las suciedades de los indios enfermos o las heridas podridas de tantos seres humanos. Iría, sí. Dito era un ángel. Lo sabía todo, hasta lo del dinero guardado en la gran lata de bizcochos Aymoré. Tantos años había estado lejos de Recife, tan lejos se encontraba de su juventud, que no sería reconocido. Y si lo era, paciencia. Necesitaba hacer algo. Y la vida, ¿qué era? ¿Qué valía la vida? Nada. Absolutamente nada. Quizá valiera sólo por los momentos de paciencia y bondad, cuando estas cualidades aún anidan en el corazón.

Con alivio vio aparecer la mañana tibia, y esperó en medio de cierta expectativa la llegada de Dito. Éste apareció de lo más elegante: camisa a cuadros azules dentro del pantalón; calzado con medias de elástico rojo y zapatos bien lustrados.

Y así regresó Fray Calabaza al contacto con el pueblo.

Estaba atontado con el movimiento de las calles y de la ciudad que despertaba. El corazón se le había encogido un poco, con miedo de todo. Pero fue.

–¿Por eso no querías que me cortara el pelo, Dito?

–Sí, a la gente le gustan las caras lindas. El otro era un poco desprolijo, por eso no vendía mucho. Pero usted, no. Es lindo, y dice cosas que gustan a la gente.

Empujaba la silla de ruedas con orgullo de hombrecito decidido; seguro de que empujaba al inválido más hermoso del mundo. ¡Qué criatura formidable! Y no había duda de que, además de ése, tuviera otros planes. Ya los descubriría.

–Dito: ¿por qué quieres que yo gane dinero? Todavía tengo lo suficiente para vivir unos meses.

La voz desde atrás de la silla de ruedas llegaba alegre.

–¿Y cuando se acabe? Así es mejor. Además, don Reimundo, la vida está poniéndose un diablo de cara. Usted no iba a poder aumentarme, ¿no? ¡Entonces! Así me podré quedar con usted cuando no tenga que ir a la escuela y forzaré a la gente a comprar. Ellos siempre me dan el vuelto.

–Lo que pasa es que eres un diablo de negociante. Pero me gusta ver tu honestidad y tu capacidad para vivir. Vas a ser un hombre muy bueno, mi príncipe.

No lo veía, pero sabía que su rostro irradiaba felicidad cuando lo trataba así.

—¿Por qué te interesa ganar más dinero, Dito?

—Todo el mundo lo hace. Además, abuela vive pellizcando mi bolsillo. No puede ver nada. Y yo... Voy a hacer la primera comunión dentro de un mes. Todo el mundo se va a hacer ropa blanca, nueva, con una franja dorada, y hacerse retratar.

—¿Y tú?

—Don Talamiro me va a hacer unas ropitas bien baratas, y las podré pagar en varias veces.

Súbitamente se detuvo.

—¿Qué pasa?

—Estaba pensando, don Reimundo. ¿Si yo voy vestido de primera comunión, el fotógrafo me sacará una fotografía?

—¿Y por qué no?

—Porque soy un morenito pobre.

—Seguro que te fotografía. Hasta yo voy contigo: ¡quiero ver por qué no va a hacerlo! ¡Caramba, en el Brasil no existe racismo!

—Usted es la primera persona a la que voy a darle mi retrato. ¿Sabe que nunca me saqué uno, don Reimundo?

—Pues puedes estar seguro de que ahora lo tendrás, y quien va a pagarlo soy yo.

Volvieron a andar. La silla se deslizaba más suavemente porque allí las veredas de la ciudad estaban mejor conservadas.

• • •

Necesitaba descubrir quiénes eran los clientes que compraban, y en poco tiempo fue aprendiendo. Necesitaba, y eso era aún más importante, aprender a agradecer. Como en esa pieza de teatro donde el "Dios se lo pague" * se volvía esencial para todo.

—¿No quiere uno, señorita? Sólo un gallito**. Puede ser un Gallo de Oro que anuncie el comienzo de su felicidad.

La muchacha creía en la bondad de sus ojos, se apenaba, y compraba un billete. Entregaba el billete y con una sonrisa agradecía.

—Aunque no saque nada, señorita, de corazón me gustaría que la suerte fuera para usted.

• • •

* Título de una famosa pieza teatral de Joracy Camargo. (N. de la T.)
** Los números del *jôgo do bicho*, o lotería, en los grupos de cuatro terminaciones de dos cifras llevan el nombre de un animal. (N. de la T.)

Dito extendía la mano y sonreía como él sabía hacerlo.

–Compre, señor. Sólo para ayudar al lisiadito.

El hombre compraba y le dejaba el vuelto.

$$\bullet \bullet \bullet$$

Había horas de estancamiento, cuando el movimiento de las calles era menor. Se quedaba cerca del puente sobre el río Capibaribe, viendo la vida que se desarrollaba debajo. Sobre todo, las piraguas con los remeros del Club Náutico. El viento que llegaba del río lo hacía dormitar. Era una felicidad, cuando alguien pedía aunque fuera mirar la lista de premios. Sonreía agradecido, y de allí podía salir una compra.

Solamente al volver Dito de la escuela disminuía su soledad. Pasaba mucha gente, pero estaba solo, prisionero de su silla de ruedas. No parecía que él también fuese gente y formara parte del mundo. Pero cuando Dito llegaba era una fiesta.

–¿Vendió mucho?

–Creo que dormité mucho más de lo que vendí. Pero fue bien...

–¡Corran, corran, señores! Hay "cobra", "yacaré" y "elefante". Puede ser que su día esté hoy aquí, en mi mano. Vamos, señora, ¿no quiere? Gracias. Y usted, señor, distinguido caballero, ¿nada hoy? Gracias. La abuelita quería sacar el gran premio y no sabía cómo. Vamos, abuelita, la suerte está aquí escondidita en la trompa del "elefante". Ayude a los pobres.

Cortaba el billete y daba las gracias. Volvía el rostro buscando gente que comprara, y soltaba su vocecita musical de rayo de sol negro.

–Por favor, ayuden a mi lisiadito. Gracias, señora.

$$\bullet \bullet \bullet$$

A veces, en su soledad, se quedaba mirando a la humanidad caminante. ¿Qué angustias tendría todo esa gente? Se desanimaba volviendo a pensar en el fracaso de Cristo. Cristo tan lejano. Cristo nunca alcanzaría a las masas, por más que su fe se propagara. Cristo era aculturación. Cultura de elite, como cualquier otra cultura. La angustia de salvación de esa gente consistía en tomar un tranvía más vacío, un ómnibus menos apretado, menos sudado en todo aquel calor. La angustia de salvación de aquella gente estribaba en saber si a fin de mes el dinero alcanzaría para pagar las cuentas. El poroto, el arroz, la harina, las verduras, los fiambres, la carne... ¿Qué otro tiempo les sobraba para pensar en la salvación del alma o en la revelación de Cristo? Aprendían las cosas y, de acuerdo con la cantidad limitada de inteligencia, admitían a Dios, creían en Cristo. Seguían las instrucciones de la Iglesia e iban a misa, y celebraban la Pascua una vez por año. ¿Y el resto? El cielo, el infierno y el purgatorio. ¿Qué amplitud tendría todo eso para ellos? Posiblemente la idea del infierno era la de un fuego que quemaba como si fuera una gran caldera ¿El cielo? ¿Cómo imaginarlo? Como una larga sección de cine en domingo. Y el purgatorio quizá como la continuación de la misma vida dolorida y sin comodidades: el ómnibus lleno, la ropa por lavar y planchar, el dentista al que no se puede pagar, el tren superlleno y atrasado... ¿Y Cristo? Cristo quedaba con la elite, con los que tenían tiempo y comodidad para pensar, meditar, usufructuar sus comodidades...

De allí partía a un punto más distante. Cristo estaba tan distanciado de las masas, que la propia Iglesia modificaba las cosas, violentaba las tradiciones, lo facilitaba todo. Misa a cualquier hora. Para la comunión nada de ayuno después de la medianoche. Ahora se podía comer hasta una hora antes... Era necesario que la Iglesia se acercara al pueblo si no quería quedar más abandonada. ¿El problema sería sólo de los católicos? ¿Y los budistas? ¿Y los confucionistas? ¿Y el mundo complicado y extenso de las diversas religiones? Todos debían de sufrir las mismas consecuencias de la distancia de las raíces. La verdad era que el hombre, con cualquier fe o creencia, continuaba solo, solo como Fray Calabaza, arrojado en medio de la multitud, pero con su alma, su alma presa al cuerpo. Únicamente a su cuerpo. No había religión alguna que consiguiera sacar del hombre la condenación de San Agustín: la noción de soledad completa de quien nace y vive...

–Juraría que lo conocía a usted.

Sonrió. El hombre estaba medio viejo, gordo y calvo, pero lo recordaba. Hasta podía recordar el lugar y el año en que lo conociera. En una pensión de la calle del Hospicio. No podía precisar el número. Pero por lo menos durante seis meses fueron vecinos.

–Me parece difícil, doctor.

–¿Cómo sabe que soy doctor?

–Por la manera en que actúa.

–Cierto, soy médico.

Se acariciaba la barbilla, intrigado.

–Pero cómo se parece usted a él... Naturalmente, más viejo.

Dijo lentamente su nombre y observó el rostro de Fray Calabaza.

Ningún músculo se movió para delatarlo. Por el contrario, sonrió.

–Yo me llamo Reimundo –cargó bien la "e"–, Reimundo Amorim da Silva, y soy del norte de Goiás. Nunca terminé mis estudios primarios, doctor.

–¡Vea usted! Nunca vi a nadie tan parecido a él.

–¿Y no sabe qué le pasó?

–Dejó los estudios y se vino al sur. Nunca más tuve noticias de él. La vida pasa tan rápido que uno vive perdiendo a la gente.

–¡Eso sí que es verdad, doctor, sin duda!

Sonrió con mayor simpatía y habló sin remordimiento.

–Doctor, ¿no quiere comprar un billetito? Sólo para ayudar al lisiado. Compre aunque sea pensando en la nostalgia por el amigo que perdió.

–Sí, voy a comprar. ¿Qué me aconseja?

–El entero de "yacaré". ¡Es un bicho tan lindo! En mi tierra él limpia todas las enfermedades de los ríos, comiendo lo que hace mal al hombre. El yacaré es el verdadero médico del río.

Le gustó la filosofía del vendedor. Compró y, con una sonrisa, se alejó de allí. Fray Calabaza quedó con los ojos perdidos en el pasado, viendo solamente a aquel hombre, ese hombre que caminaba en medio de la multitud.

Fue el primer gran premio que vendió. Dito tuvo su ropa nueva, la vela y la cinta blanca con la franja dorada. Sólo le quedó a deber el retrato, pero todavía estaba lejos el día de la primera comunión.

• • •

–Don Reimundo, ¿será verdad?

–¿Qué, mi príncipe?

Volvían para la casa, y la noche ya estaba madura.

–¿Lo que el cura dijo de la primera comunión?

–¿Qué dijo que te impresionó tanto?

–Dijo que es el día más lindo en la vida de las personas. Que cuando Nuestro Señor Jesucristo entra en el corazón de uno, se recibe una felicidad tan grande que nadie puede contarlo.

Se sumergió en el pasado, antes de responder. También tía Raquel le había dicho lo mismo. También el sacerdote habló de igual manera. El recuerdo dolía. Porque, en la realidad, sobre todo lo bello en lo que creía en aquella época, se levantaba la voz del hermano Justino: "En aquel tiempo dijo Jesús a sus discípulos…"

Era necesario no quitarle la ilusión a nadie. Sobre todo al morenito. Especialmente porque él, ahora, no pasaba de ser un *camelot* de la felicidad, vendedor de ilusiones en forma de billetes…

–Sí, hijo, es verdad. Es el día más hermoso de nuestra vida. El corazón es tan feliz que parece no caber en el pecho.

–¿En el mío también?

–¿Por qué no? Jesús no hace diferencias de color; principalmente porque todos los corazones son iguales. Tú tienes el tuyo tan forrado de bondad y de belleza que Jesús se va a sentir muy bien allá dentro. ¿Y sabes por qué es el día más lindo de nuestra vida, Dito?

–Muy bien no lo sé, señor.

–Porque es el momento exacto en que el niño comienza a hacerse hombre. Empieza a prometer dentro de su corazón, al recibir la visita de Cristo por primera vez, que seguirá todo el camino de la bondad y del bien que Él descubrió.

El niño escuchaba en silencio, mientras empujaba la silla.

–Tú no necesitas prometer eso, mi príncipe, porque estás hecho de bondad. Sólo necesitas confirmar en ese momento el deseo de continuar siendo como siempre has sido. Ésa es la mayor felicidad que un hombre puede tener.

–Don Reimundo, usted habla tan lindo que uno acaba creyendo más en usted que en todo el mundo. Cuando me habla así me dan unas ganas locas de llorar, ¿sabe?

• • •

Se acercó a la silla de ruedas. Por un momento sintió pena del lisiado, que dormía con la cabeza reclinada sobre el pecho. Los billetes de colores habían caído de sus manos y yacían en la manta que le envolvía las piernas. ¿Cómo había conseguido dormirse en medio de la calle, con la gente pasando a su lado, con el ruido de los autos y de los ómnibus? Felizmente, la gente era caritativa y no lo molestaba.

–Quien duerme en el puente no gana dinero.

Rápidamente levantó el rostro y vio a Turga que le sonreía con la más linda sonrisa de la tarde.

–Me venció el sueño...

–¡No tiene que decírmelo!

Ella lo ayudó a juntar los billetes y dejó que él los tomara nuevamente.

–¿A esta hora en la calle, Turga?

–Son casi las cuatro. ¿No observa nada de nuevo?

–¡Ah! El vestido de rosas amarillas sobre fondo blanco.

Ella dio una vuelta, toda vanidosa, agitando la cartera.

–¿Qué tal?

–Que va a dar envidia a las otras rosas.

Su sonrisa se hizo más hermosa y su rostro se iluminó de placer.

–No aguanté a esperar hasta traerlo a casa: me lo puse en el mismo taller de la costurera. El que llevaba está aquí, en la cartera. Y me dije que la primera persona que debía verlo era mi mascota. Y aquí estoy.

–Valió la pena, ¡está hecha una belleza!

Ella notó entonces que él casi no había vendido nada.

–¿Qué es eso, mi santito? No vendió casi nada y ya es bien tarde.

–Me dormí, Turga. Últimamente estoy cada vez más cansado. El calor, el viento fresco, el barullo, comienzan a atontarme y acabo durmiéndome. La verdad, Turga, que estoy empezando a estar exhausto.

–¡Tonterías! No quiero escuchar esas cosas.

En verdad, a Turga le dolía el corazón ver a un hombre tan buen mozo, tan fino, preso a una silla de ruedas y vendiendo, como quien pide limosna, un pedacito de suerte. ¡Qué vida desgraciada!...

246

–¿Dónde está el príncipe?

–Ya viene; dentro de una hora, más o menos. Si no fuera por la clientela que él logra en los bares, los cafés y los negocios, esta tarde no habría vendido nada.

Turga tuvo una idea.

–Usted es mi mascota de la suerte. Vamos a ver si sirvo para dársela a usted. Tome mi cartera. Vamos a ver.

Se alejó dos metros de la vereda, movió el cuerpo con voluntad. Levantó las manos y batió palmas. Y elevó la airosa cabeza con tal ímpetu que las grandes argollas doradas se balancearon como dos péndulos. Abrió la boca y de ella salió una voz redonda y suave, cálida e invitadora:

–Acérquense, amigos, que Turga va a cantar. Acérquense, que Turga va a bailar.

Con las manos suspendió las rosas amarillas de la falda y mostró los muslos un palmo sobre las rodillas.

¡Fue la locura en la calle! Comenzó a juntarse la gente. Hasta el vigilante acudió a ver qué pasaba y acabó quedándose.

Saltó al aire el *maracatú*, fuera de época pero siempre lindo; con el cuerpo marcaba el ritmo.

> *Es palo.*
> *Es piedra.*
> *Es guijarro menudo.*
> *Rueda la bahiana.*
> *Por encima de todo.*

Así repetía, y la gente, enloquecida por la música, sobre todo por la música de su viejo carnaval, comenzó a corearla.

Reimundo no podía ver a la figura maravillosa que cantaba, porque se había reunido tanta gente que le tapaba la visión. Pero la firme voz de ella continuaba cantando:

> *La bahiana es hechicera.*
> *En el lugar donde ella pisa*
> *hace humo la polvareda,*
> *queda la tierra toda lisa.*
> *Es palo.*
> *Es piedra...*

Los ómnibus comenzaron a pasar aminorando la marcha y la gente quería ver quién cantaba tan lindo. Se agolpaban a puertas y ventanas de negocios y billares. Era una loca confusión.

Cuando ella acabó estallaron los aplausos. Algunas voces pedían

"¡otra!", gritaban elogios a la belleza de Turga. Entonces ella se abrió paso hasta la silla de Reimundo.

—Todo eso es para él.

Volvió al lugar anterior y, con las manos en !as caderas, con gracia de gata brava, preguntó:

—¿Dónde están los hombres de esta tierra? ¿Dónde están el corazón y la bondad de los hombres de mi tierra? Respóndame, joven. Dígalo usted, distinguido caballero. Hable, ilustre señor. ¿Dónde están los hombres? Los hombres olvidaron la bondad. Vamos a ver...

Fue hasta la silla de ruedas y tomó los billetes de lotería.

—¿Van a dejar a este pobre lisiadito irse con toda su dificultad, sin comprar ni un billete?

Y a su rostro acudió una emoción que Reimundo no conocía. Sus ojos se llenaron de lágrimas y la voz enronqueció.

—¿Van a dejar que el probrecito se vaya sin haber vendido nada?

Ahora las lágrimas se deslizaban calientes por su rostro triste.

—Usted, joven.

El joven compró un billete. Ahí apareció otro problema: el vuelto. Ella levantó la cajita de cigarros y la abrió, mostrándola.

— Por favor, denme lo justo. Él no ganó nada hasta ahora.

El corazón de la gente, por lo menos en ese momento, se conmovía con tres cosas: un inválido, las lágrimas y la mujer que las derramaba.

—¡Nadie quiere cambio, mi linda!

—Usted...

—El caballero...

—¿Y usted, mi santa?

Iba distribuyendo los billetes y llenando la caja.

Reimundo no sabía qué pensar ni qué decir. Estaba seguro de que ella ni siquiera esperaba su agradecimiento.

Acabó con todos los billetes. Miró emocionada a la gente y se limpió las lágrimas de la cara. Entonces la linda sonrisa reapareció, feliz.

Habló con calma.

—Gracias, señores.

Llamó a un niño, se inclinó y le dio un estruendoso beso en las mejillas.

—En este niño los beso a todos ustedes. Gracias.

Colocó la caja de cigarros sobre las rodillas de Reimundo y recogió su cartera. Él le agradecía con los ojos. Turga se dio vuelta y, abriéndose paso entre la gente, comenzó a caminar con indiferencia, como si nada hubiera sucedido. Y lo más extraño fue el respeto de todos hacia ella. La dejaron partir sin un chiste ni una invitación maliciosa.

La gente comenzó a dispersarse y la calle adquirió su común movimiento. Algunos continuaron la jornada diaria. Los rostros desaparecieron de la ventana y los cuerpos de las puertas. El vigilante se fue a su refugio.

Al lado de Reimundo solamente permanecieron dos hombres.

=¡Qué cosa linda!

=¿La morena, o su gesto?

=Las dos cosas.

Sonrieron a Reimundo.

=¡Tú sí que tienes suerte, primo!

Pero viendo la silla de ruedas se disculpó.

=Perdóneme, hermano. No lo dije con mala intención.

El otro continuaba embobado.

=¡Qué morenaza, Dios mío! ¿Tú sabes la dirección de ella?

Reimundo mintió, diciendo que no con la cabeza.

=¡Dios del cielo! ¿Ni siquiera sabes dónde vive semejante flor?

=Esa flor...

Reimundo hizo una pausa, conmovido.

=Esa flor... sí, lo sé... vive en el jardín de Dios.

Y nuevamente vendió él, en ese día, el gran premio. Y nuevamente recibió de regalo una buena gratificación, como sucediera la otra vez. Y Turga tuvo un lindo vestido, y Dito un par de zapatos nuevos.

* * *

Corrió fama de que el lisiadito del Puente vendía siempre la grande; por increíble que parezca, Reimundo había vendido en dos meses un tercer premio, dos segundos y dos primeros. Y ya no faltaron clientes para sus billetes. Sin embargo, todo ese trastorno, aquel rodar por las calles y cruces de señales, iba aumentando su cansancio. De noche, después de tanta ensoñación, enterraba las horas en un solo sueño. Eso lo ayudaba a olvidar. Ésa era la gran utilidad del sueño, como él lo definía. No había sido él, que venía todas las noches a cerrar sus ojos, el que acostumbrara al hombre a la idea de que el sueño es un entrenamiento para la muerte. O que la muerte podía ser simplemente un gran sueño. Con ello, el hombre, ciertamente, enloquecería de pavor. Sentía en lo íntimo que esa parcela de paz no podría durar mucho tiempo. El corazón ya se lo estaba avisando, lentamente:

=Cuidado, Reimundo, no olvides que la vida es dolor...

El miedo atrae a la desgracia. Y ella vino más temprano de lo que supusiera. Una mañana Dito entró en su cuarto, medio alicaído.

=¿No estás hoy un poco atrasado, mi príncipe?

Él disimuló, disimuló y dijo:

=Es que le traje esto. Abuela se mató para demorar en hacerlo.

Abrió una bolsita y descubrió el olor sabroso que venía de los bocaditos de cangrejo.

=¿Todo esto para mí, Dito? Vamos a guardarlo para comerlo junto con la comida de doña Marivalda, al mediodía.

249

Dito se sentó medio de costado, mirando el vaso de noche como si no quisiera nada. No demostraba ni deseos de hablar.

—¿Qué pasa? Hay algo malo que no quieres contar.

El chico se levantó y fue a mirar el retrato de la primera comunión, que Reimundo había clavado en la pared.

—¿Te gustó?

—Sí señor, me gustó. Sólo que estoy muy negro en la fotografía, ¿no le parece?

Le hizo gracia, porque toda la gente siempre espera verse mejor en un retrato, que no posee la capacidad de ilusión del espejo.

—Sí, un poquito, porque tú eres más lindo. Pero no deja de ser un retrato muy elegante.

Dito se volvió a sentar, desanimado, en el banquito. Reimundo lo observó con preocupación. Estaba haciendo los gestos raros de quien quiere llorar. Puso más ternura al hablarle.

—Ay, ay, ay, ¿qué pasa contigo?

El niño tragó en seco.

—¿No vas a lo de don Everardo a buscar los billetes?

Él abrió las manos vacías.

—De hoy en adelante no hay más billetes.

Su rostro estaba contraído de sufrimiento.

—Los otros enfermos se fueron a quejar a don Everardo, diciéndole que usted los estaba perjudicando. Que sus clientes ya no les compraban más a ellos. Y que usted no necesitaba de eso para vivir.

Quedó pensativo. No se enojó tanto como el niño había imaginado. Aquello fue una buena ayuda y hasta había ganado un buen dinero para ayudar a sus finanzas. Pero...

—Es porque vendí la grande, ¿no?

—Sí, por eso, señor.

—Así es. La humanidad siempre fue hecha del mismo barro. Pero no te preocupes, que algo haremos.

—Señor, y ahora, ¿qué va a hacer?

Respondió de inmediato.

—Voy a subir la escalera para trabajar con don Talamiro.

—Yo no quería eso. Es muy duro para usted.

—Mi príncipe, tú eres todavía muy joven para preocuparte con la suciedad del dinero. Subiré la escalera un día que tenga más coraje. Trabajo allá, ahorro dinero y todavía pienso mandar a fin de año algún dinero para que mis indios se compren alguna cosa.

—¿Y yo?

—Tú continúas trabajando para mí, como antes de los billetes. Te pagaré sesenta mil cruzeiros. No es mucho, pero siempre es un sueldito. No hay que desanimarse, muchachito. Estos meses, con las gratificaciones y el dinero del trabajo, casi gané trescientos mil cruzeiros. Sirve para esperar un tiempo, ¿qué más quieres?

–Todo iba yendo tan bien. Aquellos sucios...

–No hables así de los otros. Por cierto que ellos tienen más dificultades y más familia que yo. No está mal. Yo ya estaba un poco aburrido de andar todo el día por las calles.

–Y allá arriba, en lo de don Talamiro, ¿acaso no se va a cansar?

–Creo que no. Lo más difícil es subir las escaleras.

–¿Sabe una cosa, don Reimundo? Usted es el único amigo que tengo, que conversa de hombre a hombre conmigo. No creo que suba allá algún día. Pero sea como fuere, yo trabajaré lo mismo para usted, aunque no pueda pagarme.

Acarició el cabello rebelde del negrito.

–No te preocupes. Todo se soluciona. Lo único que quiero es que siempre seamos así, dos buenos amigos.

• • •

Pero el diablo de Dios, cuando se encapricha con uno, cuando resuelve que va a pescarlo, no para de golpear en los lugares más doloridos. Sólo se da por satisfecho cuando el pobre ya no tiene más capacidad de resistencia. Entonces doña Muerte pincha su cuerpo con la punta de la guadaña y le dice a Él:

–Éste ya dio todo lo que tenía que dar. Está más muerto que piedra y más duro que madera de ley.

• • •

Dito entró de sopetón. Esta vez tenía el rostro surcado de lágrimas, y lo sacudían grandes sollozos.

Aquello llenó de aprensión a Fray Calabaza.

El chico se arrojó en sus brazos, sollozando, y sin darle tiempo a formular ninguna pregunta fue contando la tragedia.

–Don Reimundo, me voy. Me voy muy lejos. Abuela me lleva.

Se quedó sin saber qué decir, acariciando la cabeza de la criatura para que se calmara. Cuando se desahogó, lo interpeló con calma:

–¿Qué historia es ésa, mi príncipe?

Entre lágrimas y sollozos fue contándola de a poco.

–Abuela resolvió vender la casita a don Mané do Ensopado. Dice que está vieja y que quiere ir a vivir sus últimos días con su hermano, allá en Maceió.

–Maceió es cerca de aquí. Pensé que te ibas a Río o Sâo Paulo.

–Sé que nunca más voy a volver...

—Sí que volverás. Un día vas a venir a visitarme.

Lo decía sintiendo que las palabras estaban faltas de saber, de convicción. La mitad de su corazón, la mitad de su ternura, vivían ahora para aquella criatura. Su ángel moreno.

—¿Cuándo van a partir?

—Pasado mañana muy temprano, en el ómnibus. Abuela ya tiene los pasajes.

—¿Así, tan rápido?

—Ella estaba resolviéndolo todo a escondidas. Los chicos no tienen para qué enterarse...

Se vio a sí mismo, en su infancia, cuando tampoco "tenía que enterarse" y todo le estaba prohibido.

Dito comenzó a llorar de nuevo.

—Vine a decirle adiós.

No sabía qué hacer. Soltó una de las manos que abrazaban al niño, y tomó la lata de bizcochos Aymoré. La destapó con las uñas y metió sus dedos entre los billetes. Tomó un montón, sin contar.

Dito se desprendió un poco de Fray Calabaza y miró el rostro de éste, mientras que el suyo aparecía más brillante que nunca a causa del llanto.

—Y ahora, don Reimundo, ¿qué va a ser de usted?

—A lo mejor se me aparece otro ángel como tú. Aunque va a ser muy difícil que exista otro príncipe como el mío.

—No hable más así.

Nuevas lágrimas rodaron por su rostro.

—Pobrecito don Reimundo, tan solito, tan bueno y al mismo tiempo tan tontito que no sabe hacer nada. ¡Y yo no estaré aquí para ayudarlo!

—Tú olvidarás, hijo. Eres muy joven y esas cosas pasan en seguida. Vas a conocer gente nueva, nuevos amigos, nuevas playas, harás un viaje muy lindo. El tiempo pasará y crecerás en seguida. En seguida te convertirás en un hombre...

Hablaba incontenibe mente, intentando reforzar todo lo que decía y convencerse de la verdad de ello.

—Toma esto. Quien viaja necesita siempre esto.

Tomó el puñado de billetes y se lo metió en el bolsillo del pantalón.

Dito le dio las gracias, y comiéndose las lágrimas miró a Reimundo en los ojos.

—¿Me quiere mucho, señor?

—Como a un amigo. Como a un hijo, como a un ángel de bondad. ¿Qué más puedo decir?

—Entonces, ¿por qué está usted así?

—¿Así, cómo?

—Yo estoy sufriendo tanto, que hasta los ojos me duelen de lo que lloré anoche, ¿y usted está así?

Sintió una puntada de dolor en el corazón. Era su mayor dolor en los últimos tiempos. Cuando todos los sentimientos se presentaban disminuidos en él, sólo el dolor tenía la capacidad de aparecer íntegro, completo.

Volvió a estrechar al niño contra su pecho.

—¿Sabes por qué, hijo? Porque, cuando uno nace, Dios pone un frasco lleno de lágrimas dentro del corazón. Y según el dolor, uno va llorando de a poco. Y cuando duele demasiado, el frasco se acaba en seguida. Entonces la persona queda como yo, sin lágrimas para llorar. Queda como ojo de lagartija, que nunca puede llorar... ¿Crees que si yo todavía pudiera, no estaría llorando contigo?

Apretó más al negrito, como si en aquel abrazo estuviera el deseo de no perderlo nunca, de no verlo nunca alejarse de su vida.

6

LA ESCALERA

Soledad, muro de piedra. Y el corazón se lamentaba bajito, apoyándose contra él:

—¿Acaso no te avisé, Reimundo? Bien que te lo dije.

Hasta él luchaba para olvidar la importancia de ese nombre tan simple y tan significativo que escogiera: Fray Calabaza.

—Te avisé que no te apegaras al niño, que no tenías que volver a querer a nadie más en la vida, como te obstinabas en hacerlo...

Era verdad. Había colocado en el príncipe-rayo-de-sol-negro la totalidad del afecto reunido por todos sus indiecitos de la selva, a los que tanto hizo por olvidar. Resultado: lo había invadido una violenta postración que le impedía ir hacia adelante manejando su silla de ruedas.

Le faltaban su alegría, su sonrisa, sus frases inocentes pero de una profundidad increíble en una criatura. Estaba sintiendo la ausencia del pequeño sabor a la vida que Dito había aportado a su insignificancia. Había sido apenas un rayo de sol negro, pasajero. Hermoso mientras durara, y del que sólo restaba la nostalgia grande y una fotografía de la primera comunión fijada en la pared con cuatro clavos humildes.

Y para completar su desánimo habían llegado las grandes lluvias, que enlodaban y daban mal olor a la ciudad. Arrastrarse en las muletas y apoyarse del lado de acá de la puerta, contestando al saludo de los que pasaban. Permanecer mirando el movimiento de la vida. Pasos que saltaban los charcos de agua. Paraguas desviándose del baile de la lluvia. Hombres en camiseta y con una bolsa de estopa sobre la cabeza, levantando los brazos musculosos y mostrando las peludas axilas, caminaban en silencio trasportando las grandes bolsas de harina, cemento, porotos y arroz... Mezclaban el sudor con la lluvia, y ésta descubría los olores muertos del suelo, de las paredes. Todo se confundía en un olor a marejada de pobre, con hedor de orín de gato y de hombre, y el de las cebollas y los ajos aprisionados en los grandes depósitos de cereales. Era fea la lluvia en Recife. Lluvia hermosa era la que llenaba los grandes ríos y devoraba la playa. No. No olvidar. Olvidar...

Dormitar, a veces leer un diario donde los hombres continuaban jurando fidelidad a las banderas, matándose, destruyendo; o en los que aparecían feos crímenes donde los hombres también se mataban y se destruían. Podría escribir a Alfonso y explicarle que se sentía cada vez más cansado, y que, como la cucaracha de la *Metamorfosis*, también comenzaba a encogerse poco a poco. Pero él seguramente ya sabía todo eso, y mejor que nadie. Sonrió ante el recuerdo del amigo.

Entonces, para que no "doliera", se detenía en los recuerdos que no pesaban mucho. ¿Y "Françoise"? Tan elegante, tan indiferente. Pasaba señorial por la calle Barão de Itapetininga, como si fuese "dueño" de ella. Los otros ómnibus también tenían nombre, y pertenecían al mismo dueño. Pero "Françoise" era diferente, parecía tener más personalidad que "Antonella", "Carmen", "Dulcinéia", "Silvana" y tantos otros... "Françoise", tan lindo en francés y tan horroroso en portugués: "Francisca". Sin conocerlo, sentía gran simpatía por el dueño de los ómnibus: debía de ser un bello soñador, porque nombres así sólo aparecían en barcos y canoas, aunque también en grandes navíos...

¿Y Silvia? Siempre sonriente continuaría por la vida, exhibiendo los dos hoyuelos del rostro que hicieran el encanto de su adolescencia de loco. Estaría en los Estados Unidos. A veces remitiría una carta o una tarjeta de Navidad, con muchas palabras de amor y recordaciones de las horas felices. Posiblemente las cartas serían enviadas de vuelta. ¿Cómo se decía en inglés? *Unknown Adress*, "Dirección Desconocida". Así era mejor. Ella estaba envuelta en los recuerdos de los grandes ríos, del sol, de las canoas, de los indios y, sobre todo, de las playas.

Elegir, olvidar, acurrucarse y esperar. Esperar a que, por lo menos, pasara la lluvia y por caridad le dejara una semilla de renovación, de esas que Tom acostumbraba plantar.

Acostarse, dormitar, dormir. Olvidar, encogerse, acurrucarse.

–¿Puedo entrar en esa tristeza?

La puerta se entreabrió y se hizo presente la silueta de Turga.

–Virgen María, ¿qué oscuridad es ésta?

Encendió la luz y vio a Reimundo todo encogido. Él rió e intentó incorporarse en la cama.

Ella arregló las almohadas, en torno a su cabeza.

–Pero mi santito, usted no puede continuar así. Hace como tres días que no sale de la cueva. ¿Qué es eso?

Fue a sentarse junto a la cama y comenzó a regalar alegría en ese submundo.

–Mire lo que traje. Dos paquetes de "Busi", que sé que le gustan.

–Gracias. Por favor, póngalos arriba de la mesita.

–¿Vamos a dar una vueltita hoy, mi mascotita?

–¿Con esta lluvia, Turga? Nadie tiene deseos de hacer nada. Estoy esperando el regreso del hermano Sol. Porque el Sol sólo existe cuando usted aparece.

—¡Ya viene él, con todas sus frases hermosas! Pero la lluvia está castigando firme. Dicen que la lluvia es obra de Dios, pero así como ésta... sólo si Él estuviera muy confundido. Complica la vida de todo el mundo. De noche tengo que salir de "pesca" con un impermeable viejo que esconde todos los encantos de una... Por lo menos una vueltita por el corredor, mi santito, tendría que darla de vez en cuando.

—Lo intenté, pero es peligroso. Todo el mundo entra con los zapatos mojados y embarran los mosaicos, ya sucios por naturaleza; entonces las muletas resbalan: las puntas son de goma.

Enmudeció un instante, mientras miraba el vivo rostro de la muchacha.

—Fue bueno que usted viniera, Turga. Tenía mucha necesidad de que me hiciera un favor.

—Usted, mi santito, no pide: manda. ¿Qué es?

—Quería que guardara mi lata de bizcochos en su habitación.

—Pero guarda su dinero...

—Por eso mismo. Siempre tengo un sueño pesado. Puede venir alguien de afuera y llevárselo todo. Principalmente porque adentro hay dos cartas. Si un día me sucede algo, ábralas.

Turga se emocionó mucho, por la confianza que en ella depositaba el lisiado y porque no quería oírle decir esas cosas.

—Deje de decir tonterías, hombre. No le va a suceder nada. En seguida vendrá el hermano Sol y todas esas sombras desaparecerán de su cabeza. ¿Para quién son las cartas?

—No piense ahora en ellas.

No sabía que en una de ellas le pedía ser enterrado en una fosa común donde nadie supiera nada de su existencia, y que en la otra le dejaba todo su dinero, para que Turga hiciera su viaje al sur en mejores condiciones.

Se quedó sin saber qué decir. Pero él quebró el silencio.

—Tengo un pequeño recuerdo para usted.

Abrió el cajoncito de la mesa y extrajo el último encendedor.

—Como hace mucho tiempo que no fumo es mejor que se lo lleve usted.

Turga hizo rodar la pieza en la palma de la mano.

—Pero, mi santito, esto es de mucho valor. ¡Es muy caro! La gente como yo no puede usar cosas tan valiosas...

—¿Y acaso yo puedo? Nadie mejor que usted merece un encendedor así.

—¿Es de oro?

—Sí. Y no me diga que no lo puede recibir, porque me pondré más triste.

—Pero, aun así...

—Sólo le pido una cosa. Tiene un nombre grabado. Si usted lo lee, hágalo en su corazón. En silencio...

Ella acercó el encendedor a la luz y descubrió el nombre.

—¡Qué lindo!...

256

Se inclinó lentamente sobre la cama y besó a Reimundo en una mejilla, agradeciéndole su regalo.

Se levantó para salir y rezongando se encaminó hacia la puerta.

—Una viene a traer aquí un poco de alegría, y sale más triste de lo que piensa.

Se detuvo en la puerta y disparó su venganza:

—¡Y el diablo de esta lluvia miserable que no para nunca!...

* * *

Cuando llegase allá abajo iba a ser divertido. En la repartija de su cuerpo los gusanos quedarían decepcionados.

—¡Vean lo que a mi grupo de trabajo le quedó! Unas piernas secas y un traste amarillo, reseco y sin gusto.

Una gusana más vieja, colocándose los anteojos, examinaría su sexo refutando sabiamente.

—Si hace mucho tiempo que no tenía gusto a vida, ¿por qué ahora quieres que él se refresque? ¿Sólo por tus lindos ojos?

Sonrió del disparate, porque los gusanos no tienen ojos.

Pero el corazón sufrió.

—Reimundo, no pasas de ser un gran idiota, ¿sabes? ¿Por qué hacer doler a tu propio dolor? ¿Ya no basta el que pasamos juntos?

—Es por poco tiempo, mi querido querido.

Se mareó con la oscuridad, y su mano cansada encendió la luz. La lluvia había pasado, pero la fatiga aumentaba terriblemente, al punto de que sus manos caían como peso muerto. Estaba sintiendo un calor sofocante que casi le impedía respirar. Al mismo tiempo, le parecía que su pecho había engordado, inflándose como una pelota de goma. Algo había dentro de él que parecía no pertenecerle, querer evaporarse. Consiguió librarse un tanto de la angustia y beber un poco de agua.

Un estremecimiento recorrió todo su cuerpo.

—¿Quién colocó eso ahí? No vi a nadie entrar con eso.

Hasta los cabellos se le erizaron.

Habían puesto un crucifijo frente a él. Y el Cristo brillaba como si balanceara el cuerpo o respirase en medio de la luz.

Cerró los ojos, se restregó los párpados con las manos y criando coraje los abrió para mirar de nuevo. Ya no estaba allí. Felizmente no había regresado al hospital. Era el retrato de Dito, tan lindo en su primera comunión. ¡Qué extraño!... Tampoco era su fotografía, sino un gran paño negro que crecía y abarcaba todo el fondo de la pared...

—¡Qué lindo muchacho! ¡Qué cuerpo tan bien proporcionado!...

Examinaron su cuerpo en todos los sentidos, haciendo que girara para apreciar sus formas. Dejaron que permaneciera en la tarima y se fueron a confabular el profesor, el ayudante y los alumnos.

Quedó indiferente a lo que decían sobre su persona. Se conocía lo bastante como para saber que sus músculos estaban bien hechos y sus proporciones eran perfectas. El bronceado de su cuerpo, criado al sol, realzaba aún más sus dotes físicas.

El bedel subió a la tarima y pegó a cada lado una especie de presilla; cerca de los pies, un gran trípode de madera. Y con cierto sadismo le dijo sonriendo:

—Usted va a ser un Cristo maravilloso.

El profesor se acercó a él para avisarle: eran tres horas por la mañana, con un intervalo de quince minutos por hora, para descansar. Si se cansaba por la posición o le faltaba la circulación en los brazos podía pedir un descanso extra. Porque al comienzo todos sufrían de lo mismo.

Lo invitó a tomar su posición. Subió al trípode y entreabrió los brazos, procurando sujetarlos en las presillas de cuero.

Se oyó un ¡oh! de admiración, pero aún no estaba listo.

—Por favor, doble la cabeza hacia la izquierda y mire hacia arriba. Así, joven.

¡Qué extraño que se fascinaran con su figura de Cristo! Si al menos pudieran imaginar qué había en su alma en aquel momento. Cristo iba a ser su figura de debut en aquella escuela. Las horas no parecían correr, crucificadas a los minutos y a los segundos. Tenía deseos de no mirar el reloj, pero en la posición en que estaba se condenaba a no dejar de verlo. Era necesario que el pensamiento actuara. Con el tiempo, le iban doliendo las muñecas, apretadas por las correas. Los pies suspendidos se hinchaban sobre la dureza de la madera; las espaldas se pegaban al paño del fondo. Y el reloj, indiferente. Lo único vivo eran las personas que, a su alrededor, moldeaban el yeso, aproximándose de vez en cuando con un compás, para medirlo y calcular el tamaño exacto que necesitaban para su trabajo.

Jesucristo, Rey de los Judíos. El demonio atizaba su maldad y su desesperación.

—¿Estás ahí, Jesucristo? Con ese rostro limpio y ese cuerpo luminoso de belleza, ¿qué hiciste ayer, mi querido Maestro?

—Ayer estuve en la casa del profesor tarado.

—¿Reparaste, Cristo, en que ni notaron los pinchazos, los puntitos negros que tienes en las piernas? Son unos distraídos. Ni siquiera descubrieron que, debajo de toda esa belleza, cada pedazo de carne exhala podredumbre.

—Ayer... No fue ayer. Hace una semana que me sirvo para eso...

Volvió a ver el departamento, con las pesadas cortinas corridas, los grandes sillones. En las paredes, cuadros excitantes colgados, que debían de haber sido hechos especialmente para él. Hombres desnudos abrazándose, poseyéndose. Mujeres en plena pasión, metiendo las manos en los muslos de otras. El sofá grande, donde el profesor de barba crecida y en punta, de largos dedos y bien cuidadas uñas, lo invitaba.

–Siéntese aquí. No tenga miedo. Después de todo, un hombre tan hermoso y tan fuerte como usted no debe temer a nada.

El habla pausada y meliflua le parecía una lengua hambrienta que lo devorase. Una versión más inmunda y moderna del hermano Justino.

Le acercaba su rostro pálido y vicioso, y sonreía. Los dedos finos se enterraron en sus cabellos. Sintió un escalofrío y deseos de huir.

–Y eso, ¿por qué? Al final de cuentas, ¿por qué aceptó la invitación?

Respondió con cierta amargura:

–Estaba en la mierda, sin dinero y con hambre. No tenía dónde vivir.

–¿Y entonces? Te pagaré. Te pagaré bien. No quiero hacer muchas cosas. Me dijeron que tienes un cuerpo maravilloso; no necesitaban haberlo dicho. En seguida se ve.

Levantó una de las piernas en el sofá, haciendo que la *robe de chambre* verde claro se entreabriera mostrando su cuerpo delgado y lechoso.

–Si no quieres, todavía estás a tiempo. Pero será una pena.

Se juró que no retrocedería. Necesitaba enloquecidamente el dinero. Nada de toda esa podredumbre le ensuciaría el alma. Intentaría desligar el cuerpo del espíritu, para que nada hiriera su integridad moral. La verdad es que era joven, estaba con hambre y nadie aparecía de una manera decente para ayudarlo.

–¿Qué quiere que haga?

Una sonrisa en el rostro vicioso.

–Así se habla; eso está mejor.

Señaló el centro de la habitación y encendió todas las luces. Parecía haberse trasladado a un estudio cinematográfico.

–Ahora, hijo, desvístete.

Se quitó la camisa. Se sentó lentamente en la gruesa alfombra para descalzarse. Se volvió a levantar para quitarse el pantalón y el calzoncillo, y arrojó toda la ropa sobre un sillón.

El profesor había caído de rodillas y sus ojos relumbraban de concupiscencia.

–¡Qué maravilla!

Comenzó a olerlo desde la punta de los pies. Al llegar a las rodillas levantó la vista. Su rostro había absorbido toda la luz de la sala y relucía de lubricidad.

Cayó sentado sobre las rodillas y murmuró patéticamente:

–Estás endurecido: una bella estatua petrificada. No sientes nada. Quiero que te disuelvas en mi boca.

Fue hacia otro cuarto y retornó. Esta vez completamente desvestido y con una jeringa para inyecciones en la mano.

–Sólo un pinchazo y serás transportado a un mundo de temblores y goce.

Se dejó pinchar. El profesor retiró la aguja y aplicó en sus piernas un resto del tóxico que sobrara.

–Sé bueno, ven conmigo.

Dejó que lo llevara de la mano hasta el dormitorio. Se acostaron juntos en una cama de matrimonio, ya especialmente preparada.

Un ligero calor y sopor hacía hervir sus músculos, un deseo de permanecer acostado mientras un mundo hormigueante le atacaba el ánimo.

–¿Es la primera inyección que tomas?

La voz le llegaba aterciopelada y en círculos.

–Después de esta primera vez vas a adorar todo esto.

Los músculos se aflojaron sin resistencia; solamente un calor que lo entibiaba y le subía a la cabeza. Sentía que gemía extrañamente.

El profesor le hablaba:

–Mi hermoso Apolo. Así, déjame sorberte todo.

Sentía el cuerpo en un vértigo suave, como si se deslizara en un gran tobogán; todo sin esfuerzo o resistencia. Había callado la voz y solamente la boca se transformó en una ventosa de seda sobre su cuerpo. De repente, la voz pareció resucitar más alucinada, para decir:

–Así, mi hermoso joven, deja que toda esta belleza se derrita sobre mí.

El hombre fue respirando con mayor intensidad, hasta que, tras gemir fuertemente, enmudeció. Una somnolencia impresionante se posó sobre sus ojos.

Cuando despertó, la mañana ya estaba alta. Le dolía la cabeza y todo parecía girar en busca de configuración. Cuando consiguió analizar las cosas vio el rostro barbudo del profesor volcado sobre su despertar.

–Bello como el despertar del primer hombre al ser creado.

–Mi cabeza duele. Mi estómago siente náuseas.

–Siempre es así la primera vez. Toma esto.

Le dio un comprimido efervescente en un vaso con agua. Cerró los ojos por unos minutos y todo pasó.

Después, ya vestido, recibió el dinero de manos del profesor, sintiendo que sus uñas afiladas se le clavaban en las muñecas.

–¿Hoy vienes de nuevo?

No sabía qué decir. Era bastante dinero por una noche que ni siquiera había sentido trascurrir.

–Ven y te pagaré más. A las nueve, a las nueve de la noche.

No iba a ir, pero acabó yendo. Ahora, posando de Cristo, el demonio le recordaba todo aquello con una sonrisita victoriosa.

–Una semana, ¿no, mi querido Maestro? Una semana y nadie descubrió el significado de esos puntitos negros en sus piernas, ¿no?

Se resolvió en la cruz de la pose. ¡Cómo dolía todo aquello, y cuánto duraba!

—¡Dios mío! ¿Resistiré un mes así, crucificado? Todavía no pasó una hora y todo mi cuerpo es un solo dolor de fuego.

—¿No sería más fácil, mi querido Cristo, volver allá? La cama es suave; la boca del hombre, una llama de fuego; la morfina alivia cualquier angustia tonta, y el dinero surge fácilmente.

—No, no iré más allá. ¡No repetiré ni una dosis siquiera de morfina en mi vida! Tampoco aceptaré nunca más volver a ser Cristo. Nunca más esta tortura.

—Eres un bobo, mi adorado Maestro.

Abandonó la morfina y al profesor barbudo. Se volvió Apolo, Narciso y un montón de personajes mitológicos. Pero la *pose* de Cristo continuó persiguiéndolo. Cuando decidía no aceptar, se le acababa el dinero y regresaba a la cruz.

Ahora estaba de nuevo clavado. Hacía una semana. No pensaba en cosas muy graves ni condenatorias: simplemente en la fiesta de la víspera y en el perfume del cuerpo de Paula, en los cabellos de Paula. En los senos duros de Paula arremetiendo contra él.

—Yo te busco desde que fue creada la primera estrella...

¿Qué estrella? ¿Antares, Arturus, Rigel, Betelgeuse?...

—Loquita. Loquita maravillosa.

En el intervalo de una de las poses el amigo entró estruendosamente en la sala y se dirigió a él:

—¿Qué pasa?

—Estoy bajo de forma y esta *pose* me mata.

—¿Sabes quién me telefoneó?

No necesitaba preguntar, porque el brillo de sus ojos lo decía todo.

—¿Y qué?

—Quiso saber de ti.

—¿Eso solamente?

—Ya es mucho, de una chica como Paula.

• • •

Al día siguiente continuaba en su *via crucis*. Esperaba que el reloj caminara, pero éste parecía desear lo contrario.

Sus ojos fueron atraídos por la puerta de la sala de escultura que se abría y las voces que interrumpían el silencio del ambiente.

El amigo y el profesor flanqueaban a Paula. Ella fue presentada a los alumnos. Visitaba la escuela por curiosidad: había entrado en todas las aulas que estaban en funcionamiento.

Sus ojos se cruzaron. Ella sonrió ligeramente y comentó con el profesor de escultura:

—¡Bello ejemplar!

Se detuvo frente al modelo y lo analizó lentamente. En seguida caminó de caballete a caballete, examinando sin prisa cada trabajo.

Se entretuvo un poco más y luego salió. Dio las gracias a todos y poco después la puerta golpeaba anunciando su partida.

Quedó sin saber qué hacer ni qué pensar. Estaba muy linda en su *tailleur* ceniza, y los cabellos continuaban sueltos enmarcando el rostro moreno claro. Parecía una visión, una fantástica visión que desequilibraba su calma interior.

A la salida se demoró un poco en el café Vermelhinho, para tomar un refresco y permitir que el cuerpo descansara de tan sacrificada *pose*.

Apareció el amigo.

−¿A qué hora de la tarde sales?

−Cuando termina la última clase de dibujo con modelo vivo. ¿Por qué?

−Por nada. Es que de repente me transformé en el aya de Romeo y Julieta.

Sonrieron.

−Eres un tonto. ¿Adónde vas a almorzar?

−Por ahí.

−Yo no. En la Casa del Estudiante, en el Largo da Carioca. Compré una tarjeta y uno ni precisa dar propina.

• • •

Viajaban sin prisa por la calle del Jardín Botánico. Paula conducía y él estaba apoyado contra el respaldo.

−¿Por qué tan callado?

−Siempre que salgo de la escuela quedo así. El cansancio es tan grande que no dan ganas de hablar. Muchas veces me voy a sentar en las piedras de la avenida Marítima y me quedo con los pies sumergidos en el agua salada, para aliviar los dolores y el cansancio.

Paula sonrió.

−Pensé que no ibas a aceptar mi invitación.

−¿Por qué? Sólo que me admiró que me esperaras frente a la puerta de la escuela. Si fueses una de esas prostitutas gordas del barrio de la Lapa, con su auto, también hubiera aceptado. Siendo tú, era una maravilla.

−¿Por qué todo ese desánimo, Baby?

−Imagina el calor que hizo hoy en esas aulas sofocantes. Yo estoy siempre en la parte más alta, más cerca del techo, más cerca de las luces. Tres horas en una cruz. Una hora para almorzar. De la una a las tres, posando como un efebo cualquiera para un alemán que quiere concurrir al salón de Bellas Artes. Dos horas de modelo vivo. Ni tuve tiempo de cambiarme. Me ponía la ropa encima del taparrabos y pasaba de una pose a otra. Hoy estoy muerto, Paula: no hay nada peor que quedar paralizado frente a un reloj. Y en la última clase, cuando sientes que los músculos se relajan y todo el cuerpo cede, siempre existe una voz reclamando que la posición no es perfecta. Uno no puede moverse ni un milímetro porque el aula es circular y todos dibujan al mismo tiempo. Ni sé cómo estoy hablando tanto.

—¿Puedo hacer una cosa?

Y, antes de que llegara la respuesta, con una de sus manos rodeó la nuca del muchacho.

—¿Era eso?

—¿Es poco?

—Ayer no pediste permiso cuando te arrojaste en mis brazos.

—¿Fue ayer?

—No sé. Ayer, anteayer, hace un mes, o ahora mismo. Cualquier cosa dentro del tiempo.

—¡Qué belleza!

Él levantó los ojos y quedó mirando la calle, sin descubrir el motivo de su exclamación.

—¿Qué cosa?

—Tú, Baby; tú, casi desnudo sobre aquella cruz.

—¡Ah!

—Casi me dieron ganas de insultar a esos brutos que te crucificaban. No puedes imaginar mi angustia y mi malestar.

—No lo parecía.

—Estuve todo el día torturándome con tu imagen de brazos abiertos que me perseguía. Tuve ganas de ir hasta la tarima y besarte todo, y al llegar a tus oídos implorarte bajito: "No quiero que estés así, ven conmigo".

—Estás loquita.

—Sí, lo estoy.

—¿No quieres ser buenita y volver a la ciudad? En la plaza de la República hay un hotelito "ingenuo" donde en un baño inmundo podría tomar una ducha, y quitarme la suciedad y el olor del cuerpo. Quitarme este maldito taparrabos y olvidar. Olvidar que tengo por lo menos doce horas sin su persecución.

Paula calló. Imprimió mayor velocidad al coche. En vez de retornar a la ciudad, tomó por la calle Marquês de São Vicente, y al final de ella subió la ladera de la calle Santa Marina. Se detuvo súbitamente cerca de un portón, donde había una ancha escalinata. Escondido entre los árboles aparecía el bulto disfrazado de una casa.

—Ven.

Abrió el portón y esperó que él descendiera del auto.

—¿Tu casa?

—Casi. Es de mi madre, la Lady-Señora.

Se detuvo indeciso.

—No tengas miedo. Ella vive más en São Paulo que en Río. Vamos, vamos, mi lindo Cristo. Ésta no será la escalinata del Calvario.

Se detuvo en una terraza encristalada y miró el paisaje. Sólo verde se divisaba alrededor. Debajo se oía el rumor de una cascada.

Entraron en un salón de tipo colonial, pero muy confortable.

—Siéntate aquí. En ese sillón, que es más cómodo. Espera, que ya vuelvo. Entró y cerró la puerta del cuarto. Demoró unos diez minutos y los ojos de él casi se cerraban de sueño. Abrió la puerta y retornó.

—Imagínate que soy una pintora y que vas a posar para mí.

Lo tomó del brazo e hizo que se levantara. Rozó suavemente sus labios con los de él. Casi imploró:

—Ahora ven.

Entraron en una habitación grande y perfumada. Todo lo de Paula estaba perfumado. Ella siguió, hasta conducirlo a otro cuarto: el del baño.

Miró el agua perfumada, azulándose en la bañera.

—¿No era esto lo que querías, Baby? Listo. Ya puedes entrar.

Sonrió, admirado de tanta decisión.

—Piensas en todo, ¿no?

—No hables; estás perdiendo tiempo. Puedes desnudarte. ¿Qué pasa? ¿Te ha dado una crisis de pudor, ahora? Baby, ya he visto a muchos hombres desnudos en mi vida.

Como él mostrara aún una puntita de recato, ella rió.

—Me pongo de espaldas y además cierro los ojos. ¿Está bien así?

Cumplió lo prometido. Sólo se volvió al escuchar que el cuerpo se hundía en el agua.

—¿Muy caliente?

—No, deliciosa.

Dejaba el cuerpo bien sumergido para que Paula no lo viera por entero. Él mismo se admiraba de aquel ataque suyo de moral.

—Sólo falta una cosa, Baby.

Se levantó para tomar un frasco de sales de baño. Lo destapó y las agregó al agua, removida por sus manos sin tocar el cuerpo de él. Sacudió los dedos y se sentó sobre el inodoro con la mayor naturalidad.

Observó cariñosamente el rostro de Baby, quien mantenía cerrados los ojos. Dejó que descansara en silencio. Solamente cuando él se animó a hablar, lo hizo ella también.

—Paula.

—¿Qué?

—¿Estás ahí?

—Sí.

—Solamente contigo logro hablar con los ojos cerrados.

—Eso te hace bien.

—Mucho. Es señal de que consigo confiar en alguien en la vida, después de tanto tiempo. Es una manera de poder soñar de nuevo, que es lo que tú me estás enseñando.

Dejó su posición para arrodillarse cerca del rostro de él.

—¡Oh, Baby, qué cosas lindas me dices!

Sintiendo el calor de su rostro, abrió los ojos.

—Paula Toujours, Toujours. ¿Hacia dónde vamos nosotros así?

—¿Baby?

—¿Qué?

—No vamos a preguntarle a la vida aquello que nos está dando sin preguntar. Simplemente, vamos a usarlo bien para que la vida no nos niegue siempre la "chance".

Apoyó más su rostro en él, en la dulce humedad de su piel.

—¿Estás más descansado?

—Estoy sintiéndome limpio, puro, íntegro, confiado. ¿En qué legión de ángeles estamos ahora? Querubines, Serafines, Potestades...

—En todas.

Quiso pasarle los brazos alrededor del cuello.

—Voy a mojarte.

—No tiene importancia.

Fue ella quien abrazó su cuello y sorbió sus labios.

—Tú también podrías venir.

—No. No es así como yo lo imaginé.

Sonrió, se alejó, y levantando el taparrabos del suelo se irguió.

—¿Qué vas a hacer ahora?

Fue hasta el lavabo y limpió la prenda debajo del grifo.

—Lavar esto.

—No lo hagas. El viento de la terraza lo seca enseguida. Cuando te vayas, ya estará seco.

—Pero yo no me voy.

—Entonces, no te vayas.

Fue saliendo con el taparrabos en la mano.

—¿Qué usaré cuando deba levantarme?

Ella rió desde la puerta.

—Piensa en un color.

—Amarillo.

—Entonces espera.

Oyó abrir un ropero en el dormitorio. Ella regresó.

—Toma.

Y arrojó sobre él una felpuda toalla amarilla...

· · ·

265

—¿Qué hora es, Paula?

—No sé. Una cualquiera.

Estaban acostados en el sofá de la terraza. Las luces de la sala permitían una tenue claridad. El viento balanceaba el taparrabos puesto a secar y refrescaba agradablemente el ambiente.

Él se encontraba tendido junto a Paula, con su cabeza apoyada entre el bíceps derecho y el pecho. La mano de ella se deslizaba sobre el resto del pecho de él. Los cabellos lisos y sedosos rozaban su boca, permitiéndole respirar sin esfuerzo sobre su cabeza.

—¡Baby!

—Sí.

—¿Sientes lo que yo?

—Sí, lo siento. Estamos fluctuando, ¿no?

—Esto debe de ser parte del cielo.

—No lo creo.

—Voy a contarte un secreto, ¿puedo?

—Dime, a ver.

—Estoy loca por ti, Baby.

—¡Qué linda eres, Pupinha!

—No tanto como tú. ¿Por qué Dios hizo siempre al macho más hermoso, Baby?

—Él no debe de ser muy normal, si no, no crearía anormales.

Ella sonrió.

—¿Afirmas que Él es...?

—No tengo dudas; porque si el hombre fue hecho a su imagen... "Esos" tipos deben haber sido hechos de aquella parte de Dios también, a su imagen. Cuando Dios hizo el primer hombre quedó apasionado por su obra. Después, para que no se notara, creó a la mujer. Como una especie de obligación, ¡qué sé yo! Por eso los machos son siempre los más hermosos, en cualquier especie. Dios gustaba de las cosas del género, ¡vaya, vaya!

—¡Baby, qué herejía!...

—Lee la Biblia y verás un montón de gente así, a la que Él protegía. El primero fue Abel; mientras Caín era un duro hijo de puta, Abel corría como una libélula por los campos ofreciendo flores en las montañas, al ponerse el sol, a su querido Dios. Además de ser "así", Abel fue el primer *trailer* de la castración espiritual que surgiría con los religiosos. También, ¿cómo iba a defenderse el pobre? Posiblemente, Caín se comía las cabras de los rebaños, en los campos. Debe de haberle "cantado" al rubio Abel y lo mataría por sentir celos de Dios.

—¡Qué loco eres! Pero jamás había pensado en eso.

—¡Caramba, Pô! ¿Nunca leíste el episodio de Tobías y el Ángel? El Ángel era tan bello que Tobías estiró la mano. Se pelearon porque Tobías lo agarró por la fuerza... Freud está lleno de explicaciones sobre eso. La sofisticación y la belleza de los hombres más viriles, como Casanova que disfrazaba sus glándulas femeninas siendo más hombre. Las religiones están repletas de dioses complicados y redondeados. La propia Trinidad es una extraña mezcla: Padre, Hijo y Espíritu Santo. No hay una mujer en medio de todo eso. En las clases de escultura, tanto las mujeres como los hombres normales me representan redondeándome los pechos y ampliando mi trasero. Y "ése" de la izquierda, bajito, amplía mis músculos y desarrolla mi pene... ¿Y la imagen de Dios? ¿Quién tiene la razón?

–¿Defiendes a los homosexuales?

–Ni una cosa ni la otra. No me alcanzan, no llegaron a mancharme, no disminuyen mi masculinidad; no los crié, ni soy Dios. Y si Él, que hizo los mosquitos y los gusanos, las serpientes venenosas y los frutos que dan alegría... si hizo a "esos" tipos, fue por curiosidad o por necesidad. El problema es de Él. ¿Sabes una cosa, Paula?

–No.

–Me está dando un hambre...

–¿De mí?

–¡Qué desvergonzadita, mi amor! Ya nos devoramos bastante, ¿no?

–Hay de todo en la heladera. Preparé sándwiches de paté, de quesito con pan de forma, y puse champaña a helar.

–¿Sabías que yo vendría?

–Pues, no siendo uno de "ésos", tendrías que venir.

Se sentó en el sofá y se quedó mirando apasionadamente al muchacho. No resistió más y lo besó desesperadamente en la boca.

–¿Quién eres tú, Paula?

–Un asunto aburrido y banal hasta que te encontré. Estuve casada con un hombre mayor que yo. Todo salió mal. Principalmente porque nunca podría tener hijos. Nos separamos y quedé viviendo como antes, con la Lady-Señora, realizando todos mis sueños. Tuve algunas aventuras; porque, como tú sabes, no soy ningún material como para dejarlo abandonado a las cucarachas. ¿O lo soy?

–¡Qué pregunta!

–Mi sueño era encontrar algún día a alguien. Alguien que fuera igualito a ti.

–Y la Lady-Señora... ¿ella no es, así, algo medio aburrida?

–¡Oh, Baby, ella es mi madre! Dentro de lo humano, es una maravilla de comprensión. Pero tiene un temperamento muy diferente del mío. Ella te querrá o te detestará.

–¿A ti qué te parece?

–Probablemente lo segundo.

–Entonces vamos a tener marea en contra.

—No, porque nunca te molestará acercándose a ti. Será agradable en su antipatía por ti, si sabe que me haces feliz... Tú, querido, me vas a hacer muy feliz, ¿verdad?

—¿Y tú?

—¿No descubriste, mi lindo idiota, que eres mi vida? ¿No sentiste que acertamos desde el primer momento? ¿Que si tú no te sientes feliz estaré sufriendo más todavía de cuanto se pueda decir? ¡Bobo! Vamos a comer.

—Pupinha, si te pido una cosa, ¿la harás?

—Sólo si no me pides que te haga café. Odio hacerlo.

—No. Quisiera continuar fluctuando aunque saliera de aquí. ¿Realmente tienes champaña en la heladera?

—Heladito, heladito.

—¿Extranjero?

—¿A ti iba a darte bebida nacional, mi lindo?

—¿Vamos a hacer como en una película de Elizabeth Taylor que vi?

—Bueno. ¿Cómo era?

—Ella servía champaña mezclado con jugo de naranja. Debe de ser riquísimo. En el cine se me hizo agua la boca.

Ella rió con ganas.

—Entonces, vamos a prepararlo. Vamos.

Le tendió el brazo. Él continuaba acostado. Le besó las manos y fue atrayendo a Paula hacia sí, subiendo los labios por sus brazos. Ella se olvidó de todo y se dejó caer sobre su cuerpo. Los labios de él avanzaron por su boca en una ola de fuego...

—Baby, Baby...

—¡Paula, qué mujer eres! Linda. Linda. Sabrosa. Tan francesa en todo lo que haces; desde la ropa a los perfumes, en los objetos y en los escenarios en que andas.

Ella se desligó un poco, pero dejó caer los cabellos sobre su rostro.

—Pero, querido, tenía que ser así. De vez en cuando yo también vuelvo a mi civilización, que es París. Adoro a París, Baby...

La acercó más y sus manos se apoyaron en las nalgas de Paula y continuaron subiendo, tibias de excitación, por su espalda. Después avanzaron entre los dos cuerpos y quedaron acariciando con voluptuosidad los senos duros.

—Baby, los sándwiches...

—Después...

—¿Y el champaña?...

—Dentro de poco...

Quiso hablar, pero ya su boca estaba prisionera y fue transformando su voz en murmullos incomprensibles, y éstos, a su vez, en gemidos de placer.

7

LA GRAN ESCALERA

Miró el ambiente sin prisa alguna. Las cortinas que filtraban la luz de la mañana. El viento que las golpeaba levemente, ondulándolas. La noche satisfecha, la cama blanda y Paula todavía adormecida con los cabellos cayéndole un poco sobre el rostro, y la espalda blanca y armoniosa casi vuelta hacia él.

Comenzó a soplarle dulcemente la espalda y después pasó la uña del dedo índice con cuidado. Ella gimió y se encogió, con un estremecimiento.

Pegó la lengua a su oreja.

—Amor, ya es tarde. Necesito ir a la escuela.

Ella abrió los ojos, mareada de sueño, sonrió y le pasó la mano por la frente.

—¿Qué hora es, Baby? ¿La una, o las dos?

—Perdóname querida, pero son las seis y cuarto. Ya sé que para ti es la madrugada, pero para mí es tarde.

Ella se sentó en la cama, se desperezó como un animalito y rodeó sus propias rodillas con sus brazos.

—Dios del cielo. Tanto tiempo para conseguir un hombre y vengo a descubrir justo a uno que no sabe dormir.

—En cambio, tú no sabes hacer café y yo sí.

Ella fue reclinándose sobre su pecho e hizo que la abrazara, posando las manos sobre sus senos. Baby comenzó a acariciarlos cariñosamente.

—Baby...

—¿Qué?

—¿Hoy es otro día?

—En el ciclo eterno de la monotonía humana continúa siendo otro día. Se va la noche y viene el día. Se va el día y viene la noche.

—Ése es mi miedo.

—Tú no sabes lo que es eso, Paule, Paule.

—Sigo sintiendo lo mismo por ti. Hasta un poco más que ayer. ¿Y tú?

—Pasa la mano sobre la pila de mi ternura y siente cómo ésta se ha multiplicado. Pero necesito irme, Pô.

Lloriqueó mimosa.

—No vayas. ¡Caramba!...

—Tengo que ir, mi amor.

Paula se puso un *negligée* claro y fue hasta el baño. A la vuelta, su rostro había adquirido una espléndida frescura.

—Ni dormir siquiera se puede, ¡qué vida!

Le dio un golpecito en las nalgas.

—¡Qué mal acostumbrada estás!

—¿Sabes hacer café? Yo adoro beber un cafecito, pero me da fastidio hacerlo.

—Lo sé todo, Pô. Hacer café. Coser botones en las camisas, zurcir las medias. También sé...

Y, tomando a Paula entre los brazos, la besó en los ojos.

—Se sabe...

—Querido, ¿cómo vamos a hacer?

—¿Hacer qué?

—Para vernos de nuevo.

—Tú decides. Yo estoy siempre listo.

—Hoy no puedo. Tengo una partida de beneficencia.

—¡Fresca!

—Son cosas que una no puede evitar. Pero mañana...

—¡Combinado!

Él intentó abandonarla, pero ella continuaba reteniendo sus manos, para que no la dejara.

—Querido.

—¿Qué pasa ahora?

—¿Cómo vamos a hacer?

—Decide tú. No sé de qué se trata, pero decide.

—Yo no voy a llevarte. No vas a querer que lo haga, ¿verdad?

—Claro que no, Pupinha.

—Porque para vestirme tardaría más de una hora.

—Comprendo.

—Apriétame con fuerza. Ahora contéstame una cosa al oído.

Él obedeció colocando su boca junto al oído.

—¿Me amas?

—Locamente.

—¿Eres mío?

—Del sexo al corazón.

—¡Oh, Baby! Estoy hablando seriamente.

—Pues, entonces, ahí va. Te adoro, voy a sentir tu falta, vas a hacer que mis momentos de inmovilidad corran dulcemente.

—Entonces, nosotros somos completamente uno del otro.

—De acá para allá, y de allá para acá.

—Entonces, me vas a hacer un favor.

—Tampoco sé qué es, pero nada voy a negarte.

–No quiero que vayas en tranvía.

–¿Y en ómnibus?

–Todavía peor. Viajar en lugares llenos de gente a la que no se conoce, sin ser presentado. Es mucha promiscuidad.

–Entonces, voy a pie.

–No. Toma un taxi.

–Lo dudo.

–No quiero que te canses mucho. Después de todo, nosotros somos el uno del otro, ¿no?

–Está bien.

–Querido, cuando me dan todos los gustos yo soy un amor. Ahora ve a preparar el café.

Mientras él se dirigía hacia la antecocina, tomó dinero y lo puso en uno de los bolsillos de su pantalón.

Después ella tomó apenas un cafecito, mirando con delicia el placer con que él comía los sándwiches que habían sobrado de la víspera.

–¿De qué te estás riendo?

Ella puso la mano en su barbilla.

–Nunca tomé café con un hombre desnudo. Y nunca vi a un hombre desnudo bañándose como te vi ayer.

–Paula, no mientas.

–Por lo menos, tan lindo como tú nunca.

Miró el reloj de la antecocina.

–Dios del cielo. Las ocho. Hasta llegar allá voy a correr como un burro.

–El "taxí" va rápido.

–¡Qué gracioso que digas "taxí", cuando todo el mundo dice taxi!

–Querido, mi alma es muy *recherché*. Mi alma es francesa hasta al despertar. Vamos.

–¡Qué fastidio vestir esa camisa sudada de anoche! ¿Dónde está el taparrabos?

Se lo entregó. Vistió los pantalones a toda prisa y se puso los zapatos.

–¿Y las medias?

–En verano no las uso; en invierno tampoco, porque las de lana son caras.

Ella sonrió apenada.

–¿Cómo un hombre como tú puede estar tan carente de cosas?

Él la besó suavemente.

–Paule, en realidad soy un indio. Y acabo de llegar del mato.

Al vestirse sintió el bulto del dinero en el bolsillo.

–¿Es para viajar en taxi o para comprar uno?

Ella susurró blandamente:

–En la Casa del Estudiante, no. En algo mejor, ¿sí?

Tomó a Paula en los brazos y le dio un ligero beso en la boca. Un pequeño toque de cariño. Bajó las escaleras como una ráfaga de juventud.

Ni siquiera abrió el portón, sino que saltó por encima del muro. Pasó cerca del coche de Paula y le dio un beso al parabrisas. En el vidrio humedecido por el rocío escribió "Toujours". Miró hacia arriba para dar la última despedida y corrió por la subida de la calle.

Paula decía algo en la terraza. Abría los brazos y gritaba:

—¡Cristo no, Baby! ¡Cristo no!

* * *

El paño negro se fue encogiendo y volvió a ser el rostro de Dito en su retrato de la primera comunión.

Reimundo sintió que se le cansaba el cuerpo. El corazón estaba pesándole demasiado en el pecho y la respiración lo oprimía, haciéndole sentir deseos de abrirse el pecho para poder respirar.

¿Por qué acordarse así de Paula? Tan linda y tan viva. Quiso beber agua en la vasija, pero las manos no tenían fuerza. ¿Por qué Paula tan linda, tan viva?

Se volvió con esfuerzo en la cama, acostando el cuerpo del lado derecho para aliviar el sofocamiento que sentía. ¿Y Paula? ¿Por qué? Vino un momento de mayor reflexión y recordó que decían: en el momento antes de morir desfila ante los ojos, en un minuto, toda nuestra existencia. Si por lo menos apareciera doña Marivalda allí, para darle un poco de agua. Si surgiera Turga, como por un milagro...

El cuarto parecía estrecharse y tapar cada abertura por la que entraba el aire. De repente quedó helado. Comenzó a sentir un olor conocido, casi trascendental. Respiró con mayor fuerza y sin miedo alguno. El olor a guayaba crecía de manera inquietante. Solamente él conseguía penetrar en su olfato y permitía que la respiración fuera recobrando su ritmo normal. El cuarto se iba iluminando como si lo invadiera un día sin lluvia. Se vio sentado en su silla de ruedas en un inmenso parque muy cuidado. Una voz conocida y tierna decía:

—¡Así deberían ser los parques de todas las infancias!

Dirigió los ojos hacia el lugar de donde venía la voz.

Entonces divisó a Gloria, sentada en una de las ramas del tronco cuidado y barnizado de la guayabera. Era la Gloria linda, sin defectos en el rostro, sin el estigma de la tuberculosis. Estaba colorada como una mañana de sol y sonreía mostrando sus dientes perfectos. Sus cabellos ondulados brillaban con el tono de los oros viejos. Ella dio un salto y se acercó a él. Vestía un vestido liviano y se encontraba descalza.

Se arrodilló junto a la silla y le tomó el rostro, llena de ternura.

—¿Qué es lo que hicieron con mi hermanito tan lindo?...

—Nada, Godóia. Fue simplemente la vida.

272

=No quiero verte más así. No quiero que estés todo encogido, sin voluntad de hacer nada. Necesitas subir esta escalera, Gum. La escalera, ¿entendiste, mi hermanito querido?

=Es muy difícil, Godóia. ¿Cómo voy a hacer?

=Lo único difícil es vivir. Vas a poder subir la escalera. ¡Toma tus muletas y coraje...!

=¿Dónde encontraré fuerzas para eso? Es un poco tarde.

=Así, mi lindo hermanito...

Se paró en las puntas de los pies y tomó una fruta madura.

=Ésta es la más dulce; como tú hacías antes conmigo. Cómela y tendrás un principio de coraje. Es todo lo que puedo hacer.

Mordió la guayaba dulce y se quedó absorbiendo lentamente su maravilloso perfume.

=Ahora, adiós. No te olvides: la escalera.

Lo besó en el rostro y salió por el parque bien cuidado de la infancia, hasta desaparecer lentamente entre los árboles.

La habitación volvió a ser la misma. La respiración había mejorado. Aún sentía el olor de las guayabas. También la soledad. Intentó cerrar los ojos y consiguió dormir. Pero llegó otra voz. Era la primera vez que la oía pero estaba seguro de que el corazón la conocía.

=Fray Calabaza, mi querido Fray Calabaza.

¿Quién lo llamaba por su lindo nombre? ¿Quién sería? Pero el cuarto continuaba vacío.

=Mi querido Fray Calabaza.

Seguía sin descubrir nada.

=Aquí, querido.

Miró hacia donde venía la voz y descubrió sobre el portal a Zéfineta "B", que venía descendiendo.

Sus labios dibujaron una gran sonrisa de placer.

=Mi reina Zéfineta "B", primera y única. ¿Tú, mi florcita?

=Yo... y volando.

Zéfineta había adquirido alas doradas y transparentes, y daba vueltas por el cuarto, posándose suavemente sobre la mesa, cerca de su rostro.

=¿Cómo viniste hasta aquí, querida?

=No vas a entenderlo muy bien "ahora", pero compré unas alas pequeñas, las menores de un angelito que nació a los siete meses. Todavía necesité hacer recortar un pedazo, porque eran demasiado grandes.

=¿Y por qué viniste, mi linda reina?

=Para enseñarte el camino, ahora que estás más fuerte. Vengo para que me sigas hasta el camino de la escalera.

=No puedo, Zéfineta.

=Sí que puedes; las muletas están ahí.

=Entonces, dame cinco minutos.

Hablaba casi implorando, con total humildad.

–Necesito tener una conversación con Dios. No puedo subir una escalera de ésas sin antes hacerlo. Solamente te pido ese tiempo. Mientras tanto, mira los dibujos del diario y si quieres, mi amor, tápate los oídos para no escuchar cosas desagradables.

Ella asentía y voló hacia la silla de ruedas donde estaban amontonadas las hojas del diario.

–Señor Dios, te hablo con el mayor respeto y tratando de olvidar aquella intimidad amiga de tantos años que compartimos. Forzoso es decirte que en mi pecho no existe rencor, ni amargura, ni odio, y, sobre todo, que no existe el amor. En mi mísera condición humana reconozco que, a pesar de todo, aun me diste un poco de paciencia. Aquí estoy a tus pies, quizá para nuestra última y definitiva conversación, y lo quiero hacer de una manera humilde.

Hizo una pequeña e insignificante pausa.

Con dificultad, abrió los brazos en cruz.

–Tengo poca fuerza para sostener mis brazos inútiles. Si pudiera estaría de pie, o, cuando mucho, de rodillas. Pues bien, aquí estoy. Confieso y reconozco todos los errores que la vida me obligó a cometer. Si reviviera, no sé si tendría el coraje de evitar repetirlos. Quizá los repitiese. Sabes que todo lo que me sucedió en la vida fue consecuencia de la pérdida del amor de Paula. Mi dedicación por los indios tenía mucho de fuga y otro tanto de motivación interior. En consecuencia, posiblemente no vale nada. Procuré eliminarme de la importancia de la vida dejando que mi persona adquiriese un nombre humildísimo. Porque algo más modesto e impersonal que una simple calabaza no creo que exista. Hay un trozo de Biblia en cada hombre. Y el Cristo real somos nosotros mismos crucificados a la soledad. Si juntamos mis dos muletas, ellas formarán la cruz dominicana sin cabeza. Y fue en esa cruz donde la paciencia y el tener que existir me crucificaron. No creía fielmente en el terreno de la Revelación, porque el Cielo que nos fue prometido por ella era un cielo totalmente insuficiente que no me convencía. Prometieron por los dogmas de la fe que, después de la muerte, el hombre conocería todos los misterios, excepto el de la Santísima Trinidad; no recuerdo bien si existía otro (me falla la memoria, por sí sola tan gastada). Esclarecidos los diversos misterios, el alma humana permanecería en una eternidad sin curiosidad, lo que sería fastidioso y nulo. Me prometieron que yo vería Tu rostro. Sea. Soy pequeño, inútil, indiferente, sin tristeza, envuelto en el más pobre olor de la existencia: mi triste olor de guayaba. Aquí estoy. Toda la ecuación frustrada o realizada de un ser humano que va a morir. En mi posición de condenado, yo te suplico con fervor que cambies todo el mundo de luz y sabiduría, si por acaso me destinaras a eso, por un momento de felicidad donde todos los minutos de sufrimiento sean realmente redimidos por los segundos de amor. Lo cambiaría todo por ver a Paula, porque mi cielo fuese el cielo de mi amor. Querría verla como antiguamente, perfecta y linda. Y quiero ir a su encuentro perfecto y feliz. No hay en mi corazón el menor deseo de afligirte. La muerte me está reduciendo al resto de honestidad que siempre procuré resguardar. Por todo, muchas gracias.

Bajó la cabeza y los brazos, pero sus ojos no tenían un solo vestigio de lágrimas. Éstas habían muerto mucho tiempo antes.

–Listo, Zéfineta.

–Entonces, vamos, Fray Calabaza.

–Falta saber si tengo fuerzas.

–Debes tenerlas. ¿Recuerdas cuando remabas?

Empujó su cruz dominicana hacia la cama y fue haciendo esa gimnasia horrible a la que se había acostumbrado. El mareo atontaba su cabeza y las manos sudaban, frías. Una debilidad fuera de lo común le impedía seguir.

–Coraje, amigo mío.

–No tengo fuerzas, Zéfineta.

–Debes tenerlas. Recuerda que cuando remabas en el Araguaia también pensabas que no podrías más y, sin embargo, siempre había un resto de energía para ayudarte. En este momento no puedes fallar.

Se apoyó en las muletas e hizo que pendieran las piernas muertas, y balanceándose, tocaran el piso con la punta de los pies.

Zéfineta le abrió la puerta y solamente entonces el olor a humedad y moho sustituyó al aire impregnado del olor a guayaba.

–Allí está tu escalera, Fray Calabaza. Vas a subir. Vas a trabajar con don Talamiro para poder enviar regalos a todos tus indios.

Sonrió, en medio de su cansancio, pensando que ella lo entusiasmaba en la creencia de que él lo ignoraba todo.

Se arrastró por el corredor. Zéfineta se deslizaba a su lado por la pared. Le preguntó:

–¿Por qué dejaste de volar?

–Para ahorrarme las alas, que son muy difíciles de sustituir. Pero no hables ahora. Guarda las fuerzas para el ascenso.

Allí estaba la escalera, frente a él. Sucia, desgastada como la propia vida. Hedionda.

–Vamos, coraje, amigo.

¡Si al menos pudiera afirmarse sobre una de las piernas, o dispusiera de una de las manos para agarrarse a la baranda! Afirmó duramente el cuerpo, que adquirió un peso desproporcionado. Subió un escalón y se apoyó en la pared. La camisa estaba mojada de sudor y el pecho grasiento se comprimía por el esfuerzo.

Zéfineta lo estimulaba.

—Eso es. Sólo faltan algunos.

Amiguita querida. ¡Decía que faltaban algunos, cuando aquél era el primero! Respiró fuertemente y volvió a subir otro escalón.

—¡Muy bien! Otro más.

Parecía tener fuego en las axilas y su espalda ardía como brasa cuando comenzó a llegar al sexto escalón. Se desanimó.

—Es inútil, Zéfineta, nunca llegaré arriba. Sólo por un milagro.

—Tienes que subir, sí.

Ya no podía hablar, porque las palabras se perdían en una respiración sibilante y el corazón latía tan brutalmente que parecía haberse mudado a la pared y retumbar desde ella. Miró hacia arriba y le sobrevino un mareo. El cuerpo tembló y rodó por la escalera. Las muletas lo acompañaron en la caída.

Quedó caído con el rostro contra el cemento, sin saber si aún vivía.

—Todavía es un poco temprano, Fray Calabaza. Pero no falta mucho.

El piso frío, con olor a orín, suciedad y tabaco de cigarrillos, lo fue volviendo a la realidad. Entonces tuvo deseos de llorar. Llorar por la conciencia que tenía de su debilidad. Sólo debilidad. Trató de sentarse, pero las piernas se encontraban en una posición que no lo permitía.

Zéfineta estaba desesperada.

—Faltaba tan poco…

Gimió bajito:

—Yo sabía. Yo sabía…

Zéfineta se aproximó a su cabeza.

—Escucha. Escucha. ¿Conoces esa voz?

Intentó distinguirla. ¡Sí, la conocía!… Su ternura no iba a tener la ingratitud de olvidarla.

La voz estaba por todas partes. Venía del suelo, de las paredes, de las escaleras.

La tía Estefanía repetía su mensaje de optimismo:

"Cuando te mueras, no serán ángeles los que te ayudarán a subir las escaleras del cielo, sino un montón de indios".

Un vocerío confuso se escuchó a la entrada del edificio. Seguramente habían descubierto su caída y llegaban para ayudarlo a recuperarse. Vio sombras que se amontonaban sobre su cuerpo. Y eran muchas. El ambiente quedó perfumado por la vida: el olor salvaje del aceite de *babaçu* aparecía mezclado con el olor del *urucun*. Y, con él, voces amigas y risueñas.

—Quiarrá, quiarrá, Fray Calabaza.

—Dioirakrê, dioirakrê, Toerá.

—De cárriqui, de cárriqui, Fray Calabaza.

Eran voces que lo invitaban a ir. Pero, ¿ir adónde?

Cientos y cientos de rostros amigos pintados, dibujados, de grandes labios. Todos venían a ayudarlo.

—Vamos, Fray Calabaza, que tú siempre fuiste bueno y nuestro hermano.

Lo tomaron por las axilas y lo ayudaron a mantenerse en pie. Limpiaron su rostro manchado y comenzaron a subir lentamente la escalera.

La tía Estefanía continuaba en su bondad.

—Sólo los indios, no los ángeles.

Zéfineta, alegre, hablando desde la pared, acompañaba el ascenso del grupo.

—Vamos, mi amigo tan querido. Paula está allá, al otro lado de la puerta. Vamos.

Súbitamente todos se detuvieron. La escalera estaba totalmente iluminada por una luz que casi cegaba.

Los últimos escalones aparecieron envueltos por la luz del más hermoso día de sol.

En el último escalón vio a su padre que sonreía. Su padre, que le indicaba con el dedo los tres escalones finales.

—Ésos son tuyos. Ésos tienes que subirlos solo. Toma tu cruz.

Le pasaron las muletas y todos quedaron observando a Fray Calabaza que subía. Las dificultades habían desaparecido. Los amigos quedaron diciéndole adiós. Subía terriblemente cansado, pensando que a poco más su corazón estallaría.

El padre caminó por el corredor. Fray Calabaza avistó la puerta de don Talamiro con una placa de letras mal pintadas: *Sastre*.

Se encaminó hacia ella; su padre le interceptó el camino.

—Ésa no. Es aquella otra.

Una puerta enorme, olvidada y llena de luz aparecía frente a él.

—Camina y abre el picaporte. El rostro de Dios ya no será un misterio para ti.

Extendió la mano, tomó el picaporte y abrió la puerta.

● ● ●

La lluvia fea continuaba todo la noche. Turga, cubierta por el impermeable que escondía las flores y sus encantos, regresaba con una tristeza rara que no sabía explicar muy bien. Necesitaba llegar a su casa y cambiarse los zapatos mojados. La noche no había rendido nada. Los hombres habían huido con la lluvia. Se limpió los pies en el escalón de la puerta y caminó en la penumbra. Vio un bulto caído. Se detuvo, asustada. Podía ser un borracho. Volvió hacia la puerta y encendió la luz.

Lo que vio le hizo llevarse la mano a la boca, para no soltar un grito de dolor. Arrojó la cartera y se quitó el impermeable. Se arrodilló y con los ojos mojados por las lágrimas levantó la cabeza de Reimundo.

–¿Qué pasó, mi santito?

Las lágrimas descendían de sus lindos ojos.

Puso la mano en su pecho y sintió que todavía respiraba.

–Pobrecito, seguro que se sintió mal y quiso subir la escalera para pedir socorro.

Por la respiración tan débil sabía que no serviría de nada pedirlo. Era mejor que lo dejara morir en paz, sobre su regazo. Lo más que podía hacer era llorar.

Bajó su rostro para intentar oír la voz que él dejaba escapar levemente como un hilo de agua corriendo en arena lisa.

–Paula... ¿Eres tú, Paula?

Se acordó del encendedor. Ése era el nombre que tenía grabado. Las lágrimas corrieron con más fuerza.

–Paula… No te veo, pero sé que estás linda.

Turga acariciaba mansamente sus cabellos para que él durmiera el gran sueño con la ilusión de que era la otra.

–Esto es lo mejor, Paula. Estaba tan cansado. Todavía lo estoy, de cargar mi cruz de muletas. Voy a dormir un poco, Paula, solamente un poco…

Turga dijo en un susurro:

–Duerme, duerme que te hará bien.

Y él se durmió sin ningún dolor.

• • •

Cuando amaneció, los primeros trabajadores, obreros que habían salido a su labor, encontraron a Turga sentada en la misma posición, dejando descansar al hombre muerto. Tenía los ojos hinchados de llorar.

Los vecinos acudieron para ayudar.

En los ojos de Reimundo lucía una expresión maravillosa, la de quien ve algo que los ojos humanos no podrían contemplar.

En su boca había un rictus despreciativo, como si intentara explicar:

–¡Ved lo que fue un hombre! Nació, sufrió y murió. Y vosotros los que esperáis el cielo, escuchad: el cielo es apenas una palabra de dos sílabas que también comienza con "c" y termina con "o".